Über das Buch

Das Start-up ALPHA & OMEGA sucht einen finanzstarken Unterstützer für das Projekt, Rohstoffe in der Antarktis zu erschließen. Den Zuschlag dafür erhält LWGP, der Konzern des konservativen, egozentrischen Dr. Valerius Lunkenheimer. Das russische Rohstoffunternehmen RORUS, einst ein guter Partner von LWGP, unterlag im Bieterstreit, da es aufgrund erschöpfender Rohstoffquellen in Sibirien kurz vor der Insolvenz steht. Die Führungskräfte von RORUS fühlen sich der letzten Chance beraubt, auf alternative Rohstofffelder auszuweichen, und versuchen, Lunkenheimer dazu zu zwingen, die offenen Geldschleusen seines Unternehmens zu ihren Gunsten zu schließen.
Als Lunkenheimers großzügige Angebote zur Kooperation ignoriert werden, ergreift er die Flucht, um nicht den Erfolg seines Projektes zu gefährden, unmittelbar verfolgt von den auf ihn angesetzten Kopfgeldjägern, Attentätern und Verbrechern.
Sein höflicher Umgang, seine Umständlichkeit und seine Korrektheit werden ihm nun zu einer ernsten Gefahr, weil es nun gilt, schnell und taktisch geschickt zu handeln, um seinen Häschern zu entkommen.
Auf seinem Weg durch Europa und Südamerika begleiten ihn Abenteuer, neue Bekanntschaften und Einblicke in andere Welten, aber auch große Gefahren und Katastrophen.

Über den Autor

Gereon Müller-Werden wurde 1999 in Gerolstein geboren. Schon seit der Grundschulzeit schreibt er eigene Geschichten. Mit „Lunkenheimer – Die außergewöhnliche Flucht eines Gentlemans“ liefert er sein Romandebüt. Momentan ist er Schüler des St. Matthias-Gymnasiums in Gerolstein.
Weitere Titel von ihm sind „Die Klippen der Vergessenen“ und „Szenen aus dem Deutschen Bauernkrieg“.

Gereon Müller-Werden

Lunkenheimer

Die außergewöhnliche Flucht eines Gentlemans

Roman

BoD – Books on Demand

FSC
www.fsc.org
MIX
Papier aus verantwortungsvollen Quellen
Paper from responsible sources
FSC® C105338

Alle Personen und Namen sind frei erfunden. Ähnlichkeiten mit lebenden oder verstorbenen Personen sind zufällig und nicht beabsichtigt.

Aus Gründen der rechtlichen Sicherheit sind Markennamen nicht ausgeschrieben worden.

Impressum

Bibliografische Information der Deutschen Nationalbibliothek:
Die Deutsche Nationalbibliothek verzeichnet diese Publikation in der Deutschen Nationalbibliografie; detaillierte bibliografische Daten sind im Internet über www.dnb.de abrufbar.

2. überarbeitete Auflage

Umschlaggestaltung: Florentin Müller-Werden
Bilder:
Landschaft Patagonien: wallpaperscraft.com
Weißes Auto: pngimg.com
Fotos: Florentin Müller-Werden
Herstellung und Verlag:
BoD – Books on Demand, Norderstedt

ISBN 978-3-7448-1594-9

KAPITEL I

Das vorliegende Schriftstück, ein schnuckeliges Tagebuch der üblichen Manier, verfolgt allein den Zweck, einsam in der Unendlichkeit des Universums herumschwirrende Gedanken, entstanden durch die gewissen Schwierigkeiten des Denkers, auf ein Blatt Papier niederzubannen, der Tatsache zum Trotz, dass dies unter Umständen als recht nutzlos und entbehrlich zu betrachten ist. Schließlich wenden diese Zeilen seine Notlage und sein Leid herzlich wenig ab, auch verändern sie den Verlauf der Weltgeschichte im Gegensatz zu ihrem Begründer nur geringfügig und unbedeutend, obgleich meinem Gemüt mit diesen zumindest frische Hoffnung zugeführt werden kann. Dies ist nämlich das furchtbarste Leid an meiner jetzigen Situation, denn ich vermag mich als jenen Denker vorzustellen: Kein einziges wohlmeinendes Individuum hegt Interesse an meiner Person, ich bitte um Verzeihung, zumindest eines, um der Ehrlichkeit willen dieses winzige Detail hervorzuheben, wenngleich dieses nicht sonderlich zur Befreiung meiner dramatischen Notlage beizutragen imstande ist. Dies jedoch möchte ich erst im fortgeschrittenen Verlauf meines Berichtes aufgreifen.

Sollte eine andere Art des Interesses in der Tat der Fall sein, dann nur im negativen Sinne.

Ich schreibe lediglich aus Zeitvertreib in meiner unsäglichen Einsamkeit und aus gewissen Gründen, derer ich mir selbst nicht gewahr bin. Diese handlungslose Ausführung trägt freilich wenig zu einem gelungenen Tagebuch bei. Doch wer, außer vielleicht mein persönlicher Zwang, halten mich von dem Risiko ab, jenes Werk auf diese Weise fortzuführen?

Nun denn, meine Vernunft flüstert mir ein, ich solle, wie in durchschnittlichen Schriftwerken nun einmal üblich, am Anfang beginnen, da ich sonst den unwissenden, nicht existierenden Leser verärgern würde.

Ich bin Dr. Valerius Lunkenheimer, wenn ich den Titel weniger als ein Zeichen der Unhöflichkeit, sondern vielmehr zu meiner Liebe nach

Vollständigkeit nicht unerwähnt lassen darf. Ich bin ein studierter Historiker und Wissenschaftler für Alte Geschichte und offizieller Vorstandsvorsitzender und Gründer eines international operierenden Konzerns, welcher einen großen Einfluss auf die Wirtschaft und das Fortschreiten der Entwicklung ausübt, auf welchem Wege, dies möchte ich Ihnen in Bälde unterbreiten.
Zu meiner Person lässt sich sagen, dass ich ein begeisterter Träger von Anzügen, Schleifen und Koteletten bin, der die Konventionen des Bürgertums im 19. Jahrhundert zu schätzen weiß, besonders, wohl bemerkt, die der glanzvollen Biedermeierzeit. Die Figur des fleißigen und häuslichen Biedermanns hat für mich seit jeher die Rolle eines nachahmenswerten Ideals eingenommen.
Ich halte mich, wenn man es so ausdrücken darf, für einen verantwortungsvollen Gesellschafter. Denn ein solcher zu sein, dies ist der Grundsatz des traditionsreichen Geschlechtes der Lunkenheimers, seit mein Urahn Ludwig Heinrich Arthur Lunkenheimer, aus ärmeren Gefilden entsprungen, zur Zeit der deutschen Industriellen Revolution eine Schuhmanufaktur gegründet hatte und, zu wohlverdientem Wohlstand aufgestiegen, ein Musterbeispiel des ehrgeizigen Geldadels geworden ist. Aus diesem Grunde verfolge ich seit jeher den Lebenszweck, dem einen Wohl und mir selbst Reichtum zukommen zu lassen, was sich auch in meiner gesamten Geschäftsstrategie widerspiegelt.
Ich studierte nämlich Alte Geschichte, da dies mein Interessengebiet war und freilich noch immer ist, doch entfernte ich mich nach der Absolvierung des Studiums rasch von diesem Bereich und strebte ein hohes Ziel an.
Ohne ein tiefes Wissen in der Wirtschaftskunde zu besitzen, gründete ich einen Konzern, welcher zu den größten Teilen aus einem Fonds und einem Verlag besteht. Der Konzern trägt den Namen LWGP AG und verfolgt und leitet eine Symbiose zwischen dem Fonds und dem Verlag.

LWGP bedeutet in der ausgeschriebenen Form „Lunkenheimer Wissenschaftsgewinnung und -publikation“, was das Portfolio meines Konzerns zutreffend darlegt.
Der Fonds nämlich, der, aus internationalen Gründen in der englischen Sprache abgefasst, den Namen „Lunkenheimer Science Fund“ trägt, unterstützt finanziell wissenschaftliche Forschungsprojekte und Entwicklungen aus sämtlichen Sparten der Wissenschaft und Wirtschaft, die als allgemeines Ziel die Verbesserung der Lebensqualität beziehungsweise die Erweiterung unseres Erkenntnishorizontes führen. Ich möchte das Spektrum von der Archäologie über die Quantenphysik bis in die Wirtschaftsforschung, die Medizin und die Pharmazie und auch die zukunftsorientierte Forschung wie die Rohstoffsuche und die Entwicklung einer intelligenten Infrastruktur und noch viel weiter darüber hinaus spannen; und lasse mein Vermögen nach dem üblichen Prinzip in zahllose solcher Projekte einfließen.
Einst noch finanzierte ich nur Forschungen in meinem alten Themengebiet, der Alten Geschichte, der Archäologie und der Schriftkunde, erweiterte aber sehr rasch mein Spektrum und öffnete die Tore für alles, was zu der Forschung hinzuzuzählen ist. Freilich lässt sich mit dem Begriff „Forschung“ auch wie mit einem Ball herumspielen, ihn missbrauchen und falsch interpretieren. So gaben etwa produzierende Unternehmen des Öfteren die Entwicklung ihrer Produkte als zukunftsorientierte Forschung aus. Auch diese ließ ich teilweise über meinen Fonds fördern, sofern nichts wie niemand geschädigt wurde, der Fonds nicht in seiner Mobilität eingeschränkt wurde und sich der öffentlichen Presse kein Anlass zu unangenehmer Kritik bot.
Da immer mehr Wissenschaftler und entwickelnde Unternehmen von meinem Fonds Gebrauch machten und die Themenvielfalt der diesen Nutzenden immer reichhaltiger wurde, erreichte er rasch eine internationale Bedeutung und verfügte über ein ansehnliches Vermögen.
Nun mag sich freilich der wachsame, nicht vorhandene Leser fragen, welch eine Rolle der Verlag, „Fachliteratur Lunkenheimer“ heißend, in meinem Konzern einnimmt, und ich möchte es ihm gerne erläutern.

Der Fonds ist der ausgebende Teil meines Konzerns und der Verlag; später erschuf ich parallel dazu auch einen Fernsehsender; der einnehmende. Denn zu dem Namen meines Konzerns gehört neben der Wissenschaftsförderung freilich auch die Publikation der gewonnen wissenschaftlichen Erkenntnisse, und nichts anderes tut mein Verlag. Er veröffentlicht die Forschungsergebnisse, welche durch den Fonds gewonnen werden in Fachbüchern, Broschüren, Bildbänden, schweren Katalogen und auch, um etwas Popularität zu gewinnen, in spektakulären Dokumentationen. Es ist ein Vertragsbestandteil zur Nutzung des Lunkenheimer Science Fund, dass allein Fachliteratur Lunkenheimer die Rechte zur Publikation innehat und kein anderer Verlag, weshalb ich in dem Sektor aktueller Fachbücher rasch eine Monopolstellung erlangte.
Nur durch den Verlag und den Fernsehsender allein lässt sich die Symbiose, welche meinen Konzern zusammenhält, selbstverständlich nicht bewerkstelligen, da die Ausgaben zur Forschungsfinanzierung in keiner Relation zu den Einnahmen eines Verlages stehen. Es ist deshalb für die Nutzer meines Fonds auch eine ausschlaggebende Bedingung, dass sie verpflichtend die Forschungsergebnisse kommerziell nutzen und mir von dem etwaigen Gewinn prozentual festgelegte Anteile zukommen lassen müssen. Freilich mag dies in so manchen Ohren kapitalistisch klingen, doch ich verweise darauf, dass die Existenz meines Konzerns nicht wie bei zahlreichen Hilfsorganisationen auf Spendengeldern barmherziger Bürger beruht, sondern auf den Gewinnen risikoreicher Investitionen. Schließlich ist nicht jedes Forschungsprojekt von dem Erfolg einer profitablen Innovation gekrönt.
Durch meinen Einfluss in dem Entwicklungssektor vieler Institutionen und Unternehmen erlangte ich eine große Macht in der Grundlagenforschung, was mir Reichtum und ein hohes Ansehen verschaffte.
Den Leser mag es vielleicht wundern, dass ich diese Entwicklung nur allzu knapp schildere, wo sie doch derart umfangreich ist. Ich gestehe allerdings, dass es mich schmerzt, in dieser Zeit, die mich durch Einsamkeit und Leiden prägt, in dem Glanz alter Tage umherzuwühlen,

jedes Wort darüber kommt einem Peitschenhieb gleich, und ich möchte sowohl den Umfang dieses Tagebuches als auch die Intensität meiner Schmerzen beim Mindesten belassen. Urteilen Sie, geschätzter Leser, selbst, ob mir diese Aufgabe mit Bravour gelingen wird. Ich möchte also lediglich logisch mit dem hierauf Folgenden einen Bezug herstellen, und dafür so viele Worte wie nötig, aber so wenige wie möglich aufwenden.

Das jüngste Vorhaben schließlich, nach rund zwanzig Jahren erfolgreichen Wirtschaftens, sollte eines der umfangreichsten sein, das ich jemals unterstützen sollte. Es handelte sich um das Wagnis der Erschließung von Rohstoffen in der Antarktis, die bekanntermaßen über ein gigantisches Reservoir an fast allen erdenklichen Rohstoffen von Uran bis hin zu Schwarzkohle verfügt. Zudem sollten zahlreiche neue Erkenntnisse über den weitestgehend unbewohnten, geheimnisvollen Kontinent im Süden der Erdkugel gewonnen werden: So über die Entstehung des Antarktischen Ozonloches, über die Landschaft unterhalb der zwei und einen halben Kilometer dicken Eisschicht und über die antarktische, überraschend lebendige Unterwasserwelt; doch dies alles, wie ich gestehe, allein, um den Fokus der Öffentlichkeit von den kommerziellen Interessen, will meinen, der Rohstofferschließung zum Zwecke der Gewinnung und des Verkaufes derselben, zu lenken.

Der globale Konkurrenzkampf der Rohstofflieferanten sollte durch die hinzugewonnenen Rohstoffflächen in der Antarktis einen vollkommenen Neubeginn nehmen, der Ausgang der Ressourcen der Erde über mehrere Jahrhunderte hinausgezögert werden. Der gefürchtete Rohstoffmangel, der für desolate Zustände in Wirtschaft und Gesellschaft sorgen könnte, hätte sich für viele Generationen erübrigt, aus diesem Grund wurde das Vorhaben auch allseits mit größter Spannung und Interesse von den Firmen verfolgt.

Das Forschungsteam, ein Start-up namens ALPHA & OMEGA, erbat die nötigen finanziellen Zuschläge für dieses Projekt, und zahlreiche Firmen weltweit boten unterschiedliche Geldmittel hierfür an. Freilich zählte zu denen auch mein Unternehmen, dem es eine angenehme

Pflicht war, sich an der bunten Zukunftsgestaltung unserer Erde zu beteiligen.
Nach einer wahrhaftigen Versteigerung des Projektes standen sich nur noch der russische Rohstofflieferant RORUS und mein Fonds gegenüber, welche die höchsten Investitionssummen aufbringen konnten.
Das Ziel der Führung von RORUS war eine vollständige Umstrukturierung des Konzerns, der mit Hilfe des Lunkenheimer Science Fund in Swerdlowsk im großen Maßstab Eisenerz abgebaut und dabei die gesamte Erzlagerstätte nun erschöpft hatte. Die Führungskräfte sahen in der Antarktis einen ungemein zukunftsfähigen Raum, den es in Beschlag zu nehmen galt.
Eigentlich waren die Geschäftsbeziehungen von LWGP und RORUS nicht beklagenswert gewesen und ich verstand mich persönlich recht gut mit dem Vorstandsvorsitzenden Andrej Sorokin, wenn wir auch keine Freunde waren. Doch im Laufe unseres Wettstreites mit ALPHA & OMEGA verschlechterte sich das Verhältnis zunehmend, bis sich Herr Sorokin und ich auf einmal unversehens als Gegner gegenüberstanden. Freilich bemühte ich mich um Kompromisse und äußerte mündlich wie schriftlich entsprechende Angebote zur gemeinsamen Bewältigung der Kooperation mit ALPHA & OMEGA, wo es mir doch fern lag, einen guten Partner so unehrenhaft zu verraten. Doch die Resonanz hierzu blieb vollkommen aus, weshalb, wusste ich nicht und es wunderte mich.
Unter sämtlichen Augen der Weltöffentlichkeit schließlich fiel der Zuschlag an meinen Fonds, da dieser über größere finanzielle Mittel verfügte als der Konzern RORUS, der aufgrund von mangelnden Rohstoffflächen kurz vor der Insolvenz stand. Er hatte es ungeschickterweise unterlassen, neben dem Abbau des Eisenerzes nach neuen Rohstofffeldern zu suchen, sodass das Versiegen jener Quelle umso herber ausfiel.
Unmittelbar darauf sandte mir ein anonymer Absender am Tage nach den Verhandlungen einen schockierenden Brief, in welchem mir gar mit dem Tod gedroht wurde, wenn ich meine offenen Geldschleusen

zur zugesagten Unterstützung jenes Projektes nicht unverzüglich schließen und meine Initiative beenden würde. Gewisse Formulierungen wie die, ich solle Loyalität zeigen und beweisen, dass ich meine Freunde nicht nur im Erfolg, sondern auch im Elend stütze, dass die Vergangenheit eine Lehre für die Zukunft sei oder dass man in zu großen Höhen links und rechts nichts mehr von der Welt sieht, gewährten eine gewisse Assoziationsfreiheit mit dem jetzigen Verhältnis zwischen RORUS und LWGP.

Ich eröffnete RORUS unverzüglich ein großzügiges Hilfsangebot, in dem ich dem Unternehmen bei einer gewissen prozentualen Beteiligung bei der Finanzierung das Recht zugestand, die gewonnenen Rohstoffe alleinig weiterverarbeiten und verkaufen zu dürfen. Freilich sollte LWGP dafür einen Teil des Umsatzes für sich verbuchen dürfen. Obgleich mir das Angebot von ungemein symbiotischer Natur erschien, verhallte es bar jeder Reaktion. Ein um Rat gefragter IT-Experte konnte nicht nachweisen, ob meine E-Mail tatsächlich in den Rechnern des Unternehmens eingegangen war, und die Telefonnummern von RORUS waren für all meine Telefonapparate gesperrt. Mir schien, als würde sich mein einstiger Partner regelrecht gegen all meine Offerten abschotten, ganz gleich, wie irrational dieses Handeln schien.

Stattdessen erschien bald darauf eine weitere, noch weitaus eindringlichere, bösartige Drohung, sodass ich mich schweren Herzens entschloss, mit der Polizei Kontakt aufzunehmen, da mir RORUS, den ich als den Verfasser jener Texte identifiziert zu habe meinte, offen mit mutwilliger Körperverletzung gedroht und sich somit einer gravierenden Straftat schuldig gemacht hatte. Bedauerlicherweise aber war mir dies nicht möglich, da der Telefonapparat meines Büros aufgrund eines technischen Defektes funktionsuntüchtig war. Darauf beorderte ich einen treuen Angestellten des Verlages, den Brief der ortsansässigen Polizei zu übergeben, doch er sollte nimmer deren Präsidium erreichen.

Am nächsten Tage klirrte eine Rauchbombe durch die Scheiben in die Bibliothek meines größten Verwaltungsgebäudes, in welcher ich zu dieser Zeit selbst tätig war. Das hierauf folgende Inferno vernichtete auch die drei umliegenden Büros, bis es von der herannahenden Feuerwehr eingedämmt werden konnte.
Als schließlich an dem Tage darauf ein Mitarbeiter, welcher einen Brief, der für mich bestimmt war, in mein Büro bringen wollte, mit Milzbrand infiziert wurde und zahlreiche andere mit leichten Verletzungen, nach ihren Angaben feige im Dunkeln von elenden Straßenschlägern zugefügt, zu ihrer Arbeit in meinen Verlagsgebäuden und Verwaltungsgebäuden antraten, entschloss ich mich, selbst tätig zu werden. Da mein für private Anliegen vorbehaltener deutscher Sportcoupé wegen eines Unfalls, bei dem ich keine Mitschuld trug und bei dem ich glücklicherweise anders als mein Fahrzeug nahezu unverletzt hervorgegangen war, einer umfangreichen Reparatur bedurfte, machte ich mich nach dem Ende eines Arbeitstages zu Fuß auf den Weg zum Polizeipräsidium, kam dort wohlbehalten an und unterbreitete dem anwesenden Hauptkommissar meine Not. Dieser äußerte sein Bedauern und versicherte mir die Unterstützung der Polizei, doch er verlangte sowohl für den Brief als auch für die Übergriffe stichhaltigere Nachweise, die meinen Verdacht gegenüber RORUS als Urheber erhärten konnten und über die ich freilich nicht verfügte. Mit einer gewissen Enttäuschung machte ich mich auf den Heimweg.
In meinem Wohnsitz in Bad Neustadt, einer kleinen Villa am Rande der Stadt, eröffnete sich mir ein verstörender Anblick. Die Fenster des Wohnzimmers waren aufgebrochen worden und die kühle Nachtluft hatte sich in allen Räumen eingenistet. Als ich voller Schrecken den Lichtschalter betätigte, um mich von etwaigen Schäden und Diebstählen zu vergewissern, fand ich, am Kronleuchter aufgeknüpft, eine überraschend lebensechte Puppe vor, die einen schwarzen Anzug mit Fliege, ein von roter Farbe durchtränktes Hemd und einen Zylinder trug und die leicht in der sanften nächtlichen Brise baumelte.

Verstört nahm ich Reißaus und fand Unterschlupf bei einem Angestellten, der seine liebe Not hatte, meine Raserei zu besänftigen und die perverse Montage als einen harmlosen Streich zu verklären.
Sehr wohl aber hatte ich die Gefahr erkannt, in der ich schwebte. Als ich wieder in der Lage war, rational zu denken, spielte ich die Möglichkeiten durch, die sich mir nun allein eröffneten. Die eine freilich ist die, auf die unmissverständliche Aufforderung einzugehen und LWGP aus der vertraglichen Bindung mit ALPHA & OMEGA zurückzuziehen. Aber wie würde ich dann dastehen in der Weltöffentlichkeit, als ein Feigling, der kleinliche Drohungen zum Anlass nimmt, ein weltbewegendes Projekt in weniger verantwortungsvolle Hände zu geben; als ein Narr, der die einmalige Chance, einen leuchtenden Fußstapfen in der Weltgeschichte zu hinterlassen, aus persönlichen Unzulänglichkeiten, die in geschriebener Form so harmlos erklingen, ausschlägt! Nein, nie sollte ich einknicken vor diesen Gemeinheiten, nie sollte mein Name mit diesem Schmutz besudelt werden!
Bietet sich mir denn eine Alternative? Was bliebe mir denn sonst zur Wahl? Etwa den Alltag und dessen Normalität beibehalten und die vielen Gefahren und all die Augen, die mir nachlauern, missachten? Oh nein, auch dies kann nicht die Möglichkeit sein, die in gegebener Situation die Richtige ist. Die Schandtaten der Häscher sind zu dreist dafür, zu sehr verspotten sie die Rechtsstaatlichkeit, die mir ihre Hilfe verwehrt hat; zu erbarmungslos sind sie, zeigen sie doch die sadistische Wollust, die diesem Treiben zugrunde liegt; und auch zu professionell sind sie, fehlen doch Ansätze, die uns den Weg zu einer heißen Spur weisen und das Machwerk der Täter und deren Motive offen legen. All dies, was die Ungenannten getan haben, sei es an meinem Seelenheil oder dem körperlichen Wohlbefinden meiner Angestellten, lässt Rückschlüsse auf die Fähigkeiten zu, die diese im Falle eines tatsächlichen Attentats unter Beweis stellen können. Dieses Attentat kann sich dann nicht gegen LWGP und nicht gegen meine Angestellten richten, nein, sondern nur gegen meine Person, da ich allein als der

Vorstandsvorsitzende die Befugnisse innehabe, die notwendigen Schritte einzuleiten, welche die Absender verlangen. Und da mein Wille, wie ich Ihnen, mein guter, nicht vorhandener Leser, ja unterbreitete, diesbezüglich unerschütterlich ist wie ein Fels in der Brandung, schien mir, aus Sicht jener Täter, ein garstiger Schritt notwendig, um dies schändliche Ziel letztlich doch zu erreichen: Meine Entführung und unendliche Qualen, die mein Gemüt zur hurtigen Änderung meiner Haltung bewegen sollen.
Nein, nein, nein, nie darf ich dies zulassen, mich wie ein hilfloses Kleinkind den Händen jener Schurken auszusetzen, sie schlichtweg zu ignorieren, anstatt deren tatsächliche Gefahr zu akzeptieren!
Doch was nun tun, was nur, was? Ja, da ist eine Möglichkeit, nur eine einzige, die mich dieses Netz, das über mich geworfen ist, zerreißen lässt: Ich muss den hiesigen Gefilden entspringen, flink wie ein Wiesel den Kugeln der Jäger ausweichen, entkommen und irgendwo, sei es in einer Höhle, unter einem Baumstumpf oder in den Händen eines Tierfreundes, Zuflucht finden und warten, bis sich die Raserei der Jäger gelegt hat und sie sich einem anderen Opfer zuwenden.
Innerhalb der nächsten Tage, die ich in größter Anspannung verbrachte und die begleitet von Graffitis an der Fassade des Verlagsgebäudes, drastischeren Attacken auf meine Angestellten und der Sendung weiterer, expliziterer Briefe waren, bereitete ich hastig wie sorgfältig eine unerkannte Flucht vor. Ich informierte mit einer kurzen Notiz meinen Vizevorstandsvorsitzenden Victor Harzstein von meiner baldigen Abwesenheit und übertrug ihm gewissenhaft alle anstehenden Aufgaben, ohne jedoch meine Position eines Vorstandsvorsitzenden aufzugeben. Außerdem packte ich einen mattschwarzfarbenen Koffer, der noch die Größe eines Bordcases innehatte und der dennoch alle wichtigen Gepäckstücke in sich aufnehmen konnte, und verstaute ihn in meinem Geschäftswagen, mit dem ich nach dem Verlust meines Sportcoupés nun aufbrechen musste.
Obgleich ich meinen Konzern nun dem Schicksal überlassen musste, allerdings bei meinen fähigsten Managern, besonders bei meinem

Freund und Vertreter Victor Harzstein, in den besten Händen wusste, und unwürdig wie ein sterbender Stern vor dem Licht der Öffentlichkeit daniederzugehen hatte, versuchte ich mein trauriges, egozentrisches Gemüt mit der unumstößlichen Tatsache zu besänftigen, dass ich wohl den Verlauf der Menschheitsgeschichte nur positiv beeinflusst hatte, und zwar in einem recht ansehnlichen Maße.
Folgend verabschiedete ich mich von all meinen mir nah stehenden Angestellten, denen, die Opfer der Übergriffe waren. Zu ihrem Schutz und als Entschädigung für ihre körperlichen und seelischen Schäden sowie als Dank für ihre unerschütterliche Loyalität stellte ich sie mit einer hohen Abfindung zu einem Urlaub von zwei Wochen frei.
Nachdem ich nun also den letzten Beschäftigten verabschiedet und zu dem mehr oder minder geheimen und von Efeuranken verborgenen Hinterausgang des größten Verlagsgebäudes in Bad Neustadt, in welchem ich an meinem letzten Arbeitstag ansässig war, geleitet hatte, stand ich allein in dem riesigen, dunklen Bauwerk, welches mir mehr ans Herz gewachsen war als das bei Weitem größere Verwaltungsgebäude in Elmshorn in der Nähe von Hamburg, und das die Form des Jupitertempels von Rom inne hatte. Sofern es mir erlaubt sei, eine unbedeutende Information nennen zu dürfen, wurde dessen Außenseiten allein durch eine Gruppe fleißiger Experimentalarchäologen errichtet, welche sich lediglich an den Plänen des römischen Architekten Vitruvius und den steinernen Relikten jener glanzvollen Zeit orientiert hatten.
Im Grunde genommen musste ich jetzt allein noch mein Büro aufsuchen, um dort einen wichtigen Gegenstand abzuholen, dann konnte ich meine Flucht antreten.
Nun also lag sie vor mir, die Flucht, die mir Abenteuer, Not, Chaos und Schrecken bescheren sollte. Die Flucht, die mich zwang, mein Lebenswerk, den Konzern LWGP, sich selbst zu überlassen. Würde er, einmal auf den Sattel gehievt, selbst reiten können?
Es dämmerte bereits und ich war erschöpft. Dies war freilich auch nicht weiter verwunderlich nach dem letzten und sicherlich härtesten

Arbeitstag meines Lebens, in welchem ich letzte Vorkehrungen zu meinem Entschwinden bereitet, mir zustehende Arbeiten an Angestellte verteilt und letzte Vertragsbedingungen mit dem Vorsitzenden von ALPHA & OMEGA, dem jungen George Brooks, einem Amerikaner aus dem Bundesstaat Florida, ausgehandelt hatte.
Zudem hatten einige meiner treuen Kollegen und ich an der letzten Ausgabe einer gewissen Zeitschrift gearbeitet, die zwar in Parallelbetrachtung zu meinem Konzern unbedeutend ist, doch welche ich sobald als möglich im folgenden Handlungsverlauf aus gewissen Gründen erwähnen muss.
Ich hatte jene noch während meiner Zeit als Student erfunden. Ich gedachte nämlich damals, mit dieser meinen Lebensunterhalt zu sichern, bevor ich auf die Idee des Wissenschaftskonzerns kam, und hatte sie darauf in das Programm meines Verlages eingegliedert, weil ich sie nicht einfach sterben lassen wollte.
Es handelte sich um den „Kurier der Kulturgeschichte", in dem, halbmonatlich erscheinend, chronologisch die Geschichte der Antike von der Zeit der Pharaonen bis zu jener der Spätantike, den Römern mit dem Untergang ihres Reiches unterhaltsam und bildgewaltig erzählt wurde, denn schließlich bin ich ja eigentlich ein begeisterter Historiker. Es handelte sich übrigens um die letzte Ausgabe, da in ihr der Untergang der Antike mit dem des schwächelnden Römerreiches beschrieben wurde und sowohl meine teuren Angestellten als auch ich keine nennenswerten Sympathien für das düstere Mittelalter hegen.
Es war eine wehmütige Zeit gewesen, jene letzte Ausgabe anzufertigen, die ich übrigens mitunter höchstpersönlich mitgestaltet hatte, es handelte sich um meine letzte Tat als tätiger Vorstandsvorsitzender. Zwar behielt ich meinen Rang als ein solcher auch folgend im Unternehmen bei, ganz abkoppeln wollte ich mich nicht von meinem Werk, die letzten Zügel sollten noch immer in meiner Hand liegen, doch eben als einer, der sämtliche weniger relevante Entscheidungen den untergeordneten Managern überlässt. Mit jedem Buchstaben, den ich niedergeschrieben hatte, wurde mir präsenter, dass ich mich mehr und

mehr von meinem Konzern entfremdete, ich ward gewahr, dass jene Aktivität die letzte sein sollte, welche ich in meiner aktiven Funktion als Konzernleiter vollführen konnte.
Ich verspürte, wie mir jeder Buchstabe einen Dolch tiefer in das Herz trieb, und bei dem letzten Buchstaben fühlte ich mich, wie nach einem langen, schmerzlichen Todeskampf, mausetot, denn mir hatte mein lieblicher Konzern in meinem Leben alles bedeutet, und da er für mich nun in unerreichbare Gefilde hinfort gerückt war, fühlte ich mich bedeutungslos und nichtig wie eine einzelne Ameise.
Die förmlich spürbare Energie, die früher stets durch die von Marmorbüsten gesäumten Gänge des Verlagsgebäudes geflossen war, erlosch von einer Sekunde auf die andere und ich stand nun in einer unendlichen Leere, die einst wie mein Heim für mich gewirkt hatte.
Bevor ich nun meinen liebsten Ort auf der Erde, das alte Verlagsgebäude in Bad Neustadt, zu verlassen gezwungen war, musste ich noch einen kleinen, metallenen Tresor aus meinem privaten Büro schaffen. Jener war als eine bare Notreserve gedacht, auf welche ich zurückgreifen konnte, wenn mein Konzern und mein Vermögen aufgrund einer wirtschaftlich etwaig instabilen Lage in unangenehme Verhältnisse schlittern würde und ich auf diese für mich persönlich letzte, bare Reserve zurückgreifen müsste.
Ich begehrte, mich schnell zu meinem persönlichen Aufbruch bereit zu machen, denn mir war nicht recht wohl. Ich fühlte es beständig, ich konnte das Verlagshaus und auch meinen gesamten Konzern LWGP nicht mehr als mein eigentliches Eigentum ansehen, das Gegenteil war der Fall: Die Gänge wirkten düster wie die eines schottischen Schlosses und standen ihnen in ihrer Unheimlichkeit in nichts nach, LWGP erschien mir keineswegs als mein eigenes Werk als vielmehr das einer mir vollkommen fremden und fernen Person. Meine kindliche Fantasie wurde geweckt und ich stellte mir trotz eines verzweifelten Kampfes zwischen zwei Parteien in meinem Gehirn, der Vernunft und der Fantasie, lebendig gewordene Ritterrüstungen und kettenrasselnde Gespenster vor.

Ich erhöhte das Schritttempo zu meinem Büro, in dem ich noch den besagten Gegenstand auflesen wollte. Viel lieber würde ich mich ja auf dem schnellsten Wege aus diesem seiner Seele beraubten Gebäude entfernen!
Meine mattschwarzfarbenen Schuhe hallten bei jedem Schritt durch die mit tiefblauem und schwarzem Marmor gefliesten Gänge, und es wurde der Eindruck erweckt, es befänden sich noch andere Personen in dem Verlagshaus, die ihren Schritt dem meinen angepasst hatten. Mich überkam eine unvorstellbar große Angst, und zu meiner persönlichen Beruhigung blieb ich auf der Stelle stehen, damit das unheimliche Schrittgehall nur aussetzen möge.
Doch wider all meiner Erwartungen setzte es nicht aus, das Gegenteil war der Fall, es verstärkte sich gar!
Unter bösen Vorahnungen drehte ich mich langsam um und hatte gegen die Ohnmacht anzukämpfen, die mein Gehirn mir auferlegen wollte.
Welch eine andere Reaktion hätte denn auch die Tatsache hervorrufen sollen, dass meine Person keineswegs allein in diesem Gebäude trostlos dahinvegetierte, sondern dass sich gleich eine Gruppe von einem geschätzten Dutzend, unfreundlich dreinblickender Gestalten in ihm eingefunden hatte und mich schon seit geraumer Zeit verfolgt haben musste?
Die Gestalten trugen zwar Anzug und Krawatte, wie es in meinem Verlagshaus auch vorgeschrieben war, doch waren die Anzüge bereits nach meinen ersten, kundigen Blicken als minderwertig zu beschreiben, wie man heutzutage sagt, „von der Stange“, und aufgrund ihrer schwarzen Farbe sehr stillos, und die Krawatten, nachlässig gebunden, dem Jackett keineswegs harmonierend angepasst, ebenso wirkten die dies tragenden Personen weder wohlwollend noch derart, als hätten sie an einer Erziehungsanstalt für höhere Söhne teilgehabt. Gleichwohl sie offenbar versucht hatten, sich meinem Schritte anzupassen, besaßen sie nicht die schnelle Reaktionsfähigkeit, wie ich ihren Schritt anzuhalten, und nun hatte ich sie also entdeckt.

Es bestand wohl kein Zweifel, dass ich sie zu dem einen oder anderen Zeitpunkt bemerkt hätte, es lässt sich aber vermuten, dass es dann bereits zu spät gewesen wäre. Ihr Überraschungsmoment nämlich war, ihnen zum Unglimpf, durch mein frühzeitiges Umwenden ausgefallen. Ebenfalls erübrigte sich die Frage, ob sie mir wohl gesonnen waren, denn wenn das der Fall gewesen wäre, so hätten sie zuvor einen Termin für ihren Besuch angekündigt.
Dies bestätigte sich lediglich durch den Ausruf ihres offensichtlichen Anführers, der, kaum dass er ihre vorzeitige Entdeckung bemerkt hatte, die Worte „Los, los, schnappt ihn euch!“, ausspie.
Unverzüglich setzten sich die übrigen der Männer in Bewegung und stürmten auf mich zu. Mit neunundvierzig Jahren, denn dies war zu jener Zeit mein Alter, glaubte ich mich ihnen hoffnungslos unterlegen, als ich mich des Spruches „Angst nimmt dir die Kraft“, besann, wo ich doch mutterseelenallein und in die Enge getrieben einer hoffnungslosen Zukunft entgegenblicken musste. Dennoch unternahm ich den Versuch, zu meinem Büro zu gelangen, bevor sie mich erreichen konnten. Dies stellte meine letzte Chance gegen ihren Zugriff dar, denn mit meinem Büro endet dieser Gangzweig des Verlagsgebäudes und sie hätten mich ansonsten umzingelt und wären dazu fähig, all ihre beabsichtigten Schandtaten an mir auszuüben. So setzte ich mich, ohne, dass ich bewusst meinem Gehirn diesen Befehl erteilt hatte, in Bewegung und jagte, gefolgt von meinen stetig aufholenden Verfolgern, durch den düsteren Gang. Es verschaffte mir ein wenig Befriedigung, als ich hörte, wie einer der unangemeldeten Gäste mit der Wucht eines Sprintenden unverhofft gegen eine der am Rande des Ganges aufgestellten Marmorbüsten stürmte und samt dieser unter einem kläglichen Schmerzensschrei zu Boden stürzte. Zumindest erfreute es mich derart lange, bis ich aufgrund meines genau eingeprägten Lageplanes aller Büsten in diesem Gebäudetrakt gewahr der Tatsache wurde, dass es sich bei der umgestürzten Büste um keine andere als um die des Nero handelte! Um jenen Nero, dessen voreilig gebildeten, schlechten Ruf ich mit weiteren Grabungen in der Domus Au-

rea und neu gefundenen, schriftlichen Quellen widerlegen konnte und in drei, zweihundert Seiten füllenden Sonderausgaben meiner Zeitschrift und opulenten archäologischen Fachpublikationen hartnäckig bekämpft hatte, da er sich bei genauerer Betrachtung jenes bemitleidenswerten römischen Herrschers schnell als verleumdend und falsch erweist!

Die Wut, die durch diese unverzeihliche, fahrlässige, ja frevelhafte Tat in mir entflammt wurde, ließ meine Erschöpfung vergessen und beschleunigte meine Sprintgeschwindigkeit, bis ich, noch unversehrt, an der Tür meines Büros angelangte.

Doch damit befand ich mich keineswegs in Sicherheit. Schließlich galt es ja noch die Tür aufzuschließen, in das Büro zu gelangen und selbstverständlich die Tür wieder abzuschließen, und all dies, bevor meine schlecht erzogenen Gäste mich zu erreichen vermochten!

Gleichwohl meine Lage mehr als aussichtslos zu sein schien, kramte ich in Windeseile meinen Schlüsselbund aus der Innentasche meines anthrazitfarbenen Sakkos und versuchte den passenden Schlüssel zu finden. Freilich war ein solches Unternehmen unter den gegebenen Umständen mit reichlich vielen Komplikationen versehen. Beispielsweise hinderte mich die durch den unverhofften Sprint herrührende Erschöpfung, welche meine Hand zittrig werden ließ wie die eines Greises, an dem Ergreifen des richtigen Schlüssels. Zudem bereitete mir die Vorstellung, gleich mit einer solch bebenden Hand das Schlüsselloch finden und den Schlüssel in die richtige Richtung drehen zu müssen, wahrhaftige Höllenqualen.

Ein außerdem nicht außer Acht zu lassender Faktor war die einsetzende Dämmerung des Frühlingsabends, welche mich der genauen Sehfähigkeit beraubte.

Ich habe einst in einem buddhistischen Ratgeber für die Bekämpfung von Lethargie, Stress und Impulsivität gelesen, dass man in einer Situation ähnlich meiner jetzigen einmal kurz durchatmen und sich zureden soll: „Ich schaffe es!“ Welch Ironie, dass selbst ein Atemzug in

jener unvergleichlichen Stresssituation ein zu langer Augenblick gewesen wäre.
Die Distanz zwischen mir und den Lakaien einer mir finster gesonnenen Macht schätzte ich vor einer Sekunde noch auf fünfundzwanzig Meter, nun auf lediglich zwanzig. Ich ersparte mir auszurechnen, in wie vielen Sekunden sie mich erreicht haben würden.
Wie ein Blitz grub sich mir die Erkenntnis ins Gehirn, dass der Büroschlüssel der wohl am einfachsten zu findende sei an meinem reichhaltigen Schlüsselbund, da ich auf ihn den Anfangsbuchstaben meines Vornamens hatte gravieren lassen, welchen zu ertasten freilich eine minder dramatische Schwierigkeit darstellte.
Und wie ich nun die erste mir auferlegte Hürde überwunden hatte, befähigte mich ein letzter Lichtstrahl der untergehenden Sonne durch ein Aufblitzen des goldenen Türgriffes, den ungefähren Standort des Schlüsselloches zu erahnen.
Nachdem ich vorsichtig und behutsam mit dem Schlüssel nach dem für ihn vorgesehenen Schloss getastet hatte, ließ er sich, wie die Zeit den Zeiger einer Uhr vorantreibt, drehen, und das wohltönende mechanische Mahlgeräusch, welches er dabei verursachte, erweckte in mir unvorstellbar erleichterte Gefühle.
Trotz dieses Teilerfolges rief ich mir ins Gedächtnis, dass mein Vorhaben noch nicht beendet war und dass meine vorläufige Sicherheit erst in den Gefilden hinter dieser massiven Eichenholztür garantiert werden konnte.
Ein weiteres Problem, welches ich vorhin nicht erwähnt hatte, bestand in jenem Faktor, dass die Tür zum Gang hin aufschwang. So musste ich, in jener Situation ein unvorstellbar zeitaufwändiges Unterfangen, einen Schritt zur Seite treten, außerdem, nicht zu vergessen, den Schlüssel aus dem Schlüsselloch ziehen. Da ich beides gleichzeitig tat, subtrahierte sich glücklicherweise zeitlich zumindest ein Vorhaben.
Dies geschehen, trat ich hastig mit einem großen Schritt in mein Büro und zog die wuchtige Eichenholztür hinter mir zu. Keine Sekunde zu früh, denn augenblicklich danach vernahm ich einen der Verfolger

gegen die zum Gang gewandte Seite der Tür stoßen, allerdings mit einer solchen Wucht, dass ich mir vielmehr vorstellen konnte, dass er vergessen hatte, seinen Sprint zu drosseln. Ein herrliches Gefühl, dies wahrzuhaben, nicht wahr? Mein Verdacht bestätigte sich durch die nun folgenden, wüsten Flüche, die mir selbst in einer Ausnahmesituation nicht in den Sinn gekommen wären.

Mich in bösartiger Schadenfreude an dem Unglück meines Feindes weidend, schloss ich die Tür mit der höchsten Geschwindigkeit von innen zu, die mir ohne Risiken für einen möglichen Misserfolg gewährt war. Offenbar war selbst diese Geschwindigkeit zu schnell, denn kaum hatte er seinen Zweck erfüllt, brach der Bart des Schlüssels ab und blieb in dem Schloss stecken, während ich den anderen Teil noch verwundert in der Hand hielt. So war ich auf zwei Weisen in meinem Büro gefangen. Obgleich ich von der unvorstellbaren Misslichkeit meiner Situation wusste, gönnte ich es mir, direkt hinter dieser schweren Tür wie ein dahingeworfener Sack, gefüllt mit Kartoffeln, zusammenzusacken und vorerst, teilweise beruhigt, durchzuatmen.

Meine Freude über den Erfolg währte jedoch nicht lange, denn kaum wähnte ich mich schon in Sicherheit, bekamen meine Ohren die Versuche meiner unhöflichen Gäste, die Tür gewaltsam einzuschlagen, zu hören.

Es handelte sich bei meiner Bürotür um eine aus massivem Eichenholz. Doch selbst dieses würde sich sicherlich von einem gewalttätigen Pack wie jenem, welches nur einen halben Meter von mir entfernt mutwillige Sachbeschädigung zu meinem Schaden vollzog, entzwei teilen lassen.

Nun, obwohl ich es noch nicht erwähnt habe, weiß der werte, nicht vorhandene Leser sicherlich schon, dass es sich bei den ungezogenen Gästen um niemand andere als um Kopfgeldjäger des Konzerns RORUS handeln könnte; so lautete zumindest meine erste Vermutung, wo ich diesen doch derart schmerzlich gedemütigt und einer gewaltigen Geldquelle beraubt hatte, dass sie sich bereits nicht darüber erha-

ben sahen, mir ungehobelt unfrankierte und gar darüber hinaus mit Milzbrand infizierte Drohbriefe zukommen zu lassen!
Ich befand mich in einer recht seltsamen Situation. Gleichwohl ich doch offen ehrliche Hilfsangebote hatte verlauten lassen und mit RORUS über Jahre hinweg ausgezeichnete Beziehungen gepflegt hatte, bin ich augenscheinlich Opfer eines Verrates oder eines großen Missverständnisses geworden, wobei ich weder identifizierbare Hintermänner noch konkrete Ziele benennen könnte. Ich würde mich aber dafür verbürgen, dass nicht der Vorstandsvorsitzende von RORUS, Andrej Sorokin, für den Umstand der ungebetenen Gäste in meinem Verlagshaus verantwortlich ist, die mir selbst hinter verschlossenen Türen nach dem Leben trachteten.
Nun, dass ich gezwungen war, den Versuch zu unternehmen, sofern ich meinen kostbaren Leib in Unversehrtheit zu wissen wünschte, vor den Attentätern zu fliehen, steht hiermit für den geneigten Leser sicherlich außer Frage. Dennoch erschien mir die Frage, was diese mit mir zu vollziehen wünschten, sollten sie mich - bewahre mich eine höhere Macht bloß davor! - erreicht haben, von äußerstem Interesse. Um mir darüber Klarheit zu verschaffen, blieb mir keine Alternative, als den Dialog zu versuchen.
„Bei allem Respekt, den ich meinen unangemeldeten Gästen entgegenbringe“, sprach ich also mit fester Stimme, die nicht meine große Nervosität anmerken ließ, in der Hoffnung, dass die massive Tür die Schallwellen besser durchließ als körperliche Zusammenstöße. „Darf ich mich höflichst nach dem Grund Ihres mit Sachbeschädigung und versuchter Körperverletzung verbundenen Eindringens erkundigen?“
Dies sagte ich ohne den geringsten Hauch von Ironie, obgleich diese Situation eines solch respektvollen Umganges sicherlich nicht bedurfte.
Ich vernahm noch einen lauten Schlag, dann mit derselben, heiseren, kommandierenden Stimme wie jener, die eben meine missliche Lage heraufbeschworen hatte: „Stoppt grad’ mal!“.

Es folgte nun keine Erschütterung mehr, in der darauf folgenden Pause überlegte ich mir, wie man den groben Satz des Anführers der Attentäter auf eine etwas elegantere Ebene umformulieren könnte.
„Was sagtest du gerade?“, erkundigte er sich, und als sinnlose Rechtfertigung ergänzte er: „Bei diesem Lärm kann man halt nichts verstehen!“
Ich wiederholte mein Anliegen und ließ es nicht aus, den Schlägerknaben darauf hinzuweisen, dass es allgemein üblich sei, fremde Personen vorerst mit „Sie“ anzureden.
Nun folgte ein höhnisches Lachen, dann die ersehnte Antwort: „Von unangemeldetem Eindringen kann hier nicht die Rede sein. Schließlich haben doch unsere Auftragsgeber schön höflich schon vorgestern unser Kommen angekündigt. Nun ja, wenn man einen mit Milzbrand-Viren verseuchten Brief lesen kann... Tja, und sorge dich, oh, Verzeihung, sorgen SIE sich nicht, für das hübsche Sümmchen, was sie uns gegeben haben, können SIE sich sicher sein, dass wir auch weiterhin nicht von IHNEN ablassen werden!“
„Sie sind nicht nur ein elender Gesetzesloser, sondern zählen auch noch zu der verabscheuungswürdigen Gilde der Kopfgeldjäger!“, rief ich zornig erregt, die Stimme gefüllt voller Ekel vor meiner Nähe zu dem Unrat unserer Gesellschaft, welchem kein einziges Mittel zum Erreichen ihrer unehrenhaften Ziele zu schmutzig ist und ersparte es mir, den Ungebildeten auf den Fehler hinzuweisen, dass es sich bei den Milzbrand-Erregern mitnichten um Viren, sondern um Bakterien handelt. Doch dies ist einerlei, vielmehr sollte ich der güldnen oder pechschwarzen Information mehr Bedeutung beimessen, dass jeglicher Zweifel nun ausgeräumt war. In der Tat trachtete mir RORUS nach dem Leben. In keinen Worten vermag ich mein Entsetzen hierfür auszudrücken, dass mich ein guter Partner nun so schmählich verraten hatte, meine Ausdrucksweise vermittelte nur einen Bruchteil meines bestürzten Hasses. „Hinfort mit Ihnen und Ihrem ehrlosen Gesindel! Ich verlange, dass Sie unverzüglich mein Gebäude verlassen und mir zuvor noch einen Schadensersatz für die Büste und die Tür erstatten,

dann ziehe ich es in Erwägung, Ihnen die Anzeige wegen versuchter Körperverletzung sowie ausartenden Hausfriedensbruches zu ersparen!", rief ich weiter mit erregter Stimme, während mein Geist vor Zorn brodelte wie ein Vulkan.
„Dummer, besserwissender Hampelmann!", fluchte nun mein mir unsichtbares Gegenüber: „Um Ihnen einen wohlgemeinten Rat zu geben, hören Sie bloß auf mit diesem dämlichen Rumgequatsche! Das hilft Ihnen jetzt auch nicht weiter. Lassen Sie sich demnächst bessere Dinge einfallen, wenn Sie uns rumkriegen wollen."
„Ich kann Ihre Neigung zur Bestechlichkeit nur belächeln", antwortete ich, die schlechten Charakterzüge meines Gesprächspartners nun in Gänze durchleuchtend. „Für gewöhnlich pflege ich Verhandlungen ja Auge in Auge zu führen. Doch ich nehme an, Sie sind nicht gekommen, um mit mir ein anregendes Gespräch zu führen, wie ich bedaure. Was genau beabsichtigen Sie, mit mir zu vollziehen, sollte ich, rein des Zufalls willen, die Absicht hegen, mich freiwillig zu stellen?"
Nun folgte eine längere Pause. Ich nahm an, dass mein Gast wohl überlegte, inwiefern er mir reinen Wein einschenken dürfe.
Dann folgte die nüchterne Antwort: „Wir erhielten die Anweisung, Sie möglichst unbeschadet zu unseren Auftragsgebern nach Jekaterinburg zu bringen."
„Ich habe nun erfahren, was mir von höchstem Interesse war", meinte ich sachlich. „Fahren Sie nur fort mit ihren Schandtaten, doch lassen Sie auch mich mein beabsichtigtes Tun zu Ende führen!"
Darauf erwiderte mein Gesprächspartner einen wüsten Fluch, den hier zu erwähnen das Papier zu erhaben ist, und die übrigen der kriminellen Gruppe setzten die Versuche, die Eichentür gewaltsam zu öffnen, fort.
Wenigstens war mir durch das massive Holz ein wenig Zeit vergönnt, einen Fluchtplan zu überlegen. Eine solche Situation ist doch ein ausschlaggebender Beweis dafür, dass sich mein gezahlter Tribut in Qualität rechnet, nicht wahr?

Ich blickte mich also in meinem Raum um. Ich kannte es sehr gut, das Büro. Ich hatte es zu den Zeiten meiner Aktivität als Konzernleiter schließlich als etwas Vertrautes und Heimeliges wie ein Kinderzimmer angesehen. Es war gutbürgerlich eingerichtet, mit einem mit Ranken versehenen Perserteppich auf dem Boden und schweren, schlicht, aber mit einer großen Sensibilität verzierten, dunkelbraunen Möbeln. Die Wand gegenüber der Tür war eine lange Fensterzeile, an deren Seiten zwei purpurne Gardinen hingen, vor der in der linken Ecke mein geliebter Schreibtisch stand, der dank der Form für den dort Sitzenden gleich zu zwei Seiten eine Arbeitsplatte bot.
Unzählige Stunden hatte ich an ihm verbracht, Briefe geschrieben, über den Computerbildschirm verhandelt, Vorträge vorbereitet und die üblichen Verwaltungsdinge erledigt, und nun wirkte er, wie die anderen Teile des Büros, dunkel und verlassen. Freilich wurde dieser Eindruck ebenso durch die einbrechende Dunkelheit verstärkt. Außerdem ist noch erwähnenswert, dass ich es mir erspart hatte, den Lichtschalter zu betätigen.
Neben der Fensterzeile mit dem Schreibtisch bestand der restliche Teil meines Büros aus Wänden, die vom Boden bis zur Decke, wohl sortiert, mit zahlreichen Büchern gefüllt waren, Aktenordner standen dort, besonders erfolgreiche Fachbücher, Notizhefte, Verwaltungsdokumente und Protokolle der wissenschaftlichen Experimente, welche ich zur Kontrolle der verhandelten Bedingungen zu meiner Finanzierung eingefordert hatte.
Ich stand inmitten meines in einem sehenswerten Zeitraum von vierundzwanzig Jahren vollbrachten Werkes, denn so lange existierte mein Konzern in aller Pracht schon, und hatte jetzt, bei der vermutlich letzten Gelegenheit, jemals dieses Büro zu betreten, nur einen flüchtigen Blick für dies alles übrig.
Meine größte Aufmerksamkeit nämlich galt der Fensterzeile, freilich der einzigen Möglichkeit, auf einem anderen Wege als durch die nun unmöglich passierbare Tür dieses Büro verlassen zu können.

Mein Büro befand sich im zweiten Stockwerk des Verlagshauses. Darunter lag eine große, freie Wiese, welche mir schon oft durch ihre Weite und absolutistische Schönheit, denn meine Gärtner hatten sie nach den Gärten von Schlössern des Barock bepflanzt, ein wenig Inspiration, Ruhe und Optimismus während meiner Tätigkeit im Büro zugeführt hatte.
Jede vernünftig denkende Person, mit der Ausnahme von Selbstmördern vielleicht, die sich aber zum größten Teil nicht in dieses Spektrum einschließen lassen, weiß sicherlich, dass das zweite Stockwerk zu dem Zwecke des Hinunterspringens denkbar ungeeignet ist, sofern man unversehrt auf dem Boden zu landen wünscht.
Für Neunundvierzigjährige, wie ich eben einer bin, wäre selbst das erste Stockwerk ein wenig zu hoch gelegen zum unverletzten Aufschlage.
Neben dem Springen existierten glücklicherweise noch einige weitere Optionen, wie zum Beispiel das Klettern.
Diese Möglichkeit erschien in jenem Falle sehr geeignet, da die äußeren Wände des Gebäudes die Form eines römischen Tempels innehaben und demzufolge aus großen Sandsteinblöcken zusammengesetzt sind, die, um dem Original sehr nahe zu kommen, außen nur grob behauen worden sind. So eigneten sich die Unebenheiten perfekt zum Festkrallen und Abstützen, den bedeutendsten Tätigkeiten des klassischen Kletterns.
Freilich war auch dieses Vorhaben mit einer großen Absturzgefahr verbunden, jedoch die sicherste und die einzige mir in den Sinn kommende Möglichkeit, um den kaltblütigen Händen meiner unliebsamen Gäste zu entgehen. Mein Geist kümmerte sich jedoch in jenem Augenblicke keineswegs um diese gar furchtbare Gefahr.
Die Eindringlinge rammten seit meinem gehaltvollen Gespräch mit ihrem Anführer ohne Unterlass gegen meine Eichentür und ich bedankte mich stumm bei ihr, dass sie zumindest bis zu diesem Augenblick tapfer Widerstand geleistet hatte. Doch verkündete schon ein Unheil verkündendes Knirschen vom baldigen Scheitern ihrer Wider-

standskraft und es lag nun an mir, die mir noch geschenkte Zeit bestmöglich zu nutzen.

Also öffnete ich das mittlere Fenster, oder, um es ehrlicher zu formulieren, ich drehte und riss verzweifelt an dem, ebenso wie die Türklinke goldenen Griff, bis er in die passende Position gerückt worden war, sodass das Fenster nach innen aufschwang und mir einen Blick hinab in gähnendes Schwarz freilegte.

Ja, die Erde drehte sich weiter hinfort, diesen für sie verhältnismäßig unbedeutenden Vorfall ignorierend, sodass der Abend nun beinahe zu einer Nacht gewandelt war. Es wehte eine klare Luft in mein Büro, und ich vernahm deutlich das harmonische Zirpen der Grillen, die jenem düsteren Vorgang auch keine Beachtung schenkten und nur den Befehlen ihrer Ganglien gehorchten. Es wäre sicher ein schöner Abend geworden, wenn sich da nicht gerade die Flucht eines unglücklichen Vorstandsvorsitzenden dazwischen geschoben hätte, den momentanen Zustand hierbei inkludiert.

Nun, es blieb mir jetzt nichts anderes übrig, als in der Hoffnung, keinen Fehltritt zu begehen, die besagten zwei Stockwerke hinunterzuklettern. Dabei musste ich mich ganz auf mein Tastorgan verlassen, und sollte dieses zu ungenaue Informationen an mein Gehirn liefern, so würde ich mir schwere Verletzungen zufügen oder gar den Tod erleiden.

Auch meine Kleidung war denkbar ungeeignet für das beabsichtigte Unternehmen, denn ich trug anstatt einer typischen Bergsteigerausrüstung mit schweren Stiefeln, einer dicken Jacke und einem eisernen Karabiner einen dreiteiligen, anthrazitfarbenen Anzug mit einem weißen Hemd und einer seidenen Schleife, welche ich mit einem schlichten, weißen Einstecktuch kombiniert hatte, wie ich es zu allen Zeiten zu tragen gepflegt hatte. Darüber war ein rabenschwarzer, einreihiger Mantel, dies alles sehr orientiert an der stilvollen Kleidung der glanzvollen Biedermeierzeit. Meine schwarzfarbenen, matten Schuhe, es handelte sich um gute Budapester, ließen nicht gerade eine große Trittfestigkeit zu dem Zwecke des sicheren Abstützens zu. Ich ersparte

mir, mich des Paares weißer Handschuhe zu entledigen, ich hatte in der Manteltasche schließlich noch ein zweites und wünschte mir zudem, nicht meine kostbaren, feingliedrigen Finger bei der nachfolgenden Aktivität aufzuschürfen.
Bevor ich den gefahrvollen Abstieg wagte, ließ ich es nicht aus, noch den besagten, handlichen, mit einem sehr hohen, baren Geldbetrag gefüllten Tresor von dem Schreibtisch zu klauben und ihn aus dem Fenster zu befördern, schließlich war ja ihn an mich zu nehmen auch mein eigentliches Anliegen zum Aufsuchen meines Büros gewesen.
Jenen wollte ich mit auf meine Flucht nehmen, da sich freilich ein Geldbetrag in den Händen seines Besitzers besser macht als wenn er in einem verlassenen Büro verstaubt.
Selbstverständlich befindet sich der Hauptteil meines beträchtlichen Vermögens, wenn ich dies erwähnen darf, noch auf mehreren Konten in diversen Finanzinstituten und in zahlreichen, Gewinn versprechenden Aktien und Fonds. Zugriff auf mein Geld hatte ich durch Karten, die an jedem Geldautomaten nutzbar sind, in einem Portemonnaie verwahrt, von welchem ich mich niemals trennte, ich verspüre sogar ein gewisses Unwohlsein, wenn ich nicht den beruhigenden Druck dieses Gegenstandes an meiner Brust verspüre.
Da sieht man doch einmal, was die Gier nach Geld für Katastrophen heraufbeschwören kann, und ich selbst gar war der Tor in jener Geschichte: Obgleich es mir nicht an Finanzen mangelte und ich es keineswegs nötig hatte, auf weitere Geldreserven zurückzugreifen, war ich nicht darüber erhaben, den traurigen Geldbetrag in dem Tresor einfach liegen zu lassen, nein, oh, wie verfluchte ich mich jetzt dafür, wollte ich noch den letzten Cent meines Vermögens in meinen Händen wissen, und dies hatte mich folglich in die jetzige Situation gebracht, einfach mein unbezähmter Hunger nach Geld. Pfui Schande, wie habe ich mich zuvor noch geschimpft? Einen „moralischen Kapitalisten", jawohl, das habe ich!
Nun denn, suchen wir wieder den roten Faden in meiner Leidensgeschichte auf. So wagte ich dann den Abstieg, indem ich vorsichtig mit

meinen Schuhen nach einem stabilen Abstützplatz suchte, ihn fand und mich mit den Händen an dem Fenstersims festkrallte, wie ein kleines Neugeborenes während des Schlafens seine Fäustchen zu ballen pflegt.
Nun tastete ich mich Zentimeter für Zentimeter weiter zu einer tiefer liegenden Mulde und gönnte es mir dieses eine Mal auch, einmal kurz durchzuatmen und mir beruhigend zuzusprechen: „Ich schaffe es!“
Doch nun drohten mich ein schreckliches Knirschen und ein darauf folgendes Krachen aus der Konzentration zu bringen, denn diese verkündeten, dass meinen in der Tat schlecht erzogenen Gästen der Durchbruch in mein Büro geglückt war. Es bedurfte meines vollen Aufmerksamkeitsvermögens, gegen den Drang anzukämpfen, vor Verzweiflung aufzuschreien und unkontrollierte Bewegungen mit den Händen zu vollführen, welche mir einen Sturz und damit den sicheren Garaus beschert hätten.
Mit ununterbrochenem innerlichen Mutzuspruch führte ich meinen Abstieg fort und gelangte unversehrt zu den Fenstern des ersten Stockwerkes. Dort erlaubte ich es mir, sicher auf der Fensterbank stehend, nacheinander meine Finger zu entkrampfen, um mein Vorhaben auch weiterhin erfolgreich fortführen zu können. Die unerwarteten Eindringlinge vernahm ich fluchen, als einer sagte: „Er ist nicht mehr hier! Entweder ist er aus dem Fenster gesprungen oder hat sich irgendwo versteckt.“
„Mmmh“, brummte wer mit der Stimme des Anführers. „Das geöffnete Fenster ist eigentlich der Beweis dafür, dass er nach draußen stiften gegangen ist. Aber du hast Recht, er könnte uns damit auch nur auf eine falsche Fährte gelockt haben. Jedenfalls glaube ich nicht, dass ein so pikefeiner Mensch einfach so aus dem Fenster springt.“
Mir blieb nichts anderes übrig, als den gefahrvollen Abstieg weiterhin, dessen unbeachtend, fortzusetzen, obgleich sie mich jederzeit zu entdecken drohten.
Ich hatte schon ein geschätztes Viertel der Distanz zwischen der ersten Etage und dem Erdgeschoss zurückgelegt, als mir schließlich doch ein

Attentäter auf die Schliche kam und sich sein massiger Körper schwarz über das Sims der oberen Etage schob.
„Da! Der Trottel hat es tatsächlich gewagt, die Wand runterzuklettern! Boss, was sollen wir jetzt tun?"
„Ich hätte da eine hübsche und schmerzhafte Idee!", so ertönte darauf die grausame Stimme des Anführers. Folgend hörte ich ihn höhnisch: „Literatur kann unter gewissen Umständen etwas Erschlagendes haben!" rufen und sah danach einen schwarzen Gegenstand in meine Richtung fliegen. Dann verspürte ich eine harte Erschütterung auf meiner Brust, ich empfand es, als sei eine Granate explodiert und hätte mir mit ihrem Druck die letzte Luft aus der Lunge gepresst. Vor Schmerz und Pein tanzten mir bunte Flecken vor den Augen, meine Hände erschlafften urplötzlich. Das Gewicht des noch undefinierten Gegenstandes riss mich mit zu Boden, die restliche Strecke, die ich einst hinunterzuklettern gewünscht hatte hinab, sodass ich ungewollt hart auf der Wiese aufschlug und der Gegenstand schwer auf mir lastete. Mit Bedauern stellte ich fest, dass jener Gegenstand, den ich nun von meinem Leibe zog, eines der holden Fachbücher war, ein Gegenstand, der doch eigentlich Freude und Wissen liefern soll und nicht Schmerz und Verderben! Den werten Titel sollte ich nie erfahren, im Grunde stehe ich in dem Glauben, dem sei auch besser so, wo ich doch von jedem Buche meines Verlages eine gute Meinung beibehalten möchte.
Ich überprüfte mich nach jedweden Verletzungsmöglichkeiten und stellte zufrieden fest, dass ich mir außer einigen Prellungen und einem schmerzenden Brustkorb nichts Ernsthaftes zugefügt hatte. Auch die maßgeschneiderte Kleidung schien nur durch die Wiese ein wenig feucht geworden zu sein, ich musste sie also nicht einmal zu einer Änderungsschneiderei, sondern lediglich zur Reinigung geben.
Als ich wieder der Herr meines Denkens und meiner Motorik war, tastete ich in der Dunkelheit nach dem handlichen Tresor, bis ich auch dessen kalten Stahl an meinen Händen verspürte.

Doch auch bedrohliche Neuigkeiten blieben mir nicht unerkannt. So vernahm ich gleich wieder das abscheuliche Stimmorgan meines Widersachers rufen: „Los, los, schnell! Er entkommt uns noch! Versucht, ihn mit allen Mitteln aufzuhalten!“

Nun sollte ich diese Mittel auf eine in der Tat unangenehme Weise erfahren, denn es handelte sich tatsächlich um einen Hagel unschuldiger Bücher, welche auf mich und die Umgebung herniederprasselten. Ich verdankte es nur einer instinktiven Bewegung meiner Hände, dass mein Kopf vor dieser schändlichen Attacke verschont blieb und ich demzufolge auch weiterhin fähig war, weitere Strategien meiner Flucht zu planen. Welch ein Glück, dass mich nur drei der Bücher heftiger an Rücken und Arm trafen, die darauf folgenden Verletzungen sollte ich aber mit nicht minder fröhlichem Lebensverlauf überleben. Endlich war ich aus dem Gefahrenbereich der Bücherflut, als ich die Gebäudeecke erreichte. Dann schlich ich, bemüht, das selbige Schwarz wie das der Nacht anzunehmen, vorsichtig an der steinernen Gebäudewand entlang.

Mein jetziges Ziel war es, mein Kraftfahrzeug, welches in meiner privaten Garage neben dem Gebäude untergebracht war, aufzusuchen, um auf dem schnellsten Wege diese Stätte des Verderbens verlassen zu können. In dem Wagen hatte ich nämlich auch schon einen mattschwarzen Koffer mit mehreren Ersatzkleidungsstücken untergebracht, in der weisen Voraussicht nach den unheilvollen Anschlägen auf meine Person, eines Tages überhastet aufbrechen zu müssen und so bald nicht wieder über die Möglichkeit verfügen zu können, zurückzukommen.

Welch ein Glück, dass ich vorläufig meinen ungezogenen Verfolgern entkommen war! So erlaubte ich es mir, meine gebückte, zum Schleichen eingenommene Haltung aufzugeben und mit meinem üblichen, fließenden wie hurtigen Gang die Frontseite des Verlagsgebäudes entlang zu schreiten, welche annähernd eine Strecke von fünfundsiebzig Metern füllte und ihm einen besonderen, geradezu imperialen Glanz verlieh.

Wie auch sonst zu besseren Zeiten war die Fassade hell erleuchtet. Zwischen den zwei mittleren der wuchtigen, acht korinthischen Säulen waren auf einer steinernen Tafel in römischer Schreibweise, mit roter Farbe verstärkt, die Buchstaben LWGP und darunter der Name des Verlages zu sehen, welcher ja einen kleinen, jedoch wichtigen und feinen Teil meines Konzerns ausmacht.
Darunter war das mächtige Eingangsportal platziert. Die Räume zwischen den Säulen waren mit massivem Glas ausgefüllt, welches Blicke in das luxuriös mit Perserteppichen, vergoldeten Statuen und einer reichlich verzierten Stuckdecke ausgestatte Foyer zuließ. Von dort zweigten Gänge ab zu den Büroräumen, zu der Bibliothek, denn freilich war nicht jene des Verlagsgebäudes, sondern die des Verwaltungsgebäudes, welches einige hundert Kilometer entfernt in Elmshorn stand, ausgebrannt, dem Tagungsraum, dem kleinen Museum, zu der Druckerei und zu weiteren wichtigen Räumlichkeiten eines vollständigen Verlages.
Doch für all dies hatte ich keine Muße, es wahrzunehmen, ich gönnte lediglich der eingeschlagenen Scheibe, durch welche sich meine unangemeldeten Gäste offensichtlich Zutritt zu meinem Gebäude verschafft hatten, einen etwas längeren, empörten Blick.
Nun, noch etwa eine Distanz von zehn Metern von meiner Garage, die neben der rechten Gebäudeseite entfernt stand, ergriff ich, auf ein Neues, die Überreste meines Schlüsselbundes und öffnete mit einem Knopfdruck das Tor, mit einem weiterem deaktivierte ich die Verriegung meines Wagens.
Wie ich mir nebenbei zu erwähnen erlaube, handelt es sich bei meinem Kraftfahrzeug um einen glänzend schwarzfarbenen, erhabenen, aber dennoch sportlichen Wagen einer anerkannten, britischen Marke, die sich auch durch den Bau von Flugzeugtriebwerken ausgezeichnet hat. Ich hatte ihn mir besorgt, da ich einerseits meinen Durst an würdevoller Eleganz stillen wollte, aber andererseits auch, um vor der Öffentlichkeit einen Ruf als zukunftsorientierter Mensch zu haben, aus

diesem Grunde habe ich nämlich den modernsten und schnellsten Wagen jener Firma gewählt.
Gerade in dem Augenblick, als ich im Begriff war, die Garage zu betreten, um ebenjenen Wagen aufzusuchen, trat in dieser nächtlichen Stunde ein junger, gepflegt gekleideter Herr aus dem Dunkeln auf mich zu. Er war mit einem schwarzfarbenen Smoking und einer darauf beinahe unsichtbaren, wenn zwar schön abgestimmten, so doch aber zu der kleinen Abendgarderobe unpassenden, ebenso schwarzen Krawatte gekleidet.
Die Gestalt war von nicht übergroßer, schlanker Statur, wie die von jemandem, der athletisch nicht nur durch Kraft, sondern auch durch Wendigkeit und geschickte Handgriffe verschiedenster Kampfsportarten besticht, sie war wohlproportioniert und hatte feine Gesichtszüge, die von verschiedenen Launen und sensiblen Zwischentönen kündeten. Sie schien aus höheren Kreisen zu stammen, was der muskulöse, aber nicht grobe Körperbau, das dezente Auftreten und das zwar markante, aber auch etwas schelmisch knabenhafte Gesicht unterstrich.
Er nickte mir grüßend zu und stellte mir ohne Zaudern eine Frage: „Ist Ihr Name zufällig Valerius Lunkenheimer?“
Oh, wie verfluche ich doch meine Eitelkeit, welche sogar gerne die Gesetze der Etikette missachtete, bevor ich bewusst etwas gegen mein ungezähmtes Mundwerk unternehmen konnte - denn mein Gehirn war noch mit der Analyse der feinen Gestalt beschäftigt -, hörte ich dieses schon von sich geben: „DOKTOR Valerius Lunkenheimer, sofern es mir erlaubt ist, Sie hierauf aufmerksam zu machen.“
Freilich hätte ich mir bereits denken können, dass es sich, wie eben schon, um einen elenden Attentäter handelte, ungeachtet der besseren Kleidung und des höflichen Auftretens. Trotz dieser um eine halbe Sekunde zu spät gewonnenen Erkenntnis blieb ich ungerührt. Mit der einen Hand überdeckte ich locker den oberen, geschlossenen Knopf meines Sakkos, eine Geste, die laut dem Knigge Offenheit und Freundlichkeit demonstrieren soll, die andere mühte sich mit dem schweren Tresor aus Gusseisen ab, den ich der Stabilität willen zwi-

schen Hand und Hüfte geklemmt hatte, ohne jemals auf die Idee zu kommen, mir die Hand vor den Mund zu schlagen oder voreilig die Flucht zu ergreifen, wo doch im Angesicht eines professionellen Kopfgeldjägers freilich wenig Chance auf einen Erfolg derselben bestand. Ich ergänzte lediglich: „Wonach lechzt denn Ihr wertes Anliegen, wenn man sich diese Frage erlauben darf?"
„Nun", so antwortete der Herr mit einem leicht angedeuteten Kopfnicken. Seine eisblauen Augen blitzen kurzzeitig in dem Licht der nun fast vollständig untergegangenen Sonne auf, während sie dessen Gesicht lediglich in Konturen offenbarte, und die Stimme jener Gestalt erklang mit einem leicht britischen Akzent. „Bei allem Respekt, denen ich Ihnen entgegenbringe, erhielt ich den Auftrag, Sie unverzüglich festzunehmen."
Sein formulierter Respekt triefte förmlich vor bösartigem Sarkasmus. Doch ich antwortete dessen ungeachtet: „Ich beuge mich keiner Gewalt außer einem wie auch immer zu rechtfertigenden Anliegen der Justiz. Doch wo schon soeben elendes Kopfgeldjägergesindel Schandtaten an mir zu vollziehen beabsichtigte, gehe ich auch bei Ihnen, wenngleich ihre Manieren ansatzweise besser zu sein scheinen, recht in der Annahme, dass Sie von dem gleichen Auftragsgeber geschickt worden sind, um eine unehrenhafte Hatz auf mich zu veranstalten. Und da Sie offenkundig persönliches Interesse an meinem Namen haben, halte ich es für angebracht, mich auch nach dem Ihren erkundigen zu dürfen", sprach ich ihn an, neugierig geworden und um ein gelassenes Verhalten bemüht.
„Erstens: Namen sind etwas für Grabsteine. Zweitens darf ich Ihnen mitteilen, dass Sie sehr wohl recht in der Annahme gehen, man hätte mich vom selben Auftragsgeber geschickt. Ich darf sogar so weit gehen, Ihnen zu sagen, dass RORUS mit dem Vermögen, das es eigentlich in die Finanzierung des Projektes von ALPHA & OMEGA investieren wollte, so ziemlich jeden Auftragskiller beauftragt hat, Sie zu ergreifen. Nach meiner Ansicht trägt das zwar nicht gerade zu einer gelungenen Jagd bei, da sich schon drei Teams um diese Stellung vor

Ihrem Verlagsgebäude gegenseitig zusammengeschossen haben, doch was soll es? Dafür blieb dieser Platz hier frei, bis ich ihn in Anspruch genommen habe, und mich kriegt hier keiner so leicht weg. Und nun ist mir die Ehre zu Teil geworden, Sie meinem Auftragsgeber zu überbringen.“

Was einst nur als eine wage Vermutung von mir vorsichtig geäußert, hatte jene eigentümliche Gestalt kurzerhand zur Gewissheit geformt. In der Tat handelte es sich bei dem Auftragsgeber der Häscher tatsächlich um den Rohstofflieferanten RORUS. Ich konnte es kaum fassen! Wie konnte nur ein solcher Konzern, dessen bescheidene Mittel ich mit den meinen noch weitaus bescheideneren vereint hatte, um Wohlstand und Sicherheit für uns sowie die gesamte Menschheit zu garantieren, zu solch abscheulicher Tat fähig sein! Was bewegte die Köpfe hinter der steinernen Mauer des Schweigens, die zwischen RORUS und LWGP gemauert worden war, nur dazu, Kompromisse zugunsten des jetzigen Zustandes abzuschlagen?

Es versteht sich, dass Rohstoffe die Eigenschaft innehaben, nach ihrer Ausbeutung selten regenerierbar zu sein. So erschöpften sich auch die Rohstoffe, die RORUS mittels des Zutuns des Lunkenheimer Science Fund abgebaut hatte. Freilich bleibt einem Konzern, der Rohstoffe gewinnt und verarbeitet, wenig, als sich dann nach neuen Quellen umzusehen. Ich gestehe, dass RORUS dies eine lange Zeit vernachlässigt hatte, bis es sich an ALPHA & OMEGA beteiligen wollte. Vermutlich wäre der finanzielle Engpass, der die Vorstandsmitglieder zu solch drastischen und überhasteten Mitteln gezwungen hatte, die ich nun hautnah zu spüren bekam, bei etwas mehr wirtschaftlich zukunftsorientiertem Denken vermeidbar gewesen.

Jetzt schon tun mir diese harten Worte, die ich soeben über RORUS gefällt, von Herzen weh, wo Andrej Sorokin, der Vorstandsvorsitzende, doch eine solch gutmütige Person ist und ich bereits so viele Projekte mit ihm habe verwirklichen können, man denke nur an die Entwicklung der Abbaubagger für den Tagebau von Eisenerz in Swerdlosk! So trifft doch auch mich die Schuld, dass das unglückliche Un-

ternehmen in Russland an einem Engpass an Rohstoffen und Finanzen leidet!
Insgeheim keimte in mir der Verdacht auf, dass mein guter Geschäftspartner nicht verantwortlich für das Aufgebot an schmutzigen Kopfgeldjägern war, nein, er nicht, sondern eine vollkommen andere, bösartige Person, die in seinem Namen ihre düsteren Entschlüsse gefasst hatte, womöglich jemand aus dem Vorstand, der skrupellos genug für die Idee eines mit Milzbrand infizierten Briefes ist. Nur keine voreiligen Schlüsse wollte ich nun ziehen, deren verleumdender Wert mir, wenn sich eine gar vollkommen andere Erklärung finden würde, allzu arg zusetzen könnte.
Dennoch, das Aufgebot dieser Schreckensschar an zwielichtigen Gestalten sollte mich also nirgends auf diesem Erdenrund mehr sicher leben lassen!
„Verzeihen Sie mir diese Ausdrucksweise, doch Sie können es vergessen, mich widerstandslos zu entführen!“, so erwiderte ich auf seinen letzten Satz, er wolle mich wie ein kleines Lamm einfangen, zornig, und wandte mich, ach, der Ausweglosigkeit meiner Lage zum Trotz, demonstrativ zur Garage.
„Halt! Warten Sie!“, rief der Herr auf einmal und raunte mir darauf in einem ungeheuer verschwörerischen Tonfall zu: „Wie ich sehe, bin ich momentan sowieso nicht imstande, Sie gefangen zu nehmen, da dort drüben aus der eingeschlagenen Scheibe die Herren heraushüpfen, die Sie offenbar auch eben belästigt haben. Sollte ich nämlich so idiotisch sein, das zu tun, würden sie zuerst auf mich losgehen. Risiko ja, Selbstmord nein, sage ich. Also gebe ich Ihnen jetzt einen gut gemeinten Rat: Verschwinden Sie jetzt, doch lassen Sie nur zu, dass ich Sie erwische, kapiert?“
Ob es sich bei jenem wohlgemeinten Rat um einen furchtbar zynischen und deplatzierten Spaß handelte oder um den Ausdruck der wahren Besorgnis, konnte ich in jener Situation nicht beurteilen.
„Wie soll ich denn fähig sein, nur Sie an meinen Leib heran zu lassen, wo das elende Kopfgeldjägergesindel doch über kein schmutziges

Mittel erhaben ist und Sie mir nicht einmal gewährt haben, Ihren Namen zu erfahren?“, begehrte ich aus diesem Grunde empört zu wissen.
„Mein Name ist Jack. Und verschwinden Sie jetzt bitte schnell! Haben Sie etwas dagegen, wenn ich Ihren Wagen anschiebe?“
Ich verdrängte für einen kurzen Augenblick, er mag nicht länger als zwei Sekunden gewesen sein, seine angehängte Frage und verzögerte meine Reaktion, sodass mir der Name Jack schnell durch den Kopf gleiten konnte. Es ist schon eigenartig, dachte ich, dass die interessantesten Personen die schlichtesten Namen tragen können, kurze und einsilbige, die aber gerade durch ihre Kürze viel Raum zur Entfaltung der Persönlichkeit bieten.
„Es ist ja schon gut, werten Dank für die Tatsache, dass selbst Attentäter noch über einen Funken Ehre verfügen. Ihr Angebot, meinen Wagen anzuschieben, lehne ich jedoch dankend ab, er hat derlei externe Krafteinwirkung nicht vonnöten “, sagte ich nach jenen zwei Sekunden und verstand erst später, dass Jack das Angebot des Anschiebens nur im Scherz gemeint hatte. Aber ich verstand sehr wohl seine Bedenken, da ich schon auf ein Neues die dröhnende Stimme des schäbigen Kopfgeldjägeranführers vernahm: „Du da! Rühr dich nicht vom Fleck! Der Typ gehört uns!“
Ich öffnete mit geringer Hast die Wagentür, damit diese nicht gegen die kahle Wand der Garage schlagen konnte, was sehr bedauerlich für den schwarzen Lack gewesen wäre, und setzte mich in den Fahrersitz. Den Tresor stellte ich behutsam in den Fußraum des Beifahrersitzes. Ich ließ es auch nicht aus, mich um der Sicherheit willen anzugurten, wo doch neben den ganzen Gefahren, von denen mir Jack berichtet hatte, die auf mich zuzukommen drohten, noch immer die Unfallgefahr bestand, und sagte zur Verabschiedung: „Leben Sie wohl, Jack! Ich wünsche, das Schicksal besäße die Güte, uns noch einmal unter besseren Umständen zusammenzuführen.“ Ich wartete keine Antwort ab, so sehr es meinem Benimm auch widerstrebte, und verschloss die Wagentür. Womöglich war es nur ein Trugschluss meiner Sinne, dass ich zu sehen meinte, wie Jack, der sich an eine innere Garagenwand

gekauert hatte, vermutlich, um Deckung vor den schäbigen Invasoren meines Verlagsgebäudes zu haben, aus der Innentasche seiner Smokingjacke einen kleinen, metallisch-violett schimmernden Gegenstand zog, der gut in das mir bekannte Bild einer Pistole passen könnte, und diesen in einer schussbereiten Position auf den Boden richtete.

Die alltägliche Routine nahm Besitz von mir, verdrängte jenen Vorfall schlicht und ließ mich das Fahrzeug, wie ich es schon unzählige Male zuvor getan hatte, durch eine gewandte Drehung des Zündschlüssels aktivieren und es dann vorsichtig aus der Garage herausmanövrieren. Kaum war dies geschehen, erkannte ich die Nähe meiner schäbigen Verfolger, wendete das Fahrzeug derart schnell, dass die Reifen kreischten und ich, sodass mir elend zumute wurde, einmal herumwirbelte, bis das Licht der Scheinwerfer gerade auf die Stichstraße deutete, durch welche mein Verlagsgebäude mit dem öffentlichen Verkehrsnetz verbunden ist. Dann trat ich das Gaspedal bis zum Boden durch und erlaubte es dem Getriebe erst, als die Nadel des Drehzahlmessers weit in den rot gekennzeichneten Bereich vorgedrungen war, einen Gang höher zu schalten, sodass ich mit einer unglaublichen Geschwindigkeit über den besagten Stichweg schoss. Meinen derzeit beurlaubten Chauffeur hätte ich wahrscheinlich mit jenem dem Fahrzeug und dem Fahrkomfort feindlichen Manöver in die Verzweiflung getrieben. Der Geschwindigkeitszeiger des Tachometers stieg stetig an, und schon hatte ich die einsame Landstraße erreicht, welche mir Wege durch ganz Europa eröffnete, wie ich fühlte, eine unglaubliche Freiheit. Überall hin konnte ich entfleuchen, und meine Hoffnung war, dass sich nicht überall hundsgemeine Kopfgeldjäger aufhielten, wenn ich zu einer rastlosen Flucht vor jenen antreten musste.

Ein feines Lächeln überzog mein Gesicht, als ich in dem Rückspiegel meine unhöflichen Verfolger erkannte, außer sich vor Zorn über ihr Versagen.

KAPITEL II

Ich erachte es nicht als notwendig, den genauen Hergang der ersten Stunde meiner Fahrt zu schildern. Meiner Ansicht nach genügt es vollkommen, wenn ich dem nicht vorhandenen Leser berichte, dass ich von der Landstraße auf eine Autobahn gefahren bin und von dort eine Stadt aufgesucht habe, die mir möglichst viele Möglichkeiten zur Weiterfahrt liefern konnte und somit Chancen, meine Spur vor den Kopfgeldjägern zu verwischen, gab.

Es handelte sich um eine Großstadt im westlichen Zentrum Deutschlands mit dem Namen Frankfurt, die nicht allzu fern von dem Verlagsgebäude, welches nahe von Bad Neustadt an der Rhön steht, liegt.

Ich hatte nämlich nicht die Absicht, an dem hiesigen Ort länger zu verweilen, sondern plante vielmehr eine weitere Reiseroute, wenn man einen Fluchtweg derart bezeichnen darf.

Vorerst wünschte ich mit dem Kraftfahrzeug weiterzufahren, um nur im äußersten Notfalle mit Flugmaschinen in andere Länder zu reisen, wo mir doch das Fliegen widerstrebt.

Nach einer langen Überlegung und Betrachtung meiner in dem Handschuhfach gelagerten Verkehrsnetzkarte Deutschlands kam ich zu dem Schluss, vorerst nach Braunschweig, welches ich noch von einem früheren Aufenthalte in Erinnerung hatte, und folgend zu der polnischen Hauptstadt Warschau zu fahren, um dort, sollten meine Verfolger immer noch nicht abgeschüttelt sein, weitere Schritte zu planen. Wahrhaft, auf Braunschweig fiel meine Wahl wegen des kulturellen Wertes der Stadt recht schnell. Auch Warschau kam mir hurtig in den Sinn, doch nicht etwa, dass ich jene Stadt einmal zu Gesicht bekommen hätte, denn dies ist nicht der Fall, sondern vielmehr, da eine spontane Reise in das Ausland eine kluge Taktik sein würde, um die sich auf eine Flucht durch Deutschland eingestellt habenden Kopfgeldjäger durch ein spontanes Entschwinden meinerseits zu verwirren. Ich hoffte, dass es mir so möglich sei, ihrem nur grobmaschigen Netz zu entkommen. Zudem zählt insbesondere die Altstadt Warschaus zu einem

bedeutenden Kulturdenkmal, welches ich schon immer einmal aufsuchen wollte. Da kam doch meine Flucht gerade recht, nicht wahr?
So verließ ich mich mehr auf mein Navigationssystem als auf die Fahrbahn, die außer im Kegel meines Scheinwerferfernlichtes sowieso im nächtlichen Dunkel lag.
Als ich schließlich in Braunschweig angelangt war und den Altstadtbezirk, der auf mittelalterliche Wurzeln zurückführt, erreicht hatte, ging der schwarze Sternenhimmel allmählich in die Morgendämmerung über. Keine Wolke befleckte die makellose Reinheit des aufstrahlenden Morgenhimmels, und die Sonne schien mit der stärksten Frühlingskraft auf uns Nordhalbkugelbewohner herab.
Es steht außer Frage, dass meine stressreiche Flucht und das nächtliche Wachbleiben Spuren in meiner Kraft und Konzentration hinterlassen hatten. Ich brauchte nicht in den Spiegel der Sonnenschutzblende zu blicken, um zu wissen, dass ich jenen Anblick bot, welchen nun einmal übermüdete Menschen haben. Ich wusste, dass meine Augen und die Gesichtszüge durch die Anspannung während der Autofahrt ausdruckslos waren und ich ein kraftloses und willenloses Erscheinungsbild abgab. Wie sehr ich dies bedaure!
Ich benötigte schnellstens ein wenig Ruhe, schrie mich die Stimme der Vernunft mit maximaler Intensität an, ansonsten hätten meine elenden Verfolger durch meine Schwäche ein leichtes Spiel bei ihrer schändlichen Hatz.
Glücklicherweise kannte ich noch von einem früheren Urlaub, den ich mit meinen Freunden Professor Dr. Hans Müller und Alexander Dmitrischenko verbracht hatte - denn auch einige wenige freie Tage sind einem Konzernleiter, wenn auch nur recht selten, erlaubt - ein gutes Hotel im Herzen Braunschweigs. Es war das Beste in der Umgebung, in welchem ich mich vorläufig einquartieren wollte. Es war sowohl ruhig gelegen als auch zentral, hatte eine herrlich altmodische Einrichtung, einen zurückhaltenden Service und sehr schöne Suiten, zusammenfassend handelte es sich um den geeignetsten Ort, um ein wenig Energie für meine folgenden Unternehmungen zu sammeln.

Durchaus hatte ich Kenntnis von dem Umstand, dass es unüblich und unhöflich ist, ohne vorherige Anmeldung in einem Hotel zu erscheinen, doch, meine Höflichkeit in Ehren, was blieb mir denn anderes übrig in einer solchen wahrhaftig unüblichen Lage? Wie heißt es denn nicht so schön, wie meine liebe Tante des Öfteren zu sagen pflegte, Unhöflichkeit erzeugt Unhöflichkeit. Den Wahrheitsgehalt jener Aussage erfuhr ich nun auf eine unangenehme Weise, da ich selbst der Betroffene war, dessen unerfreuliche Situation ihn zu flegelhaften Ungezogenheiten zwang.
Unter dem sehr leidend, parkte ich meinen Wagen direkt vor dem rosa lackierten Holzportal des Hotels, las meinen Koffer aus dem Kofferraum auf und betrat meine zukünftige Unterkunft. Wie ich sie aus meinem Urlaub, welcher nun auch schon grob ein Jahrzehnt zurückliegt, in Erinnerung hatte, sah sie noch aus: Vor mir eine Sitzgelegenheit, eine Bonbonschale auf dem schwarzen, quadratischen Tisch, dahinter eine gläserne Tür mit einem Bild einer Ritterrüstung in der Mitte, rechts neben der Sitzgelegenheit die rosafarbene Treppe aus der Barockzeit und davor die Rezeption, zu welcher ich mich nun bewegte.
„Guten Tag, werter Herr“, sprach ich den freundlich dreinblickenden, alten Herrn, der an der Rezeption saß, an. Ich konnte mich noch an ihn erinnern, er trug wie bei meinem letzten Besuch eine silbrig-grüne Weste, allerdings schien er um ein Jahrzehnt gealtert. Nun, dies ist nicht verwunderlich, er war damals freilich noch ein etwas jüngerer, freundlich dreinblickender Herr. „Ich hoffe doch sehr, dass Sie über Güte und Raum verfügen, meine Wenigkeit für ein oder zwei Nächte hier einzuquartieren? Ich bin untröstlich, Sie nicht vorzeitig über mein Kommen informiert haben zu können, doch bedauerlicherweise hinderten mich unvorhergesehene Umstände daran. Ich bin Valerius Lunkenheimer, wenn Sie wollen, können sie auch meine Personalien aufnehmen. Wenn es mir erlaubt ist, darum zu bitten, so würde ich gerne eine Suite mit einem Fenster zum Innenhof beziehen. Sollte dieser

Umstand ungelegen kommen, so habe ich dafür selbstverständlich vollstes Verständnis."

„Gewiss", sagte der freundliche Rezeptionist langsam. Offenbar war mein Mundwerk wieder ein wenig zu schnell gewesen, und der Unglückliche musste meinen Redeschwall erst einmal verarbeiten. Er betätigte einige Tasten an dem Rechner, welcher vor ihm platziert war und blätterte in dem Empfangsbuch.

„Sie haben Glück, Herr Lunkenheimer!", meinte er. „Wir haben noch eine Suite frei. Wenn es Ihnen Recht ist? Nummer 25." Er zog aus einer Schublade den passenden Schlüssel heraus und reichte ihn mir. Als Anhänger hatte er einen goldenen Knauf, auf dem meine Zimmernummer eingraviert war.

Freilich fand der gute Mann keine Erklärung für den Umstand, dass mir bei dem Anblick eines Schlüssels das Blut in den Kopf schoss, sodass dieser ungesund rotfarben anlief.

„Vielen Dank!", sagte ich, als ich den Schlüssel entgegennahm, versuchend, mir meine Pein nicht anmerken zu lassen, und deutete steif mit einem Kopfnicken mein Wohlwollen an. Ich wandte mich zur Treppe, trotz meiner verständlichen Müdigkeit und Benommenheit um einen aufmerksamen Gesichtsaudruck bemüht. „Ich wünsche Ihnen noch einen guten Tag und kann mich bei Ihnen in den besten Händen wissen."

Dies gesprochen, stieg ich die breite, niedrigstufige Barocktreppe hinauf und suchte die Tür mit der Nummer 25. Da ich mich hier bereits zuvor einmal aufgehalten hatte, nahm es nicht allzu viel Zeit in Anspruch, die Suite zu finden. Ich brachte es nicht über mein geplagtes Herz, mir selbst während des Aufschließens der Mahagoniholztür zuzusehen, also schloss ich kurzerhand meine Augen, was unglücklicherweise zur Folge hatte, dass ich den Schlüssel zuerst in die falsche Richtung drehte. Panik stieg in mir auf, als ich mir vorstellte, was wohl geschehen wäre, wenn ich diesen Fehler vor einigen Stunden vollzogen hätte.

Vielleicht könnte ich mich dann zu dieser Uhrzeit gar nicht mehr des Lebens erfreuen?
Oder ich würde an eine Streckbank gefesselt auf alle erdenklichen oder sich meinen Vorstellungen entziehenden Varianten der Folter gequält werden, um den Wünschen von RORUS nachzugeben?
Während ich den Schlüssel, in die richtige Richtung, drehte, stellte ich mir die Frage, wohin ich wohl in dem ungünstigen Fall gebracht worden wäre, wenn mich das schmutzige Kopfgeldjägerpack ergriffen hätte, und was für konkrete Forderungen RORUS an mich stellen würde. Vermutlich, freilich, zielten diese darauf ab, dass die offenen Geldschleusen meines Fonds geschlossen werden. Oder wollten mich die Führungskräfte des Konzerns etwa nur leiden sehen für den nicht sonderlich bedauernswerten Umstand, dass RORUS wohl in Bälde Insolvenz melden muss?
Meine lebhafte Fantasie spielte alle erdenklichen Eventualitäten auf eine höchst unangenehme und realistische Art und Weise durch und es benötigte eine große Kraft meiner Vernunft, den Willen der Fantasie diktatorisch zu ersticken.
Ich trat, noch die letzten, züngelnden Attacken der Fantasie hartnäckig bekämpfend, in mein vorläufiges Heim ein und war höchst erfreut zu sehen, dass sich die Einrichtung kein kleines Bisschen verändert hatte. Der komplett mit einem Teppich bedeckte Boden war immer noch in dem selben, wunderschönen und atmosphärisch einmaligen, warmen Rot, und die Möbel, alle von dem gleichen Stil, erweckten durch ihre weichen Rundungen und ihre klare, dunkelbraune Farbe eine anheimelnde und beruhigende Wirkung, dank des gutbürgerlichen Stils, den ich so liebe. Die niedrige Decke hatte man weiß gestrichen, und da sich das Hotel in einem alten Fachwerkhaus befindet, war sie in regelmäßigen Abständen von dunklen, langen Stützhölzern durchzogen. Eine Seite des Schlafzimmers bestand, wie es ebenfalls bei meinem ehemaligen Büro der Fall gewesen war, aus einer langen Fensterzeile, die einen Blick auf den idyllischen Innenhof gewährte. Die Fensterrahmen waren immer noch die der alten Zeit, sodass sich die Fenster

nicht zu dem Zwecke des Kippens, sondern nur zu dem des Stoßlüftens eigneten.
Ich weiß wohl ganz genau, dass ich den nicht vorhandenen, außen stehenden Leser mit solchen Details langweile, aber ich vermag nicht zu beschreiben, welch holden Gefühle in mir aufkamen bei dem Bewusstsein, dass ich mich an einem Ort befand, welchen ich vor einem Jahrzehnt aufgesucht hatte, als meine Welt noch heil war und ich eins war mit meinem Lebenswerk, dem glanzvollen Konzern LWGP!
All meine Erinnerungen an den damaligen Urlaub in Braunschweig, welchen ich mit dem guten Alexander Dmitrischenko, der sich, so wie ich ihn immer gekannt habe, sofort beschwert hatte, dass die hingestellten Bonbons steinhart seien, und dem gutherzigen Prof. Dr. Hans Müller, der für einen Museumsbesuch nie zu müde war, so sorgenfrei wie ein Kleinkind verbracht hatte, wurden in mir wach und erweckten trotz der kürzlich erlittenen Strapazen eine größte Zufriedenheit in mir.
Wie ich es auch sonst in anderen Hotels zu vollziehen pflege, verstaute ich zuerst meine Ersatzkleidung in den dafür vorhergesehenen Schrank und legte meine goldene Taschenuhr auf den Nachttisch, dann platzierte ich meinen mit goldenen und silbernen Ranken verzierten Füllfederhalter des hochwertigsten Fabrikates auf den in dem Zimmer aufgestellten Tisch sowie meine Verkehrsnetzkarte Deutschlands. So fuhr ich meine Prozedur mit meinen gesamten, wenigen Habseligkeiten fort.
Dies geschehen, verspürte ich den kräftigen Drang, unverzüglich den Schlaf in dem anheimelnden Bette zu suchen, wollte ich nicht, so erschöpft, wie ich damals war, aus dem Stande zusammenbrechen und auf dem kalten Boden in den Schlaf sinken.
Mir blieb nicht einmal die Zeit vergönnt, mich der Kleidung, welche ich am Leibe trug, zu entledigen und mich an deren Statt mit der zu dem Zwecke des Schlafens vorhergesehenen zu kleiden, sodass ich, außerstande, weitere Handlungen zu vollführen, kaum in dem Bett angelangt, in einen zwar erholsamen, aber doch unruhigen Schlaf fiel,

gespickt mit wirren Träumen von meinen ohnehin schon ach so verstörenden Erlebnissen.
So wiederholte mein Gehirn alle die schrecklichen Begebenheiten, und ich war nicht fähig, etwas dagegen zu unternehmen.
Doch in meinem Traum gelang es den Verfolgern, mich wie ein kleines Kaninchen einzufangen. Sie führten mich in einen nur spärlich beleuchteten Raum, dessen Wände mit weißen, schmutzigen Kacheln verkleidet waren, in dessen Mitte eine Streckbank stand, welche von sämtlichen mir bekannten Foltergeräten umgeben war, die wohl ganz für mich vorhergesehen waren. Es war in der Tat so, wie ich angenommen hatte, denn die grausamen Kopfgeldjäger fesselten mich auf der Streckbank, und mein Körper schien wie gelähmt, er war nicht fähig, sich dagegen zu wehren.
Nun trat ein schwarz maskierter Mann in den Raum ein, von grober und plumper Statur, hob eines der zur Folterung vorhergesehenen Geräten auf und führte es langsam, mir vor den Augen, direkt in meine Richtung.
Ich fuhr mit einem Schrei aus dem Schlaf wie ein fieberndes Kind, mein Puls war beschleunigt und auf meiner Stirn stand kalter Schweiß. Dieser verfluchte Traum, er schien zu realistisch und sollte mir noch eine ganze Weile nachlaufen.
Nach einigen Atemzügen ein wenig zur Ruhe gekommen, erlaubte ich mir einen Blick auf meine Taschenuhr und stellte ohne Überraschung fest, dass die Zeit schon eine halbe Stunde nach fünfzehn Uhr maß. Zwar war mir nicht die Zeit des genauen Einschlafens bekannt, doch nach meiner Einschätzung musste es sich um etwa fünf Uhr gehandelt haben, da um jene Zeit die Sonne zu Frühlingszeiten aufzugehen pflegt, und in dieser Zeit gelangte ich schließlich in dieses gastliche Hotel.
Zwar hatte ich zu Tageszeiten geschlafen und war dafür die zum gewöhnlichen Schlafe vorgegebene Zeit wach geblieben. Dieser Tatsache zum Trotz fühlte ich mich, freilich von dem unangenehmen Traum abgesehen, recht aufgeweckt. Ich erfrischte mich, und eine

reine Kleidung, einen wie am gestrigen Tage anthrazitfarbenen Anzug, kombiniert mit einer hellblauen, violett gepunkteten Schleife und einem orangenfarbenen, mit schwarzen Streifen versehenen Einstecktuch, ergänzte schließlich die guten Vorsätze für den Grundstein eines gelungeneren Tages als den gestrigen.

Derart mit guten Vorsätzen bestückt, legte ich die Decke meines Bettes zusammen, ordnete meine mitgeführten Gegenstände ein wenig und verließ, noch die Schleife zurechtrückend, meine wunderbare Suite.

Wie die Buchstaben hier beweisen, habe ich sämtliche geschehene Erlebnisse niedergeschrieben. Doch zu diesem Zwecke benötigte ich freilich neben einem guten Schreibzeug, über welches ich bereits in Form eines güldenen Füllfederhalters mit einer Spitze aus Platin verfügte, noch ein würdiges Büchlein, um in diesem die niedergeschriebenen Buchstaben festzuhalten. Um mir ein solches zu beschaffen, schritt ich die rosa bestrichene Barocktreppe hinab und erkundigte mich bei dem mittlerweile ein wenig ermattet wirkenden Rezeptionisten nach einem guten Schreibwarengeschäft. Glücklicherweise war er kundig über das Geschäftswesen Braunschweigs und konnte mir willig den Weg zu einem solchen beschreiben.

So bedankte ich mich herzlich und verließ mein vorübergehendes Heim in dem Wunsch, ein geeignetes Tagebuch zu finden, welches meiner kostbaren Feder würdig ist. In der Tat befand sich ein Schreibwarengeschäft an dem von dem Rezeptionisten geschilderten Ort.

Ich besorgte mir ein Tintenfass und ein liniertes Heftlein, welches ich als hochwertig auffasste. Denn bei diesem versicherte mir die voluminöse Verkäuferin, dass die Blattranken, welche den spiegelnden, silbernen Hintergrund durchschnitten, aus reinem Blattgold bestehen würden. Ein weiterer, mir wichtiger Faktor war, dass sich das Büchlein auch verschließen ließ, damit keine unliebsamen Leser je meine Strategien der weiteren Flucht erfahren können. Auch das Papier war von herausragender Qualität, da es die Tinte, so wurde es angepriesen,

schnell in sich aufsauge, damit sie nicht durch versehentliches Überstreifen der Hand verwischt. Dies ist selbstverständlich unglaublich wichtig für einen schnell schreibenden Linkshänder, wie meine armselige Persönlichkeit es ist.
Ich war sehr erfreut über mein Glück, ein solch annehmbares Produkt entdeckt zu haben und verließ beschwingten Schrittes das Geschäft. Wie ich nun verraten darf, währte jedoch meine Freude nicht lange, da mich nach einem Fußmarsch von lediglich geschätzten zwanzig Metern ein ungepflegter Herr mit verfilzten, schwarzen Haaren und einer Jacke schlechter Qualität, der in ungelenkter Schreibweise nicht entzifferbare Buchstaben sowie der blanke Schädel einer verstorbenen Person aufgestickt waren, unverblümt ganz offen mit einem einzigen, schlichten Wort ansprach: „Name?“
Er baute sich wie ein wildes Ungetüm vor mir auf, nahm mir den Schein der Sonne und zerbrach die angebrachte Distanzzone schamlos, sodass ich mich recht unwohl fühlte.
Schon der Anblick und der durchdringende Geruch, der meine feine Nase empörte, machte mich schaudern, doch dass mich eine solch niedere Persönlichkeit, wenn ich mir diesen Ausdruck an dieser Stelle erlauben darf, da es doch in der Tat zutreffend ist, auch noch so direkt anredete, versetzte mich in eine unbeschreibliche Furcht.
Ich bedankte mich im Stillen bei meinen geschätzten Eltern, dass diese mich, in weiser Voraussicht auf solche Geschehnisse, nicht unvorbereitet dagelassen hatten. So vermied ich einen offenen Blickkontakt und trat unauffällig einen Schritt zu der von meiner Richtung aus rechten Seite. Doch der Rocker, der er offensichtlich nach logischer Schlussfolgerung aus der Aufschrift seiner Jacke war, trat ebenfalls einen Schritt zur Seite, freilich in die für ihn linke Richtung. Dies bedeutete, ich musste mich seiner Anweisung, wohl oder übel, beugen. Jedoch erlaubte ich mir anbei, weiser geworden durch meine Torheit gegenüber dem höflichen Attentäter Jack, mich eines Pseudonymes zu bedienen.

„Ich bin mir zwar nicht sicher über Ihren Grund des direkten Fragens, doch scheint mir keine Alternative, Ihnen diesen zu nennen. Mein Name ist Heinrich Meier. Erlauben Sie mir nun, meinen Weg unbehelligt fortsetzten zu dürfen?“, lautete also meine vollständige Antwort, die ich, Rücksicht nehmend auf die niedrige Bildungsebene des Rockers, versuchte, in einem weniger anspruchsvollen Vokabular zu formulieren.
„Dein Glück, wir suchen jemand anderen!“, dröhnte der Rocker in einer mich schaudern machenden, kehligen Stimme, welche durchaus Ähnlichkeit mit dem Laut hatte, welchen ein Schmirgelpapier bei der Verwendung ausstößt. Nun war ich auch noch gezwungen, an seinen Ausdünstungen aus dem Mund- und Rachenraum teilzuhaben, es handelte sich zweifellos um gepanschtes Bier.
„Doch du benimmst dich genau so, wie es uns beschrieben wurde. Und so ein komisches Ding um den Hals trägst du auch noch. Beweis mir mal, dass du ein anderer bist!“, fauchte mich der Rocker auf einmal zornig an, nach einer stillen Sekunde, in welcher er vermutlich bemüht war, meinen Redefluss auf seine Verständnisebene umzuformulieren.
„SIE ein anderer sin...“, ich verstummte glücklicherweise rasch. Mir blieb jetzt lediglich eine letzte Chance, mich aus diesem Desaster herauszureden. Denn auch in diesem Falle stand wohl außer Frage, dass es sich tatsächlich um mich bei dem Gesuchten handelte.
„Verzeihen Sie doch bitte meine direkten Worte, doch es gehört doch wohl zu dem guten Tone, sich zu festlichen Anlässen mit einer Schleife zu kleiden, denken Sie nicht ebenso?“, tat ich unbekümmert kund.
„Recht hast' de. Dann erklär mir aber mal, was für eine Art Fest das ist“, antwortete der Rocker betrunken kichernd.
Das Mitglied der Rocker-Gesellschaft wollte mich offensichtlich systematisch, zugegebenermaßen auch in der Tat äußerst unprofessionell in die Enge treiben, da er nicht wahrhaben wollte, was offen auf der Hand lag, nämlich dass er im Unrecht war. Es war für einen ehrlichen Menschen, wie ich es zu sein behaupte, eine ausgesprochene Qual,

sich nur durch Lügen aus diesem gestellten Kreuzverhör herauswinden zu können.
„Es ist eigentlich nun mein gnädiger Wille, zu dem Betriebsfest des Unternehmens, in welchem ich angestellt bin, zu gehen. Wenn Sie den Wunsch auf den Lippen haben zu erfahren, um welch ein Unternehmen es sich handelt, so möchte ich Ihnen dies durchaus und gerne unterbreiten", sagte ich elender Lügner unbekümmert.
Der Rocker verschränkte die nackten, dicht schwarz behaarten Arme vor seiner breiten Brust und schien mich mit seinen kleinen, braunen, zu Schlitzen verengten Augen durchbohren zu wollen. Bedauerlicherweise mochte er zwar von Furcht einflößender Statur sein, doch einen Blick, der zum Niederschlagen der Augen zwingt, besaß er nicht. Ich will von mir behaupten, dass ich über einen solchen unter geeigneten Umständen durchaus verfügen kann, und ich bedauerte zutiefst, ihn zu meiner persönlichen Sicherheit in dieser Situation nicht einsetzen zu können, da ich sehr wohl wusste, dass Personen eines solchen Schlages wie jene direkt vor mir, besonders in trunkenem Zustand, eine sehr geringe Hemmschwelle zu gewalttätigen Schandtaten innehaben.
So antwortete ich rasch und verschlagen wie ein Fuchs lügend: „Das Unternehmen, in welchem ich als Büroangestellter arbeite, ist die Tabakfirma ‚Silberrauch'. Mit den anderen Mitgliedern der Firma möchte ich anlässlich des zwölfjährigen Bestehens des Unternehmens in einer hiesigen Gaststätte zusammenkommen."
Oh weh, oh weh, welch Schmach für meine Seele, mich in den Zusammenhang mit einer Tabakfirma bringen zu müssen! Was aber nur war mir denn damals anderes übrig geblieben, wo ich doch nicht über die Zeit und die Muße verfügt hatte, mir eine etwas geeignetere Firma ausdenken zu können? Trotzdem schämte ich mich wie ein reuiger Sünder über die Maßen für meine dumme Lüge, die mich regelrecht entehrt hatte.
„In welcher Gaststätte, Früchtchen?", ließ nun der Rocker verlauten.
„Bei allem Respekt, den ich Ihnen entgegenbringe", sagte ich empört, „erlaube ich mir doch, Sie darauf hinzuweisen, dass solch primitive

und beleidigende Ausdrücke wie ‚Früchtchen‘ nicht mit mir in Verbindung gebracht werden dürfen!“ Mit diesem Kommentar spielte ich förmlich mit dem Feuer, doch wenn ich mich schon in eine Tabakfirma einzugliedern hatte, wollte ich mich nicht noch zusätzlich mit einer Frucht gleichsetzen lassen!
Verzweifelt suchte ich in meinem Geiste nach mir vom letzten Aufenthalt bekannten Gaststätten, doch mir mochte unter dem Einfluss der Nervosität einfach keine einfallen.
„Ich denke nicht, dass Ihr Interesse nach dem Ort der Zusammenkunft Berechtigung hat“, formulierten meine Lippen, noch ehe ich mir den Befehl einer Reaktion gegeben hatte. „Entschuldigen Sie bitte vielmals, jedoch lege ich sehr viel Wert auf Pünktlichkeit und wünsche, meinen Weg unverzüglich fortsetzen zu dürfen.“
Zu meinem Vorteil veranlasste meine Rede den Rocker zu einem länger anhaltenden Denkprozess, in welchem er nur zur Hälfte fähig war, mein spontanes Fortsetzen des Weges wahrzunehmen. Mir war es vergönnt, ihn an der linken Seite umgehen und den Weg unbeschadet, wenn auch unter einer permanenten Angst und mit einer mühsam unterdrückten Hast, zu meinem Hotel fortzusetzen. Ich spürte, dass mir auf dem Weg eine Vielzahl von Augen nachliefen, doch wagte es nicht, meinen Blick nach links, nach rechts oder gar hinter mich zu werfen.
An der Rezeption sah ich mich gezwungen, dem freundlichen Herren, wie man heutzutage so sagt, reinen Wein über meine Notlage, entdeckt von dem gewaltbereiten Pack der Rocker, einzuschenken, wollte nicht meine nächtliche Ruhe von ungepflegten, breitschultrigen Gestalten unterbrochen werden.
„Werter Herr“, begann ich also. „Ich betrachte es in dieser Ausnahmesituation als geboten, Sie über die Misslichkeit meiner Lage aufzuklären.“
Der alte Herr blickte mich zunächst irritiert an, was ich ihm jedoch nicht übel nehmen durfte. Ich begann ohne Zaudern mit einer wagen Ausführung, die so viel angebrachte Klarheit wie nötig, jedoch so

wenig konkrete Informationen wie möglich enthielt: „Sollten, aus welchem Grunde auch immer, zwielichtige Gestalten in Ihrem geschätzten Hotel eintreten und nach dem Namen Heinrich Meier oder dem meinen fragen, so bitte ich Sie inständig zu behaupten, eine Person mit den genannten Namen sei nicht in diesem Hause. Würden sie meinen Aufenthaltsort nämlich erfahren, so können Sie es in Erwägung ziehen, mit meinem plötzlichem Verschwinden rechnen zu müssen, noch bevor ich imstande bin, die Rechnung für meine bei Ihnen verbrachten Nächte zu begleichen."

Der Herr nickte bedächtig und fragte vorsichtig: „Sagen Sie, mache ich mich denn damit eines Verbrechens mitschuldig?"

Zunächst verzog ich empört mein Gesicht, wo doch das Verbrechen mein steter Feind gewesen ist und dieser Herr nun eine Assoziation dieses mit meiner Person wagte, verstand andererseits aber auch seinen Wunsch der Vergewisserung nach Sicherheit, und antwortete beschwichtigend: „Das Gegenteil ist der Fall, guter Mann, Sie treten mit dem Heldenmut, mich zu verteidigen, für das Recht ein, indem Sie mich vor Unrecht wahren."

Meiner Ansicht nach genügte diese Ausführung vollkommen und ich wandte mich zum Hinaufsteigen. Ein geräuschvolles Räuspern jedoch ließ mich innehalten.

„Verzeihen Sie meine Offenheit, aber darf ich Sie Fragen, weshalb Sie fürchten, dass sich bestimmte Menschen für Sie interessieren?", fragte der Rezeptionist, freilich vollkommen berechtigt im Anbetracht meiner spärlichen Informationsgebung.

Ich schaute dem freundlichen Herrn eine kurze Weile offen in die Augen. Diese Prüfung hatte mir einst mein geschätzter Großvater erklärt. Sollte der Herr nun mit einem leicht verschämten Ausdruck seine Augen niederschlagen, so war Vorsicht mit Offenheit geboten. Doch mir zur Erleichterung blickte der Mann mir die gesamte Zeit meiner kleinen Prüfung über weiterhin fest mit einem ehrlichen Ausdruck in die Augen. Freilich war dennoch ein Rest an Misstrauen geboten.

„Konkurrenzkämpfe sind stets etwas Gefährliches“, antwortete ich ausweichend. „Die einen gewinnen, die anderen verlieren. Dabei kommt es zuweilen vor, dass die Verlierer den Gewinnern ihren Sieg nicht gönnen und deshalb zu unlauteren Mitteln greifen, um letztendlich doch noch den Sieg zu erlangen. Das sollte meine Situation zutreffend darlegen. Nun, wenn Sie doch bitte die Güte haben, mich zu entschuldigen?“

Ohne ihn noch eines weiteren Blickes zu würdigen, schritt ich die Treppe hinauf zu meiner Suite.

In dieser Örtlichkeit angelangt, hängte ich meinen Mantel an einen Kleiderhaken und zog währenddessen das güldene Büchlein aus dessen Innentasche hervor. Die Zeit indes maß eine halbe Stunde nach siebzehn Uhr.

Ich wünschte, um ungefähr neunzehn Uhr mein Abendmahl in dem angrenzenden Restaurant einzunehmen. Bis zu diesem Zeitpunkt gönnte ich es mir, den ersten Tagebucheintrag zu verfassen. Das nahm sehr viel Konzentration und Herzblut in Anspruch, sodass eine und eine halbe Stunde sehr rasch vergingen.

Vor dem Restaurantbesuch erfrischte ich mich, entledigte mich der Schleife und des anthrazitfarbenen Anzuges und kleidete mich stattdessen mit einem politikerblauen Sakko, einer seidenen, dunkelblauen Krawatte mit aufgenähten Uhrwerken und kombinierte dies mit einem kanarienvogelgelben Einstecktuch.

So schritt ich, den Schlüssel nicht vergessend, ein weiteres Mal die Treppe aus der Barockzeit hinab und trat hinaus auf die Straße. Einen Mantel hatte ich mir nicht übergezogen, da das von mir angestrebte Restaurant direkt neben meinem Hotel lag. Es erfreute mich zutiefst, dass auch der Speisesaal des Restaurants seiner alten Erscheinung treu geblieben war. Die Verzierungen an der mit Holz vertäfelten Decke und das Mobiliar schienen in der Zeit meiner Abwesenheit eingefroren und kaum, mein Erscheinungsbild erblickend, wieder mit der Zeit zu fließen.

Die Gaststätte war lediglich an fünf Tischen belegt, das wusste ich aufgrund der damit verbundenen Ruhe sehr zu schätzen.
Mir kam die Erinnerung in den Sinn, dass ich damals mit meinen geschätzten Freunden Dmitrischenko und Prof. Dr. Müller an dem Tisch der zu der Straßenseite liegenden Raumecke gespeist hatte und wünschte es nach all den Jahren wieder gleichzutun. Da mir keine Bedienung einen Platz zuwiesen wollte, hatte ich die Dreistigkeit, mich festen Schrittes auf diesen Tisch hinzuzubewegen und mich an den Platz ganz in der Ecke zu setzen. So war mir gewährt, den gesamten Saal im Blick zu behalten, ein unverzichtbarer Faktor zur Beruhigung meines persönlichen Sicherheitsbedürfnisses.
Nun wurde ich auch von der Bedienung begrüßt und erhielt die Getränkekarte.
Da mir das Personal, das ich antraf, unbekannt war und ich in keine Gesichter blickte, von denen ich meinte, sie bereits zuvor einmal gesehen zu haben, erwies sich wohl meine kindliche These, die Zeit sei zwischen meinen beiden Besuchen festgefroren, bedauerlicherweise als fehlerhaft. Da ich einen freundlichen Umgang mit den Bediensteten gepflegt hatte, stellte ich mir die Frage, wo jene Individuen nun die Zeit ihres Lebens verstreichen ließen, ob sie im Ruhestand oder etwa umgezogen waren, doch freilich ließ sich dies nicht ohne den Aufwand mir zu dieser Zeit unzugänglicher Mittel beantworten. Aber halte doch ein, was kümmre ich mich nur um die Belange der anderen Leute, wenn ich selbst nicht mit den meinen zurechtkomme?
Ich bestellte mir einen Orangensaft, denn ich bin seit jeher ein Abstinenzler, und erhielt die Speisekarte. Diese hatte sich, was Auswahl der Speisen betrifft, ein wenig vergrößert, doch ich schenkte ihr keinerlei Beachtung mehr, als ich die Speise meines letzten Aufenthaltes entdeckte, es handelte sich um einen Tafelspitz in milder Meerrettichsauce.
Als mich die Bedienung ein weiteres Mal aufsuchte, bestellte ich diesen und lehnte mich in freudiger Erwartung auf dieses Mahl ein klein

wenig zurück, freilich nur in dem Rahmen, welchen der Knigge gewährt.
Tatsächlich gelang es mir während des gesamten Mahles, mein jüngst erlittenes Unglück zu vergessen und mich ganz dem unveränderten Genusse eines mit Liebe zubereiteten Tafelspitzes hinzugeben. Ich ließ es ebenfalls nicht aus, mir als Nachspeise ein gemischtes Eis mit Sahne zu gewähren, da ich mich fern der Gewichtsklasse sehe, deren armselige Mitglieder ein solch ausgiebiges Mahl mit einer derart kalorienhaltigen Nachspeise nur mit Bedenken konsumieren dürfen.
Doch, so kam mir der Gedanke, sei es zu dem Zwecke der Tarnung sicherlich nicht fehlerhaft, mir etwas mehr Gewicht zuzulegen, um mich von dem den Verfolgern bekannten Bild abzugrenzen. Meinen Körper aber wegen dem Druck einer räudigen Gesellschaft zu misshandeln schloss ich umgehend aus, da ich nicht innerhalb weniger Wochen die Mühen jahrelanger intensiver körperlicher Ertüchtigung eliminieren kann, ohne mehr Hass auf mich selbst zu richten als die Auftraggeber meiner Häscher in sich tragen. Da ziehe ich doch lieber das Risiko einer Entdeckung vor, auf dass ich aufrecht sterbe und nicht auf Knien lebe!
Als die Bedienung mit der Rechnung an meinen Tisch gekommen und gerade in dem Begriff war, den von mir geleerten Teller sowie die Kanne, welche einst den Orangensaft enthalten hatte, abzuräumen, gab ich ihr neben dem Rechnungsbetrag zusätzlich ein sehr hohes Trinkgeld als Dank dafür, dass sich die mir gut in Erinnerung gebliebene Qualität von einst nicht verändert hatte.
So verließ ich beglückt und unter ehrlichen Dankbarkeitsbekundungen dies liebliche Restaurant und betrat erneut mein vorübergehendes, anheimelndes Heim.
Zwar war ich aufgrund meines sehr späten Erwachens an diesem Tage nun nicht im geringsten ermüdet, dennoch zwang ich mich, um wieder zu dem für die Menschheit vorhergesehenen Rhythmus des Schlafes zu gelangen, dieses Mal in meinen seidenen, tiefblaufarbenen Schlafanzug gekleidet und mit gereinigten Zähnen, unverzüglich das Bett

aufzusuchen und zumindest, bis der Schlaf mich überwältige, die Augen zu schließen und mir beruhigende Gedanken durch das Gehirn wandeln zu lassen, damit das Erwachen weniger gewaltsam ausfallen würde als jenes vor einigen Stunden, und stellte den Wecker meiner goldenen Taschenuhr auf 6.45 Uhr.
Es fiel mir in der Tat äußerst schwer, über einen Zeitraum von, so empfand ich es, mehreren Stunden stetig an positive Ereignisse meines Lebens zu denken, wo es meinen letzten Tagen doch an solchen Begebenheiten mangelte. Der Schlaf ließ daher sehr lange auf sich warten. Schließlich aber kam mir die Idee, meinen Ausflug nach Braunschweig aus einstigen glücklichen Tagen ein weiteres Mal in der Erinnerung zu durchleben, etwa wie ich mit meinen guten Freunden im Braunschweiger Rathaus eine Kunstausstellung besucht hatte. Nicht lange, nachdem ich begonnen hatte, in jenen Gedanken zu schwelgen, gelang mir endlich der Durchbruch in die unendlichen Weiten des Reiches der Träume.
Da sich mein Gehirn dankbarer Weise schnell wieder an den gewöhnlichen Rhythmus des Schlafes gewöhnte, erwachte ich, wie ich es auch zu besseren Zeiten getan hatte, zwischen sechs und einer halben Stunde nach sechs Uhr, noch bevor meinem Wecker die Gelegenheit geboten war, zu schrillen. Unverzüglich ging ich meinen üblichen Gewohnheiten nach, indem ich mich erfrischte und danach saubere Kleidung anlegte, nämlich einen schlichten, dunkelgraufarbenen Anzug, einreihig und mit drei Knöpfen. Wollte ich mir dieses Privileg, welches ich mir zu besseren Zeiten immer gegönnt hatte, jeden Tag einen anderen Anzug zu tragen, auch weiterhin erlauben, so musste ich es in Betracht ziehen, meine bereits verwendete Kleidung allmählich einer Textileinigung zu übergeben. So beabsichtigte ich, den freundlichen Herren an der Rezeption auf den Standort einer solchen Reinigung anzusprechen. Doch vorerst wünschte ich, mich an dem mir reichhaltig in Erinnerung gebliebenen Frühstücksbuffet zu laben.
So schritt ich ein weiteres Mal während dieses Hotelbesuches, aus Gründen der Tarnung eine schmucklose, pechschwarze Krawatte,

welche sonst eigentlich für Anlässe wie Beerdingungen oder für Polizisten und Flugpiloten vorhergesehen ist, und ein einfaches, weißes Leineneinstecktuch tragend, die rosafarbene Barocktreppe hinab und suchte den Speisesaal des Hotels auf.
Ein weiteres Mal wurden meine Erwartungen, nun an das Frühstücksbuffet, nicht enttäuscht. Wie zu einstigen, besseren Zeiten setzte es sich aus frischen Brötchen, diversen gekühlten Quarksorten, allen erdenklichen Arten von Aufstrichen und vielen weiteren Erquickungen zusammen, welche meinen aufkommenden Heißhunger auf die angenehmste Weise stillen sollten.
Ich nahm unverzüglich den gestrigen Sitzplatz in Beschlag und besorgte mir eine gute Portion Haselnussjogurt und zudem zwei Brötchen. Zudem trank ich eine Tasse unverdünnten Schwarzen Kaffee, denn dies pflege ich jeden Morgen zu tun. Ich gönnte mir für das Frühstück eine längere Zeitspanne, wo ich doch nun keinerlei Verpflichtungen nachgehen musste.
Nun, als dies geschehen war, gab mir der Herr an der Rezeption Auskunft über den Standort einer Textilreinigung, zu der ich, glücklicherweise unbehelligt von dem gewaltbereiten Gesindel, hin und auch wieder zurückzugehen fähig war, ohne dass mir wer anderes als der Wind die Haare krümmte. Bis ich die gereinigte Kleidung wieder abholen könne, versicherte mir der Herr an dem Tresen der Reinigung, sollten nicht mehr als zwei Tage verstreichen.
Ohne den Angestellten der Textilreinigung Langsamkeit vorwerfen zu wollen, handelte es sich bei den zwei Tagen doch über eine mir lange und gefährliche Zeit, da, wie ich am eigenen Leib bereits erfahren hatte, Auswüchse der unehrenhaften Verschwörung gegen mich schon in die unschuldige Stadt Braunschweig gelangt waren. Sollte ich also beabsichtigen, nicht nur in meiner Suite dahinzuvegetieren, war bei einem Rundgang durch die Stadt äußerste Vorsicht geboten.
Dass ich aus Gründen der Verschleierung meine heiß geliebte Schleife nicht mehr tragen konnte, erschien meinen ein wenig zwanghaften Vorstellungen zur Modertié ja schon grausam genug. Doch deshalb

zusätzlich noch meinen seit Jahren getragenen, gestutzten Backenbart, den unanfechtbaren Beweis meiner Liebe zur Biedermeierzeit, aufzugeben, stand definitiv außerhalb meines Toleranzspielraumes.
Freilich war ich nicht derart kurzsichtig, um nicht zu verstehen, dass meine Festnahme durch dieses Erkennungszeichen einzig und allein auf meine persönliche Torheit zurückzuführen wäre. Bis ich zu diesem drastischen Mittel würde greifen müssen, ihn zu entfernen, wünschte ich aber vorerst den noch offenen Verlauf dieser traurigen Geschichte abzuwarten.
In meiner Suite plante ich zunächst meine genaue Reiseroute von Braunschweig nach Warschau. Ich hatte Warschau als Ziel gewählt, da ich davon ausging, dass die Verfolger mit einer Jagd durch Deutschland rechneten und mir durch diese unerwartete Strategie ein wenig Zeit vergönnt war, in der ich womöglich einen Flug buchen oder mich in irgendeiner Weise unkenntlich machen konnte.
Um jedoch die genaue Route herausbekommen zu können, benötigte ich eine Karte von dem gesamten Verkehrsnetz Europas. Ich hatte die Verwegenheit und zufällig auch nur die einzige Möglichkeit, mir eine solche in einer Buchhandlung zu beschaffen.
So betrat ich, auf ein wohl kalkuliertes Risiko eingehend, die mit Kopfsteinpflaster gepflasterte Straße und machte mich auf den Weg zu einer Buchhandlung, wobei ich an diesem Tage auf einen schweren Mantel verzichtete, da die steigenden Frühlingstemperaturen einen solchen überflüssig machten. Ich ersparte es mir, den freundlichen Rezeptionisten nach einer solchen zu fragen, sondern wünschte vielmehr, sie während eines anregenden Spazierganges höchstselbst zu entdecken. Tatsächlich wurde ich einer solchen nach einem viertelstündigen Fußmarsch nahe beim Rathaus angesichtig und deckte mich dort mit einer glücklicherweise vorhandenen Karte über das Verkehrsnetz Europas ein. Zudem dürstete es mich nach guter Literatur, sodass ich ebenfalls gleich den Roman „Feuerland“, verfasst von dem berühmten chilenischen Autor Francisco Coloane, käuflich erwarb, den ich unscheinbar zwischen zahlreichen anderen Büchern versteckt

fand. Ich verstaute das Buch und die Karte in meiner linken und rechten Innentasche des Jacketts und beabsichtigte, bevor ich zurück zu dem Hotel marschierte, mir ein wenig die Innenstadt zu Gemüte zu führen. Dies tat ich dann auch und musste einmal mehr von den prächtigen Fachwerkhäusern schwärmen, obgleich ich sehr wohl wusste, dass die meisten von ihnen vor einer nicht allzu langen Zeitspanne lediglich wiedererrichtet worden waren, nach dem man sie im Verlauf des Zweiten Weltkrieges niedergebombt hatte.
Ich wandelte also durch das verworrene Straßennetz, welches mich bei meinem letzten Besuch zu einigen Irrwanderungen verleitet hatte, bis der unschlagbare Orientierungssinn meines guten Freundes Alexander Dmitrischenko uns wieder auf den rechten Pfad geführt hatte. Schließlich regte sich eine höchst erfreuliche Empfindung in mir, ich begann, mich endlich wieder frei wie ein Vogel zu fühlen, der aus dem Käfig entlassen worden war, bei mir der Käfig der Furcht. Ich betrat den Löwenplatz und bestaunte den dort stehenden Abguss des Braunschweiger Löwen, doch da holte mich ein weiteres Mal die bittere Realität eines Verfolgten ein, man könnte sagen, der Vogel habe seine Freiheit nun lange genug auskosten können und solle wieder zurück in den Käfig gesperrt werden.
Es handelte sich um den mir gestern bekannt gewordenen Rocker. Er brachte jedoch gleich eine Schar von einem halben Dutzend an Gleichgesinnten mit. Er schritt aus der Seitenstraße, die links von dem sandsteinfarbenen, im römischen Stil errichteten Museumsgebäude Braunschweigs lag, auf mich zu.
„He, du da, Heinrich!“, grölte er, offensichtlich mich ansprechen wollend, und schien dieses Mal in einem weitaus nüchternen Zustand zu sein. „Na, wie war deine Fete gestern?“ Das Wort „Fete“ sprach er gepresst und erhob seine Finger währenddessen zu einer spöttischen Geste.
Zu meinem größten Entsetzen verteilten sich die übrigen Rocker zu beiden Seiten, um mich zu umzingeln.

Ich versuchte, meine Höflichkeit und besonders meine steinerne Miene zu bewahren, die nichts von meiner wahrhaftigen Todesangst anmerken ließen. Hatte er mich offenbar doch enttarnt?
„Danke, recht gut", antwortete ich mit fester Stimme, die ganz im Widerspruch zu meinem zitternden Inneren stand, ihm dieses Mal direkt in die Augen blickend, ohne näher die übrigen Rocker in Augenschein zu nehmen, die mich nun von allen Seiten, wie man heutzutage so schön zu formulieren pflegt, in die Zange nahmen. Ich schluckte schwer und setzte zu weiteren Worten an: „Ich gehe hoffentlich recht in der Annahme, dass auch Sie einen schönen gestrigen Tag hatten!"
„Du kleiner, dummer Narr!", fauchte er, nun seinen gesamten Zorn auf mich entladend. „Hast du wirklich gedacht, ich würde dir diese lächerliche Lüge abkaufen, VALERIUS?"
Nun war die Büchse der Pandora geöffnet. Unkontrolliert begann mein rechtes Augenlied ein klein wenig zu zucken in Anbetracht dieses wahrhaftigen Desasters, eine mir nicht unbekannte Reaktion auf akuten Stress. Meine körperlichen Fähigkeiten in Ehren, musste ich doch der Tatsache in ihr abscheuliches Auge blicken, dass ich nicht im Geringsten mit den nötigen Gaben versehen bin, um etwas gegen sieben breitschultrige Rocker ausrichten zu können! Wieso hatte ich mich bloß dem trügerischen Gefühl der Sicherheit hingegeben und den Marsch durch die Stadt im Wissen gewagt, dass meine Präsenz gewissen hiesigen Kreisen nicht unbekannt war?
Mein Wille war dennoch ungebrochen wie eine stabile, zu Boden gefallene, aber trotzdem noch heile Vase und ich versuchte, meine Lügengeschichte so lange als möglich aufrecht zu erhalten, obgleich diese bereits wie eine Ruine dahinzuschwinden begann.
So sagte ich verärgert, versucht, eine große Portion Zorn in meinen Worten mitschwingen zu lassen: „Was erlauben Sie sich eigentlich? Schon gestern sind Sie mir negativ durch Ihr aufdringliches Verhalten aufgefallen und nun wagen Sie es, mich auf einem öffentlichen Platz leichtfertig zu bedrohen?"

Zu meinem ausgesprochenen Pech befand sich außer mir und meinen Peinigern kein einziger Mensch auf dem hiesigen Plateau, und die Personen, welche ich eben erblickt hatte, als sie aus der an den Platz angrenzenden Kathedrale getreten waren, hatten, oh, wie lässt sich diese beleidigende Formulierung nur verzeihen, feige das Weite gesucht.

Dass ich immer noch fest auf meiner Lüge beharrte, schien den Rocker zu verwundern und ich bemerkte sehr wohl, dass er einen kurzen Augenblick zögerte, ob ich doch nicht die gesuchte Person sei. Dazu musste er die Augen vor meinem empörten, direkten Blick niederschlagen. Ich hoffte sehr, dass meine grünfarbenen Augen ihm meinen Zorn wie das Gift einer Speikobra entgegenschleuderten. Zu meinem Pech aber schöpfte der Rocker wieder ein wenig Mut und schrie mich, glücklicherweise aus einer etwas größeren Distanz als gestern, zornig an: „Dann sag mir mal, wer außer dir läuft pikefein mit einem dunklen Anzug herum, trägt einen lächerlichen Backenbart und so eine hässliche Fliege, na?“

„Gönnen Sie mir doch bitte einen kurzen Augenblick“, erwiderte ich, versucht, einen beschwichtigenden Tonfall zu verwenden, und war bestrebt, sachlich und wenig provokant die Unkenntnis meines Gegenübers bezüglich der Etikette zu erleuchten, was mir ein bedeutendes Anliegen war, man nenne es „Aufklärung des Volkes“. „Ihre Leistung, dass Sie meinen Anzug als einen dunklen Anzug erkannt haben, verdient eine ausgesprochene Achtung, schließlich bedarf es hierzu einer komplexen Analyse der Farbe des Stoffes. Dass ich einen Backenbart trage, ist doch wohl einzig und allein meine persönliche Entscheidung. Und, bei allem Respekt, den ich Ihnen und Ihren Freunden entgegenbringe, möchte ich Sie darauf hinweisen, dass Ihre Behauptung, ich würde eine Fliege tragen, fehlerhaft ist. Denn in der Tat trage ich momentan eine schwarze Krawatte, wovon Sie sich in dem Falle des Zweifelns gerne mit einem zweiten, genaueren Blick überzeugen dürfen.“

Der Rocker wirkte einen kurzen Augenblick äußerst verdutzt, die anderen boten einen lächerlichen Anblick, als sie neugierig wie Kleinkinder unverblümt auf meine Kleidung starrten. Dann antwortete der Zurechtgewiesene trotzig, und seine ganze Furcht einflößende Erscheinung war zerbröckelt: „Mein ich ja. Krawatte und Fliege sind ja das Gleiche", womit er ein vernichtendes Urteil über seine Kenntnisreichtum bezüglich des Dresscodes gefällt hatte.
„Verzeihen Sie mir diesen wohlüberlegten Kommentar, doch in diesem Punkt stimme ich bedauerlicherweise nicht mit Ihnen überein", sprach ich hochmütig, freilich in jenem Fache kundiger als mein Gegenüber, mit vor wahrhaftiger Entrüstung über seine schamlose Dummheit bebender Stimme.
Nun wagte ich einen mutigen, jedoch auch ausgesprochen törichten Schritt.
„Wenn Sie mich nun entschuldigen würden, mir ist es nicht möglich, den ganzen Tag mit Ihnen gehaltreiche Gespräche zu führen. Besäßen Sie und Ihre geschätzten Freunde vielleicht die gütige Ehre, mich jetzt durchzulassen?"
Mit diesen Worten schritt ich geradewegs auf meinen Gesprächspartner zu und forderte ihn mit einer arroganten Handbewegung auf, einen Schritt zur Seite zu treten, zu dem Zwecke, mich zu meinen anderen Beschäftigungen freizugeben.
Zuerst stutzte er und vollführte dann nach einem Augenblick tatsächlich in Ansätzen einen Schritt zur Seite. Gerade, als ich mich, schon im Begriff, aufzuatmen, an ihm vorbeigeschoben hatte, brüllte dieser: „He, Früchtchen! So geht das jetzt aber nicht!", und dann sprach er zu seinen Handlangern: „Schnappt ihn euch! Bringen wir ihn einfach zum Boss, der wird dann wissen, ob wir den Richtigen erwischt haben!"
Ich bedurfte nicht eines Blickes hinter mir. Schon das laute Getrampel ihrer schweren Stiefel verriet ihre Attacke. Ohne nur eine Sekunde zu zögern, tat ich es den angreifenden Rockern gleich und sprintete los.

Oh weh, in welch eine Situation war ich denn jetzt schon wieder hereingeraten?
Nun war diese Situation verglichen mit der in meinem Verlagsgebäude beachtlich kritischer, da ich im Gegensatz zu den hinter mir herstapfenden Rockern des genauen, bekanntlich recht komplizierten, noch auf mittelalterlichen Ursprüngen beruhenden Straßennetzes nicht kundig war und außer meinem viel zu weit entfernt liegenden Hotel auch über keine Rückzugsmöglichkeit verfügte.
Alternativlos stellte ich meine Konditions- und Schnelligkeitsleistung unter Beweis und unternahm den Versuch, die Rocker abzuhängen. Jedoch wusste ich, dass es sich eher um eine Zeitverzögerung zu dem unumgänglichen Unglücke darstellte, welches mir, klarer denn je, bevorstand.
An dieser Stelle bleibt zu erwähnen, dass die Rocker neben meiner Wenigkeit glücklicherweise ebenfalls nicht zu den Sprintern der Weltklasse hinzuzuzählen sind, da sie ihre voluminösen Körper durch Gewicht und die aerodynamisch unvorteilhafte Form an der Entfaltung eines noch höheren Tempos hinderten. Nur nach dem Gehör, außerstande, bei meiner persönlichen Sprintgeschwindigkeit einen einzigen Blick hinter mich zu wagen, schätzte ich das Gefahren verkündende Stiefelgetrampel auf etwa eine Distanz von zwischen fünf und zehn Metern von mir entfernt.
Ich schlug die von dem Platz aus gesehen links neben der Straße des nach römischem Vorbild gestalteten Gebäudes liegende Richtung ein. Um es besser zu formulieren, leitete mich mein Instinkt dorthin, welchen Grund auch immer er damit bezwecken wollte. Im Anbetracht des Folgenden schreibe ich ihm jedenfalls einen siebenten Sinn zu.
Kaum hatte ich, noch unbeschadet geblieben von meinem lumpigen Verfolgerpack, diese Straße zu einem weiteren Platz verlassen, machte meine Lunge mit einem stechenden Schmerz auf ihre drohende Erschöpfung aufmerksam, der Tribut an das Alter und die Maximalbelastung, die ich als Langstreckenläufer für gewöhnlich einer länger anhaltenden, konstanten Leistungsabgabe wegen weniger häufig er-

probt hatte. Dessen ungeachtet stürmte ich weiter, vorbei an einer Schar Halbwüchsiger, welche ich sicherlich nicht zu dem Leserkreis meiner Zeitschrift zählen konnte und von der ich mir keine Hilfe erhoffen konnte. Also ließ ich auch diese hinter mir und verspürte gerade in jenem Augenblick, in welchem ich eine weitere Einschätzung der Distanz zwischen mir und meinen schändlichen Verfolgern vornehmen wollte, einen beißenden Schmerz in meinem Rücken, der entweder von einer Überbeanspruchung oder nur von einer mit einer zentimeterdicken Hornhautschicht gepanzerten Riesenpranke eines Rockers herrühren konnte. Ich rechnete mit letzterem, sage ich offen. Damit erübrigte sich freilich meine Frage nach der Entfernung zwischen mir und meinen mir unwohl gesonnenen Mitmenschen.

Der mit einer unglaublichen Kraft vollführte Schlag brachte mich zum Taumeln und ein unwürdiger Sturz auf die Kopfsteinpflasterstraße war unumgänglich. In diesem Augenblick aber durchzuckte göttliche Einflüsterung mein verzweifeltes Gehirn und schenkte mir die Anleitung eines in eine Rolle umgewandelten Sturzes, welche ich mir zu Kindertagen in einem Grundkurs zur Selbstverteidigung angeeignet hatte.

Damit nach meinem unumgänglichen Sturz die Rocker nicht die Gelegenheit bekamen, wie Geier auf meine Gebeine hernieder zu fallen, blieb mir lediglich diese einzige Chance, ein kleiner, hoffnungsvoller Funken in der Dunkelheit des Versagens. Freilich war mein Vorhaben für eine Person mit dem baldigen Alter eines halben Jahrhunderts denkbar ungeeignet, das mag der geneigte, bedauerlicherweise nicht vorhandene Leser sicherlich wissen, und womöglich verbrannte mich noch dieser Funken der Erkenntnis, bevor er wieder erlosch.

Alle solche Gedanken verblassten aber in meinem Gehirn, denn ich beabsichtigte auf das genaueste, die mir geschenkte Anleitung zu befolgen.

So wandelte ich den letzten holprigen Schritt vor meinem sicheren Sturz in einen kleinen Sprung um, sodass ich einen kurzen Augenblick, einer sich auf ihr Opfer stürzenden Katze gleich, in der Luft schwebte, bis ich, während des Fallens, meinen Körper zu einer Kugel formte, die ohne eine allzu starke Erschütterung auf dem Kopfsteinpflaster aufschlug und sich ein Mal um sich selbst drehte. Dann wartete ich auf den kurzen, mir erlaubte Zeitkorridor, um meinen Körper wieder zu strecken, sodass dieser wieder das Gleichgewicht erlangte und sich ohne Mühe durch ein letztes Emporrecken meiner Arme, die den nötigen Schwung mit sich führten, wieder an das Bewegungsmuster eines Laufenden anpasste. Dies alles geschah innerhalb von einer Sekunde, und schon hatte ich wieder die Position eines gejagten Hasens inne und die Rocker die der unerbittlichen Jäger, mit dem Unterschied, dass es mir etwas schwindelte und dass ich große Schmerzen in meinem Kreuz empfand.

Diese unehrenhafte Hatz hätte sich nun noch eine ganze Weile lang hinziehen und sich nur zu meinem Nachteil wenden können, wo sich doch der Schmerz mit der Zeit nicht lindern wollte, wenn nicht gerade der Zufall eingegriffen hätte, und zwar in der Form meines schon bekannten, besser erzogenen Kopfgeldjägers, welcher den klangvollen Namen Jack trägt.

KAPITEL III

Dieser erschien urplötzlich in einer zugegebenermaßen unüblichen Art und Weise, in dem er wie aus dem Nichts, aus der Höhe herabfallend, direkt vor meinen unzivilisierten Verfolgern landete und noch während er sich abrollte, den Vordersten der Rocker mit einem hervorschnellenden Fußtritt zu Fall brachte. Der Gestürzte beherrschte aber nicht die Kunst der Rolle vorwärts, zudem kam die mich errettende Attacke zu unvorbereitet, als dass er fähig gewesen wäre, nötige Gegenmaßnahmen zu ergreifen. Es dauerte nicht den Bruchteil einer Sekunde, bis Jack, ich erkannte ihn übrigens sofort an seiner nicht übergroßen und schmalen, aber dennoch muskulösen Statur, wieder auf seinen zwei Beinen stand und dem zweiten Rocker, der unfähig war, seinen Sprint zu drosseln, seinen Ellbogen gezielt in den Solarplexus stieß.

Nun wälzten sich bereits zwei Mitglieder der Rockergesellschaft mit vor Schmerz verzerrten Gesichtern auf dem unerbittlich harten Pflastersteinboden der Straße, doch die anderen fünf sollten nicht lange danach folgen. Ich war nicht imstande, all seinen geschmeidigen und zielsicheren Bewegungen zu folgen, und man merkte es seinem fließenden Kampfmuster nicht im geringsten an, wenn er mit dem Kopf oder Magen eines Rockers, nur für diesen mit Unannehmlichkeiten verbunden, in Kontakt kam und sich dieser unverzüglich unter erheblichen Schmerzen auf dem Boden wand.

Den letzten Mann der niederen Gesellschaft setzte er mit einem Tritt gegen das Kinn außer Gefecht, den er graziös während eines Rückwärtssaltos vollführte, ach, wie gerne wäre ich doch auch eines solchen fähig!

Jack drehte sich, noch immer in der schwungvollen Bewegung des Saltos, zur Hälfte um die eigene Achse, sodass er, kaum seine Arbeit, die mir sicherlich das Leben gerettet hatte, beendet, mir direkt gegenüber stand, ohne auch nur den kleinsten Schritt zu vollziehen, der etwa dazu dienen sollte, sein Gleichgewicht wiederzuerlangen.

Ich erwartete nun einen für Retter der Schwachen gewohnten Kommentar in der Form von „Dafür sind Sie mir etwas schuldig“. Doch Jack, und man lobe mich, dass ich ihn erkannt hatte, obwohl er anstatt eines mit Stillosigkeiten übersäten Smokings eine weitaus niedere Kleidung, und zwar eine schlichte Jeans im Vintage-Design und einen dunkelgrauen Hoodie, dessen rechten Ärmel er leger hochgekrempelt hatte, trug, ging lediglich hastig auf mich zu, ergriff sanft meinen rechten Arm und flüsterte besorgt mit seinem feinen britischen Akzent: „Kommen Sie, schnell, ich bin mir sicher, dass sich noch weitere Rocker in der Nähe aufhalten!“

Mit sanfter Gewalt zog er mich in den Speiseraum eines kleinen, beinahe unbesetzten Cafés. Bevor ich in dieses hineintrat, erlaubte ich mir einen flüchtigen Blick, nachdem ich mich von dem unterhaltsamen Bild der sich auf dem Boden wälzenden, jammernden und stöhnenden Rocker abgewandt hatte, die linke Hausfassade hinauf und erkannte, dass ein Fenster in dem ersten Stockwerk eines modernen Hotels offen stand. Nach meiner logischen Schlussfolgerung musste also mein mir in der Tat mehr und mehr sympathisch erscheinender Attentäter durch dieses seinen bisherigen Aufenthaltsort zu dem Zwecke verlassen haben, mich vor dem schrecklichen, mir just zuvor auferlegten Schicksale zu bewahren!

Selbstverständlich erschien es mir in höchstem Maße eigenartig, dass eine mir im Grunde feindlich gesonnene Person sich ein solch hohes Maß an Fürsorglichkeit auferlegte, wo sie mich doch einfach hätte an Ort und Stelle festnehmen können. So war ich äußerst begierig zu erfahren, was er mir in dem hiesigen Café sagen wollte.

Wir beide nahmen einen Tisch in einer hinteren Ecke, welcher für zwei Personen vorgesehen war, in Beschlag.

Bevor mein ehrenwerter Freund auch nur ein Wort formulieren konnte, ergriff ich das Wort, mir der Verpflichtung gegenüber einer Person, welche mich errettet hatte, vollkommen bewusst.

„Ich sehe mich außerstande, mich auch nur für einen Bruchteil Ihrer so edlen Tat rechtmäßig bedanken zu können, einen solch großen

Wert hat diese. Ebenfalls befinde ich mich auch noch in völliger Unkenntnis in Bezug auf die mir in der Tat sehr von Interesse erscheinende Frage, weshalb Sie dies für eines Ihrer Opfer getan haben, doch ich nehme an, Sie werden mich in Bälde darüber aufklären, nicht wahr?"
Jack grinste freundlich in einer schelmischen, jugendlichen Art, wo er selbst doch sicherlich noch kein Alter von über dreißig Jahren erreicht hatte, anscheinend belustigt über meine Floskel der Dankbarkeit, und sprach langsam, und ach, sein Akzent erklang wie Musik in meinen Ohren: „Überstürzen Sie bitte ja nichts, sehr geehrter Herr Dr. Lunkenheimer. Ich gehe doch Recht in der Annahme, Ihnen sei die Zeit vergönnt, mit mir eine Tasse Kaffee zu leeren, stimmt's?"
Ich überging, dass Jack sich bemühte, mein Vokabular zu imitieren, aber es dabei sicherlich ein wenig bewusst ins Lächerliche zog.
„Selbstverständlich habe ich die Zeit und die Ehre, mit meinem strahlenden Retter ein warmes Getränk zu konsumieren", antwortete ich mit einem beglückten, um Aufrichtigkeit bemühten Lächeln. „Wünschen Sie zuerst die Getränkekarte durchzusehen?"
Ich reichte ihm diese, und er nahm sie, aus einem mir unersichtlichen Grunde eigentümlich grinsend, entgegen. Der eigentliche Wunsch schien sich schon in den Untiefen seines Gedächtnisses eingenistet zu haben, denn er überflog sie nur schnell, vermutlich überprüfend, ob für ihn noch eine andere Option bestehen würde, nickte dann entschlossen und gab sie mir zurück.
Der Liebling meiner Kindheit war schon immer die heiße, weiße Schokolade gewesen, und diese wünschte ich ebenso dieses Mal zu bestellen, einen Kaffee wollte ich meiden, da ich einen solchen schon zum Frühstück getrunken hatte und meine Adenosin-Rezeptoren nicht unnötig belasten wollte.
Der junge Herr am Tresen erkannte als Gastronom sofort mit geübtem Blick, dass wir uns bereits ein Getränk ausgewählt hatten und schritt, im Begriff, die Bestellung aufnehmen zu wollen, auf uns zu.

Meinen Bestellwunsch habe ich dem werten, nicht vorhandenen Leser bereits mitgeteilt, Jack erlaubte sich einen Latte Macchiato. Nachdem wir die Getränke serviert bekommen hatten und sich die Bedienung außerhalb der Hörweite befand, ergriff Jack schließlich das Wort.
„Ich darf Sie doch darauf hinweisen, dass unsere Freundschaft nur mit gewissen Zwecken verbunden ist, nicht wahr?“, begann er ehrlich und direkt.
„Selbstverständlich ist Ihnen dies erlaubt, ich war niemals im Begriff, auch nur ansatzweise an etwas Anderweitiges zu glauben. Dennoch habe ich die Naivität, Ihre Anwesenheit unter gegebenen Umständen zu schätzen zu wissen“, erwiderte ich, den Punkt auslassend, dass ich sehr wohl derart leichtgläubig war, an eine rein freundschaftliche Zusammenkunft geglaubt zu haben.
„Nun, in diesem Punkt gebe ich Ihnen Recht, Ihre Anwesenheit weiß ich ebenfalls sehr zu schätzen. Doch Ihre Rettung, wie Sie hoffentlich selber wissen, diente lediglich dazu, dass der Zuschlag dafür an mich fällt, wie ich mir offen zu sagen erlaube.“ Mittlerweile provozierte mich der schelmische Versuch von Jack, sich meinem Wortlaut anzupassen, und ich konnte nur mit Mühe meinen unterschwelligen Zorn zurückhalten.
„Gehe ich also recht in der Annahme“, unterbrach ich Jack unfreundlich, „dass Sie mich jetzt gleich gewaltsam durch den Hintereingang dieses Gastronomiebetriebes befördern und ausliefern werden?“
„Nichts dergleichen habe ich vor“, versicherte mir Jack, in der Tat ganz zu meiner Beruhigung. „Braunschweigs Untergrundwesen wird durch die Rockerbande kontrolliert, ich muss also warten, bis Sie diese Stadt verlassen haben, um Sie für mich gefahrlos festnehmen und ausliefern zu können. Ich bin zwar in der Lage, es gegen ein paar Bandenmitglieder aufzunehmen, doch gegen alle Rocker als Verbund ist ja selbst die Polizei nicht gewachsen. Außerdem hasse ich Risiken, die sich vermeiden lassen. Ich will lediglich sicherstellen, dass Sie sicher aus Braunschweig herausgelangen, damit ich dann ganz entspannt und ohne Risiko meinen Auftrag erledigen kann. Ich wollte

Ihnen mit diesem Treffen lediglich mitteilen, dass es Sie nicht weiter erschrecken sollte, sollten Sie mich irgendwo an einer Hausecke sehen, ich gebe lediglich darauf acht, dass die Rocker Sie in Frieden lassen, klar?“

„Bei allem Respekt, den ich Ihnen entgegenbringe, handelt es sich bei Ihrer Fürsorglichkeit doch um eine sehr schändliche und unehrenhafte, wenn ich mir diesen Kommentar erlauben darf!“, sprach ich, verärgert darüber, wie der elende Kopfgeldjäger Jack in den zuckersüßen Worten mit meinem armseligen Schicksal spielte, wie es ein tolles Katzenkind mit Wollknäueln zu tun pflegt. Jedoch barg sein Eingreifen in meine Flucht vor den unerbittlichen Rockern durchaus auch positive Aspekte, die ich in meinem Wortschwall an dieser Stelle, bevor meinem Mundwerk noch weitere Flüche aussenden konnte, zu ergänzen wünschte: „Dennoch können Sie sich meiner ewigen Dankbarkeit gewiss sein für Ihre unverhoffte Hilfe in meiner in der Tat misslichen Lage, in welcher ich mich noch vor einigen Minuten befunden habe. Erlauben Sie mir, die Rechnung für die Getränke zu übernehmen?“

Ein sehr wohl erzogener Mensch hätte diese Bitte vorerst mehrmals abgelehnt, bis er sie annähme, doch Jack meinte ungerührt: „Das können Sie gerne tun.“

Schweigend konsumierten wir beide nun die Getränke, und da mir die jetzige Situation, in welcher ich mich befand, sehr unangenehm war, beeilte ich mich mit dem Leeren des Bechers. Dies führte bedauernswerterweise mit sich, dass ich meine Zunge aufgrund der zu starken Hitzeeinwirkung in den nächsten Tagen als unangenehm rau empfinden sollte.

Indes gewährte ich meinem interessierten Geiste, das Gesicht meines Gegenübers eingehend zu studieren, wie ich es bereits an der Garage neben dem Verlagsgebäude unter minder günstigen Lichtverhältnissen getan hatte. Der elende Jack hatte hellblondes Haar, welches zu einer schlichten, aber modernen und geschmackvollen Frisur geformt war. Sein leicht gebräuntes Gesicht war in der Tat sehr fein und unergründlich, ebenso seine stahlblauen Augen, die, immerwährend wachsam, suchend und zielgerichtet durch die Umgebung wanderten. Jack wirkte durchaus adelig, beziehungsweise aus wohlhabenden Kreisen stammend, denn sein Gesicht, das zu jeder Zeit etwas Schelmisches und jugendlich Unbedarftes in sich trug, strahlte, was paradoxerweise keinen störenden Kontrast darstellte, etwas Herrisches aus. Es war zwar männlich markant, vor allem die kantigen Wangenknochen, und es konnte zahlreiche Launen demonstrieren. Der Hauch von aristokratischer Würde, der sich auch in den zielsicheren Bewegungen widerspiegelte, welche er während unseres fröhlichen Beisammenseins beiläufig vollzog, wurde selbst durch seine klassenlose Kleidung nicht zerstört.

„Nun denn", sagte ich, nachdem ich den letzten Schluck getrunken hatte, ein wenig die Nase rümpfend über die soeben erlittene Unhöflichkeit Jacks. Sein eigentümliches Lächeln verriet mir jedoch schnell, dass seine ungehobelte Geste bei meiner Bitte, den Rechnungsbetrag zu übernehmen, lediglich meiner Provokation diente, ebenso wie die Imitation meiner Sprechart.

Mit den beiden eben genannten Worten erhob ich mich hastig und ging, ohne mich noch einmal umzuwenden, zu dem Tresen, um dort den Rechnungsbetrag zu begleichen. Ich hatte nicht die Absicht, an den Tisch zu Jack zurückzukehren, so blieb mir keine Alternative, als den hiesigen Gastronomiebetrieb zu verlassen.

Ich ließ mich jedoch dazu herab, Jack zur Verabschiedung kurz zuzunicken, doch dieser blickte mich nur unverwandt mit seinen ausdrucksvollen, tiefblauen Augen wie eine grausame Raubkatze an, die ihr Opfer kalt mit ihrem stählernen Blick fixiert, um ihm in Bälde den Garaus zu machen.

Ob schlecht oder recht, es war mir auferlegt, mich noch zwei Tage in Braunschweig aufzuhalten, da ich erst dann meine Kleidung von der Textilreinigung abholen konnte.

Bis zu diesem Zeitpunk wollte ich noch einige Vorkehrungen für meine Sicherheit treffen, die ich nötig hatte, um nicht direkt hinter der Stadtgrenze von Braunschweig in die gefühllosen Hände meines Fein-

des Jack zu geraten. So schritt ich zurück zu meiner Unterkunft, welche sich übrigens in Sichtweite zu der von Jack befand.
Vor dem Portal meines Hotels hatte ich mein Kraftfahrzeug geparkt, und dieses mit Treibstoff zu befüllen war nun meine Absicht.
So erkundigte ich mich ein weiteres Mal bei dem werten Herren an der Rezeption, diesmal nach dem Standort einer Tankstelle und erfuhr, dass sich eine solche lediglich außerhalb der Altstadt befand.
Ich verließ also den Bezirk der Altstadt, um wieder mit einem zum Bersten gefüllten Fahrzeugtank in diesen einzufahren. Zudem hatte ich mir für durchaus mögliche Notfälle einen Kanister mit einer Notreserve an Treibstoff besorgt.
Ich verriegelte darauf mein geliebtes Fahrzeug vorsorglich, um es Attentätern zu erschweren, meinen guten R*** R*** zu sabotieren.
Dies geschehen, betrat ich nun erneut das Hotel und entnahm, in meiner Suite angelangt, meiner inneren Jacketttasche die unter unangenehmen Umständen erworbene Karte des europäischen Verkehrsnetzes. Braunschweig ausfindig zu machen nahm nicht allzu viel Zeit in Anspruch, da die Position dieser Stadt ziemlich genau im Herzen Deutschlands ist. Auch Warschau zu finden war nicht mit größeren Schwierigkeiten verbunden, da die meisten Landstraßen Polens in dieser Stadt zusammenlaufen und ich nur einer folgen musste, um diese zu finden. Beide markierte ich schnell mit einem elegant geschwungenen Kreise meines Füllfederhalters.
Nun nahm ich die Strecken zwischen Braunschweig und Warschau in Augenschein und stellte erfreut fest, dass eine Autobahn, die E30, direkt von Braunschweig, an dem südlichen Rande Berlins vorbei, zielstrebig nach Osten führend, an der Grenze nach Polen in eine Landstraße umgewandelt wird und zu keiner anderen Stadt als nach Warschau führt, und zwar ohne allzu gravierende Abweichungen von einer geraden Linie in der Route! Begeisterung erfüllte mich, denn diese Route war sicherlich die bestmöglichste, um geschwind den deutschen Gefilden zu entschwinden, was bedeutete, einen taktisch klugen Schritt zu vollführen, um den minderbemittelten Verfolgern zu

entkommen! Mit meinem Füllfederhalter fuhr ich den Verlauf der Straße entlang, um diese sofort während meiner tatsächlichen Autofahrt ausfindig machen zu können.
Ich rief mir eine anständige Bleibe in Warschau ins Gedächtnis, ich konnte mich glücklicherweise noch an ein Hotel erinnern, in welchem ich einst einen meiner Geschäftsvertreter einquartiert hatte, der den Auftrag von mir bekommen hatte, mit den Behörden über die Gründung eines Sitzes meines lieben Konzerns in Polen zu verhandeln. Es handelte sich um ein Luxushotel der angesehenen Kette S*** HOTELS und lag nur zehn Minuten zu Fuß vom Stadtzentrum entfernt. Mein Vertreter Reinhold Wenger hatte es nur zu gut in Erinnerung. Zu meinem Glücke hatte ich die Kontaktnummern zahlreicher guter europäischer Hotels in einem Notizbüchlein festgehalten, denn ich bin ein leidenschaftlicher Weltenbummler, der viel Wert auf einen gehobenen Standard legt, doch der seine Neigung zumeist mit den geschäftlichen Verpflichtungen kombinieren muss. So ergriff ich den auf dem Schreibtisch stehenden Telefonapparat und meldete mich in jenem Hotel für zwei Nächte in einer Suite an.
Nun hatte ich dieses wichtige Anliegen, mein sicheres Fortkommen aus Braunschweig, erfolgreich zu Ende geführt und erlaubte mir, mich einer musischen Beschäftigung hinzugeben. Also begann ich, den Roman „Feuerland“ des in der Tat des Schreibens außerordentlich fähigen chilenischen Autors Francisco Coloane zu lesen.
Bereits nach der Vollendung des ersten Kapitels übte jenes, ach so ferne und raue Feuerland, die südlichste Spitze Südamerikas, eine ungemein sehnsüchtige Faszination in mir aus, mich weckte der Reiz des Unbekannten und der Ferne.
Als ich den Roman nun auf meinen Nachtisch legte, las ich auf meiner goldenen Taschenuhr die Zeit ab. Es handelte sich lediglich um zwölf Uhr am Mittag, ist das vorstellbar?
Mir grauste es davor, die Zeit bis zu dem übernächsten Tage, verdammt zu Handlungsunfähigkeit und dem, was man auf Gutdeutsch

als „Langweile“ ausdrückt, unbeeinträchtigt zu überstehen und war deshalb von größter Sorge um mein labiles Seelenheil erfüllt.
Um nicht tatenlos dahinzuvegetieren, schlug ich mein kostbares Tagebuch auf und ergänzte meinen bereits vorhandenen Eintrag um einige Zeilen. Dies beanspruchte gute zwei Stunden und noch die Hälfte einer.
Darauf sortierte ich, um mich nur irgendeiner beliebigen Beschäftigung hinzugeben, die noch vorhandene Kleidung, welche sich in meinem mattschwarzen Koffer befand, mehrmals um, faltete die einzelnen Kleidungsstücke auf verschiedene Weisen und versuchte, sie in einer möglichst raumsparenden Variante wieder in den Koffer hineinzulegen, worin ich beachtenswerte Fähigkeiten besitze im Anbetracht der Hülle und Fülle an Textilien, die in jenem Behältnis schlummerten, das gar als Handgepäck in Flughäfen gilt.
Dies beanspruchte glücklicherweise durch meine beabsichtigte Umständlichkeit eine weitere gute Stunde.
Ich verfluchte mich innerlich, selbstverständlich allzu schmutzige Schimpfwörter außen vor lassend, dass ich es während meines kurzen letzten Aufenthaltes in meinem Büro des Verlagsgebäudes versäumt hatte, neben dem handlichen, Geld enthaltenden Tresor, dem Beweis meiner tief in mir wie ein Drache schlummernden Habgier, ein Mobiltelefon mitzunehmen, da ich mich mit diesem möglicherweise mit einigen meiner teuren Freunde hätte verständigen können: den Manager Victor Julius Harzstein etwa oder den Nuklearmediziner Prof. Dr. Hans Müller, den ich nur durch meinen Fonds kennen gelernt hatte, oder gar meinen Intimus, den unergründlichen Alexander Dmitrischenko, eine undurchsichtige, wegen ihrer kalten Verhaltensweise allseits gefürchtete und gemiedene Person, mit der eigenartigerweise ausgerechnet ich als einzige Person eine nähere freundschaftliche Beziehung pflege. Einen Brief, jawohl, einen Brief könnte ich ihm schreiben, allein aus Zeitvertreib, dachte ich leichtfertig, doch sowie ich mich mit einem Blatt Papier an den Schreibtisch gesetzt hatte, zerfielen die bizarren Gebilde der Gedanken vor meinem inneren Au-

ge und es blieb leer, die Muße des Schreibens war mir kurzerhand entschwunden.
Nun, ganz nach meinem buddhistischen Ratgeber rief ich meinem vorwurfsvoll schreienden Gehirn entgegen, dass sich diese Tatsache nicht ohne Weiteres ändern ließ und ich mich nicht über nicht vorhandene Dinge ärgern sollte, sondern mich mehr an denen erfreuen sollte, welche mir hier und jetzt zu Verfügung standen. Und da kam ich mir wie ein Hypochonder vor, als ich darüber nachdachte, unter welchen Bedingungen andere Flüchtlinge ihr Leben fristen müssen. Dagegen bin ich doch ein verweichlichter Egoist, ich!
Nun, ich weiß wohl, dass ich es bis jetzt versäumt habe, dies in meinem teuren Tagebuch zu erwähnen, doch ein Leben als Flüchtling, selbst als ein hypochondrischer, von unerbittlichen Kopfgeldjägern verfolgt, zerrt selbst in ruhigeren Minuten beständig an meinen Nerven, da ich schließlich nie davon ausgehen kann, mich gänzlich vor Entführung oder Jagd in Sicherheit wiegen zu dürfen. Diese bedauerliche Tatsache hatte zur Folge, dass ich insgeheim mehr Schlaf zur Erholung von diesen ständigen Strapazen benötigte. Außerdem wusste ich, dass mein alternder Körper einer solchen Belastung nicht ewig standhalten konnte.
Als ich dies begriffen hatte, suchte ich unverzüglich mein bequemes Bette auf, um vor dem abendlichen Mahle noch ein wenig zu ruhen und Kraft zu schöpfen.
Tatsächlich erwachte ich, noch ein klein wenig benommen, einige Minuten vor neunzehn Uhr. Ich wechselte meine Krawatte und trug nun wieder die dunkelblaue mit den Uhrwerken, dann glättete ich meine vom Schlaf etwas zerknitterte Kleidung und schritt, während die Uhr exakt neunzehn Uhr schlug, die rosa gestrichene Barocktreppe hinab in das Restaurant, welches mich auch gestern mit seinen feinen Speisen gelabt hatte.
Ich erspare mir an dieser Stelle, den genauen Hergang des abendlichen Mahles niederzuschreiben, da er sich lediglich geringfügig von dem des vorigen Abends unterschied. Ich wählte dieselbe Speise mit dem-

selben Getränk, verzehrte diese an dem gleichen Tische, und wie gestern mundete mir das Essen vorzüglich.
Dies geschehen, suchte ich ein weiteres Mal mein Bette auf und schlief, jedoch ein wenig erholsamer und länger als in der letzten Nacht, obgleich ich an jenem Tage von einem absolut grausamen und kaltblütigen Gesindel verfolgt worden war und nur durch eine weitere, eigentümliche Gestalt des Schreckens errettet werden konnte.
An dem Tag darauf, der noch weniger erwähnenswert als der vorherige war, vollzog sich der morgendliche Ablauf beinahe identisch mit dem gestrigen. Darauf ordnete ich mein Gepäck ein weiteres Mal um und ließ auch nicht den Faktor außer Acht, dass ich ja freilich die Absicht hatte, an dem folgenden Tage abzureisen. So stellte ich meine, sich noch in der Suite befindenden Habseligkeiten in einen engeren Radius zusammen und besaß die Dreistigkeit, danach unbekümmert einen Spaziergang auf der offenen Straße zu wagen. Jedoch entdeckte ich Jack nicht, wie er es prophezeit hatte, an irgendeiner Hausecke, dafür aber auch, ach, welch Glück, kein Mitglied der Rockergesellschaft. Entweder entpuppte sich der gute Jack neben seinen zahlreichen anderen Talenten, welche er mir an dem gestrigen Tage vorgeführt hatte, ebenfalls noch als ein Meister der Tarnung, oder sein Exempel an der kleinen Rockergruppe, welche beabsichtigt hatte, mich auszuliefern, hatte jene zu sehr verschreckt, um es ein weiteres Mal in Betracht zu ziehen, einen erneuten Angriff auf mich zu wagen.
Jedenfalls war es mir vergönnt, einen Rundweg um die mittelalterlich anmutenden Häuserzeilen anzutreten, ohne dass mir auch nur ein einzelnes meiner allmählich ergrauenden Härchen gekrümmt wurde.
Dies geschehen, las ich in meiner Suite einige Kapitel im bereits erwähnten Buch „Feuerland“, und ach, welch stumme Sehnsucht wurde in meinem sensiblen Herzen nach jenem verheißungsvollen Landstrich wach, das Buch als Gesamtes war derart von Gutem erfüllt, dass sich auch einige allzu derbe Szenarien verzeihen ließen. Als ich mich des Lesens müde fühlte, füllte ich einige Zeilen meines treuen Tagebuches mit hochwertiger Tinte.

So verlief mein Tag, in einem monotonen Wechsel zwischen Ruhen, Lesen, Schreiben und Spazieren, deren wenig ausschlaggebenden Details auszuführen ich mich an dieser Stelle entsage.
Ich speiste und trank wie gestern zu Abend, ich kehrte mit demselben energischen Schritt wieder in meine Suite zurück und wurde erneut unwillig, als ich mich daran erinnerte, wie Jack, der gemeine Schelm, mein Vokabular zu imitieren versucht hatte.
Ich ruhte in meinem Bett zu nächtlicher Stunde nur in der tiefsten Trauer, denn ich wusste, dass dies allem Anschein nach die letzte Nacht meines Lebens in dieser lieblichen Gaststätte sein könnte.
Nach dem Erwachen, dem Erfrischen und dem Frühstück nahm ich meine nun frisch gereinigten Kleidungsstücke von der Textilreinigung in Empfang. Übrigens kleidete ich mich an diesem Tage, was mein Selbstwertgefühl erheblich hob, wieder mit einer abstrakt in allen warmen Farben gemusterten Schleife, mit einem in kalten Farben gemusterten Einstecktuch kombiniert, da mich die Kopfgeldjäger vermutlich eher an dem Nummernschild meines Kraftfahrzeuges als an meinem Wahrzeichen, der Schleife, erkennen würden, und leger mit einem dunkelgrünen Anzug, der gut mit den hellbraunen Schuhen harmonierte.
Auf dem Rückweg zum Hotel erschien mir, wie aus dem Nichts einherschreitend, der gut erzogene Attentäter mit dem englischen Namen Jack. Er stand urplötzlich neben mir, als sei er eine düstere Dämonengestalt, die sich nach eigenem Gutdünken sichtbar oder unsichtbar machen kann, und er trug an diesem Tage erneut keine gediegene Kleidung, war gar noch nachlässiger als am Tage meiner Rettung, sondern eine dunkelbeige, enge Jeans und ein schwarzes, weites T-Shirt mit dem fetten, weißen Schriftzug „A***“ einer weltweiten Sportbekleidungsmarke und dem entsprechenden Markensymbol, das seine muskulösen Arme freiließ.
Ich hatte aber nicht die Absicht, seinetwegen meinen Schritt anzuhalten. Dies war, wenn es mir erlaubt ist, es so auszudrücken, meine Rache für sein unsäglich unhöfliches Verhalten am vorgestrigen Tage in

dem Café, als er meinen Wunsch zu zahlen sofort angenommen hatte. Mit tiefster Befriedigung sah ich mit an, wie Jack, leicht verärgert wirkend, sich meiner Schrittgeschwindigkeit anpasste, um den beabsichtigten Grund des unverhofften Kommens ausführen zu können. Seine Stimme jedoch schien seinen inneren Zorn zu ignorieren, als er, beinahe monoton wirkend, sprach: „Ich komme nun ein letztes Mal, um Ihnen zu unterbreiten, dass wir uns bei unserem nächsten Treffen definitiv als Feinde gegenüberstehen werden. Bitte machen Sie sich klar, dass mir, sowie Sie die Grenzen dieser schnuckeligen Stadt verlassen haben, kein Mittel unrecht ist, Sie meinem Auftragsgeber auszuliefern. Rechnen Sie bitte um Himmels willen unter keinen Umständen mit einer weiteren Rettungsaktion, habe ich mich da klar ausgedrückt?“

„Selbstverständlich haben Sie dies, es war derart klar und deutlich, dass selbst ein tauber Mensch dies deutlich verstanden hätte. Sie können jedoch Ihren Fehler, in der Lage der höchsten Not gütig zu mir gewesen zu sein, nimmer mit diesen Worten wettmachen, sodass Sie immer in meinem Herzen der strahlende Raubritter bleiben werden“, so sprach ich ehrlich zu ihm. „Ich wusste Ihre Anwesenheit vor kurzer Zeit noch durchaus zu schätzten, während Sie mir jetzt wie eine Raubkatze begegnen, welche erbarmungslos ihr Opfer anfaucht“, fuhr ich fort. „Wo Sie mir Ihren Standpunkt nun unterbreitet haben, ist es mir nun ein wertes Anliegen, Sie darauf hinzuweisen, dass ich es Ihnen unter keinen Umständen allzu einfach machen werde, mich zu einem solchermaßen schändlichen Zwecke zu ergreifen. Sie mögen als ein grober Kopfgeldjäger ja wenig Ahnung von dem Stolz haben, den ich für mein Unternehmen empfinde und für die Schmach, die Sie mir zufügen wollen, wenn ich LWGP vor RORUS preisgeben muss, nicht wahr?“

Für eine kurze Sekunde blickte mich Jack verschreckt an. Sein Gesichtsausdruck war der eines kleinen Kindes, dessen Freund einem anderen Jungen eine große Lüge über ihn erzählt hatte; ich sage beispielhaft, der Freund hätte gesagt, er hätte das Kind, welches ich mit

Jack vergleiche, rauchen sehen, am besten den Tabak der Marke mit dem silbernen Rauch.
Zuerst ist das Kind freilich erschreckt über die dreiste Verleumdung, dann wird es sich vermutlich bemühen, den Misstand aufzuklären. Dazu kam es allerdings nicht, denn Jack hatte sehr schnell seine Mimik wieder unter Kontrolle und überging meinen Kommentar, indem er erwiderte: „Ich habe mit nichts anderem gerechnet. Bis zum nächsten Mal.“ Seine Stimme hatte an Schärfe und Kälte zugenommen, als er dies formulierte. Er blickte mir noch für einen kurzen Augenblick entschlossen in die Augen, als wolle er mich von meinem baldigen Untergang überzeugen, auf den ich in meiner Resignation mit einem gewissen Zynismus blickte. Dann wandte er sich wieder zum Gehen, um nur Sekunden später wieder mit der umliegenden Umgebung zu verschmelzen.
Ich ärgerte mich über die unabänderliche Tatsache, dass Jack meinen Aufenthaltsort aus einem mir unerfindlichen Grund in einer solch geringen Zeit schon lokalisiert hatte. Nun musste ich mit einer Verfolgungsjagd mit offenem Ausgang rechnen, sobald ich die schützende Stadtgrenze Braunschweigs verlassen würde. Nichts anderes aber blieb mir übrig, wo ich doch schon eine Suite in Warschau reserviert hatte.
In einer äußerst verärgerten Laune beendete ich den Rückweg zu dem Hotel, um, dort angelangt, unverzüglich meine Siebensachen zu packen. Dies vollzog ich mit der zügigsten Geschwindigkeit, welcher ich fähig war, und schloss schließlich, mit den Tränen kämpfend, das letzte Mal in meinem Leben die Mahagoniholztür zu meiner mir sehr ans Herz gewachsenen Suite zu.
An der Rezeption war ich nicht zu vielen Worten fähig, sondern beglich lediglich mit einem großzügigen Trinkgeld den Rechnungsbetrag, bekundete meinen aufrichtigen Dank und verließ das Hotel durch das rosa gestrichene Portal, ohne mich noch ein weiteres Mal umzusehen.

Nun verstaute ich hastig und mit ungelenken Bewegungen meinen Koffer in dem Kofferraum meines R*** R***, der als stählernes, gefühlloses Gefährt meine Trauer nicht nachempfinden konnte.
Darauf setzte ich mich in dieses hinein, aktivierte den Motor, der mit einem tiefen Grollen zum Leben erwachte, gab in mein Navigationssystem das Ziel Warschau und dort wiederum als Ankunftsort das Hotel mit dem Namen S*** WARSCHAU ein und verließ das gute Braunschweig, sicherlich das letzte Mal in meinem Leben, mit vereistem Herzen.

KAPITEL IV

Zu meiner ausgesprochenen Überraschung überstand ich zumindest, und dies verdient bereits äußerste Hochachtung, die ersten zehn Minuten der Autofahrt unbeschadet.

Ich hatte Braunschweig auf dem direktesten Wege verlassen und war danach auf die Autobahn E30 aufgefahren, ohne dass mich irgendein Autofahrer oder Passant eines forschen Blickes gewürdigt hatte. Vielmehr schenkten sie meinem Kraftfahrzeug größere Beachtung, da der Anblick eines ehrwürdigen R*** R*** auf den hiesigen Straßen wohl eher unüblich ist.

Auf der E30, die zur Tageszeit weniger dicht befahren war, währte jedoch meine scheinbar ruhige Lage lediglich geschätzte fünf Minuten, bis mich der Fahrer eines schwarzen, zweisitzigen M*** B*** mit einer sehr hohen Geschwindigkeit überholte, und dann, einen halben Kilometer vor mir, das Tempo wieder drosselte, damit ich meinerseits Gelegenheit hatte, ihn zu überholen.

Dies wunderte mich freilich zutiefst, doch da ich meine Geschwindigkeit konstant ein wenig über der Richtgeschwindigkeit hielt, war ich gezwungen, ihn aufgrund seiner deutlich langsameren Geschwindigkeit meinerseits zu überholen.

Während des Überholvorganges überkam mich ein sehr beklemmendes Gefühl, als ich dem Fahrer des Fahrzeuges, eine schwarz gekleidete Person mit zerfurchtem Gesicht, einen kurzen, vergewissernden Blick zuwarf. Er schien mir, es war trotz seiner verspiegelten, großen Sonnenbrille eindeutig erkennbar, direkt prüfend in die Augen zu blicken. Ich erwiderte dies starr und unverwandt, bis ich gezwungen war, wieder auf die Straße vor mir zu blicken und der Überholvorgang, welcher mir übrigens im Nachhinein viel länger erschien als er tatsächlich benötigt hatte, abgeschlossen war.

Da ich bemerkte, dass, sollte dieser Autofahrer ein mir feindlich gesonnener Attentäter sein, was schließlich angesichts meiner letzten Erlebnisse zu vermuten wahr, er mich auf sehr einfachem Wege durch

das Nummernschild identifizieren konnte, betätigte ich das Gaspedal und erhöhte meine Geschwindigkeit, um den allzu neugierigen Blicken meines Fahrbahngenossen rasch zu entgehen. Freilich war mein Kraftfahrzeug auch zu einer noch beträchtlicheren Geschwindigkeit als den anliegenden einhundertfünfzig Stundenkilometern imstande, es war schließlich der modernste und leistungsfähigste Wagen der Firma, wenngleich ich von einer weiteren Leistungssteigerung durch externe Anbieter, welche mir nach dem Erwerb umgehend Vorschläge zugesandt hatten, abgesehen hatte; jedoch beabsichtigte ich nicht, mit einer zu offensichtlichen Flucht die Tatsachen zu überstürzen, denn dies entspricht nicht meinem Charakter.
Ich erlaubte mir einen flüchtigen Blick in den Rückspiegel meines Fahrzeuges, und mein Zweifel an einer fortgesetzten Menschenjagd schien ausgeschlossen, denn das Auto des Überholten beschleunigte ebenfalls, und mein aufgrund der unangenehmen Erlebnisse in den vergangenen Tagen sensibilisiertes Gemüt witterte sofort die dräuende Gefahr. Der Beifahrer indes hatte die Fensterscheibe hinuntergefahren und seinen Kopf aus dem Wagen gereckt, sodass sein schwarzes Haar wild im Fahrtwind flatterte, vor den Augen ein herkömmliches Fernglas. Oh, wie sehr wünschte ich diesem Spion eine schlimme Erkältung, bedingt durch den kalten Fahrtwind!
Nun, das Fahrzeug der beiden allzu neugierigen Personen holte zwar nicht auf, doch fiel es ebenfalls nicht zurück. Ich lag mit der Vermutung, es könne sich um zwei Späher handeln, nicht unbedingt falsch, glaube ich.
Direkten Schaden fügten mir diese aber nicht zu, und aus diesem Grunde fühlte ich mich auch nicht dazu genötigt, meine Geschwindigkeit ein weiteres Mal zu erhöhen, warum denn auch, nicht wahr?
Doch urplötzlich erschienen hinter dem Spähfahrzeug zwei Wagen derselben Marke, welche vollkommen verkehrswidrig links und rechts, und zwar ohne vorher den Blinker zu betätigen, andere Automobile überholten und ihre Distanz zwischen mir und ihnen immer weiter schrumpfen ließen.

Ich ließ es zu, dass sie mich nun, und zwar auf einer zweispurigen Fahrbahn, von beiden Seiten einholten und die Geschwindigkeit, welche auch ich innehatte, annahmen, aus einem Grund, dessen ich mir selbst damals wie heute nicht gewahr geworden bin, als sei ich in eine geistige Ohnmacht gefallen. Es kommt zuweilen vor, dass man in kritischen Situationen gewisse Entscheidungen trifft, über die man sich in behaglicheren Momenten wundert, so etwa erkläre ich meine eigenartige Handlungsweise damals. Meine Theorie, dass mich die Gestalten in den schwarzen Fahrzeugen festnehmen wollten, betrachtete ich als bestätigt, aber dies Unterfangen erwies sich freilich in einer solchen Situation denkbar unmöglich, weshalb ich, ebenfalls ein klein wenig um der Provokation willen, meine jetzige Geschwindigkeit konstant beibehielt, eingekeilt zwischen den zwei schwarzen M***-Sportcoupés. Es ist schon ein eigenartiges Gefühl, wenn man weiß, dass man sich mit einer Geschwindigkeit von einhundertfünfzig Stundenkilometern fortbewegt, aber trotzdem links und rechts von sich Gestalten festmacht, die sich ebenso wenig von der Stelle rühren wie man selbst, freilich, wenn das Fahrzeug der Bezugspunkt ist.
Der Beifahrer links von mir kurbelte seine Fensterscheibe hinunter und zog aus seinem Fußraum ein Megafon hervor. Er brüllte etwas in dieses hinein, doch ich verstand keine einzige Silbe, weshalb ich, neugierig geworden auf seine Absicht, auch meine Scheibe hinunterfahren ließ.
Nun hielt mein Gegenüber sein Megafon sogar in mein Fahrzeug hinein, was aber auch bitter vonnöten war, um etwas gegen den lärmenden Fahrtwind ausrichten zu können. Dennoch war ich nur imstande, einzelne Wortfetzen zu verstehen.
Ich rekonstruierte mir aus diesen folgende Worte: „Ergeben Sie sich, wir haben Sie umzingelt! Fahren Sie unverzüglich die nächste Raststätte an, sonst werden wir Sie mit Gewalt dazu zwingen!“
Ich rief meinem Gegenüber meine Antwort zu, freilich war aber auch er nicht in der Lage, meine Worte zu verstehen, weshalb ich ihm kurzerhand, selbstverständlich noch mit einer Hand das Steuerrad hal-

tend, das Megafon aus der Hand klaubte und versuchte, mein Anliegen zu wiederholen. Als mein Fahrzeug eine kleine Welle überfuhr, vollführte meine rechte, das Lenkrad haltende Hand unvermittelt eine minimale Gegenbewegung, wodurch ich den Wagen links von mir leicht touchierte. Das Megafon, in welches ich sprach, war daher nur wenige Zentimeter von dem Ohr des Beifahrers entfernt, was dessen Gehör mit Sicherheit unwillig stimmte. „Ich wünsche Ihnen vorerst einen recht schönen guten Morgen!", sagte ich in dieses hinein. „Zu ihrer Absicht antworte ich wiederholt: Ich beuge mich keiner Gewalt außer einem wie auch immer zu rechtfertigenden Anliegen der Justiz. Da es sich bei Ihnen jedoch nicht um einen Abgeordneten dieser handelt, muss ich Ihnen unter meinem größten Bedauern mitteilen, dass ich ihrer Aufforderung nicht Folge leisten werde!"
Mit einer groben Handbewegung ergriff der Beifahrer des linken Fahrzeuges wieder sein Megafon, denn freilich ließ seine dick mit einem schwarzledernen Motorradhandschuh bekleidete Hand keine feinmotorischen Bewegungen zu, und sprach, aufgrund des Megafons mit einer unheimlich verzerrten Stimme: „Ganz, wie Sie wünschen, Herr Lunkenheimer. Sie müssen nun die Konsequenzen Ihrer Einstellung erfahren."
Hatte er die Absicht, noch etwas an seinen Worten zu ergänzen, so schenkte ich dem keine weitere Beachtung. Ich betätigte den Schalter, der meine Fensterscheibe wieder hinauffahren ließ, und startete meinen Fluchtversuch, um der unvorteilhaften Position, eingekeilt zwischen zwei Fahrzeugen, eine Abfuhr zu erteilen. Ich wünschte nämlich keineswegs, die angekündigte Gewalt am eigenen Leibe zu erfahren.
Wenn nun der werte Leser die Vermutung hat, ich würde die Geschwindigkeit meines Kraftfahrzeuges nun ein weiteres Mal erhöhen, so muss ich ihm mitteilen, dass er damit bedauerlicherweise falsch liegt, wo doch die Preise für den Treibstoff aus dem bekannten Grund, dass die Rohstoffe allmählich zu Neige gehen, immens gestiegen waren und vielmehr, da das Beschleunigungsvermögen meines Wagens aufgrund des Gewichtes bei derartigen Geschwindigkeiten merklich

nachlässt und es meinen Peinigern so leicht gefallen wäre, mit mir Schritt zu halten.
Das Gegenteil war der Fall, ich nahm, anscheinend für meine Verfolger vollkommen unerwartet, den Fuß vom Gaspedal und betätigte zeitgleich dazu das zu dem gegenteiligen Zwecke erschaffene, sodass meine Geschwindigkeit unter quietschenden Reifen urplötzlich auf den Bereich von unter hundert Kilometern in der Stunde gedrosselt wurde. Zwar keuchte ich vorerst auf unter dem gewaltigen Druck des Sicherheitsgurtes, dennoch verschaffte mir der Zeitgewinn ein wenig Beruhigung, sodass ich mich vorübergehend in Sicherheit wiegen konnte.
Mit größter Befriedigung sah ich mit an, wie sich meine eben noch so nahen Attentäter auf eine immer größer werdende Distanz von mir entfernten, sie waren zwei kleine schwarze Punkte, die bald in der Ferne verschwanden.
Wo die direkte Gefahr durch diese List nun von mir genommen worden war, erhöhte ich meine Geschwindigkeit zum Wohle aller unschuldigen Fahrbahngenossen wieder, doch blieb ich dieses Mal deutlich unter der vorgeschriebenen Höchstgeschwindigkeit, wenngleich ich es als ungemein demütigend empfand, zu den überholten Personen zu zählen.
So war es mir vergönnt, das nächste Dreiviertel einer Stunde unbeachtet auf der Fahrbahn zu verbringen. Nach der ersten Hälfte dieser Zeit erlaubte ich es mir, meine Geschwindigkeit wieder ein klein wenig zu erhöhen, da ich beabsichtigte, zu dem von meinem Navigationssystem vorausberechneten Zeitpunkt in Warschau einzutreffen.
Nun, wie bereits gesagt, das Dreiviertel einer Stunde verbrachte ich unbeachtet, doch in der Zeit, die darauf folgte, machten die Attentäter ihre Ungeschicklichkeit, welche mir zu dieser frohen Zeit verholfen hatte, voll und ganz wett.
Die Lage spitzte sich für mich bedrohlich zu, als die beiden Verfolger, welche ich mir soeben durch die List des Bremsens vom Leibe geschaffen hatte, auf meine Höhe zurückfielen und hinter mir auf einmal

gleich drei, für die Verhältnisse deutscher Straßen ungewöhnliche Fahrzeuge erschienen, zwei in schwarz, doch einer unschuldig weiß lackiert, und alle von ihnen strebten auf meine Position zu.
Von den fünf Wagen, welche sich nun von vorne und hinten auf mich stürzten wie Geier auf ihr Aas, waren insgesamt vier des erwähnten deutschen Fabrikates, der fünfte, der reine, weiße, welcher sich auch von dem Fahrstil her nicht an die anderen anpassen wollte, war einer italienischen Marke, die sich auf markante, an das Erscheinungsbild von Kampfflugzeugen angelehnte Sportwagen spezialisiert hatte, angehörig, doch der Fahrer jenes Wagens hielt sich mehr lauernd im Hintergrund auf, anstatt aktiv in das Geschehen einzugreifen, und behielt in der Folgezeit eine Entfernung von vielleicht einhundert bis zweihundert Metern bei, sodass die Präsenz nur mit dräuendem Charakter unterschwellig spürbar und sichtbar war.
Die vier gleichartigen Wagen kesselten mich von allen Seiten ein, bevor mir die Gelegenheit geboten war, zu beschleunigen, sodass ich nur über eine geringe Manövrierfähigkeit verfügte. Hierfür quetschte sich das links von mir gelegene Kraftfahrzeug zwischen das meine und die Fahrbahntrennung, den grün bepflanzten Betonstreifen. Da der Fahrer es nicht wagte, mit meinem Wagen zu kollidieren, streifte er mit dem Rückspiegel umso dichter an der grauen Betonwand entlang und hinterließ einen spektakulären Schweif aus hell glühenden Funken, bis der Spiegel schließlich abbrach und sich, gut in dem meinen, freilich intakten Rückspiegel erkennbar, auf der Autobahn in winzige Trümmerteile auflöste.
Notgedrungen wich er einige Zentimeter von der Betonwand ab und rückte so meinem Fahrzeug bedrohlich zuleibe.
Die Kriminellen der Straße konnten mich in einer solchen Position, eingekeilt in einem engen Ring aus Autos, zu allen Orten lotsen, das wusste ich. So gab es nur jetzt, wo sie durch die hohe Geschwindigkeit zu keinen allzu ausschlaggebenden Anweisungen fähig waren, die einzige Gelegenheit, mich aus diesem unbarmherzigen Netz entwin-

den zu können, wo doch der mir links gelegene für meinen Geschmack eindeutig zu nahe rückte.
Diese nutzte ich kompromisslos aus, erneut ein Entschluss jener Kategorie, bei dem man sich später wundert, mit welch einer Leichtfertigkeit gravierende Entscheidungen gefasst werden. Zunächst schaltete ich zwei Gänge hinunter, sodass die Drehzahl stark anstieg, dann drückte ich das Gaspedal bis zum Boden durch und fluchte, weshalb es sich nicht noch tiefer niederzwingen ließ. Trotz der bereits hohen Geschwindigkeit wurde ich in den mich gutmütig auffangenden Sitz gepresst und preschte voran, gleichwohl nur wenige Meter vor mir ein Fahrzeug die freie Fahrt voran zu blockieren versuchte. Mich machte der in der Lautstärkenintensität deutlich gestiegene Klang des beanspruchten Motors schaudern, doch dieses ging bald unter einem vollkommen anderen Geräusch unter, als ich, wie hätte es anders ausgehen können, auf das vor mir liegende Fahrzeug auffuhr. Meine Geschwindigkeit hatte sich schon derart erhöht, dass mich die Wucht der Kollision nach vorne warf und ich reflexartig nach Luft schnappte, doch ich drückte weiterhin unerbittlich das Gaspedal durch. So kam es, dass ich das mir vorausfahrende Automobil ein gutes Stück aus seiner Formation hinausbeförderte, ununterbrochen schiebend wie ein Triebwagen auf den Bahngleisen.
Trotz der lebensrettenden Konsequenz hatte mein armes, ehrwürdiges, britisches Fahrzeug ein schweres Opfer gebracht, der Kühler und der vordere Teil der Motorhaube waren verbogen, das Wahrzeichen der Firma, die Galionsfigur, löste sich, noch bevor ich sie rechtzeitig in die Schutzkammer in der Motorhaube einfahren konnte, aus seiner Verankerung, schlug kurz vor der Frontscheibe einmal auf, glitt lautlos über das Glas und verschwand für immer meinen Blicken.
Es ist erwähnenswert, dass ich kurz darauf in meinem Rückspiegel sah, wie die Frontscheibe des schwarzen Sportwagens hinter mir, welches ein Teilhaber des Belagerungsrings um mich war, in mehr als tausend Stücke zersplitterte. Ich erkannte noch eine panisch umherwedelnde, schwarz behandschuhte Hand, die sich kurz aus den Untiefen

des Gefährtes hinausreckte, doch sie mochte auch nur eine freche Einbildung meines Gehirns sein, dann schlug das Fahrzeug zur rechten Seite aus. Darauf forderte mein eigenes Vorhaben meine vollste Konzentration, und als ich etwas später die Muße hatte, einen weiteren Blick hinter mich zu tun, so sah ich den schwarzen Wagen mit zersplitterter Frontscheibe nicht mehr, und diese eigenartige Szene geriet in Vergessenheit.
Als das Beschleunigungsvermögen meines Wagens bei etwas über zweihundert Stundenkilometern deutlich nachgelassen hatte, schließlich schob ich ja auch gut anderthalb Tonnen Mehrgewicht vor mir her, entfernte ich mein Schuhwerk vom Gaspedal, wodurch sich die Geschwindigkeit merklich reduzierte. Einige hundert Meter vor der mittlerweile zerbröckelten Formation der drei Fahrzeuge erlaubte ich so dem Fahrer vor mir, seinen Wagen zu der rechten Seite aus meinen unerbittlichen Fängen hinauszulassen.
Kaum war ich von der Bürde des gejagten Verfolgers befreit, trieb ich meinen Wagen erneut zu seiner Höchstgeschwindigkeit an, da ich in meinem Rückspiegel das Unheil verkündende Bild von vier schwarzen, die Verfolgung aufnehmenden Fahrzeugen erhascht hatte.
Über einen langen Zeitraum behielten alle vier Fahrzeuge hinter mir die Verfolgung hartnäckig bei, unschuldige Fahrer wurden überholt und höchst ungesetzlich und unfreundlich dazu aufgefordert, den Platz zu dem Zwecke der Hatz, unter der Verwendung eines einfachen Deutsches, zu „räumen“.
Innerhalb einer einkalkulierten Stunde fielen die drei verbliebenen M***-Coupés, der eine war ja unter mysteriösen Umständen verschwunden, immer weiter zurück, bis sie schließlich unter den anderen, privaten Wagen einen guten Kilometer hinter mir verschwanden, offensichtlich hatten sie die wilde Jagd aufgegeben.
Demzufolge durfte ich mich glücklich schätzen, zumindest vier meiner eigentlich fünf Peiniger, ich rechnete den reinweißen L***-Sportcoupé, der die vorherige Szene allerdings nur mit den gnadenlos beobachtenden Augen einer Raubkatze mitverfolgt hatte, hinzu, verlo-

ren zu haben, aber dieser Wagen belächelte die Fahrleistungen, die ich aus meinem Kraftfahrzeug gequält hatte. Jetzt, wo, wie ich es mir rekonstruierte, seine Konkurrenten die Verfolgung aufgegeben hatten, war ihm eine gute Gelegenheit geboten, gemütlich zu mir aufzuholen, was er auch schamlos ausnutze. Er tat dies in einem Zeitraum, den ich auf nicht länger als das Viertel einer Stunde schätzte, bis er, zumindest auf der vorgeschriebenen Seite überholend und bei vorheriger Benutzung des Blinkers, auf meiner Höhe verharrte. Verzweifelt drückte ich fester auf das Gaspedal, freilich ohne Erfolg, wo ich mich doch schon in dem Gefilde der Spitzengeschwindigkeit von weit über zweihundert Stundenkilometern bewegte, und es erweckte nun beinahe den Anschein, der neben mir gelegene Wagen hätte neben dem meinen angehalten, da wir exakt Kopf an Kopf nebeneinander lagen.
Ich erlaubte mir einen Blick hinab zu dem Fahrer, dessen Auto weitaus niedriger als das meine war, und stellte, nicht einmal allzu überrascht über jene Tatsache, fest, dass es sich bei dem einzigen Insassen, ein weißes, nachlässig geknöpftes Hemd tragend, um niemand anderen als den mir wohlbekannten wie unergründlichen Jack handelte! Offensichtlich war sein Fahrzeug für den britischen Markt konzipiert worden, da er auf der rechten Seite am Steuer saß; man verzeihe mir, dass ich meine Aufmerksamkeit zuvor nicht dem Nummernschild geschenkt hatte, das diese These bestätigt hätte.
Jack, dieses Mysterium, nickte mir mit einem freundlichen Lächeln kurz zu, bis er mich, von einem Augenblick auf den anderen eine kleine Pistole, welche in einem silbrigen Rosa, doch mit einem tödlichen Hauch in der Sonne schillerte, in der Rechten haltend, unmissverständlich dazu aufforderte, den Standstreifen anzufahren und nachfolgend anzuhalten.
Was hätte ich nun unternehmen sollen? Die Befolgung des Befehles hätte lediglich zur Folge gehabt, dass ich in die grausamen Hände meiner kaltblütigen Widersacher gelange, eine denkbar ungeeignete Option, wo ich mir doch schon die Schandtaten von RORUS in den buntesten Farben ausgemalt hatte.

Dann würden mich Schmach, Schmerz und Fesseln erwarten, mein Konzern würde als schwach angesehen werden und an Ansehen verlieren, die Anleger würden meine Aktien und die Anteile am Fonds abstoßen, Geschäftspartner würden mich aufgrund meiner Feigheit verlassen, das Projekt von ALPHA & OMEGA würde in unsachgemäße Hände fallen, das Interesse an der Fachliteratur meines Verlages würde schrumpfen, ich fasse zusammen, bevor ich noch Gefahr laufe, diese Ausführung unendlich weiterzuführen, mein gesamtes Lebenswerk wäre wie eine kostbare Vase zersprungen.
Würde ich mich der Anweisung widersetzen, so würde Jack vermutlich seine Schusswaffe zu dem dafür erschaffenen Zwecke betätigen, und dann würde ich ein beißendes Projektil zu spüren bekommen und außer Sinnen vor Schmerz die Kontrolle über das Fahrzeug verlieren und mit der Leitplanke kollidieren, von der Fahrbahn abkommen, ins verschlungene Dickicht stürzen, mich überschlagen oder eine andere Art des Unfalls erleiden und womöglich auch noch unschuldige Mitmenschen in meine private Angelegenheit zu ihrem Nachteil hineinziehen, dieses Szenario war ebenfalls eine nicht minder verabscheuungswürdige Möglichkeit.
Doch da ward mir bewusst, sollte Jack mich beschießen und ich bei einem aus diesem Grunde geschehenen Unfall den Tod erleiden, so würde für ihn auch die Belohnung für meine lebendige Auslieferung hinwegfallen.
Als ich dies gewahrte, wagte ich einen schnellen Blick zu Jack und erhob provokant meine Schultern und ließ sie darauf, Jack signalisierend, dass er als Verlierer hervorgehen würde, wieder sinken.
Dieser wirkte zwar nicht allzu verärgert, da er mich vermutlich sowieso nicht als einen solchen Tor eingeschätzt hatte, doch senkte er, mir in der Tat sehr zur Erleichterung, die rosa-metallische Schusswaffe und legte seine nun freie Rechte zu seiner Linken an das Steuerrad, die Absicht erkennen lassend, seine Position direkt neben meinem Kraftfahrzeug nicht aufgeben zu wollen. Was bezweckte dieser Strolch nur damit, Kopf an Kopf mit mir in einer unmäßigen Geschwindigkeit

über die Fahrbahn zu brausen, ein ereignisloses Unterfangen von lediglich spektakulärem Wert.
Womöglich, kam mir schleichend in den Sinn, beabsichtigte er ja, auf den Zeitpunkt zu warten, in welchem mein Treibstoff zur Neige geht, sodass ich, unfähig, meine Fahrt weiter fortzusetzen, mit einfachsten Mitteln von ihm ergriffen werden könnte! Dieser Plan erschien mir zumindest als der realitätsnaheste, und meine Tankanzeige bewies, dass er in einem nicht allzu fernen Zeitraum durchaus auch von Erfolg gekrönt sein würde! Gleichwohl ich den Tank in Braunschweig noch randvoll gefüllt hatte, verlangte meine erzwungenermaßen sportliche Fahrweise offensichtlich ihren Tribut in der Form eines drastisch erhöhten Kraftstoffkonsums.
Ein verzweifelter Schauer durchfuhr meinen gesamten Körper, als ich mir der Ausweglosigkeit meiner Lage bewusst wurde, dass meine Ergreifung lediglich eine Frage der Zeit sei und die Augenblicke, die mir noch im R*** R*** W*** zu genießen vergönnt waren, nicht mehr als eine Gnadenfrist. Es ist wohl wahr, Hochmut kommt vor dem Fall, denn mir bot sich keine Gelegenheit zur Flucht, freilich hatte Jack besser ausgebildete Reflexe als die minderbemittelten Verfolger von vorhin, um mich jeden Zentimeter bis zu meinem sicheren Untergang zu verfolgen. Er war sicherlich nicht zu jenen hinzuzuzählen, die sich leichtfertig durch einfache Manöver wie mein eben geschildertes abhängen lassen. Nein, er, mit dem Verstand und dem Instinkt einer Raubkatze ausgestattet, kannte sicherlich schon meine Entscheidungen, bevor ich sie überhaupt getroffen hatte!
Ich war nicht fähig, aus den tausenden von Möglichkeiten, die nahe Zukunft vorherzusehen, eine würdige Alternative zu meiner mir just auferlegten Bestimmung zu finden. Jack war, wie ich unter erheblicher Verbitterung zugeben musste, ein in seinem unehrenhaften Fachgebiet äußerst geschulter und fähiger Mensch, und demzufolge sollte sein jetziger, zugegebenermaßen schlichter Plan durchaus mit Lorbeeren belohnt werden, aber mit verdorbenen, die von innen heraus faul sind,

so dass man es dem winkenden Lorbeerkranz von außen noch nicht anzusehen vermag.
Eine ganze Weile fuhren wir also mit einer sehr hohen Geschwindigkeit von über zweihundert Kilometern in der Stunde über die Autobahn, überholten das eine oder andere Fahrzeug, und Jack hatte Gefallen daran gefunden, mir wie ein Geier mit seinem blütenweißen Sportwagen, der stets wie in Furore schrie und dessen Auspuffrohre zuweilen Flammen spuckten, aufzulauern. Mal wechselte er hinter mir wild von links nach rechts die Spur sodass seine Reifen quietschten und qualmten, zog dann haarscharf an mir vorbei, um dann direkt vor mir leicht abzubremsen; er ließ mich dann, als er den Weg vor mir freigegeben hatte, passieren, um sein teuflisches Spiel nur erneut zu wiederholen. Die tollkühnen, riskanten Manöver verursachten neben einer vernachlässigbaren Bewunderung für Jacks Fahrkünste eine Energie zehrende Unruhe in mir; ich vermute, das psychologische Taktikspielchen, welches Jack mit mir trieb, verfehlte die Intention meiner Demoralisierung um keinen Millimeter. Wie ein kleines Kätzchen vergnügte er sich an meiner ohnmächtigen Situation in seinen Fängen und raubte mir jede Hoffnung auf Entkommen.
Ich versuchte mich ein letztes Mal in der Rolle eines sein Schicksal nicht einsehenden, verlorenen Rebellen und wehrte mich, indem ich mein Gefährt wild nach links und nach rechts riss und dabei entweder kräftig beschleunigte oder bremste, doch Jack blieb stets an meiner Seite und schien sich sichtlich an dem Spiel, das er so eindeutig dominierte, zu erfreuen.
Es hätte in der Tat zu meinem Nachteile enden können, wenn nicht das Schicksal seine mächtige Hand zu einem positiven Zwecke über jenes Geschehen gehalten hätte. Mein Freund und Helfer war ein Fahrzeug der Polizei, welches, offensichtlich von anderen Gesetzeshütern informiert, von einer an meiner Route gelegenen Raststätte auf die Autobahn aufgefahren war und uns beiden, dem kaltblütigen Jack und mir, dem unglückseligen Verfolgten, mit einer Kelle hinter uns, eindeutig durch den Rückspiegel erkennbar, die Anweisung zuteil

werden ließ, die nächste Haltemöglichkeit aus einem mir in diesem Augenblick noch unersichtlichen Grunde zum Zwecke des Anhaltens zu nutzen.

Wie ich es bereits geahnt hatte, war der ach so ehrenhafte und wohlerzogene Jack tatsächlich mit der Intelligenz versehen, dieser unmissverständlichen Aufforderung eines Vertreters der Exekutiven unverzüglich Folge zu leisten. Ich erkannte bald Verkehrsschilder, die eine Raststätte auswiesen, und reduzierte mein Tempo. Als ich die Richtgeschwindigkeit erreicht hatte, wunderte ich mich, wie langsam sie mir erschien. Nun wechselten Jack und ich, hinter uns das Polizeifahrzeug, die Spur auf die Ausfahrt und gelangten auf den Rastplatz.

Ich würde den sich vor mir ausbreitenden Ort allerdings weniger als eine tatsächliche Raststätte als vielmehr lediglich um eine geteerte Abzweigung von der Autobahn bezeichnen, mit bereits verwitterten und unzureichend erkennbaren Markierungen der Parkbuchten für die Kraftfahrzeuge und einigen morschen und teilweise bereits zerstörten Sitzbänken, überwuchert von prächtig gedeihendem Unkraut. Völlig fehlte ein Unterstand.

Ortschaften mit einem diesem sehr nahe kommenden Charakter hatte ich zu meinen besseren Zeiten stets gemieden, da die Wahrscheinlichkeit, dass gesetzesloses Gesindel gerade dort über einen wie ein Raubtier herniederfallen könnte, um einem unter Schweiße erworbene Dinge abzunehmen, sehr hoch ist. Nun, bei einem Vertreter des Gesetzes hatte ich solches nicht zu befürchten, wenngleich er mich für zahlreiche Ursachen wie zum Beispiel das Fahren in einer zu hohen Geschwindigkeit oder angebliche Teilnahme an einem freilich illegalen Straßenrennen seinerseits um einen gewissen Betrag meines Bargeldes erleichtern könnte.

All meine Vermutungen sollten nun vielleicht wahr werden, als ich mein gutes Kraftfahrzeug neben jenem unschuldig weißen, italienischen von Jack parkte. Ich ließ den Kühlergrill meines Wagens leicht in das an die Parkbuchten angrenzende Dickicht eintauchen, damit die Polizisten keine logischen, wenngleich realitätsfernen Schlüsse aus dem Zustand der Fahrzeugfront ziehen konnten. Ich stieg wie ein wahrer Verkehrssünder reuig aus dem Wagen heraus, versucht, die von Sündern, die um Erbarmen flehen, bekannte Körperhaltung gut zu imitieren, indem ich verschämt zu Boden blickte und die Hände verlegen hinter dem Rücken versteckte, auf alle möglichen Eventualitäten gefasst. Fesseln hätten mir noch gefehlt und etwa einige zerlumpte Fetzen am Leib, die wohl in dem Herzen der Polizisten mehr Mitleid erweckt hätten als mein olivgrüner Anzug.

Es befanden sich zwei Polizisten in dem Fahrzeug. Der eine blieb, Akten durchsehend und Notizen machend, in dem Wagen sitzen, der andere war jung, doch trat ungemein selbstbewusst auf mich zu.

Nun scherte auch die Fahrertür von Jacks Fahrzeug nach oben auf und mein Freund, der Kopfgeldjäger, trat, eine demonstrativ entspannte Miene an den Tag legend, heraus und stellte sich neben mich. Wie ich betrübt feststellte, war der Smoking, welchen ich seit unserer ersten Zusammenkunft neben dem Verlagsgebäude in Bad Neustadt mit Jack identifiziert hatte, lediglich eine Ausnahme in seinen Kleidungsgewohnheiten angesichts des schockierenden Anblickes, den er nun mit seinem nachlässigen Erscheinungsbild bot. Der strahlende Raubritter nämlich trug mitnichten eine glänzende Rüstung oder zumindest einen dezenten Anzug, sondern vielmehr ein schlichtes weißes Hemd mit einfachen Manschetten, das seinen Zweck allerdings nicht als gewöhnliches, züchtiges Bekleidungsstück erfüllte, da er die oberen drei Knöpfe sowie den untersten schlichtweg offen gelassen und nur den rechten Teil des Hemdes bis zur Knopfleiste artig in seine Jeans gesteckt hatte, während der linke leicht lose im Wind flatterte. Die Ärmel waren hochgekrempelt, sodass ein uneingeschränkter Blick auf seine glänzend goldene Armbanduhr, die nur lose am Handgelenk befestigt war, gewährt wurde. Jack war offenbar nicht daran gelegen, seine muskulöse Brust mit dem weißen Stoff des Hemdes zu verbergen. Die sportlichen, weißen Schuhe waren ungeschnürt, die markanten Wangen von einem Dreitagebart überwuchert, der mir zuvor nicht aufgefallen war. Der gepflegte, junge Herr, den ich einst in Jack zu

sehen gemeint hatte, zerplatzte in meinen Gedanken einer Seifenblase gleich, und es stimmte mich traurig, welch ein Sinneswandel sich meines ehemaligen Freundes bemächtigt hatte.
So bemühte ich mich als positiver Kontrast, mit meinem olivgrünen Anzug ein weitaus gepflegteres Auftreten zu erzielen, als ich, den Spagat zwischen freundlichem Biedermann und reuigem Sünder versuchend, dem ausgestiegenen Polizisten offen entgegenschritt.
Dieser, ein junger Bursche, schien sich trotz der Erscheinung der zwei gegensätzlichen Gestalten, die ihm gegenüberstanden, seiner Funktion als Hüter des Gesetzes bewusst und rief mit einer festen Stimme: „Schönen guten Tag, meine Herren. Hier handelt es sich um eine Fahrzeugskontrolle, die wir an der Grenze zu Polen und Tschechien bei hochwertigen Autos durchführen müssen. Ich bitte Sie, mir Personalausweis, Führerschein und Fahrzeugpapiere vorzulegen. Sollte alles seine Richtigkeit haben, dürfen Sie selbstverständlich wieder weiterfahren."
„Aber natürlich doch", sagte Jack, der während der amtlichen Ausführung des Polizisten an meine Linke getreten war, mit einem feixenden Unterton. „Man kann ja heutzutage nie vorsichtig genug sein. Dabei wollten mein guter Freund Dr. Lunkenheimer und ich nur einen kleinen Ausflug nach Polen machen, nicht wahr, Herr Dr. Lunkenheimer?"
Jack blickte mir offen, belustigt grinsend und herausfordernd in die Augen.
Er war in der Tat, so bestätigte sich alles, was ich mir jemals über ihn rekonstruiert hatte, einer der gewieftesten Attentäter unserer Zeit. Im Grunde hat er mit diesem überflüssigen Kommentar alles auf eine Karte gesetzt, denn nun wäre es mir ein Leichtes gewesen, dem Polizisten die Wahrheit zu berichten, was ich auch nur zu gern getan hätte. Doch gestehe ich mir ebenfalls einen gewissen Grad an Intelligenz ein, denn ich war nicht ein derartiger Tor, unüberlegt unverzüglich meine gerechtfertigte Klage vorzubringen.

Ich betrachtete den Stand der Dinge vielmehr aus der Perspektive des Gesetzeshüters, welcher von einem dahergefahrenen Menschen meine schier unglaublich anmutende Geschichte zu hören bekommt. Vorerst wirkt diese doch viel zu konstruiert und irreal, um einen wahren Anschein zu haben, nicht wahr?
Ich malte mir in meinem Gedächtnis aus, wie mich der arme, unwissende Polizist letztlich in eine Anstalt für Personen mit geistigen Schäden befördern würde, in diesem Falle würde ich sogar die kalten Fänge meiner Verfolger dieser Eventualität vorziehen, um ehrlich zu sein. Zudem sah ich Jack in der Tat als einen solch eiskalten Attentäter an, dass es ihm sicherlich kaum Schwierigkeiten bereiten würde, einen unerfahrenen Polizisten danieder zu strecken.
Nun, wenn es mir nun gewährt sei, mir selbst sowie diesem meinem Tagebuch die Wahrheit anzuvertrauen: Ich hatte jenen Gedankengang zu der Zeit nicht im Sinn; lediglich, wenn ich mich meiner damaligen Handelsweise besinne, begründe ich ebendiese mit vorliegender Argumentation.
Mein Gehirn tat dies ohne mein vollständiges Bewusstsein und schob mir, kaum hatte Jack jene kühnen Worte gesprochen, jene folgenschwere Antwort in den Mund: „In der Tat ist dies so, mein werter Freund Jack. Wie auch sonst ist es mir ein aufrichtiges Vergnügen, mit Ihnen Reisen in die entlegensten Gebiete dieser herrlichen Umgebung zu unternehmen. Doch bitte halten Sie sich mit solchen Dingen zurück, Sie sehen doch, dass der verehrte Hüter des Gesetzes uns nicht angehalten hat, um Einblicke in unsere Freizeitgestaltung zu erhaschen, sondern lediglich, um seine Pflicht zu erfüllen wie wir der unseren als brave Bürger und Steuerzahler nachzukommen haben. Stehlen Sie ihm deshalb doch nicht noch mehr seiner kostbaren Zeit und leisten Sie seinen Anweisungen unverzüglich Folge, damit er auch noch andere Dinge an diesem Tage zu erledigen fähig ist.“
„Selbstverständlich, guter Freund!“, sagte Jack grinsend und schritt zu seinem Fahrzeug, um die von dem Polizisten verlangten Dokumente zu beschaffen.

Ich lächelte still in mich hinein, denn sicherlich hätte ein erfahrener Gesetzeshüter eine solch billige Komödie, wie Jack und ich soeben vollzogen, ohne allzu große Mühe durchschaut. Doch zu unserem beiden Glück, zugegebenermaßen besonders zu dem des Attentäters, war ein extrem junger und unerfahrener Polizist mit der Kontrolle unserer Fahrzeuge betraut worden.
Ich überreichte ihm die gewünschten Papiere noch vor Jack. Er überprüfte sie eingehend. Schließlich heiterte sich seine Miene auf und er sagte: „Oh, verzeihen Sie, Herr Dr. Lunkenheimer, diese Kontrollen sind reine Routine, die wir vollziehen, da die Autodiebstähle der besseren Marken im Raum Berlin in der letzten Zeit extrem zugenommen haben. Wir vermuten, dass die Diebe diese über die Grenze schmuggeln wollten, doch Ihr R*** R*** und der L*** Ihres Freundes gehören sicherlich nicht dazu. Übriges kenne ich Sie, ich verfolge mit großem Interesse das Fortschreiten des Projektes von ALPHA & OMEGA in der Antarktis! Das sind aber auch babylonische Ausmaße, die das Forschungsteam da auf die Beine stellt!“
„Oh, vielen Dank für Ihre Komplimente, lieber Herr...“, hier erlaubte ich mir einen Blick auf sein Namensschild und fuhr fort: „Kowalski. Es freut mich zu hören, dass die Veröffentlichung der Forschungsergebnisse so gut vorangeht und ankommt; da sind Sie, wie ich insgeheim sagen muss, sogar besser informiert als ich, und dass Sie deren in der Tat opulenten Ausmaße in rechtem Interesse verfolgen!“
Der Hüter des Gesetztes reichte mir mit einem dankbaren Lächeln, was seine Erleichterung nach der vorherigen Anspannung verriet, meine Personalpapiere zurück, nahm die Jacks entgegen und meinte dann, etwas bedauernd: „Das wär’s dann für Sie. Aber der Wagen Ihres Freundes Vidego von Tegel-Hirtenberg ist deutlich leistungsgesteigert, da muss ich noch die Eintragungen in den Fahrzeugpapieren kontrollieren. Weil die oft gefälscht werden, kann das ein wenig dauern.“

Der Polizist sagte dies mit einem Blick auf die Personalien von Jack, und ich blickte diesen verwundert an, wo er sich mir doch mit einem vollkommen anderen Namen vorgestellt hatte.
Jack lächelte mich jedoch lediglich mit seinem eigentümlichen Grinsen an und zuckte provokant mit seinen Schultern, und ich frage den werten Leser nun, ob ich eine andere Reaktion hätte erwarten sollen.
„Dies stellt keinen Grund zur Sorge dar“, so sprach ich, mich von dem elenden, aber wohlerzogenen Betrüger abwendend, beruhigend zu dem Polizisten. „Mein ehrenwerter Freund hat ja Kenntnis von unserem Zielort, zudem weiß ich Sie bei ihm in den besten Händen.“ Mit diesen Worten wandte ich mich zu meinem Kraftfahrzeug.
„Sie wollen schon fahren?“, fragte der junge Polizist betrübt.
„So ist es“, sagte ich, seine Traurigkeit unbewusst teilend. „Leben Sie wohl. Wenn das Schicksal es so will, werden wir uns sicher zu irgendeinem Zeitpunkt in diesem Leben wiedersehen.“
„Ja, auf Wiedersehen, Herr Lunkenheimer“, sagte der junge Gesetzeshüter lachend, da er offensichtlich meine eigentlich ernst gemeinten Worte als einen schlechten Scherz empfunden hatte. Mühsam den Drang nach einer überhasteten Flucht bezwingend, wandte ich mich um und schritt betont locker zurück zu meinem Wagen.
So verließ ich diese ungastliche Raststätte in der Hoffnung, dass sich die Kontrolle der Fahrzeugpapiere von Jacks leistungsgesteigertem Fahrzeug hinziehen würde und zuvor noch in jener, dass der unglücksselige junge Polizist nie erfahren sollte, dass ich mein Engagement in das letzte Projekt, der Rohstofferschließung in der Antarktis, das beim Volke den größten Anklang gefunden hatte, eigentlich bitter bereute. Es hatte mir neben der Kritik, es würde sich doch nicht um Grundlagenforschung, sondern um wirtschaftliches Interesse handeln, einen unangenehmen und folgenschweren Zwist mit einem skrupellosen und mächtigen Rohstoffkonzern beschert, dessen Folgen ja, neben einem sich ausprägenden Verfolgungswahn, eine unentwegte Flucht und die Aufgabe meiner beruflichen Pflichten waren.

Auf der Fahrt, die sich der vorangegangenen, Nerven zerreibenden Hatz anschloss, kreisten meine Gedanken, ganz zu meinem Erstaunen, nicht um jene Szenarien, die mir das Glück verwehrt hatte, sondern vielmehr belustigte es mich, dass das Auslassen einer Leistungssteigerung meines Wagens mein Vorwärtskommen ganz im Gegensatz zu dem von Jack beschleunigt hatte.
Nach wenigen Minuten, zu meinem Glücke unbehelligter Fahrt, erreichte ich die Grenze zu Polen. Wider meiner Erwartungen behielt die E30 vorerst die Gestalt einer Autobahn bei, obwohl auf meiner Karte über das Verkehrsnetz von Europa ein deutlicher Vermerk stand, dass die Fahrbahn in Polen die Funktion einer Landstraße innehat.
Mich erfreute, dass die Landschaft Polens von Menschenhand recht unberührt war und sich meine Blicke an ausgedehnten Weiden, düsteren Wäldern und wunderschönen Seenlandschaften satt sehen durften. Das Problem mit den unerbittlichen Verfolgern hatte ich unverhofft mit dem Landschaftsgenuss eingetauscht, denn die gesamten, immerhin sechs Stunden bis zu meinem vorhergesehenen Ziel verbrachte ich vollkommen unbehelligt.
Ich wagte es nicht, eine Rast einzulegen aus Angst vor Räubergesindel. Denn, so schenkten mir meine gesamten letzten Tage seit dem Beginn meiner Flucht die Erkenntnis, ist in meinem jetzigen Leben nichts quälender als das stetige Gefühl, gejagt zu werden, das dauerhaft präsente Bewusstsein, dass man sich den Fängen von Personen nicht entziehen kann, die den Willen hegen, einem Schaden und Schmerz zuzufügen.
In schlechteren Zeiten meiner Kindheit hatte ich mich einst zu dem Verderbnis herabgelassen, einen Film über einen Agenten unter ähnlichen Bedingungen wie den meinen anzusehen, mangelhaft ausgerüstet, permanent gehetzt und niemandem als sich selbst trauen könnend. Doch in diesem ließ sich der Held nie seine furchtbare Angst vor seinen Peinigern anmerken, wobei es freilich hier erwähnenswert bleibt, dass es sich im Filmgeschehen um einen Schauspieler gehandelt hatte,

der einem Drehbuch Folge geleistet hatte, und nicht, wie in meiner unglücklichen Geschichte, um etwas Reales, Unabgeschlossenes wie vollkommen Hochdramatisches!
Nun, der treue Leser mag sich nämlich möglicherweise gedacht haben, ich hätte Freude an meiner Lage zu finden begonnen, doch mit minderen Fähigkeiten zur Kontrolle eines Fahrzeuges und mit dem Bewusstsein, in dem Falle einer Niederlage mit schwerwiegenden Konsequenzen rechnen zu müssen, musste ich befürchten, bald Medikamente gegen Stresseinwirkung und Halluzinationen einnehmen zu müssen, wo ich doch auf der Fahrbahn mehrmals nicht vorhandene Kraftfahrzeuge zu sehen meinte.
Auch meine stetige Furcht nagte an meinem sonst so belastungsfähigen Nervenkostüm, einen baldigen Nervenzusammenbruch hatte ich zu befürchten.
Doch all diese Sorgen traten zunächst in den Hintergrund, denn ich beabsichtigte, Warschau noch vor Einbruch der Dunkelheit zu erreichen.

KAPITEL V

Es gelang mir in der Tat, bei einsetzender Dämmerung vor den mächtigen Pforten des Hotels S*** WARSCHAU anzugelangen, dessen moderne Architektur einen beachtlichen Unterschied zu meinem einstigen kleinen Hotel in der Stadt Braunschweig darstellte.
Kaum hatte ich vor dem Eingang des Hotels geparkt und mit dem Zündschlüssel den Motor deaktiviert, und wie schämte ich mich nun für den miserablen Zustand des Wagens, der mit einer eingedrückten Motorhaube und einem verbogenen Kotflügel einen recht schäbigen Anblick bot, da schritten schon zwei Pagen auf mich zu. Der eine entnahm sofort meinem Kofferraum den mattschwarzen Koffer und öffnete darauf die Fahrertür meines R*** R*** W***.
Ich entfernte den Sicherheitsgurt, schloss mein dunkelgrünes Jackett und stieg, nur unter erheblicher Mühe den Schmerz meiner durch die lange Fahrt beanspruchten Glieder in meinem Gesichtsausdruck unterdrückend, aus dem Wagen heraus.
Der zweite Page hatte seine Hände derart positioniert, als ob er mich auffordern wollte, ihm etwas zuzuwerfen. Ich verstand und warf ihm gezielt meinen Kraftfahrzeugsschlüssel in die behandschuhten Hände, gleichwohl ich jene Dreistigkeit aus eigenem Entschluss nie vollführt hätte.
„Good afternoon“, begrüßte mich der erste Page. „Would you like to follow me, please?“
Freilich wollte ich und folgte ihm hurtigen Schrittes in das Innere des Hotelgebäudes. Hinter mir hörte ich indes den Motor meines Wagens aufröhren, denn der zweite Page war gerade im Begriff, ihn zu einer Parkstätte zu fahren.
Auch wenn ich selber es gewesen war, der den guten R*** R*** in den schäbigen Zustand gebracht hatte, unter dem er nun litt, sorgte ich mich, dass ausgerechnet der Page ihn beschädigen könne, wenn er unsachgemäß mit diesem umginge. Wie ungerecht und egoistisch dies doch von mir war!

Nun, der erste Page führte mich zur ausladenden Zeile der Rezeption, deren Tresen aus blankem Zebraholz bestand.
Dort begrüßte mich eine Rezeptionistin und ich trug mein Anliegen vor: „Good afternoon, Madam, I am Valerius Lunkenheimer, I have booked a suite in your nice hotel for two nights."
Ich erhielt den Schlüssel für meine Suite, mit einem goldenen Anhänger, an dem neben der Zimmernummer, welche mir bedauerlicherweise entfallen ist, in Saphir der Name des Hotels vermerkt war, und tauschte einen gewissen Geldbetrag in die polnische Währung Zloty um. Ich pflege stets bei einem Auslandsaufenthalt Geld in die landesübliche Währung umzutauschen, da dies den Umgang mit den Bewohnern und Geschäftspartnern im Alltag ungemein erleichtert.
In seiner Linken meinen treuen Reisebegleiter, den mattschwarzen Koffer haltend, und in der Rechten den Schlüssel, schritt der Page mit einer auffordernden Geste voran, eine mit rotem, schalldämpfenden Teppich belegte Treppe gegenüber der Rezeption hinauf. Schließlich folgte ein langer Flur, von dessen Seiten die Zimmer abzweigten.
Die Suiten befanden sich am Ende des Ganges, sodass ich bei meinem Marsch zu meiner die wunderschönen Bilder, welche den Gang säumten, bewundern konnte. Es handelte sich um Werke von angesehenen polnischen Künstlern, in beruhigenden Farben gemalt, die spiegelnde Wasseroberflächen, Sonnenuntergänge, harmonische Blumenwiesen und dergleichen darstellten, und zu jedem konnte mir der Page auf meine interessierten Fragen konkrete Angaben zu Maler, Entstehungsjahr und Motiv liefern, bis ich schließlich, jedoch auch mit ein wenig Bedauern, da ich meinen unverhofften Ausstellungsbesuch nun als beendet betrachten konnte, unser gewünschtes Ziel erreicht hatte. Wer weiß, vielleicht mochte ich eines dieser Gemälde zu einer späteren Zeit erstehen?
Vor der aus dunklem Eichenholz bestehenden Tür der Suite angelangt, entriegelte der Page das Schloss und händigte mir, während ich eintrat, den Schlüssel aus, wobei mein Gesicht, glücklicherweise zu einem Teil von dem Treuebeweis meiner Liebe zur Biedermeierzeit,

dem modischen Backenbart, bedeckt, ein weiteres Mal eine ungesunde rote Farbe annahm.
Ich vermute, dass mir der Makel, eine scheußliche, rote Farbe bei dem Anblick eines Schlüssels anzunehmen, noch bis zu dem Ende meines tragischen Lebens anhaften wird.
Ich betrat, in der Hoffnung, dass sich noch weitere Bilder in meiner Suite befinden, meine vorübergehende Bleibe, während der Page unauffällig meinen mattschwarzen Koffer auf einen mit kunstvoll geschnitzten Schnörkeln verzierten Schemel legte, der neben einem breiten Tisch vor der Fußleiste des Bettes stand, welcher im gleichen Stil wie der Schemel gefertigt war.
Dies geschehen, überreichte ich dem Pagen ein Trinkgeld und dieser sprach höflich: „Vielen Dank. Ich wünsche Ihnen im Namen aller Hotelangestellten einen angenehmen Aufenthalt im S*** WARSCHAU Hotel.“ Darauf zog er sich unauffällig zurück und ließ die Eichentür leise in das Schloss fallen.
Mir zur Freude verfügte mein Quartier über einen sehr großen Schreibtisch in einem separaten Raum, mit einer spiegelglatten, glänzenden Oberfläche und einem modernen Rechner, und auf den Stuhl davor ließ ich mich, gewahr, dass sich der Page aus meiner Suite entfernt hatte, nun erschöpft fallen, wo mein heutiger Tag doch derart versehen war mit schnellen Situationswechseln und zahlreichen anderen Stressfaktoren, welche Menschen mittleren Alters nun einmal weniger einfach verkraften können als die Jugend.
Nun, man gönnte es mir, zwei oder drei Mal tief durchzuatmen. In dieser Zeit ließ ich meine Gedanken, welche wie Gewehrkugeln durch mein Leid geplagtes Hirn sausten, allmählich geordnete Bahnen annehmen, dann ermahnte mich die Stimme der Pflicht und der Vernunft, ich solle doch mitnichten Sekunden der Tatenlosigkeit verbringen, wo ich doch gewisse andere Dinge zu tun hatte.
In der Tat musste ich jener calvinistischen Stimme trotz meiner Erschöpfung Recht geben und erlaubte mir keine Ruhe, bis ich meine Suite mit meinen Habseligkeiten ausgefüllt hatte. Ich hängte die Klei-

dung an die Bügel im begehbaren Kleiderschrank, meine Mäntel in das Fach zwischen der äußeren und der inneren Tür zum Gang, legte meinen geliebten Füllfederhalter und das Tagebuch auf den Schreibtisch, platzierte die goldene Taschenuhr auf dem kantig geschnitzten Nachttisch, verstaute meinen baren Geldbetrag in dem gebotenen, kleinen Tresor und brachte meinen Kulturbeutel in das mit Marmor ausgekleidete, große, sogar über eine Badewanne verfügende Badezimmer.

Dann zog ich die verschiedenfarbig gestreiften Gardinen zu, wo ich mir doch der Gefahr der Entdeckung durch das mir Unwohl wünschende Gesindel bewusst war, welches womöglich auch schon die Stadt Warschau mit seiner Präsenz verseucht haben konnte.

Nun maß die Zeit grob einundzwanzig Uhr und die Dämmerung war fast in die Nacht umgewandelt. Ich hatte an diesem Tage noch keine warme Mahlzeit zu mir genommen und mich überkam, gerade in den nun gewährten Genuss der Ruhe gelangt, ein vermutlich über die gesamte Zeit des Tages unterdrückter Hunger, welchen zu stillen nun mein Anliegen war.

Glücklicherweise befand sich auf dem Schreibtisch eine kleine Speisekarte, auf welcher ein Angebot an Menüs in mehreren Sprachen, darunter auch in der deutschen, geschrieben stand, die man sich auf das Zimmer liefern lassen konnte. Wo ich mich doch zu schwach und auch nicht so recht in der Stimmung fühlte, mich in Gesellschaft zu begeben mit der Gefahr, von unliebsamen Menschen aufgespürt zu werden, und eines der dem Hotel angegliederten Restaurants aufzusuchen, blieb mir jene in der Tat erfreuliche Alternative, den Zimmerservice zu nutzen. Ich wählte ein klassisch polnisches Menü mit drei Gängen. Als Aperitif war ein trockener Sherry vorhergesehen, was mir als Abstinenzler erst ein wenig zu denken gab: Ich konnte ihn freilich aber auch nach eigenem Gutdünken auslassen.

Bei der Vorspeise handelte es sich um die bekannte polnische Suppe Barszcz, die in Deutschland unter dem minder melodischen Namen Borschtsch bekannt ist und sich aus Roter Beete, Schmand, Weißkohl,

Zwiebeln, Karotten, zartem Fleisch, Küchenkräutern und den Uszka, Teigtaschen, die mit Pilzen und Kräutern gefüllt sind, zusammensetzt. Sie wurde zusammen mit Kroketten gereicht.
Der Hauptgang war ein Karpfen, nach Warschauer Art zubereitet. Das Gericht hieß im Wortlaut Karp po warszawsku, es war ein gebackener Karpfen, den die Köche mit Gemüse, Apfelstücken und erlesenen Gewürzen füllten.
Als Nachspeise sollte ich einen Kuchen aus Kakao und Kokos erhalten, der sich Murszynek nennt, dieser war von einem Digestif gefolgt, einem den Magen beruhigenden Kräuterlikör. Als Getränk entschied ich mich für den von den Köchen altehrwürdigen Weißwein aus dem Rheinland.
Ja, freilich wusste ich, dass Alkohol aller Laster Anfang ist, doch ich benötigte den Wein, um mich nach dem fürchterlichen Stress des heutigen Tages beruhigen und einen angenehmen Schlaf führen zu können, redete ich mir ein, um diese Verführung zu legitimieren. Was für ein schwacher Tor ich doch damals war! Wie bereue ich heute doch die damalige Entscheidung, den süßen Verlockungen des Alkohols nachzugeben, die sich dann als bittre und faule Früchte entpuppten!
Ich ergriff den Hörer des Telefonapparates, welcher neben dem Rechner auf dem großen Schreibtisch stand, und gab meine Wünsche an die Rezeption weiter. Dies geschehen, als ich schon im Begriff war, aufzulegen, durchzuckte ein Geistesblitz mein Gehirn, und, wo ich doch schon mit der Rezeption verbunden war, ergänzte ich meine Bestellung um folgendes Anliegen: „Darf ich mich, wo ich doch schon in Kontakt mit Ihnen bin, danach erkundigen, ob es möglich ist, meinen Wagen, einen R*** R*** W***, einer renommierten Reparaturfirma zu übergeben? Er hat bei der Fahrt zu dieser Lokalität bedauerlicherweise leichte Beschädigungen erlitten."
„Selbstverständlich werden wir uns darum kümmern", antwortete die Rezeptionistin dienstbeflissen, denn das gesamte Personal war in der deutschen Sprache geschult, und das erfreuliche Gespräch war beendet.

Ich musste keine halbe Stunde warten, da klopfte ein Page schon an meiner Zimmertür, um mir das Gewünschte zu bringen.
„Schönen guten Abend, der Herr", sagte er, um ein souveränes Auftreten bemüht, und rollte einen großen Servierwagen in den Raum hinein. „Wo darf ich es denn hinstellen?"
„Es wäre in der Tat mein gnädigster Wille, das bereitete Mahl an jenem Tische zu verzehren", so sprach ich, und wies mit meiner Rechten auf den Tisch vor der Fußleiste des Bettes, neben welchem der Schemel stand, der einst meinen Koffer getragen hatte, und der Page leistete Folge.
Er legte zuerst ein mit modernen, abstrakten Mustern besticktes Platzset an den gewünschten Ort und stellte das Gedeck danach mit geübten Handbewegungen dorthin.
Er begann mit meinem Aperitif und stellte das trichterförmige Sherryglas oberhalb des Fischmessers. Es wurden die Vorspeise und die Suppe Barszcz aufgetragen. Die anderen Speisen, den Warschauer Karpfen und den Kuchen mit dem Namen Murszynek, stellte er hinter das Gedeck auf den Tisch, von links nach rechts nebeneinander in der korrekten Speisenfolge. Sie blieben unter silbernen Hauben verborgen, um bis zu ihrem Verzehr ihre Wärme und Frische beizubehalten. In das kantige, mit einem in allen Regenbogenfarben schillernden Stiel versehene Burgunderglas füllte er zu einem Drittel den empfohlenen Wein, aus einer äußerst schmucken Weinflasche, darf ich betonen.
Ich sah, dass der Page sein Werk nun als beendet betrachtete, und sagte freundlich lächelnd: „Ich danke Ihnen", und händigte ihm ein angemessenes Trinkgeld aus.
„Sehr zum Wohl", sagte dieser freundlich.
Als der Page sich entfernt hatte, begleitet von dem dumpfen Rollen des Servierwagens, machte ich mich mit Appetit daran, das Mahl zu verzehren. Den Aperitif, damals war ich ja leider, wie erwähnt, dem Alkohol erlegen, würgte ich mit einem äußersten Unbehagen hinunter, da meine Geschmacksnerven noch nicht von diesem verdorben waren und sich gegen jenen schädlichen Einfluss wehren wollten.

Dann löffelte ich die Suppe Barszcz, die mir sehr mundete. Besonders hervorheben muss ich an dieser Stelle die köstlichen gefüllten Teigtaschen, die sich Uszka nennen. Sie waren ungemein schmackhaft und gingen schnell in die Liste der mir liebsten Speisen ein.
Folgend nahm ich umständlich den Teller mit dem Karp po warszawsku und stellte an die Stelle, an welcher er einst gestanden hatte, die Terrine aus reinweißem Porzellan, die zuvor gütig meine Barszcz beherbergt hatte. Nun verzehrte ich den Karpfen; und ich fühle mich als kulinarischer Genießer verpflichtet zu sagen, dass er in der Tat eine Meisterleistung der Köche war. Die Füllung, derart geschickt in den Karpfen eingearbeitet, dass sie erst beim Anschneiden sichtbar wurde, hatte ein angenehmes Mengenverhältnis aus recht viel Gemüse, einzelnen Apfelspalten und dezent gewählten Gewürzen, sodass sich mir ein vollendeter Genuss bot. Auch der Weißwein, dies erkannte ich sogar als ein Laie auf diesem Gebiet, war von guter Qualität. Sein Geschmack mochte mich aber aus den genannten Gründen nicht so recht überzeugen. Ich beließ es also bei der Menge, die mir der Page eingegossen hatte, den Rest des Weines ließ ich unangerührt in der Flasche. Den Durst, der mich deshalb am Ende des Mahles überkam, ertrug ich standhaft und beherzigte den altehrwürdigen Spruch „Wer nicht hören will, muss fühlen".
Die Nachspeise, der Kuchen aus Kakao und Kokos mit dem Namen Murszynek, war nicht minder grandios und gekonnt zubereitet. Es beruhte daher lediglich auf den Launen meiner Geschmacksnerven, dass er mir nicht allzu sehr mundete.
Den Digestif nun, den Kräuterlikör, den wollte ich mir aber nicht hineinzwingen, wenn ich dies so formulieren darf, wo mir doch der Geschmack des Alkohols ausgesprochen unangenehm, beziehungsweise ungewohnt war, und erhob mich wohlgesättigt, wenn auch durstig, von dem schweren Stuhl, auf welchem ich mein Mahl verbracht.
Als Akt der Höflichkeit dem Personal gegenüber stellte ich die geleerten Teller zurück in ihre ursprüngliche Reihenfolge und bedeckte sie mit den metallenen Hauben.

Dies geschehen, machte ich mich zum Schlafe bereit und legte mich schnell zur Ruhe. Ich konnte lange nicht in das geheimnisvolle Land des Schlafes vordringen, zu bunt waren die Eindrücke des vielschichtigen Tages.
Immer wieder und wieder sah ich die schwarzen Wagen der Kriminellen aus dem allgemeinen Straßenverkehr herausschießen und unerbittlich auf mich zuhalten, bis sie mich schließlich umkreist hatten. Doch nachdem sich dieser Vorgang mehrmals vor meinem inneren Auge wiederholt hatte, wuchsen die vier Autos auf einmal zu einer riesigen, schwarzen Spinne heran, einer Schwarzen Witwe, wenn ich mich recht erinnere, die sich, mit ihren mächtigen Cheliceren zum tödlichen Biss ansetzend, über mein Fahrzeug gebeugt hatte, während ich von jedem ihrer acht hässlichen, dürren Beine umgeben war, ausgeliefert ihrer Macht und Willkür. Wieder und wieder stieß sie ihre abscheulichen Beißwerkzeuge gegen die Frontscheibe meines Wagens, die zwar tapfer standhielt, aber nach jeder Erschütterung bedrohlicher knirschte, bis sich hauchfeine Risse gebildet hatten, die schnell wuchsen, bis die Scheibe schließlich in einem verheerenden Hagel aus tausenden von kleinen Splittern zerbrach. Die Spinne führte mit einer widerwärtigen Wonne ihre abscheulichen Taster in das Innere meines Wagens und forschte bedächtig, denn sie war schließlich mit reichlich Zeit gesegnet, da ich gehemmt auf dem Fahrersitz kauerte, unfähig zu schreien, zu flüchten oder mich gar zu wehren. Gerade, als sie mich aufgespürt hatte und ihren, einen säuerlichen Verwesungsgeruch absondernden Schlund über mich gestülpt hatte, öffnete ich verzweifelt meine Augen und besann mich jener Vision. Doch auch in wachsamen Zustand sollte mich keine Ruhe erwarten.
Die Hauben auf den Tellern, die auf dem Tisch am Fußende meines Bettes standen, kamen dem Aussehen preußischer Pickelhauben erschreckend nahe, sodass sich mein phantasierender Geist die Vorstellung machte, es hätten sich düstere Soldaten einer mächtigen, mich zugrunde richten wollenden Macht dort eingefunden. Diese warteten nur den Augenblick ab, in welchem ich entschlummerte, sodass sie

dann meinen Körper, während mein Geist im Reich des Schlafes umherschwebt, zerstören können, und mein Geist des Morgens keinen Körper mehr vorfindet, in den er zurückkehren kann, und für immer in dem von Ängsten und Visionen gezeichneten Alptraumland verweilen muss, unfähig zu leben, doch auch unfähig zu sterben.
Meine Furcht vor dem Schlaf lässt sich wohl kaum in Worte fassen. Sie gipfelte darin, dass ich die Hauben in den Kleiderschrank stellte und diesen vorsorglich verriegelte. Den Schlüssel legte ich unter mein Kopfkissen.
Am nächsten Tage erwachte ich erst das Viertel einer Stunde vor acht Uhr und empfand die Verspätung schmerzlich als einen persönlichen Verfall meines sonst recht gestählten Körpers, der einem zwanghaft von mir befolgten Rhythmus unterworfen war und zuvor nimmer nach sieben Uhr erwacht war. Unbarmherzig zu mir selbst beschloss ich, hart gegen weiteren Raubbau vorzugehen und meinen Tagesablauf in der Zukunft, die ich trotz meines Verfolgtenlebens als lange und glücklich erhoffte, noch strenger zu gestalten.
Noch einmal verstärkt wurde meine Entscheidung, als ich gewahr wurde, dass es mich schwindelte, als ich hastig aus dem Bette heraus stieg und zum Bade wankte, um mich zu erfrischen.
Diese Befindlichkeit erklärte ich mir, mehr zu meiner persönlichen Beruhigung als der Wahrheit entsprechend, durch einen leeren Magen, sodass ich mich schnell in einen dunkelgrauen Anzug und mit einer quer schwarz, rot und weiß gestreiften Krawatte kleidete und meine Suite verließ, begierig, ein üppiges Frühstück einzunehmen.
Ganz meiner Erwartung gerecht war der Frühstückssaal des Hotels S*** WARSCHAU riesig und strahlte eine unglaubliche Würde und ein sehenswertes Ambiente aus, in einer äußerst modernen Art und Weise.
Das dargebotene Buffet bot zahlreiche, mir unbekannte, moderne und extravagante Speisen, doch hielt ich mich streng an meine eigenen Gewohnheiten, wo sie doch seit dem unglücklichen Konsum des Weines, wie ich mich inständig fürchtete, zu bröckeln begannen, und ließ

mir lediglich zwei Brötchen, Aprikosengelee und eine Schale Jogurt mit Haselnussstücken auftun. Dazu wählte ich einen schwarzen Kaffee, aus Gründen der Selbstzucht hochkonzentriert und unverdünnt, und ein Glas frisch gepressten Orangensaftes.

Es betrübte mich ansehen zu müssen, wie sich Geschäftsleute aus Deutschland an den großen runden Tischen zusammengefunden hatten und sich angeregt und in gedämpftem Ton über dies und jenes unterhielten, zumeist rekonstruierte ich mir die Zunahme der Konkurrenz, problematische Auflagen von Land und Staat und das abnehmende Vertrauen der Anleger in ihre Aktien, kurz, die üblichen Themen in heutigen Unternehmen, während ich, mutterseelenallein, an einem Tisch, welcher für eine einzelne Person vorhergesehen war, unbeachtet von allen anderen in stiller Trauer dahinvegetieren musste.

Ich war ein sterbender Stern, jawohl, das war ich, dachte ich, ein riesiger, danieder gehender Stern, der sich einst wie die Geschäftsleute jetzt ganz natürlich in dem großen Rat der Sterne bewegt hatte, und, als er wuchs und Eisen zu produzieren begann, schlicht verstoßen worden war. Wie ich nun aus der Ferne, eigentlich ganz nah, aber für mich doch unerreichbar, den unbekümmerten Rest des Rates beobachtete, so wusste ich erst da, wie kostbar die Mitgliedschaft in ihm eigentlich ist. Nun schmerzte mich aber, dass ich selbst jener gewesen war, der mich ausgestoßen hatte. Die Flucht vor den Häschern von RORUS war meine eigene Entscheidung gewesen, die mich aus dem Strom des Wirtschaftflusses katapultiert hatte. Bedingt aber hatte sie das schwarze Schaf im Rat, der düstere Rohstofflieferant RORUS. Meinen Verlust hat der große Rat der Sterne einfach verkraftet und führt sein Tun nun simpel ohne mich weiter, ich bin also entbehrlich für sie!

Welch abstrakte Vergleiche ich doch aus meiner Misslage gezogen hatte! Begann mein Geist etwa wie wild zu phantasieren, bis dies im Wahnsinn gipfelte? Ich lachte auf, als ich mir vorstellte, wie die Reinigungskräfte die metallenen Hauben meines gestrigen Mahles im begehbaren Kleiderschrank vorfinden, doch mochte ich nicht darüber

rätseln, welche Schlüsse sie daraus zogen. Allein dies mag doch ein hinreichender Beweis für meine Verrücktheit sein, nicht wahr?
Ich ward gewahr, dass neben dem unvermeidbaren, dauerhaften Stress, welchem ich aus steter Angst vor den Verfolgern unterworfen war, zu dem Verfall meiner ach so heiß und innig geliebten Tugenden ebenso die furchtbare Einsamkeit einen gehörigen Beitrag leistete. Denn früher, zu jenen Zeiten, in denen ich noch führendes Mitglied in einem international agierenden Konzern war, galt ich durch meine konsequenten Einstellungen und mein geschicktes Umgehen mit Geschäftspartnern, Subventionen und Finanzen als ein Vorbild, was freilich meinen eitlen, egoistischen Geist zur Genüge gesättigt hatte. Nun verfügte ich jedoch über keine Person, welche sich meiner annehmen mochte oder sich an meiner Lebenshaltung ein Beispiel nehmen wollte, was als Folge mit sich führte, dass ich mich mit all meinen liebevoll gehegten Tugenden vergessen hatte, so resümierte ich mein spätes Erwachen und den Wein des gestrigen Abends am einsamen Frühstückstische.
Dies unendlich schmerzende Bewusstsein, sollte es auch nur hypochondrischer Art sein, ließ mich vor meiner selbst gehörig das Fürchten lehren.
Nun, nach diesem in der Tat äußerst pessimistischen Gedankengang erhob ich mich von dem gepolsterten, auf eine moderne Weise unbequemen Stuhl, auf welchem ich mein Frühstücksmahl verzehrt hatte, und beschloss, mit einem anregenden Spaziergang durch die Innenstadt von Warschau auf erfreulichere Gedanken zu kommen.
So suchte ich zuerst mein Quartier auf, tatsächlich waren die Hauben nun verschwunden, und kleidete mich dort, anstelle eines vollständigen Anzuges mit einer Kombination aus einem sportlich geschnittenen, grauen Jackett, einer schwarzen Hose, dunkelgrauen Schuhen und einer dunkelrotfarbenen Krawatte, welche mit einem beinahe silbrig anmutenden Farbton grau gepunktet war und so mit dem beigefarbenen Leineneinstecktuch ohne Muster angenehm harmonierte. Die an-

genehmen Frühlingstemperaturen ließen es auch in Warschau zu, auf einen schweren Mantel zu verzichten.
Viel lieber würde ich mich, wie der werte Leser sicherlich nicht anders erwartet hätte, mit einer meiner zahlreichen Schleifen kleiden, doch für den Verfall jener Tugend, zu jedem Anlass eine Schleife zu tragen, konnte ich mich mit dem gerechtfertigten Bewusstsein beruhigen, dass es lediglich als eine Form des Selbstschutzes aufzufassen sei.
Freilich ist es ebenso schädlich für das Gemüt und die Gesundheit, den gesamten Tage über in einer wunderhübschen Suite zu verbringen, obgleich von den farbigen Blumenbildern, welche an den Wänden hingen, abzuwenden eine große Herausforderung für mich dargestellt hatte.
So verließ ich also das riesige Hotelgebäude und begann, ohne es in Betracht zu ziehen, weitere Pläne zu verfolgen oder mich gar vor womöglich bereits informierten Kriminellen innerhalb der Stadt Warschau zu fürchten, mich in immer größeren Spazierrunden von dem Hotel zu entfernen. So war ich in der Lage, unbewusst in meinem Gehirn einen groben Straßenplan zu erstellen, welchen ich mir in einem wie auch immer zu Stande kommenden Unglücke zu Rate ziehen könnte.
Ich erlaube es mir nicht, über eine vollkommen fremde Stadt nach den ersten Eindrücken übereilte Schlüsse zu ziehen, doch, dies stand unverrückbar fest, handelte es sich bei den Wohngebäuden, welche nahe an meinem Quartier standen, um größere und gepflegte. Sie erweckten einen Eindruck von Besitzern mit einem akzeptablen Auskommen, und genau dieser Eindruck, den einer gepflegten, traditions- und imagebewussten Stadt, entstand in meinem Gehirn und sollte sich auch nach den folgenden Ereignissen nicht ändern.
Mit diesem Spaziergang wünschte ich, sollte das Finderglück mir hold sein, dem herrlichen Palast der Kultur und der Wissenschaften, dessen Ruf weit über die Grenzen des Landes Polen hinausgedrungen war, einen Besuch abzustatten sowie der altehrwürdigen Altstadt von Wel-

tenruhm, die sowohl kulturell als auch architektonisch als ein Wunder der Menschheit gilt.

Zuvor hatte ich das unglaubliche Glück, unverhofft eine Uferseite der Weichsel zu erblicken, als ich rechts von der Straße Zygmunta Slomiskiego abbog, die mich direkt auf jenen Fluss zuführte. Ich befand mich, wie ich mit der Fließrichtung ausrechnete, auf der westlichen Uferseite, und so lief ich in die dem Flussverlauf entgegengesetzte Richtung auf dem breiten Bürgersteig einer größeren Straße mit dem melodischen Namen Gdańskie, welche traumhafte Blicke auf den Binnenschifffahrtsverkehr gewährte, die sehr zu meinem persönlichen Wohlbefinden beitrugen. Mich führte mein im Grunde doch recht verlässliches Unterbewusstsein weiter an der Weichsel entlang, zu der Altstadt, der jüngsten Altstadt Europas übrigens, die man nach ihrer Vernichtung im Zweiten Weltkrieg wieder nach altem Vorbild mit viel Liebe zum Detail wiedererrichtet hatte. Sofort ins Auge sprangen mir das Königliche Schloss, die traditionsreichen Kirchen und einige kostümierte Drehorgelspieler. Nachdem ich eine Weile in diesem traditionsreichen Stadtzentrum verharrt hatte, setzte ich meinen Spaziergang fort.

Die parallel zur Weichsel weiterführende Straße trug nun den Namen Wybrzeze und zweigte für die Benutzer von Kraftfahrzeugen in zwei Fahrbahnen noch näher in die Richtung des Flusses ab, an welcher die Fahrer in eine von zwei Untertunnelungen fahren mussten.

Freilich gilt eine Fahrbahn lediglich für die Fahrzeugbenutzer, welche sich in meine Marschrichtung fortbewegten und der andere Tunnel für die der Entgegengesetzten.

Dies zu unternehmen war jedoch lediglich den Kraftfahrzeugführern vorbehalten, während ich als ein wendiger Fußgänger den Weg über der Unterführung einschlug und auf eine durch die Frühlingstage aufblühende Wiese gelangte, auf welcher sich übrigens neben meiner Person noch zahlreiche andere friedliche Müßiggänger eingefunden hatten, um die naturale Idylle zu genießen.

Jetzt erlaube ich mir, es zuzugeben: Freilich war ich, sowie ich über jene Wiese schritt, nicht durchgehend in der Lage, all meine Sorgen, Schwierigkeiten und den Verfall meiner Tugenden zu vergessen, einschließlich der mitschwingenden, noch nicht bewältigten Probleme. Genau diese zu verdrängen, mich dieser trügerischen Illusion hinzugeben, war ich damals für einen kurzen Augenblick imstande, sodass, sollte mich zu jenem Zeitpunkt eine fiktive Person gefragt haben, wie es mir wohl als ein verlassener Flüchtling gehe, so hätte ich erst einige Sekunden benötigt, um zu den Gedankengängen meines traurigen Frühstückes zurückzukehren, bei dem ich mich für einen verstoßenen Stern gehalten hatte.

Damit möchte ich ausdrücken, dass ich mich damals, ach, war dies eine holde Zeit, nicht wie ein verfallendes, vom Gegner jüngst getroffenes Schiff und nun langsam danieder gehendes Wrack gefühlt habe, sondern vielmehr wie ein genießerischer Tourist, der die verborgene Harmonie des Ufers von dem Flusse Weichsel wie andere einen edlen Tropfen zu schätzen weiß.

Ja, es war in der Tat einer der schönsten Augenblicke meiner gesamten letzten Tage, als ich den Duft des noch von dem Tau der Nacht feuchten Grases einatmete, sodass nicht nur meine Lunge so rein wurde wie ein hochkarätiger Diamant ohne Einschlüsse, sondern auch mein gleichsam von einer Schicht aus Sorgen, Enttäuschungen und Ängsten bedecktes Herz.

Mit beschwingtem Schritte, wenn mir nicht gerade mein Taktgefühl Einhalt geboten hätte, beinahe hüpfender Weise, trug ich mich über jene Wiese des Optimismus.

Die Überquerung einer größeren, lauten und abstoßend nach Abgasen riechenden Straße, welche über die Weichsel führte, brachte es nur teilweise zustande, meinen soeben angeeigneten Rausch an Dopamin zu lindern. Doch dafür beglückte mich ein Straßenschild, welches mir dank einer Bebilderung, wo ich doch der polnischen Sprache nicht mächtig bin, den Weg zu dem Palast der Kultur und der Wissenschaften wies. Ich musste lediglich dem Verlauf der Straße in die der

Weichsel abgewandten Richtung folgen, welche ich soeben überquert hatte und die übrigens einen nicht minder melodischen Namen, und zwar Swietokryska, trug und zahlreiche Geschäfte beherbergte. Nach einigen hundert Metern musste ich in eine weitere Straße, in die linke Richtung, abbiegen, und sollte ich dies unternommen haben, so würde ich auf der rechten Seite den Kulturpalast vorfinden. Und in der Tat wurde ich in diesem Punkte nicht enttäuscht. Vor mir eröffnete sich ein von Gebäudetrakten flankierter Vorhof, zu dem ich vier Stufen hinauf schritt und an welchen das von vier mächtigen Säulen flankierte Eingangsportal angrenzte. Nahezu einschüchternd wirkte auf mich das imposante Gebäude, das mich nun von drei Seiten umfing. Der Hauptturm trug an jeder Ecke einen kleineren Turm, der jeweils auf einer Aussichtsplattform endete, zwei Seitenarme umgaben links und rechts den Vorhof, von dem drei von Plattformen voneinander getrennte Treppen bis zum Eingang hinaufführten. Zu jeder Himmelsrichtung zeigte ein Ziffernblatt den Einwohnern Warschaus die aktuelle Uhrzeit.

Ich war nicht imstande, dem prächtigen Vorhof, der aus einer grauen Platte mit vier kleinen Rechtecken und einem weiteren großen, langen, beinahe goldfarbenen bestand, vor den mächtigen Pforten dieses riesigen Gebäudes auch nur einen einzigen Blick zu zollen. Denn dieser war voll und ganz durch die gewaltige Wucht des Palastes der Kultur und der Wissenschaften eingenommen, der übrigens der Stilrichtung des Sozialistischen Realismus, einer Synthese aus sozialistischem Klassizismus und traditioneller polnischer Architektur, angehörte. Vor jenem Bauwerk fühlte ich mich klein wie ein elender Wurm. Die mächtige, kantige und klare Konstruktion hatte auch in meinem Herzen ihren Zweck erfüllt. Ebenfalls hatte ich keinen Augenmerk auf die zahlreichen friedlichen und auch, wie ich im Anbetracht der Folgezeit sagen darf, weniger friedlichen Müßiggänger, die in ihrer lauten Art das Wesen einer lebendigen Stadt vervollständigten, während ich mich dem Eingang des wahrhaftigen Wolkenkratzers nährte.

Direkt neben dem Eingang war eine riesige Schautafel angebracht, auf welcher sämtliche Attraktionen und Sehenswürdigkeiten innerhalb des Kulturpalastes abgebildet waren. Zu meinem Glücke war diese Tafel auch in deutscher Sprache vorhanden, sodass ich mir einen groben Überblick von dem gewaltigen Innenleben jenes Gebäudes verschaffen konnte.

So erfuhr ich unter anderem, dass sich der Palast insgesamt zweihundertsiebenunddreißig Meter in die Höhe reckt, sofern man die Antennen hinzurechnet; und dass er zahlreiche Museen beherbergt, was freilich mein Herz als Geschichtswissenschaftler höher schlagen ließ, und dieses Mal, welch Erquickung, aus einem positiven Grunde. Zudem verfügte der Palast noch über eine Aussichtsplattform und ein Panoramarestaurant in einer Höhe von ungefähr einhundertvierzig Metern, in welchem zu speisen neben einem gehaltreichen Museumsbesuch mein folgender Wunsch war.

Unbewusst zog ich den Knoten meiner dunkelroten Krawatte, deren Doppelter Windsor allerdings dank meiner langjährigen Bindeerfahrung nur wenig an seiner Festigkeit eingebüßt hatte, zu seiner maximalen Enge und überprüfte, ob mein Jackett geschlossen war, um mich dem Betreten jenes Ehrfurcht einflößenden Bauwerkes würdig zu erweisen.

Dies geschehen, schritt ich erwartungsfroh auf den herrlichen Palast der Kultur und der Wissenschaften zu, der, wie ich dem werten Leser gerne mitteile, in dem Volksmund der Warschauer Bevölkerung auch „Stalinstachel“ genannt wird aus dem einfachen Grund, dass die ehemalige Sowjetunion das von der Warschauer Bevölkerung wenig geliebte Bauwerk in dem Jahre 1956 errichten ließ.

Meine Vorfreude auf alle Dinge, welche mir in jenem Gebäude zu entdecken vergönnt sein sollten, musste sich von einem Augenblick auf den anderen als nichtig und zu voreilig erweisen, denn jäh wurde sie durch eine riesige, grobe, dicht behaarte Hand unterbrochen, welche urplötzlich von der rechten Seite auf mich zuschoss, geschickt meine Krawatte, welche ich an diesem Tage nicht mit einer schmucken Nadel befestigt hatte, ergriff und aus dem Jackett herausriss, sich wieder zurück zu ihrem Ausgangsort bewegte und mich, der ich ja freilich mit der Krawatte am Halse dank des doppelten Windsorknotens fest verbunden war, gleich mit riss.

Zunächst war ich nicht imstande, in irgendeiner Art und Weise gezielt zu reagieren. Nur meine Reflexe verrichteten ihren Dienst, sodass ich verschreckt aufkeuchte und unwillkürlich einen Schritt in die Richtung jener ruppigen Hand vollzog, während das Gefüge meiner beanspruchten Halswirbelsäule angsterregend knirschte.

Nun presste sich ein stählerner Arm, welcher eine perfekte Ergänzung zu der mächtigen Pranke bot, die mich soeben aus meinen friedlichen Absichten gerissen, um meine eigenen, empfindlichen und vergleichsweise filigran gebauten Arme und drehte diese auf meinen armseligen Rücken. In diesem Augenblick erlangte ich wieder meine volle Konzentration zurück, die mir in einem Anfall von dräuender Ohnmacht fast entglitten war, und krächzte heiser wie ein Rabe durch den Druck an meinem Halse und die nun einsetzende Panik, dieses eine Mal die sonst angebrachte Floskel „Bei allem Respekt“ auslassend: „Entschuldigen Sie bitte vielmals meine direkte Frage, doch scheint es mir von größtem Interesse, den Zweck Ihrer ungeheuerlichen Tat zu erfahren!“

Ich erhielt tatsächlich eine Antwort, allerdings nur in sehr gebrochenem Deutsch mit einem starken, polnischen Akzent: „Sagen Sie nichts, sonst sind Sie tot!“

Genau in diesem Augenblick spürte ich ein kaltes Eisen, für die Passanten unsichtbar, an meiner rechten Halsschlagader. Dennoch wagte ich, mich leise flüsternd zu erkundigen: „Bei allem Respekt, den ich Ihnen entgegenbringe“, obgleich ich doch vor wenigen Sekunden den Entschluss gefasst hatte, mir keine breite Front durch höfliches Entgegenkommen zu bieten, „denken Sie nicht auch, dass Sie mit dieser Absicht ein wenig zu weit gehen?“

„SCHNAUZE, SCHNÖSEL!“, zischte mein Peiniger verärgert zwischen den Zähnen hervor, übrigens ein Kommentar, welcher bereits

von einem Rocker geäußert worden war und sich offensichtlich in den gesetzeslosen Kreisen einer herausragenden Beliebtheit erfreut.
Ich möchte an dieser Stelle eine Frage an Sie richten, mein guter Leser: Hatten Sie jemals das Vergnügen, von einer Person eine ernsthafte Todesdrohung zu erhalten, die über den geläufigen Satz „Dafür wird mein Bruder mich umbringen!" hinausgeht? Ich gehe vermutlich recht in der Annahme, dass dies nicht der Fall ist. So kann ich Ihnen bedauerlicherweise schlecht den Angstzustand schildern, der sich des unglücklichen Opfers darauf bemächtigt. Die Furcht sorgt zwar für ein gesteigertes Konzentrationsvermögen, aber eine adäquate Reaktion auf Impulse lässt sich schlecht bewerkstelligen. So hätte ich vermutlich damals nicht die simple Mathematikaufgabe „Was sind eins und eins zusammen?" beantworten können. Die Gelenke zittern zwar nicht direkt, aber es fallen ein fester Stand oder ein koordiniertes Bewegungsmuster sehr schwer. Zudem ist die Todesangst ein Zustand des äußersten Unwohlseins. Bauschmerzen, Übelkeit und kalter Schweiß sind geläufige Symptome, die in einer erschreckenden Schnelligkeit auftreten und das gesamte Empfinden einnehmen. Die Gedanken verlieren sich schnell in belanglose, kleine Details und überschauen schlecht das Ganze. So erkannte ich zum Beispiel, dass sich mein Krawattenknoten, gleichwohl ich seine Festigkeit in meiner Ahnungslosigkeit zuvor überprüft hatte, welch eine Pein, doch gelockert hatte und dass ein kleiner Junge rechts von mir eine Taube, die auf dem Boden des Vorhofes nach essbarem Abfall gesucht hatte, aufscheuchte, aber konnte mir hingegen schlecht das Bild, ich mit einem gefühlslosen Mörder hinter mir, der ein Messer an meine Halsader setzt, vorstellen.
Ich hoffe, dies mag für Sie eine kleine Hilfe im Mitempfinden meiner damaligen Lage sein.
Übrigens war es mir nicht vergönnt gewesen, in das Gesicht meines Peinigers zu blicken. Nun, Adjektive, es zu beschreiben, wünschte ich vorerst gar nicht zu suchen, da sie sonst meine sowieso schon lange

vorhandene Panik und Todesangst noch um viele Male gesteigert hätten.

Ebenfalls sorgte ich mich in den Fängen des Kriminellen nicht so sehr um mein eigenes Leben als vielmehr um drohende Beschädigungen an meiner kostbaren, dunkelrotfarbenen Krawatte, eine Sonderanfertigung der Hamburger Krawattenmanufaktur L*** übrigens, was ich mir im Nachhinein als eine Schutzfunktion meines Körpers erkläre, der mich mit einem vergleichsweise nichtigen Punkt von dem Bewusstsein meiner Lebensgefahr ablenken wollte, damit ich keine Panikausbrüche erleiden musste, mit einem kalten Messer am Halse, nur Millimeter von meiner wie noch selten pulsierenden Schlagader entfernt. Ein Schnitt würde sicherlich meinen Tod, oder zumindest eine größere Verletzung zur Folge haben.

„Mein Herr, weshalb besteht denn überhaupt ein Grund, mich in dem Angesicht eines solch herrlichen Meisterwerkes von architektonischer Baukunst derart unhöflich zu behandeln?“, so fragte ich, voll der Mühe, Herr meiner Worte zu werden, was angesichts meines Angstzustandes mit reichlich vielen Komplikationen versehen war, um den Tonfall eines, wenn ich mir diesen unsittlichen Ausdruck erlauben darf, treudoofen Touristen bemüht.

„Das wissen Sie selbst am besten“, raunte mir der Kriminelle verärgert entgegen, direkt in mein armseliges Ohr hinein, welches daraufhin an einem lange anhaltenden, sehr hohen Pfeifton litt.

Der durchdringende Geruch nach billigem Rasierwasser, welcher jene schäbige Kriminelle absonderte, machte mich fast ohnmächtig.

Nun wunderte ich mich freilich, aus welchem Grunde keine der mich und meinen Peiniger umgebenden Personen die Absicht hatte, mir in meiner in der Tat misslichen Lage zu Hilfe zu eilen, bis ich verstand, dass diese sehr wohl Kenntnis davon hatten, jedoch nicht über die Freundlichkeit oder den Mut dazu verfügten.

„Sie hätten nicht so dämlich sein sollen, hier total offensichtlich rumzulaufen, das haben Sie sich nur selber zu zuschreiben, Sie Trottel, dass ich Sie doch noch erwischt habe“, zischte der Kriminelle.

Nun, ich war derart intelligent zu begreifen, dass, anders als bei dem schäbigen Gesindel der Rocker, dieser Gesetzeslose niemals auf die Idee kommen würde, er hätte doch eine falsche Person ergriffen. So beugte ich mich meinem Schicksal und fragte, immer weiter zusammensackend, doch gestützt von dem stählernen Griff des Hünen: „Handelt es sich bei Ihnen ebenfalls um einen jener Beauftragten, die mich lebendig einem ungeschickt agierenden Rohstofflieferanten ausliefern sollen?“

„Richtig, Schnösel“, sagte der Mann leise triumphierend, und ich malte mir aus, wie sich sein zernarbtes Gesicht zu einem schmutzigen Lächeln deformieren würde.

„Sie gehören jetzt ganz mir, vorwärts!“, dröhnte er, sodass mein gesamter Körper durch seine Worte erbebte.

Er drückte mich, seinen schmerzhaften Griff beibehaltend, in Richtung des Ausganges am Vorplatz des Kulturpalastes. Auf jenem Weg verblassten all meine erhofften Träume. Ich würde wohl niemals unbeschadet RORUS entkommen und meine Geschäfte wieder aufnehmen können, niemals mehr die herrliche Luft der Freiheit atmen oder den Geschmack der wirtschaftlichen Macht kosten können.

Der makellose, blaue Himmel verdunkelte sich zwar nicht, so aber die Perspektiven meines Schicksals, und in meinen Augen wirkte die gesamte Umgebung grau, fad und trostlos. Jetzt also war es soweit, dachte ich, jetzt habe ich auf meinem Lebensweg einen Irrpfad ergriffen, der urplötzlich vor dem Abgrund der Klippe des Verderbens endet. Was nun tun, was nur, was? Etwa umkehren, vor dem Abgrund sitzen bleiben und die Beine müßig an der Klippenkante baumeln lassen, oder in selbstmörderischer Absicht den Sprung wagen?

Ich weiß nicht, zu welcher dieser Optionen meine folgende Tat zu zählen ist, als wir über die Mitte des Platzes geschritten waren. Es war jedenfalls eine, welche selber zu vollführen ich nicht für möglich gehalten hätte.

Ich wusste wohl insgeheim, dass zahlreiche Personen, welche meine missliche Lage gesehen hatten, aber nicht einzugreifen wagten, mit

einer unseriösen Methode sicherlich dazu bewegt werden konnten, ihre voreilig geschlossene Meinung zu ändern.
Ich schrie, welch Muttat meines Herzens, aus Leibeskräften, wenn nicht der polnischen, so aber doch der englischen Sprache mächtig: „IF SOMEBODY HELPS ME, HE WILL GET FIVEHUNDRED ZLOTY!“, und siehe da, wo ich eine trostlose Steppe geglaubt hatte, da fand ich fruchtbare Felder vor.
Alle Passanten, welche sich auf dem Vorplatz des Kulturpalastes befanden, wandten ihre Köpfe in meine Richtung, wo sie sich doch, wenn überhaupt, so nur in einem sehr gedämpften Tonfall unterhalten hatten und sich nun nach dem Störer dieser ehrfürchtigen Ruhe umblickten.
Zeitgleich dazu lockerte der Gesetzeslose, verblüfft von meinem in der Tat vollkommen unerwarteten Verhalten, seinen brutalen Griff. Doch freizukommen gelang mir freilich dennoch nicht, im Anbetracht unseres gewaltigen Kraftunterschiedes. Zumindest kam ihm nicht die Idee in den Sinn, mir seine kalte Klinge in meinen Hals zu stoßen, mir selbstverständlich sehr zur Freude, wo ich doch nicht ganz unschuldig an der fürchterlichen, nun segensreichen Tat meines allzu losen Mundwerkes war.
Nun, wenigstens einige Personen auf dem Vorplatz schienen der englischen Sprache mächtig zu sein und zudem gewillt, ihre körperliche Sicherheit gegen eine Summe von fünfhundert Zloty einzutauschen. Und genau diese, es handelte sich, grob geschätzt, um ein wenig mehr als ein Dutzend, schritten von allen Seiten auf meinen Peiniger und mich zu, noch zweifelnd, ob sie sich letztlich doch abwenden oder die Attacke wagen sollten.
Ich spürte förmlich, wie mein Häscher mehr und mehr von einer Angst heimgesucht wurde, und schließlich ließ er mich vollständig los.
Ich gönnte mir einen sehr kurzen Augenblick, um meine Lunge durch einen tiefen Atemzug mit frischem Sauerstoff zu füllen, da meine

Zufuhr an diesem unter dem stählernen Griff erheblich eingeschränkt gewesen war.
Es folgte eine beinahe unheimlich anmutende Stille, in welcher alle unbeteiligten Passanten ihr Augenpaar auf jenes Geschehen richteten, das Dutzend meiner Retter in ihrem Umkreisungsvorgang innehielt und mein Peiniger ohnmächtig und verzweifelt auf die urplötzliche Wendung der Geschicke blickte und schließlich, seines Schicksals ergeben, enttäuscht ausatmete.
Nun war es mir gewährt, in sein Gesicht zu blicken, und es entsprach ganz und gar nicht meinen vorherigen Erwartungen, denn die Person hatte, wenn nicht durch Verletzungen zerstörte, so doch aber eigenartige Gesichtszüge, die ungeprägt wie die eines Kleinkindes wirkten, auf jeden Fall wiesen sie keineswegs Ähnlichkeit mit dem in meinem Gehirn erstellten Phantombild auf, und er schien ebenso noch sehr jung, ich schätzte ihn auf nicht über fünfunddreißig Jahre. Nur waren seine beiden gewaltigen, muskulösen Arme zu dem Bild des Gesichtes unpassend, und die Kombination zwischen den beiden auffälligen Merkmalen seiner Gestalt wirkte geradezu grotesk.
Ähnlich, überlegte ich, war meine Vorstellung des Romanhelden Ben Hur, welcher mich, nebenher gesagt, nimmer mit allzu großer Begeisterung erfüllt hatte. Von jenem sagt man ja auch, seine Arme seien im Vergleich zu seinem Körper überdimensioniert, was seine zeitweilige Tätigkeit als Galeerensklave ungemein erleichtert hatte. Diese jedoch hatte er nie ausüben müssen, da das Römerreich ein solches Aufgabenfeld für Sklaven nicht vorbehalten hatte, erlaube ich mir in der Funktion eines gestrengen Historikers zu ergänzen. Das Bild eines sympathischen und kräftigen Helden, welches der Autor Lewis Wallace wohl in den Vorstellungen des Lesers aufzubauen beabsichtigt hatte, hatte nie meinem persönlichen entsprochen, nein, gar eine Abscheu nistete sich mir bereits als Lütter vor jener fiktiven Gestalt ein.
Ein Pardon an meine Leserschaft, ich hatte bereits in den ersten Zeilen angesprochen, dass ich Frevler zuweilen dazu neige, von dem eigentlichen Sachverhalt zugunsten mancher Belanglosigkeiten abzuweichen

und möchte nun wieder auf die Schilderung des Hünen zurückkommen, der mich vor dem Kulturpalast in die Mangel genommen hatte.
Er trug zwar saubere, aber doch sehr verwaschene und billige Kleidung, und die gesamte Erscheinung dieses Menschen erregte Abscheu in meinem sensiblen und auf Einstimmigkeit bedachten Herzen, sowohl durch die Handlungen jener Person als auch durch die Unproportioniertheit seiner Gestalt. Er stellte ein wahrhaftiges Musterbeispiel der vom Schicksal Beungünstigten dar.
Langsam trat ich nun, um vor plötzlichen, unerwarteten Attacken gefeit zu sein, rückwärts zurückschreitend von dem Gesetzeslosen hinweg, während mir der Kreis meiner Retter eine Lücke öffnete, durch welche ich unverzüglich hindurchschlüpfte.
Nun, in diesem Augenblicke blieb mir freilich nichts anderes übrig, als diesen meinen versprochenen Geldbetrag auszuhändigen, da zahlte sich meine alte Gewohnheit, Geld in die Landeswährung umzutauschen, erneut aus, und kaum war dies geschehen, nahm ich die Beine in die Hand, begierig, jenen Platz des Unglückes zu verlassen.
Ich bedauerte zutiefst, dass es mir nicht möglich gewesen war, eines der Museen des Palastes der Kultur und der Wissenschaften zu besichtigen sowie allein das herrliche Gebäude an sich.
Ebenso fluchte ich, freilich in einem dezenten Rahmen, über meine zu Wünschen übrig lassenden Fertigkeiten der englischen Sprache, da mir in diesem Augenblick, gerettet vor einer nicht auszumalenden Gefahr, diverse Möglichkeiten, wie man jenen, mich errettenden Satz in der deutschen Sprache eleganter formulieren könnte, durch das vor Freiheitslust irre Gehirn schossen.
Zumindest gedachte ich in Dankbarkeit meines Englischunterrichtes, in dem mich mein Lehrer unerbittlich conditional sentences gelehrt hatte.

KAPITEL VI

Sowie ich den Vorplatz des Kulturpalastes verlassen hatte, verminderte ich meine Geschwindigkeit, da die direkte Gefahr nun gebannt schien.

Aus diesem Grunde wunderte es mich umso mehr, dass ich aus der Richtung des Vorplatzes einen lauten, meines Erachtens polnischsprachigen Ruf vernahm, in der Tonlage eines Befehles, und darauf folgend ein Unheil verkündendes Geklapper von mit Stahlkappen besetzten Stiefeln. Ich hatte es vorerst nie in Erwägung gezogen, dass dieser Ruf mit mir in Verbindung stehen sollte, wo ich doch just einer gar fürchterlichen Gefahr entronnen war, doch augenscheinlich war dies der Fall, so mein erster Verdacht, als eine Gruppe, dieses Mal bestehend aus einem geschätzten Dutzend euphorisch aggressiv dreinblickender junger Männer, eindeutig in meine Richtung lief, und zwar in einer Geschwindigkeit, welche mir selbst anzueignen ein gewaltiges Problem darstellen sollte.

Denn genau dies war mein Vorhaben, da es mir in jener Situation ratsamer erschien, nicht erst den Grund ihres hastigen Aufbrechens in Erfahrung zu bringen.

Ach weh, wie groß war nun meine Furcht vor dem Laufen, jener Tätigkeit, die mir zuvor stets zur disziplinierten körperlichen Ertüchtigung dienlich war und welche mir im Grunde genommen eine ansehnliche Kondition verschafft hatte, wo ich sie nun ultimativ unter Beweis stellen musste! Derart groß war meine Panik, als der ganze Pulk von Kreaturen mit fanatischen Augen wie denen jagender, doch harmloser Katzen auf mich zustürmte und mir keine Alternative geboten war, den Bewegungsablauf ohne zuvoriges Aufwärmen der Muskulatur in Gang zu setzen, sodass ich wagte, an meinen persönlichen Fähigkeiten, die mich einst mit Stolz erfüllt hatten, zu zweifeln.

Ich befand mich damals, von tierisch wilden Fanatikern verfolgt, in einer äußerst gefahrvollen Lage, dies steht doch wohl für den werten Leser außer Frage, und der Ausgang dieser Hatz schien mir klarer als je zuvor zu sein. Der Ausgang war weniger hoffnungsvoll als bei dem primitiven Gesindel der Rocker in Braunschweig und bei der Verfolgungsjagd, welche ich mir auf der E30 mit dem wenigstens ehrenhaften Jack geliefert hatte, ebenfalls auszuschließen war jene in meinem eigenen Verlagsgebäude, bei dieser verfügte ich doch wenigstens über eine rettende Eichentür!

Dennoch blieb mir, zumindest vorerst, keine andere Möglichkeit, als den Versuch zu unternehmen, weiß eine höhere Macht, wie mir dies gelingen sollte, zu meinem Quartier zurückzukehren, auf dass Ausdauer gegen die Kraft obsiege. Nur bestand dabei eine riesige Schwierigkeit, und zwar, dass mein Hotel einen Fußmarsch von einer geschätzten Stunde von mir entfernt lag; und das Gesindel in meinem Rücken schien sich, sei es bedingt durch ihr Alter oder das Leben in sozialen Brennpunkten, einer ähnlichen Kondition zu erfreuen wie ich es tue. Offensichtlich hatte ich mit meinem Weg an der Weichsel entlang einen sehr ungünstigen Umweg gewählt, denn mein Geschäftsmann Reinhold Wenger hatte nach seiner Reise betont, das S*** WARSCHAU-Hotel besteche durch eine Entfernung von lediglich zehn gemütlichen Spazierminuten zum Stadtzentrum. Den von mir spontan gewählten Weg sollte ich nach allgemeiner Empfehlung wohl meiden, doch lässt sich entgegenhalten, dass ich bar des Wissens einer günstigeren Route war.

Freilich konnte ich damals noch keine Beweise vorlegen, dass die Ganoven tatsächlich wie Jagdhunde auf mich angesetzt worden waren. Nur mein gesunder Menschenverstand riet mir, lieber die Flucht zu ergreifen, während mein angeborener Fluchtinstinkt unvermeidbar die Kontrolle über meine Person übernahm, ein Überbleibsel jener Zeit, als das Laufen noch eine unentbehrliche Lebensnotwendigkeit dargestellt hatte.

Die Situation schien übrigens, wie ich mir im Nachhinein überlege, sehr viel Ähnlichkeit mit jener zu haben, als ich einst, in jugendlichem Alter, von einem räudigen Hund gejagt wurde. Ich war damals unfähig, einen Handlungsplan zu kreieren, der den Trieb meiner Instinkte übertönen konnte. Lediglich ein entsetzter Aufschrei ließ sich durch mein Großhirn verwirklichen, dann rannte ich, ohne ein Zutun vonseiten der Vernunft, einen aussichtsvolleren Plan zu erstellen, die düstere Straße, denn das Unglück war in der Dämmerung geschehen, entlang. Als schließlich die unmittelbare Gefahr für mich gebannt war, war ich damals nicht in der Lage, mich dem Drang zu widersetzen, auf dem Bürgersteig zusammenzusacken und in Tränen auszubrechen.

Nun, in der Situation, von einer beträchtlichen Schar Krimineller verfolgt, erging es mir ziemlich ähnlich. Der letzte Fetzen bewussten Denkens ermöglichte es mir, als Straße die mit dem Namen Swietokryska als Ort der Fortsetzung meiner Flucht auszuwählen, dann verengte sich mein Blickfeld endgültig zu einem Tunnel, mein Denkvermögen setzte aus und ich rannte, ohne Rücksicht auf Erschöpfung und, verzeih mir, edle Kunst des Benehmens, müßig gehende Passanten, welche, soweit meine Erinnerungen es hergeben, von mir und ebenfalls, nun zweifellos, meinen Verfolgern rücksichtslos zur Seite gedrängt und geschubst wurden, und ohne Rücksicht auf meine armseligen, alternden Gelenke. Doch den Schmerz spürte ich freilich unmittelbar während meiner Flucht noch nicht.

Ich erkläre es mir durch die Einwirkung einer höheren Macht, dass es mir zumindest gelang, unbeschadet bis zu dem Ufer der Weichsel zu kommen. Nur beging ich dann die Torheit, statt die linke Richtung die rechte zu wählen, wobei es sich um die meinem Quartier entgegen gesetzte Richtung handelte!

Ich bemerkte dies erst, als mir klar wurde, dass der harmonische, untertunnelte Wiesenabschnitt, welchen zum Müßiggang zu verwenden einst eines meiner größten Vergnügen dargestellt hatte, in meiner Richtung eine beachtlichere Größe innehatte als der jetzige. Zudem hatte sich mein Geist ebenfalls auf einen folgenden, längeren Abschnitt des Laufens eingestellt, sodass ein Geländer, welches das Ende der Wiese und die andere Öffnung zu dem von mir vor geraumer Zeit geschilderten Ufertunnel markierte, vollkommen unerwartet war und zu einer Improvisation nötigte. Bedauerlicherweise war ich in meiner

für mein Alter ungesund hohen Geschwindigkeit außerstande, diese zu drosseln, sodass mein allerletzter Überlebensreflex einen Sprung über das Geländer bewirkte, und dies auch nur zu dem Zwecke, um in das darunter liegende Verkehrschaos hinabzustürzen.
In der Luft, unvermeidbar fallend, vollführte ich eine Drehung um die Hälfte meiner eigenen Achse, sodass ich sehen konnte, wie meine mir näher als erwartet liegenden Verfolger einer nach dem anderen gegen das Geländer prallten.
Es war ein letzter Triumph, allem Anschein nach der letzte meines Lebens, doch eines wurde mir in diesem Augenblicke klar, zwar war mir der Tod unter den dröhnenden Kraftfahrzeugen sicher, doch ergreifen, ja, ergreifen sollte mich RORUS nie!
Unter diesem befriedigenden Bewusstsein beugte ich mich der höheren Macht der Gravitation und ließ mich fallen, gefühlt in einer unendlichen Zeitlupe, dem Tode geweiht, und dennoch mit einem zufriedenen Lächeln, denn der endgültige Sieg war trotz meines Endes sicher.
In den Bruchteilen von Sekunden, in denen noch mein Herz schlagen, Atem meine Lunge mit Sauerstoffen füllen, meine Haut den sanften Hauch des Windes fühlen sollte und meine Ohren den Lärm der Stadt wahrnehmen sollten, überkam mich ein Zustand der äußersten Ruhe.
Kein Reiz, sei es das Gefühl des freien Falles, mein erschöpfter Atem, der Schmerz meines Halses, der kurz zuvor noch durch die grobe Hand des Hünen verdreht worden war, oder gar die Furcht vor dem bevorstehen Tod erregte meine Missbilligung. Nein, das Gegenteil war der Fall, in der Tat empfand ich nämlich ein erstaunliches Wohlbefinden, das an die Verlockung der unendlichen, geistigen wie körperlichen Freiheit grenzte. Unmögliche Dinge traten als realitätsnahe Visionen vor meine Augen und ich sah auf einmal meinen ehemaligen, treuen Geschäftspartner und nun erbittertsten Gegner Andrej Sorokin eine kurze Weile neben mir schweben. Mit flehendem Gesichtsausdruck versuchte er meine Hand zu fassen und rief mir undeutliche Worte zu. Ich wurde von Mitleid ergriffen und reichte ihm helfend meine Rechte. Doch sowie sich unsere Fingerspitzen leicht

berührt hatten, riss ihn eine undefinierbare Kraft von mir weg und er verschwand in einer Wand aus schmutzigem, grauem Nebel. Ich rief ihm verzweifelt nach, bat ihn um Verzeihung, bot ihm meine Hilfe an und versprach, mein Leben für ihn zu geben, doch er war unvermeidbar verschwunden und all meine Rufe verhallten vergebens in der unendlichen Leere, die mich umgab.

Die graue Nebelwand, die Herrn Sorokin verschluckt hatte, breitete sich zu allen Seiten aus und nahm mich in ihre Mitte, sodass ich befürchtete, das gleiche Schicksal wie er zu erleiden. Jedoch lichtete sich der Nebel, verschwand aber nicht, sondern formte sich zu einer wabernden Kugel unter mir, die wiederum die Gestalt eines Rechtecks annahm. Ich meinte, vom All auf die Erde zu stürzen und dabei diese bizarre Wolke zu passieren. Als es aber so weit war, verweigerte sie mir den Durchlass und ich prallte gegen ihre harte Außenhülle, als mich endlich wieder die bittre Realität aus der fantastischen Welt der Visionen beförderte.

Ich schlug nämlich auf das Plandach eines Lastkraftwagens, und dies sehr nahe der Führerkabine, sodass ich mich mehrere Male über die gesamte Länge des Laderaumes überschlug. Schließlich gelangte ich, Zentimeter vor dem endgültigen, tödlichen Abgrund entfernt, zum Stillstand, zwar lebendig, so doch aber erschöpft und mit schmerzenden Gliedern, Schürfwunden und einer verdrehten Krawatte als Lebenszoll.

Diese so unerwartete Wendung meines im Grunde schon abgeschlossenen Schicksals kostete mich vorerst einige Sekunden zur Realisation. Meinen Kopf über die Kante des absoluten Abgrundes gereckt, der neuen Situation noch nicht vollständig gewahr, freilich außer Atem durch den unverhofften Sprint, blickte ich hinunter und versuchte, einen klaren Gedanken zu fassen. Die grellweißen Linien des Mittelstreifens der Fahrbahn flackerten irritierend in meinem rechten Augenwinkel, und die Autodächer glitzerten in der Sonne. Welch ein Anblick, noch nie zuvor hatte ich etwas Derartiges gesehen!

Ich fühlte mich benommen, als hätte ich mehrere Gläser eines schweren Weines konsumiert. Aus diesem Grunde verstrich der Augenblick, in dem der Lastkraftwagen in den Ufertunnel hineinfuhr, in einer fragmentarischen Zeitlupe. Ich hatte noch nicht erwähnt, dass er in die Richtung der Straße Gdańskie fuhr, dies aber ist wichtig, denn es bedeutete, in die Richtung, die zu meinem Hotel zurückführt. So wurde mir ein Glück zuteil, welches womöglich mein vorläufiges Überleben unterstützte, wenngleich ich dieses zur damaligen Zeit mehr zur Kenntnis nahm denn würdigte. Das Plandach sowie ich wurden in das unheimlich gelbliche Licht der Tunnelbeleuchtung getaucht, und es stank kaum zum Ertragen nach Ausdünstungen der Kraftfahrzeuge, bis ich schließlich wieder das Tageslicht und den klaren blauen Himmel erblickte. Es erschien mir so, als hätten jene Augenblicke trotz meines Gefühls der Zeitlupe lediglich eine Zeitspanne von wenigen Sekundenbruchteilen meines Lebens in Beschlag genommen, ein Paradoxon. Schließlich erweckte der trotz der Wärme des Frühlings recht eisige Fahrtwind doch noch meine Sinne wieder. Meine erste Handlung war, dass ich mich von meiner unbequemen Lage, mit dem Gesicht zum Grunde liegend, zu der rechten Seite auf den Rücken wälzte, obgleich nur wenige Zentimeter rechts entfernt mir der scheußliche Abgrund entgegenstarrte.

Nun war ich fähig, mich unter einem erheblichen Kraftaufwand in eine sitzende Position zu rücken, dann drehte ich mich in die der Fahrtrichtung entgegensetzte, um einen Blick auf die ehemals sehr anheimelnde Wiese oberhalb des Ufertunnels zu erhaschen. Ihre ungeheure, entspannende Wirkung hatte sie während meiner Abwesenheit ganz und gar nicht eingebüßt, doch wurde die Idylle getrübt, als ich meine kriminellen Verfolger über dieser zu dem hier ansässigen Tunnelausgang zustürmen sah, wild gestikulierend mit, tatsächlich auch aus meiner, sich immer weiter vergrößernden Distanz erkennbar, vor Zorn und Anstrengung hochroten Gesichtern.

Die abgehängten Verfolger, keineswegs etwas Verheißungsvolles prophezeiend, griffen entweder an einen schwarzen, klobigen Gegens-

tand, der an der Seite ihrer Gürtel baumelte, oder in die Innentaschen ihrer Jacketts, es handelte sich all dem Anschein nach um vereinte Gesetzeslose jeder Vermögensklasse, um einen Gegenstand von der Größe eines Handtellers und der Form einer Pistole zu Tage zu befördern, matte, schwarze, hässliche Dinger, allein geschaffen, um Schmerz und Tod in der Welt zu erzeugen.
Ich sollte wohl recht in der Annahme gehen, dass es sich tatsächlich, ach, was erlauben sich diese nur in aller Öffentlichkeit, um Schusswaffen handelte, denn ihr Bewegungsmuster, welches sie nun, mit ihrem Gegenstand in der Hand, vollzogen, bereinigte jeglichen Zweifel.
O tempora, o mores!
Ich hätte in einer solchen Situation nicht von mir erwartet, dass ich resigniert, aber aufgeklärt blieb, doch mein Geist, ach, ich wünschte doch nur, es wäre anders gewesen, blieb hellwach, sodass ich das nun folgende Geschehnis uneingeschränkt zu verfolgen verdammt war.
Dieses begann damit, dass der Lastkraftwagen, auf welchem ich, welch eine Pein, obenauf lag, mit einer von dem Straßenverlauf vorgeschriebenen Kurve auf die Straße namens Wybrzeze auffuhr, und jene leichte Kurve, welche das Fahrzeug dabei beschrieb, sorgte bereits dafür, dass ich auf dem freilich mit keinerlei Sicherheitsmaßnahmen versehenen Plandach von der rechten Seite hilflos zur Linken rutschte.
Der tödliche Sturz, freilich war mir der verlockende Geschmack eines Heldentodes doch aufgrund seines bittren Abganges zuwider geworden, konnte gerade noch durch das Einwirken meiner empfindlichen Fingernägel verhindert werden. Diese, begleitet von einem scheußlichen Geräusch ähnlich einer zu langen Tafelkreide bei Verwendung, versuchten unter meinen unkoordinierten Befehlen, in die Lücken des grobmaschigen Plandaches einzudringen, kurz vor des Abgrundes scheußlichem Angesicht letztendlich und unter erheblichen Schmerzen, ach, zu welch einem unermesslichen Glücke, mit Erfolg.

Brennend heiß schoss es mir durch den Körper, als meine Todesgefahr schließlich gebannt war. Ich beabsichtigte, mich eines solchen Risikos nicht mehr auszusetzen. So verstärkte ich meinen Halt auf jenem Plandach, von welchem auch noch herunterzukommen in diesem Augenblicke lediglich ein zweitrangiges Problem darstellte, indem ich mich durch ein kräftiges Zusammenziehen all meiner Rückenmuskulatur in eine hockende Position brachte und meine mit einem flachen, massiven Gummiabsatz aus reinem Kautschuk versehenen, grauen Schuhe mit verzweifelter Festigkeit auf den Planboden presste.
Bei den Schuhen, die ich aufgrund ihrer Pässlichkeit in der Stadt und zu meiner restlichen Kleidung ausgewählt hatte, hatte mir, als eine kleine, legitimierte Anmerkung am Rande, der Schuster meines Vertrauens versichert, sie würden selbst auf glattestem Untergrund, sei es Eis oder frisch gereinigter Fliesenboden, den allerbesten Halt garantieren. In der Tat zeigte ihr Zutun eine gewünschte Wirkung, sodass ich trotz eines erheblichen Geschaukels vor Stürzen und längeren Rutschpartien gefeit war.
Meine Sitzposition erlaubte mir nun einen Blick in Fahrtrichtung, sodass ich meinen Hals einer erheblichen Anstrengung aussetzten musste, um mir einen Blick zu den bewaffneten Verfolgern erlauben zu können.
Zwar hatte ich erwähnt, dass ich mich in jener Situation eines vollen Bewusstseins erfreute, doch nimmer beabsichtigte ich damit zu behaupten, ich wäre in der Lage gewesen, sie richtig einzuschätzen. Denn keineswegs verspürte ich eine siedende Panik vor den Schusswaffen meiner Widersacher, zu tief hatte sich das beruhigende Bewusstsein in mein Gehirn gegraben, niemand der Kopfgeldjäger würde es wagen, mir auch nur eines meiner feinen, an den Schläfen bereits ergrauenden Härchen zu krümmen, da ich sonst keinen Wert für sie darstellen würde.
Jedoch schienen, was meiner gleichgültigen Stimmung erstaunlicherweise keinen Abbruch tat, die hiesigen Auftragsverbrecher in diesem

Falle eine Ausnahme zu machen, weiß eine höhere Macht, was sie damit zu bezwecken wünschten.
Schon hatte der erste, ein mittelständig gekleideter, den Abzug derart weit betätigt, dass ein Projektil aus dem Lauf schoss, gefolgt von einer Fontäne zuerst schwarzen, dann eine hellere Farbe annehmenden Rauches, begleitet von einem furchtbar peitschenden Knallen, das dem Verwender der Apparatur sicherlich einen Tinnitus zugefügt haben musste.
Ich konnte zwar nicht die Flugbahn des Projektils verfolgen, doch darf ich anmerken, dass es sein beabsichtigtes Ziel nicht erreicht hatte, womit meine Person gemeint sein soll.
Nun musste ich mich bedauerlicherweise einer in der Tat schwierigen und Konsequenzen reichen Entscheidung stellen: Sollte ich mich flach auf die Plane legen, um den Schützen eine geringere Angriffsfläche zu bieten, jedoch mit der Gefahr, durch fehlenden Halt von der Plane hinunterzustürzen, oder sollte ich doch meine jetzige Position beibehalten, in der mir zwar eine größere Angriffsfläche, so aber doch ein fester Halt gewährt sei?
Bevor mir diese Entscheidung zu treffen erlaubt war, peitschte ein weiterer Schuss durch den allgemeinen Lärm des Verkehrs, der, welch Wunder, trotz jenes ungewöhnlichen Ereignisses weiter wie zu allen Zeiten sonst auch floss. Lediglich die müßigen Passanten der Umgebung ergriffen schnell die Flucht, kaum der Präsenz von Schusswaffen gewahr, und zerstreuten sich schnell wie die Hühner, wenn der Fuchs kommt.
Da kam in mir ein schlechtes Gewissen auf, dass ich, ein alter Narr und Egoist, tatsächlich das Leben all jener um mich herum liegenden Menschen gefährdete!
Nun vernahm ich ein Projektil, jedoch nicht fähig, die genaue Flugposition dieses zu bestimmen.
Wie meine ehrenwerte Großmutter, welche des Zweiten Weltkrieges teilhaftig war, mir als Augenzeugin der damaligen, furchtbaren Geschehnisse berichtet hatte, handelte es sich in der Tat um ein sehr ho-

hes, beinahe flüsterndes Pfeifen, welches, ähnlich der Sirene eines Krankenwagens, bedrohlich zunahm, seinen Höhepunkt der Lautstärke und Tonhöhe lediglich von einem unbestimmbaren Ort aus für den Bruchteil einer Sekunde innehatte, und dann, als hätte es den Tonanstieg niemals gegeben, wieder zu seiner alten Tonlage zurückkehrte, bis es endgültig verstummte.
Weitere Schüsse peitschten durch die herrliche Frühlingsluft, und ich musste mir unter Zwang, da mein Gemüt es nicht erfassen wollte, beständig zureden, dass jedes dieser nahenden Projektile imstande war, das komplette Schicksal eines Menschen, welcher glücklich und ahnungslos bis zu jenem Tage gelebt hatte, von der einen Sekunde auf die andere zu besiegeln und sein Leben auszulöschen.
Da ertönte auf einmal, für einen solch kurzen Augenblick, dass es im Grunde ebenfalls nur eine freche Eingebung meines Gehirnes gewesen sein könnte, ein kreischendes Geräusch wie das einer leerlaufenden Kreissäge, gefolgt von einer Erschütterung, welche sich durch den gesamten Lastkraftwagen zog, in Form einer heftigen Vibration und eines dumpfen, hohlen Klanges, wie man sich ein großes Stück Eisen vorstellen muss, das von einem Hammer oder einem gleichwertigen Gegenstand beschlagen wird.
Nun, dies mag aber weniger beunruhigend gewesen sein als das Folgende: Ich vernahm nämlich, und dies sogar mitten im Verkehrslärm, einen durchdringenden Schrei aus der Führerkabine des Lastkraftwagens, woraufhin dieser einen erheblichen Schlenker zur rechten Seite vollführte, die Leitplanke der Straße durchbrach, die wie ein dünnes Mikadostäbchen umknickte. Der Lastwagen kam ruckartig auf dem glücklicherweise menschenfreien Kiesufer der Weichsel zum Stillstand.
Durch die abrupte Bremsung rutschte ich, trotz meiner maßgeschusterten Straßenschuhe, von dem hinteren Quartal des Lastkraftwagens in das vordere, bis meine Schuhe mit einem lauten, metallischen Scheppern gegen die Oberseite der Zugmaschine stießen.

Ich beschloss, trotz der sehr hohen Gefahr eines unbeabsichtigten Sturzes, den Abstieg von dem Fahrzeug zu wagen, da mir vermutlich nun der einzige passende Augenblick dafür geboten war, und ich zudem noch, freilich, Schutz vor dem immer noch anhaltenden Beschuss meiner Verfolger suchen musste.
Ich legte mich, ungeachtet der auf der Kiesfläche um den Lastkraftwagen herum aufschlagenden Projektile, welche jeweils eine Fontäne aus Funken und fein zersplitterten Kieselsteinen verursachten, die auch teilweise mich trafen und mir kleine Wunden auf Gesicht und Handflächen zufügten, flach mit dem Gesicht auf den Boden und war, mit hilflos rudernden Armbewegungen, versucht, den linken Rückspiegel zu ergreifen, um mir einen kontrollierteren Abstieg zu ermöglichen.
Zudem bestand beständig die Gefahr, aufgrund der aerodynamisch vorteilhaften, schrägen Form der Dachhaube wie ein Stein den Abhang hinab zu kollern, um vor der Motorhaube unangenehm auf dem Kiesboden aufzuschlagen. Dem entgegenzuwirken war ein Mitgrund meines verzweifelten, unkoordinierten Bewegungsmusters während der Suche nach Halt an dem Rückspiegel.
Schließlich wagte ich es, meinen Körper um einige Zentimeter in die Richtung des linksseitigen Abgrundes zu verschieben, sodass ich, erfreut über den Erfolg meines ungemein mit Risiken behafteten Handelns, endlich die obere Befestigungsleiste des Rückspiegels zu fassen bekam. Nun ließ ich meinen Leib vollends von dem metallenen Dach des Lastkraftwagens rutschen, mit der Folge, dass ich, nur mit einer Hand den schützenden Rückspiegel mit einer Stärke gefasst, dass sie kalkweiß wurde, mit meinem ganzen Gewicht neben der Kabine des Fahrers hinunterbaumelte. Die Höhe schien nun für einen Sprung mit unverletztem Ausgang genehm zu sein, doch ehe ich fähig war, meinen klammernden Griff zu lockern, da riss doch tatsächlich der lediglich lose befestigte Rückspiegel von der Fahrzeugseite ab, mit der Folge, dass ich ungeplant und demzufolge etwas härter als verhofft auf dem unebenen Boden des Kiesstrandes aufschlug.

Zornig erregt über jenen peinlichen Vorgang rappelte ich mich auf und beabsichtigte im Grunde, mich unverzüglich von dem Schauplatz des Geschehnes zu entfernen, als mich ein kläglicher Schmerzenslaut, der aus der Fahrerkabine des Lastkraftwagen drang, von diesem Wunsche abhielt.
Vorerst malte ich mir keine allzu schrecklichen Bilder aus, welche ich womöglich zu sehen bekommen könnte, sollte ich die Tür des Fahrzeuges öffnen. Vielmehr bewegte mich mein Pflichtbewusstsein gegenüber hilflosen Personen dazu, was jedoch nicht durch mein Gehirn, sondern durch die Tiefen meines Herzens bewegt wurde.
Zumindest befand ich mich auf dieser Seite des Lastkraftwagens in Sicherheit vor den kaltblütig abgegebenen Schüssen der Gesetzlosen.
So öffnete ich, ruppig und lediglich meinen Moralvorstellungen als der Vernunft, die mich freilich zu entfleuchen hieß, folgend, die Tür der Fahrerkabine.
Ich hatte nicht mit dem gerechnet, was mich erwarten sollte. Ich sah den unglückseligen Lastkraftwagenfahrer, den kahlen Kopf leblos auf die Brust herabhängend, der sich schwach zu meiner Seite drehte, als er meiner angesichtig wurde und einige unverständliche Worte, sicherlich der polnischen Sprache angehörig, vor sich hin murmelte. Lediglich der Sicherheitsgurt hatte bewirkt, dass die arme Person nicht schmerzhaft gegen das Armaturenbrett gestoßen war, doch schien sie trotz dessen irgendeine Art der Verletzung erlitten zu haben.
In jenem Augenblick vergaß ich meine persönliche Misslage und entfernte den nun störenden Sicherheitsgurt, sodass der Fahrer kraftlos in meine Arme sackte, was mich zwar peinlich berührte, jedoch in dieser Situation unumgänglich war. Er schien nicht fähig, sich in irgendeiner Art und Weise dem zu widersetzen, lediglich stöhnte er einige Male mit schmerzverzerrtem Gesicht auf, bis seine Züge wieder kraftlos erschlafften. Seine Augenlider flackerten einige Male, bis sie sich für lediglich einige Sekunden, offenbar überkam ihrem Besitzer eine Neugier auf jene Ereignisse, auf welche er unter Aufwand seines besten Willens keinen aktiven Einfluss verüben konnte, schwach öffne-

ten, um sich wieder, nach einem erfolglosen Kampfe gegen die Schwäche, erneut zu schließen. Er schien in der Tat sehr große Schmerzen zu leiden, und dies versetzte meinem sensiblen Herzen einen schweren, mitleidvollen Stich.

Ich wagte es nicht, tiefer als bis zu seinem Halse zu blicken, da ich mich vor dem bestialischen Anblick einer gar scheußlichen Wunde fürchtete. Diese würde womöglich meinem empfindlichen Herzen einen derartigen Schrecken versetzen, dass mein Körper nicht in der Lage sein würde, jenen Leidgeplagten weiterhin vorsichtig in der Luft zu halten, sodass er unkontrolliert auf dem unangenehmen Kiesgrund aufschlagen könnte. Dies bedachte ich, als ich im Begriff war, ihn behutsam aus der Führerkabine zu befördern, ein übrigens in der Tat äußerst anstrengendes Unterfangen für mich, wo ich doch beileibe nicht den Beruf eines Gewichthebers ausgeübt hatte, sondern lediglich den eines Vorstandsvorsitzenden und Althistorikers.

Der arme Tropf bewegte sich kaum, ich konnte mir nicht erklären, ob er überhaupt meiner gütigen Hilfeleistung gewahr wurde.

In diesem Augenblicke jedoch erinnerte ich mich an die Worte eines guten Freundes von mir, dem fähigen Nuklearmediziners Prof. Dr. Hans Müller, ein Nutznießer meines Fonds, welcher in seiner Berufung als Zerstörer krebsig entarteten Gewebes einige wenig erbauliche Anblicke genießen durfte, so etwa von Tumoren und dergleichen. Ich hatte mich bei ihm erkundigt, ob ihm diese Eindrücke nicht wohl zusetzten und im Schlafe nachlaufen würden. Er hatte mir darauf aus seiner umfangreichen Erfahrung berichtet, dass eine fürchterlich dreinblickende Missbildung im menschlichen Körper erst dann das Gemüt erschüttere, nachdem man den Patienten derart versorgt hatte, dass er sich außerhalb von Lebensgefahr befand oder, die weniger wünschenswerte Option, verschieden war.

Dies ließ sich leider nicht ohne Weiteres auf mein sensibles Gemüt übertragen, trotzdem wagte ich, freilich erst, als der Lastkraftwagenfahrer sicher auf dem unangenehmen Kiesboden lag, seinen Oberkörper nach Verletzungen zu untersuchen.

Freilich mag ebenfalls der werte, geneigte Leser schon geahnt haben, was geschehen sein könnte.
In der Tat war es für meine Augen eine traurige Pflicht, durch das kurzärmelige, in den Farben weiß und grün karierte, dünne Hemd des Unglücklichen an der rechten Schulter eine runde, rötlich schimmernde Wunde festzustellen, dies zumindest auf der Brustseite.
Ja, nun lässt sich jeglicher Zweifel mit aller Macht zerschmettern. All dem Anschein nach haben meine schäbigen wie in der Tat ehrlosen Widersacher den bemitleidenswerten Lastkraftwagenfahrer an meiner Statt mit ihren scheußlichen Projektilen verwundet. Meine Befürchtung, dass in meine persönliche Misslage auch noch unschuldige Menschen verstrickt werden könnten, sollte bedauerlicherweise bestätigt werden.
Zumindest indirekt musste ich mir vorwerfen, es läge an mir, dass jener Tropf in meine Angelegenheit zu seinem eindeutigen Nachteile verwickelt wurde, und neben diesem Bewusstsein verspürte ich zudem noch eine siedende Panik, da ich mich, wenn ich von einem wenig gehaltreichen Kurs über die Erste Hilfe in meiner Grundschule absehe, zu keiner Zeit meines Lebens sonderlich mit medizinischer Grundversorgung in Notfallsituationen auseinandergesetzt hatte.
So war ich lediglich imstande, den verwundeten Lastkraftwagenfahrer mit dem Gesicht nach unten zu wälzen, um den Blutaustritt an der Stelle des Einschusses zu drosseln, was jedoch ganz zu meinem Entsetzen mit einem gellenden Schmerzensschrei beantwortet wurde.
Ich setzte die Verwundung des armen Fahrers mit der von dumpfem Klang begleiteten Erschütterung, welche, bevor der Lastkraftwagen durch die Leitplanke gebrochen war, für ein verstärktes Geschaukel auf dem Plandach gesorgt hatte, in Verbindung und rekonstruierte den Verlauf des Projektils nach der Schussabgabe folgendermaßen: durch die beiden Planwände und die mir unbekannte Fracht des Laderaumes zu der Führerkabine, und von dort schließlich in die Schulter des unschuldigen Fahrers. Meiner Vermutung zur Folge müsste sich das Projektil also direkt in die Schulter meines ahnungslosen Chauffeurs

gebohrt haben, um dort den Stillstand erlangen und für ein enormes, körperliches Leid zu sorgen.
Mich überkam ein Schauer bei der Vorstellung, dass jenes Unglück im Grunde mir widerfahren sollte, und ich begann mir darüber Gedanken zu machen, wie ein so kleines, beschleunigtes Projektil nur dazu fähig sein konnte, die kolossale Figur eines menschlichen Wesens kurzerhand umzustürzen wie einen kindlichen Bauturm aus Holzklötzchen durch äußeres Einwirken.
Zu dem Bilde mochte aber nicht die abrupte Bremsung auf dem Kiesstrand passen, welche mir zum Abstieg verholfen und ein unverhofftes Bad in der Weichsel verhindert hatte.
Womöglich, und nur dies erscheint mir als Tathergang plausibel, hatte der heroische Lastkraftwagenfahrer trotz seiner schweren Verwundung das Bremspedal betätigen können und so den Stillstand seines Lastkraftwagens bewirkt, ach, welch ein strahlender Held lag doch nur vor mir auf dem Steinstrand der Weichsel!
Ich hatte einst in zahlreichen modernen Romanen zu glorreichen Siegen der Römer erfahren, dass die Kameraden eines verwundeten Legionärs zuerst die Wunde von dem Blute gereinigt, beziehungsweise dem Fluss des Blutes mit einem Tuch den Einhalt geboten hatten, bis ein Medicus eingetroffen war, um sich seiner anzunehmen, und da ich über keine Alternativen in meinem Wissensspektrum zu diesem Themenbereich verfügte, beabsichtigte ich, dies vorerst zu tun, bis ich fähig sein sollte, weitere Handlungsschritte zu planen und auszuführen.
So legte ich das Hemd an der Einschlagsstelle des Projektils, es handelte sich um eine offene Wunde, an dessen Grund gülden das Projektil glänzte und aus der unaufhaltsam scheußlich ein Strom aus dunkelrotem Blut austrat, in Falten und drückte den aufgeworfenen Bereich auf diesen.
Bedauerlicherweise überkam mich schon jetzt eine schwere Übelkeit, obgleich ich nichts über die Verfassung meines Opfers sagen konnte, zu sehr ergriff mich der tragische Anblick seines wahrhaftigen Elends.

Doch versteiften meine seit meiner Kindheit strikt erlernten Grundsätze der Selbstdisziplin meine Haltung, ich beherzigte den Kommentar meiner Großmutter: „Was auch immer dir widerfahren sollte, Valerius, sei dir bewusst, dass es immer Schlimmeres gibt", den sie wohl weise geäußert, als ich bitter geweint hatte, als mir meine erste Taschenuhr zu Boden gefallen und in tausend Stücke zerbrochen war. Damals hatte mich dieser Kommentar noch bitter empört, doch jetzt verstand ich den eigentlichen Sinn und konnte mir seine Bedeutung erschließen. So harrte ich die nächsten Minuten, sie kamen mir allerdings wie schwere Stunden vor, in kniender Haltung aus, den Faltenberg der Leinen des Hemdes unnachgiebig auf die Wunde des Opfers gepresst, ohne Hoffnung auf Hilfe, meine persönliche Misslage und den Umstand, ich solle zu meinem persönliche Wohle die Ferne suchen, vergessend.
Ich war bedauerlicherweise außerstande, ambulante Hilfe anzufordern, denn ich habe den werten Leser ja bereits über den bedeutenden Faktor aufgeklärt, dass mir meine überhastete Flucht aus dem Verlagsgebäude keine Zeit gewährt hatte, zusätzlich zu meinem unnützen Bargeld ein Mobiltelefon mitzunehmen.
So ergab ich mich meiner moralischen Pflicht, die Wunde des unglücksseligen Lastkraftwagenfahrers so lange mit seinem Hemd zu bedecken, bis sich eine schützende Kruste über sein gähnendes Einschussloch gebildet hatte.
Noch nicht bedacht hatte ich allerdings, dass sich das Projektil noch in dem Körper des armen Tropfes befand und war mir nicht so recht sicher, ob diese Tatsache den korrekten Versuch der Ersten Hilfe beeinflussen sollte, doch ich durfte meinen wichtigen Gedankengang nicht zu Ende führen.
Davon hielten mich nämlich die Lakaien der finsteren Macht ab, welche in der Zeit, in der ich meine Barmherzigkeit unter Beweis gestellt hatte, ebenfalls nicht untätig gewesen waren. Sie schritten von beiden Seiten hinter dem Lastkraftwagen hervor auf mich zu und luden ihre Schusswaffen mit einem scheußlichen, metallisch schleifenden Ge-

räusch, um die Bereitschaft zu ihrer tödlichen Aufgabe zu signalisieren.
Eine unangenehme Zeit der Stille trat ein, keiner des Dutzend an Kopfgeldjägern wagte es, den ersten tödlichen Schuss abzugeben, und ich hatte nicht die Absicht, meiner jetzigen Tat, und zwar, des Blutes Fluss aus der Schusswunde Einhalt zu gebieten, zu unterbrechen, wo doch eine versuchte Flucht sowohl unklug als auch schon vor der Ergreifung erfolglos war.
Einer der besser gekleideten Attentäter, er trug einen schwarzen Pullover über einem beigefarbenen Hemd und darüber ein hellgraufarbenes Jackett, das allerdings frevelhafterweise offen war, trat entschlossen einen energischen Schritt vor, formte seine Lippen zu einem wohl unerbittlich anmuten sollenden Rund und richtete seine Schusswaffe gezielt auf mein linkes Auge, als mir, bildlich gesprochen, der Kragen platzte.
„Was erlauben Sie sich?“, so schrie ich ihn voller Zorn erbost an und hatte unter größter Anstrengung dagegen anzukämpfen, vor lauter Wut auf seine Ruchlosigkeit meinen Anstand zu verlieren. „Ich bringe Ihnen allen meinen größten Respekt entgegen für Ihren Mut und für Ihre Entschlossenheit, auf meine Ergreifung zu beharren, dennoch würde ich es in Ihrer Situation, wenn es mir erlaubt sei, Sie freundlich darauf aufmerksam zu machen, vorziehen, sofern Sie in ihrem ehrlosen, schäbigen und gefühlsfreien Leben auch nur über einen kleinen Funken der Moral verfügen, Ihre Gedanken zu meiner Exekution so lange aufzuschieben, bis ich den durch Ihre mangelnden Zielfähigkeiten unschuldig verwundeten Lastkraftwagenfahrer derart versorgt habe, dass er sich außerhalb der kritischen Zone vor größeren Schäden oder gar dem Tode befindet!“
Dies alles hatte ich in einem langen Atemzug gesprochen, bestrebt, selbst die letzten Moleküle des in meiner Lunge vorhandenen Sauerstoffes zu einem vollendeten, sinnreichen Satz zu pressen, sodass ich vorerst nicht imstande war, die Reaktion meiner Rede in den Gesichtern des Gesindels zu ermitteln, da ich damit beschäftigt war, meine

vor Schmerz stechende Lunge wieder mit frischem Sauerstoff aufzufüllen.
Nun, nach einigen tiefen Atemzügen schließlich blickte ich, auf alles gefasst, selbst, wenn es sich um einen plötzlichen Knall und ein darauf folgendes Schwarz handeln würde, auf.
Erstaunt stellte ich fest, dass die Attentäter zwar nicht die Flucht ergriffen hatten aus reuiger Einsicht über meine schneidende Predigt, so aber doch, mit einem leicht verschämten Gesichtsausdruck, ihre tödlichen Schusswaffen gesenkt hielten. Erst jetzt erkannte ich, dass ich mich, ohne dies bewusst ausgeführt zu haben, der deutschen Sprache bedient hatte, um die Kopfgeldjäger über die Schändlichkeit ihrer drohenden Schandtat zu belehren, und dennoch schienen sie alle den Sinn der Rüge erfasst zu haben, wenn auch womöglich unterstützt durch den in der Tat verstörenden Anblick des flach atmenden Lastkraftwagenfahrers, welcher entweder bewusstlos oder wenigstens weit von der Realisierung der jetzigen Situation entfernt war.
Freilich lässt es sich aber schlecht verleugnen, dass ich, umgeben von stummen und starren Mördern, ein tiefstes Unwohlsein verspürte.
Nachdem ich die erste Hürde zur Lebenserhaltung des Unschuldigen und möglicherweise meiner selbst überwunden hatte, wagte ich ein weiteres, vielleicht doch allzu freches Unterfangen, erpicht, die gönnerhafte Seite der Attentäter auf eine neue Spitze zu treiben: „Entschuldigen Sie bitte vielmals meine direkte Frage, ich habe nicht die Absicht, Ihnen übertriebene Güte abverlangen zu wollen, doch würde ich es in der Tat sehr begrüßen, wenn mir irgendwer von Ihnen sein Mobiltelefon, sofern er über ein solches verfügt, aushändigen könnte. Ich beabsichtige, mit diesem den Notarzt zu Hilfe zu rufen, da ich mich, ja, dies gestehe ich mir gegenüber Ihnen allen ein, ein wenig überfordert mit der jetzigen Situation sehe, für die Lebenserhaltung eines Menschen verantwortlich zu sein. Selbstverständlich erlaube ich es Ihnen ebenfalls, dies selbst zu unternehmen, nur bitte ich um Schnelligkeit und Diskretion, da die Einschätzung seiner Verfassung meine medizinischen Kenntnisse weit übersteigt. Wenn Sie dies un-

ternommen haben und der unglückselige Lastkraftwagenfahrer in die Obhut der Ärzte überbracht wurde, sehe ich mich durchaus gewillt, mich freiwillig Ihren beabsichtigten Schandtaten zu unterwerfen."
Ich erschrak und zuckte, wie ich hoffte, für die Kopfgeldjäger unbemerkt, kurz auf. Den letzten Satz nämlich hatte ich nicht zu formulieren beabsichtigt, er entfuhr meinem Munde ohne das Zutun meines Großhirns, was ja schließlich für das bewusste Denken zuständig ist. Jedenfalls hatte ich mein Leben mit diesem Zugeständnis verloren gegeben, doch wenigstens das des unschuldigen Mannes bewahrt, zumindest, sollten die Gesetzeslosen auf meinen gerechten Handel eingehen, was ich doch, wenn nicht zu dem meinen, so doch zu dem des Lastkraftwagenfahrers Wohl in der Tat sehr schwer hoffte!
Ich blickte, moralisch nicht imstande, meinen letzten Satz im Nachhinein zu korrigieren, denn dies wäre gegenüber dem verwundeten Lastkraftwagenfahrer recht unehrenhaft, den Gesetzeslosen offen in ihre gefühllosen Augen und erwartete ihr folgenschweres Urteil.
Schließlich nickte jener, der mir vor meinem Wutausbruch ein Projektil in mein unschuldiges Auge zu verpassen beabsichtigt hatte, einem etwas schäbiger gekleideten Attentäter, er trug eine schwarze Lederweste und darunter einen blassblauen Rollkragenpullover, zustimmend zu, worauf dieser ein äußerst zerkratztes Mobiltelefon älteren Jahrganges aus seiner Weste zog.
Es herrschte weiterhin eine sehr unangenehme, beklemmende Stille, einzig hörten meine Ohren den flachen Atem des verwundeten Lastkraftwagenfahrers und das monotone Geräusch der Tastentöne des Mobiltelefons, mit welchem der schäbige Attentäter seinen Teil meines ungewollt vorgeschlagenen Handels einzulösen willig war.
Nun presste der Kopfgeldjäger sein schwer in Mitleidenschaft gezogenes Objekt der Fernkommunikation an sein Ohr, und wir alle warteten aufmerksam. Schließlich schien der schäbige Gesetzeslose dem Notarzt, so hoffte ich zumindest, die jetzige Lage schnell zu unterbreiten.

Ernsthaft sorgte ich mich folgend über jenes Risiko, dass dieser womöglich gar nicht den Notarzt verständigt, sondern vielleicht gar Verstärkung angefordert hatte, und ich in all meiner Naivität ihren Vorteil sogar noch unterstützt hatte!
Zudem war es mir von höchstem Interesse zu erfahren, wie er den Sanitätern an dem andren Ende der Leitung Geschehnes zu unterbreiten versuchte, ohne sich selbst sowie die anderen Mitglieder seiner ehrlosen Bande zu verraten. Doch sehr zu meinem Bedauern war ich der polnischen Sprache nicht mächtig, so blieb mir keine Alternative, als den Dialog in mehreren Entwürfen zu rekonstruieren.
Schließlich beendete der Attentäter das Gespräch mit einem entschlossenen Druck auf die rote Taste und wandte sich mit einigen kurzen Worten an den besser Gekleideten, der nach meinen Schlussfolgerungen die Funktion des Führers innehatte.
„Lunkenheimer“, so sagte dieser darauf barsch zu mir, und er ließ sich nur ein ganz klein wenig einen polnischen Akzent anmerken. „In wenigen Minuten wird ein Krankenwagen hier eintreffen und auch die Polizei. Sie warten mit ihm“, indes wies er auf jenes Bandenmitglied, welches das Gespräch mit dem Notarzt geführt hatte, „darauf und sagen den Sanitätern und den Polizisten, ihr beide seid Passanten. Ihr habt mitbekommen, wie der LKW von der Fahrbahn abgekommen ist. Dann habt ihr euch um ihn gekümmert. Wir anderen ziehen uns zurück. Wir haben Sie immer im Visier. Wenn Sie etwas Falsches sagen, beweisen wir Ihnen, dass wir besser schießen können, als Sie denken.“
„Darauf ist es mir nur recht, unter den gegebenen Umständen zuzustimmen“, erwiderte ich entschlossenen Willens. „Seien Sie versichert, sowie Sie auf meine Forderung eingegangen sind, so werde ich mit dem größtem Vergnügen die Ihre befolgen. Jedoch würde ich gerne mein Missfallen darüber bekunden, dass Sie wahrhaftig die Absicht innegehabt hatten, meinem Leben mit einem schlichten Projektil den Garaus zu machen, wo ich doch von anderen, erfolgloseren Gesetzeslosen bei ihren kläglichen, gescheiterten Versuchen zu meiner Ergrei-

fung die Information erhalten hatte, dass auf meinen Körper lediglich in lebendigem Zustande eine beträchtliche Belohnung ausgesetzt sei."
Obwohl es sich bei diesem Satz von der Formulierung her mehr um eine Feststellung und Tatsache handelte als um eine Frage, erhob ich in den letzten Worten derart meine Stimme, dass es sich durchaus auch um eine Solche gehandelt haben könnte. In jedem Falle begehrte ich damals eine Antwort und Rechtfertigung für die ungeheuerliche Absicht, mich kurzerhand erschießen zu wollen, und sollte diese auch erhalten: „Lunkenheimer", sprach der besser gekleidete Attentäter. „Die Zeiten haben sich geändert. Unsere Auftragsgeber haben ihre Meinung halt eben geändert. Das ist uns egal. Lebendig bringen Sie viel mehr ein. Aber weniger ist besser als gar nichts, dachten wir uns."
Pfui Schande, mit welch schlichten Worten mir der Anführer der gesetzeslosen Bande unterbreitet hatte, weshalb er mich zu töten wünschte! Was für einen Wert hat für ihn wohl ein kostbares Menschenleben? Es lässt sich mit Geld aufwiegen, jawohl, das tut es!
Dieser wandte sich nun zu seinen Untergebenen und rief ihnen etwas zu, worauf diese in alle Richtungen hinweg stoben, wie die Strahlen eines Feuerwerkskörpers es bei ihrer Detonation zu tun pflegen.
Schließlich standen lediglich der Gesetzeslose, welcher in der unschönen schwarzen Lederweste gewandet war, und ich an der linken Seite des Lastkraftwagens und vegetierten mit sichtlichem Unbehagen bis zur Ankunft des Notarztes dahin.
Freilich erlaubte ich mir hin und wieder einen Blick auf den unschuldigen Fahrer, doch blieb dessen Zustand unverändert, zudem hatte ich nicht Kenntnis von einer weiteren Aktivität, welche ich zu seinem Wohlergehen ausführen könnte, außer weiterhin dessen Hemd auf seine blutende Körperstelle zu pressen.
Es war mir beinahe unerträglich, ein unberechenbares Monstrum neben mir zu wissen, welches mich zudem noch vor wenigen Minuten zum Zwecke des Tötens beschossen hatte, und ich tat sicherlich gut daran, den Korridor meines Blickes lediglich zwischen der friedlich dahinfließenden Weichsel und dem Lastkraftwagenfahrer zu halten.

Denn wie sagte doch einst meine geschätzte Großmutter in ihrer unendlichen Weisheit zu mir: „Valerius, blicke niemals Hunden, Pferden und gewaltbereiten und grob geschnitzten Personen in die Augen, sonst werden sie auf dich losgehen und erst von dir ablassen, wenn du einen erheblichen Schaden davongetragen hast."
Mir zum Unglück war dies sogar zu den jetzigen Zeiten der Fall, wenn ich in die Augen der Kanaille schaute, doch in jener Situation des Wartens auf den Notarzt war mir zumindest ein geringer Aufschub bis zu meinem sicheren Untergang vergönnt, und dies redete ich mir beständig fürsorglich meiner eigenen geplagten Seele zu, obgleich ich die bohrenden Blicke des Attentäters stetig in meinem armseligen Rücken verspürte.
Der Verkehr der Straße des Unglücks, genannt Wybrzeze, floss indes trotz jenes in der Tat äußerst ungewöhnlichen Ereignisses ungehemmt weiter, offenbar hielt man den Anblick eines auf dem Ufer der Weichsel gestrandeten Lastkraftwagens für einen gewöhnlichen Unfall, der nicht weitere Beachtung verdiente. Schließlich trug ebenjener Verkehr einen Krankenwagen und ein Polizeiauto mit sich, welche auf der rechten Spur hielten.
In größter Eile stürmten, unverzüglich nach der Deaktivierung des Motors, zwei Sanitäter aus dem Krankenwagen. Der eine blockierte die rechte Fahrbahnhälfte unverzüglich mit einem Warnschild, welches er bei sich trug, sodass der Verkehr nun auf die linke Hälfte ausweichen musste, was er tatsächlich auch ohne die geringste Stockung tat. Zeitgleich stiegen zwei Polizisten aus dem Dienstfahrzeug und begannen unverzüglich, mir zuvor kurz grüßend zunickend, den stehen gebliebenen Lastkraftwagen zu vermessen und zu fotografieren.
Der andere Sanitäter lief auf den verwundeten Lastkraftwagenfahrer zu und veränderte zuerst, welch Schmach für meinen Stolz, die von mir positionierte stabile Seitenlage.
Den Gesetzeslosen und mich würdigte er vorerst keines Blickes, jedoch trug dies nicht zu einer weiteren Beleidigung meines Stolzes bei, da ich freilich bis zu jenem Zeitpunkt noch nie einem solchen Ge-

schehnis beigewohnt hatte und nicht von dem routinierten Ablauf oder einer angemessenen Begrüßungsform Kenntnis hatte. Es bleibt hierbei zu erwähnen, dass es dem Kopfgeldjäger offenbar ähnlich erging, denn dieser trat, sichtlich eingeschüchtert von dem allzu schnellen Szenenwechsel, hastig einige Schritte zurück, verschränkte seine mächtigen Arme hinter seinem korpulenten Rücken und starrte sichtlich interessiert in den unbefleckten Himmel. Freilich wusste ich nicht, ob sein Gesicht der Polizei bereits bekannt war, meine Logik aber verneinte dies, da der Anführer mit Sicherheit das unbescholtenste Gesicht aus seinen Reihen für die vorliegende Aktion ausgewählt hatte.

Da ich sehr wohl über ein allgemeines Benehmensmuster in Notsituationen informiert war, blieb mir ein derart peinliches Auftreten wie das des unbekannten Kriminellen glücklicherweise erspart. So heftete ich meinen Blick fest auf die beiden Polizisten, meine künftigen Ansprechpartner, sofern sie mich zum Tathergang vernehmen mochten, um eine interessierte Miene bemüht und mit meiner Körpersprache symbolisierend, dass ich offen für jegliche Fragen war.

Da schritt auch endlich einer der beiden Polizisten auf mich zu, während der andere noch mit weiterem Fotografieren beschäftigt war. Er hatte ernste und autoritäre Gesichtszüge und blickte mich streng an. „Dzień dobry“, sagte er; diese Begrüßungsformel kannte ich noch, bei den darauf folgenden Worten konnte ich nicht einmal durch die Stimmlage darauf schließen, welche Inhalte er mir übermitteln wollte. Als er mich streng anblickte, als erwarte er eine Ausführung von mir, sprach ich sachlich: „Dzień dobry, panie. I am Valerius Lunkenheimer, a tourist from Germany. I have discovered this accident when I was walking along the river bank. Fortunately this person was also present.” Ich wies mit meiner Rechten auf den sich versteckt haltenden Kopfgeldjäger, der sich bemüht hatte, im Hintergrund der stille Beobachter der Szenerie zu sein, um ihm ebenfalls die Freude zuteil werden zu lassen, in das Geschehen eingebunden zu werden. Dieser zuckte leicht zusammen, als ich ihm, beabsichtigt mit einer gewissen

Schärfe, in die Augen blickte, da er offensichtlich nicht konzentriert meinen Ausführungen gelauscht hatte und nun fürchtete, ich hätte gegen ihn gerichtete Informationen verlauten lassen. Dessen ungeachtet fuhr ich gleichgültig fort: „Since he is versed in your native language, he can give you more detailed information than I do. Of course, I am open to you for all questions."
Nun bemühte ich mich um einen beschwichtigenden Tonfall, als ich zu ihm sprach: „Besitzen Sie die Güte, dem Polizisten zu unterbreiten, was hier vorgefallen ist? Aufgrund der Sprachdifferenz fällt mir dies ein wenig schwerer als Ihnen."
Der Kriminelle blickte unschlüssig zu dem Polizisten, dann zu mir, und mir entging nicht seine Verzweiflung, unvorbereitet eine spontane, logische Ausführung darlegen zu müssen. „Was soll ich dem sagen?", zischte er mich an, wobei sich in seiner Stimmlage Entmutigung mit dem Befehl des Beistandes paarten.
„Das, was Ihr Vorgesetzter uns beiden vorgeschrieben hat", antwortete ich belanglos.
„Sagen Sie mir, was ich dem sagen soll!", raunte er mir hilflos zu, während der Polizist uns beide scharf musterte, da unser Dialog freilich zu einigen Irritationen führte. Einerseits amüsierte es mich köstlich, dass mich ein elender Kopfgeldjäger um Hilfe anflehen musste, und ich hätte ihm nur zu gern aus Rache für seine ruchlose Gesinnung, mein Wohl und mein Leben gegen Geld einzutauschen, die Freiheit gelassen, sich vor dem Polizisten sowohl lächerlich als auch verdächtig zu machen. Andererseits befand ich mich mitnichten in einer Situation, wo sadistische Späße angebracht waren, sowohl, da die Szene aufmerksam von den Augen seiner Verbündeten verfolgt wurde, in deren Hände ich ungewollt mein Schicksal gelegt hatte, als auch, da eine zügige Abwicklung des Prozederes, welches ich durch mein Eingreifen erheblich entwirren und beschleunigen konnte, nur dem Wohl des Lastkraftwagenfahrers zugute kommen konnte.
So atmete ich betont enerviert aus und sagte: „So sei es, lassen Sie mich Ihre Worte mit Verstand füllen und übersetzen Sie, was ich über

den Unfallhergang lüge.“ An den Polizisten gewandt meinte ich: „I like to offer myself as a witness, the valued man at my side can translate in Polish what I have observed. He himself is slightly shocked and can no longer remember the accident.”
Mir schien, als halte der Polizist meine Erklärung für schlüssig, denn er antwortete schlicht „W porządku“ und nickte, sodass ich mich wieder an den ein wenig erleichtert dreinschauenden den Gesetzeslosen wandte.
„Nun, mein geschätzter Widersacher“, so sprach ich langsam und deutlich, sodass er fähig sein konnte, meine Angaben zu dem von mir beobachteten Tathergang vollständig der polnischen Sprache zu überführen. „Es wäre mir in der Tat nun eine inständige Bitte, dass Sie folgendes für mich übersetzen: Ich bin, wie ich bereits sagte, Dr. Valerius Lunkenheimer, ein deutscher Tourist. Ich stelle Ihnen auch gerne die notwendigen Personalien zur Verfügung, die dies belegen. Ich hatte die liebliche Absicht inne, den harmonischen Flussverlauf der Weichsel ein kleines Stückchen seines Weges zu begleiten. Nun ereignete sich jedoch ein furchtbares Unglück ohne Gleichen, und zwar in der Form eines Lastkraftwagens, welcher von der Fahrbahn abwich, die Leitplanke zerschmetterte und mich beinahe überfahren hätte, wenn ich nicht in dem letzten Augenblick einen beherzten Sprung zur rechten Seite gewagt hätte. Urplötzlich hielt nun jenes Fahrzeug, und ich erahnte in der Ursache dieses Unfalles menschliches Versagen. Da ich mich Personen in Not verpflichtet fühle, schritt ich unverzüglich auf den Lastkraftwagen zu und beförderte seinen augenscheinlich verwundeten Fahrer aus der Kabine hinaus, wo ich folgend feststellte, dass der Unglückliche eine Verletzung an der Schulter erlitten hatte. Wie Sie ja selbst, sofern Ihre Erinnerungen durch jene Anstöße wiederbelebt werden können, wissen, Sie sind jenen Verlauf des Unfalles schließlich ebenfalls zu verfolgen gezwungen gewesen, bat ich Sie inständig, da Sie schließlich der polnischen Sprache mächtig sind und Kenntnis von der Telefonnummer des polnischen Notarztes haben und zudem ein hochmodernes Mobiltelefon besitzen, diesen aus nachvoll-

ziehbaren Gründen zu Hilfe zu rufen. Nun, und dann ist, zu unser aller Glück, dieser unverzüglich eingetroffen, sodass wir zu unserer Erleichterung sagen können, nicht mehr für das Überleben dieses unglückseligen Individuums verantwortlich sein zu müssen."
Diese große Lüge über mein Herz zu bringen, nun, teilweise entsprach sie zu meinem persönlichen Wohlbefinden freilich auch der Wahrheit, kostete mich einige Überwindung. Wo ich zudem noch versucht war, das Niveau meines Vokabulars aus Rücksicht auf den ungeschliffenen, einfachen Menschen erheblich abzusenken! Dieser war nämlich nun, mit einem in der Tat äußerst verzweifelten Gesichtausdruck, versucht, meine gesamte, für seine Verhältnisse sicherlich sehr anspruchsvolle und äußerst komplizierte Rede vollständig vor dem Polizisten wiederzugeben.
Dies kostete nun die gesamte folgende Minute. Zudem behaupte ich, aus seinem polnischen Redefluss selbst als deutschsprachige Person die eine oder andere Verhaspelung oder Stockung herausgehört zu haben, während der Ordnungshüter, trotz seiner im Gesicht eingemeißelten Strenge, mit einem leicht irritierten Gesichtsausdruck aufmerksam lauschte und mehrere Male hintereinander verständig seinen mit einem militärischen Kurzhaarschnitt versehenen Kopf kurz hob und senkte und sich auf einem schwarzen Klemmbrett Notizen zu den gegebenen Informationen machte.
Als nun der schändliche, doch in der jetzigen Situation empörend scheinheilig auftretende Kopfgeldjäger meine Rede, wie ich doch in der Tat sehr hoffte, meiner originalen sehr nah, vollständig übersetzt hatte, nickte der strenge Polizist weiterhin verständig, bis er mich mit einer auffordernden, aber nicht unfreundlichen Geste zur Aushändigung meiner Personalien aufforderte, welche er auf die Spalten seines Blattes auf dem Klemmbrett eintrug. Dies tat er dann auch bei dem Kriminellen und ich wünschte mir, dass der Polizist diesen anhand der erhaltenen Angaben als einen altbekannten Kriminellen wiedererkennen und unverzüglich verhaften würde. Mein Wunsch wurde aber leider nicht erfüllt.

Es war eine Empörung für meine ausgedürstete, egozentrische Seele, dass der Ordnungshüter daraufhin nicht die geringste Notiz von mir nahm, als er den Sanitäter herbeirief, welcher die Straße blockiert hatte, und einige Worte mit ihm wechselte. Danach ging der Sanitäter zu dem traurigen, nun schwach blinzelnden Tropf und half dem zweiten, ihn auf eine Trage zu befördern.

Das Folgende geschah in einer unglaublichen Geschwindigkeit.

Die Sanitäter trugen im Handumdrehen den unglücklichen Lastkraftwagenfahrer auf der Trage in den großzügigen Hinterraum des Krankenwagens und wechselten darauf schließlich einige, kurze Worte mit dem Gesetzlosen, während ich teilnahmslos und unbeachtet danebenstand und erfolglos versuchte, mich in den Dialog einzugliedern.

Darauf fuhren die Sanitäter hinfort, zu dem Zwecke, dass es mir nimmer in meinem Leben mehr vergönnt sein sollte, jenes von mir vor dem scheußlichen, direkten Tod errettete Individuum ein weiteres Mal zu erblicken.

Es beruhte daher lediglich auf einfachen Spekulationen, wenn ich mir nun überlege, ob der Lastkraftwagenfahrer überlebt hatte und weiterhin fähig sein würde, seinen Beruf, seine Lebensgrundlage, fortführen zu können. Insgeheim wünschte ich, ihn doch zu gern in genesenem Zustand erneut zu sehen, freilich ein Wusch, der so unerfüllbar ist, wie den großen Göttern des Olymps im Angesicht zu stehen.

„Lunkenheimer“, sprach auf einmal der gefühllose Kopfgeldjäger, seinen in dem soeben ereigneten Geschehnis aufgelegten, verschüchterten Gesichtsausdruck beibehaltend, zu mir. „Ich soll Ihnen von den Sanitätern vielen Dank für Ihre Erste Hilfe sagen.“

Es erweckte zuerst den Anschein, der Attentäter wünschte, an diesen Satz einen weiteren anzuhängen, doch er atmete schließlich verschämt aus. Er schien wohl weiterer Worte nicht mächtig, sodass er, freilich ein wenig von der unbarmherzigen Macht der Peinlichkeit berührt, betreten auf den Kiesboden blickte.

Es war mir nur recht, dass er, wo doch gleich das nach kriminell erworbenem Geld strebende Gesindel den Geiern gleich auf mich her-

nieder zu stürzen beabsichtigte, seinerseits eine missliche und unangenehme Lage erlebte, und demzufolge war ich auch keineswegs willig, ihm behilflich zu sein, sich aus dieser herauszuwinden.
Einer der beiden Polizisten indes rief, wie ich mir herleitete, einen Abschleppdienst, dann nickte er uns beiden, dem Kriminellen und mir, dem braven Bürger, abschließend zu, und sagte, wie mir der Gesetzeslose nachher übersetzte, wenn Bedarf bestünde, würden wir noch einmal von der Polizei kontaktiert. Dann fuhren auch sie hinweg, einzig der Lastkraftwagen, welcher aber ebenso gleich abgeschleppt werden sollte, war noch ein Relikt des scheußlichen Unglückes.

KAPITEL VII

Nun, jetzt musste ich, mehr oder weniger gewollt, den folgenden Schachzug meinen fürchterlichen Widersachern überlassen.
Schon schossen aus sämtlichen Gebüschen in meiner Nähe sowie anderen sicheren Verstecken die schändlichen Kopfgeldjäger hervor und strebten, wenn nicht mit einer hoher Geschwindigkeit, so aber doch mit einem umso entschlosseneren und siegessichereren Gesichtsausdruck, aus allen Himmelsrichtungen mit Ausnahme des Ostens, in welcher freilich die Weichsel unbeachtet des fürchterlichen Geschehnisses munter vor sich hin plätscherte, auf mich zu.
Ich sah lediglich eine einzige Möglichkeit, mich aus dem frisch gesponnenen Netz des mir auferlegten Verderbens zu entwinden. Insgeheim hatte ich nämlich nimmer vorgehabt, mein Leben für jenen Lastkraftwagenfahrer zu opfern. Nein, sein Wohl lag mir sehr wohl am Herzen, aber für ihn zu sterben war doch zu hoch gegriffen und überdies vermeidbar, weshalb ich mir folgende List zurechtgelegt hatte: „Meine sehr geehrten Herren", so rief ich unerbittlich und entschlossen. „Zu meinem größten Bedauern und unter Aufwand allen Respekts, welchen ich Ihnen entgegenbringe, muss ich Ihnen traurigerweise mitteilen, dass ich, mit kurzen Worten konkret formuliert, unsere soeben geschlossene Übereinkunft hiermit für hinfällig erkläre!"
Ich durfte mir zwar mit diesem doch in der Tat äußerst lächerlichen Satz im Grunde keine positive Wendung meiner veränderungswünschenswerten Situation erhoffen, jedoch beabsichtigte ich mit diesem, nicht als Vertragsbrecher oder Lügner in der Welt zu stehen, sollte ich es wagen, zu einer vermutlich erfolglosen Flucht anzutreten, sondern das Fortsetzen meines verzweifelten Überlebenskampfes zu legitimieren. Vor dem Vertragspartner, der Kopfgeldjägergesellschaft, brauchte ich mir wenig Vorwürfe dafür zu machen, dass ich ihren guten Willen, oder man sage ihre Dummheit, ausgenutzt hatte, da die moralisch fragwürdige Kündigung des mündlich geschlossenen Vertrages, nach-

dem dieser dem Wohl des Lastkraftwagenfahrers dienlich war, dem meinen zugute kommen sollte.
In den kalten und gefühllosen Gesichtern meiner Widersacher rief mein verzweifelter Ausruf lediglich Hohn und Spott hervor.
Ich wünschte nicht, mich einem dummen Schafe gleich einfangen und abführen zu lassen, denn dies war nicht eines aufrechten Lunkenheimers würdig. Vielmehr suchte ich, wo dieses Mal sicherlich kein ehrenwerter Raubritter Jack zu meiner Errettung eilen würde, nach einem tugendreichen Freitod für den Fall, dass mir nicht wieder eine Flucht glücken würde, wie jenem, der unverhofft durch einen wohlplatzierten Lastkraftwagen verhindert worden war.
Es war freilich unvermeidlich, dass nun von allen Seiten das Dutzend an Mitgliedern der verbrecherischen Organisation langsamen Schrittes auf mich zumarschierte. So stand es außer Frage, dass eine Flucht höhere Chancen auf Erfolg aufwies, je eher ich frisch zu dieser antrat.
Ich erlaubte mir also lediglich eine halbe Sekunde, um mein, mir auch eben hilfreich zur Seite gestanden habendes limbisches System anzuflehen, mich auch dieses Mal, in den kostbaren Sekunden der Entscheidung über mein künftiges Schicksal, nicht im Stich zu lassen.
Dann stürmte ich geradewegs auf den Bürgersteig der Straße Wybrzeze zu, schwang mich, ohne nach links und rechts zu blicken, über einen Teil der noch intakt gebliebenen Leitplanke, und schon dies war ich nicht fähig, bewusst zu kontrollieren. Mit all meiner Energie rannte ich, ach, welch grober Verstoß gegen die Sitten des Verhaltens im Straßenverkehr, direkt über die beiden Fahrbahnen hinweg. Dies wurde mir jedoch, um es nicht als ungerechtfertigte Heldentat dastehen zu lassen, durch jenen nicht außer Acht zu lassenden Faktor erleichtert, dass der Straßenverkehr aufgrund einer sehr hohen Fahrzeugsdichte nur einen stockenden Verkehrsfluss aufwies.
Ich überwand vier Fahrzeuge. Das erste umging ich hintenherum, beim zweiten blieb mir keine Zeit, mich vorbeizuwinden, sodass ich einen beherzigten Sprung auf die Motorhaube wagte, von der ich doch

tatsächlich auf das Dach des dritten Wagens sprang, wie leichtsinnig ich doch damals war!
Vom zornigen Hupen der ersten drei Wagen begleitet, machte ich einen Satz zurück auf den Asphalt und wirbelte von dort über die Motorhaube des vierten, sodass ich diese zu einer Rutsche zweckentfremdete. Nun hatte ich auch dieses Fahrzeug überwunden und lief geradewegs auf eine blühende Parkwiese zu, die ich mühevoll passierte.
Im Nachhinein erinnert mich dies an ein Spiel in meiner Kindheit, welches ich in einem Freizeitlager unter großer Freude absolviert hatte.
In diesem nämlich mussten vier Fänger die übrigen Teilhabenden mit einem einfachen Abtippen einfangen, was jedoch durch wahllos in der Sporthalle platzierte Hindernisse erschwert wurde. Damals hatte es sich jedoch freilich lediglich um Sprungkästen und Turnmatten gehandelt, was jedoch eine gewisse Ähnlichkeit mit meiner jetzigen Lage aufwies, einen stockenden Straßenverkehr überwinden zu müssen, wobei freilich dabei um einen viel beträchtlicheren Einsatz gespielt wurde als in den damaligen, gelobten Zeiten, und zwar statt um die persönliche Ehre und zwanzig Liegestütze um das Wohlergehen eines unschuldigen Individuums und seines gesamten Konzerns.
In dieser Art und Weise gelang es mir in meiner misslichen Lage, auch meine jetzige Verfolgungsjagd als ein bloßes Spiel darzustellen, in welchem man besser den unbarmherzigen Fängern entkommen sollte. Folgend wählte ich meine Fluchtroute geradewegs auf die links neben der Straße Wybrzeze gelegene Freifläche, auf welcher mehrere Bäume, dicht aneinandergereiht, ein kleines Wäldchen ergaben. Dort schlängelte ich mich von einem Baum zum anderen, ohne einen Blick hinter mich zu wagen. Zwar möchte ich nicht unbedingt behaupten, dies hätte mir ein ausgesprochenes Vergnügen bereitet, doch kann ich auch nicht verleugnen, dass mir damals die panische Angst vor einem grausamen Schicksal im Falle des Versagens erspart blieb. Zudem verspürte ich, nun immer deutlicher, einen stechenden Schmerz in meiner armseligen Lunge.

Ich bewegte mich, glücklicherweise verfügte mein Gedächtnis nämlich noch über den Stadtplan zu meinem Zielort, und zwar, wie der geneigte Leser sicherlich nicht anders erwartet hat, zum Hotel S*** WARSCHAU, durch das der Freifläche angrenzende Häusermeer.
Ich wählte nach riskantem Gutdünken eine sich mir auftuende Abkürzung, an der Altstadt und dem Königlichen Schloss vorbei über zwei kurze Straßen bis zu einer mit dem Namen Aleja Solidarnosci. Welch Wunder, wie weit ich es doch geschafft hatte, und da tat sich doch schon ein ungemein beruhigender Anblick auf!
Nun vernahm ich aber doch noch ein Unheil verkündendes Lebenszeichen meiner gesetzeslosen Verfolger, denn ihre mit Stahlkappen versehenen Lederstiefel klapperten schaurig. Mein schützender Wahn über das Spiel in meiner Kindheit war allmählich im Begriff, wie der Putz eines alten Hauses zu bröckeln. Meine mühsamen Versuche, dies wieder zu beheben, wurden von jener Angst überschattet, ähnlich wie in der Stadt Braunschweig einen harten Schlag auf den Rücken zu erhalten, welcher mich im Unterschied zum unverhofften Ausgang damals vollends zu dem furchtbaren, über mein gesamtes Schicksal entscheidenden Sturze zwingen würde.
Meine ausgedürsteten Augen aber konnten trotz all meiner grausamen Erwartungen zwischen zwei Häuserkanten den großen freien Platz, an dessen Ende der gewaltige Bau des Hotels S*** WARSCHAU stand, erblicken.
Es war mir, als ob ich von der Hölle, sofern eine solche existieren sollte, in den Himmel treten würde, als ich, zwar noch verfolgt, mit einem stechenden Schmerz in der Lunge und wie eine Hase vor dem hungrigen Jäger flüchtend, den Vorplatz betreten durfte und mich bereits in einer falschen Sicherheit wog.
Doch sowie ich die Mitte des freien Platzes überschritten hatte, holte mich schließlich doch der Kuss des Verderbens ein, wenn zwar nicht in Form eines heftigen Schlages auf den Rücken, so doch aber mit einem brennenden Schmerz in meinem Unterschenkel, welcher mich, welch Schmach, nicht fähig des Abänderns, auf den Boden schleuder-

te, wo ich mir nur Dank meiner eingeprägten Künste der Selbsterrettung keine ernsthaften Verletzungen zufügte. So rollte ich, unkontrolliert und mühsam um Orientierung ringend, mehrere Male um meine eigene Achse, streckte mich urplötzlich und erlangte, mit dem Gesicht zum Himmel liegend, endlich den Stillstand. Eine Welle der Verzweiflung durchwogte meinen schmerzenden Körper, als zwangsläufig jene Tatsache aufgeklärt war, dass ich nun, nur wenige Meter von meinem endgültigen Ziel entfernt, die Sicherheit, wie sooft auch in besagtem Spiel, welches ebenfalls über ein Feld, in dem es untersagt war zu fangen, verfügte, endgültig verloren hatte, und dies aus einem Grunde, welchen ich nicht einmal erfahren durfte!

Unverzüglich umgaben mich bereits die Gesetzlosen, und dies in einem solch engen Kreise, dass es mir nun gänzlich unmöglich war, aus diesem auszubrechen.

„Herr Lunkenheimer, finden Sie nicht auch, dass Sie mein bestes Einsatzteam schon viel zu lange zum Narren gehalten haben?", zischte mir der Anführer der Schurken, jener mit dem offenen Jackett, noch selbst nach der nervenaufreibenden Hatz außer Atem, entgegen, wobei sein Speichel bei jeder hervor gepressten Silbe eine in dem herrlichen Sonnenlicht glitzernde Tröpfchenwolke erzeugte.

„Entschuldigen Sie bitte meine allzu klaren Worte...", war ich imstande, unter erheblichen Schmerzen in Lunge, Kreuz und beanspruchter Beinmuskulatur hervorzupressen, als mich der Gesetzeslose, welch grober Verstoß gegen die Etikette, kurzerhand, mit ungesunder Zornesröte im Gesicht, unterbrach: „Halten Sie bloß Ihr verdammte Klappe! Ich habe langsam genug von ihrem dämlichen Geschwätz! Begreifen Sie endlich, dass Sie keine Chance gegen uns haben und hören Sie auf, uns den Job unnötig schwer zu machen! Jetzt ist es für Sie zu Ende, endgültig, kapiert?"

Seine zornige Grimasse deformierte sich bei der Aussprache des letzten Satzes zu einem hämischen Grinsen, mit dem er vermutlich seine Macht über mich zu demonstrieren wünschte.

Folgend erteilte er seinen schäbigen Untergebenen einige Befehle unter Anwendung der polnischen Sprache, und währenddessen begehrte ich, jenen Gegenstand noch vor meiner Festnahme zu erblicken, welcher mich, ach, so nahe dem sicheren Ziel, wie ein gut gezielter Jägerschuss das Reh niederstreckt, zu Fall gebracht hatte.
Ja, denn es ist mir eindeutig und rechtmäßig erlaubt, die Behauptung zu äußern, dass es sich bei dem Grund des Sturzes keineswegs um eine Zerrung meiner unaufgewärmten Beinmuskulatur handelte, wo ich doch eindeutig einen schweren Gegenstand gegen meinen Unterschenkel zu stoßen verspürt hatte!
Daher betrachtete ich ausgiebig, halb liegend, mit den Handflächen auf dem Kopfsteinpflaster aufgestützt, mit schnellen Blickwechseln die nahe Umgebung, und Schnelligkeit war vonnöten, da mich meine gefühlslosen Widersacher, welche mich indes unerbittlich und lückenlos umzingelt hatten, jederzeit packen und hinfort schleppen konnten.
Schließlich meinte ich, jenen Gegenstand erblickt zu haben, als ich eine Schusswaffe nahe dem Hosenbund des dem Anführer Gegenüberstehenden entdeckte, da sich ansonsten keine ähnlichen Dinge in meiner Nähe befanden und dieses doch neben seiner hervorragenden Funktion, Projektile verschleudern zu können, ein ausgezeichnetes Wurfgeschoss für sich abgibt.
Nun machte sich doch tatsächlich in meinem Gehirn, an dessen Seriosität ich aus diesem Grunde ernsthaft zu zweifeln begann, jener scheußliche Gedanke breit, ich könne diese Waffe auch zu meiner eigenen Errettung nutzen. Das weise Areal meines Gehirns hingegen schimpfte mich gleich einen schäbigen Gewalttäter, welcher unfeine Argumente und die Anwendung einer geächteten Apparatur vor den Dialog setzt, da er sich nicht mit Worten zu verteidigen weiß. Dies ausschlaggebende Argument wurde durch den Artikel einer weniger angesehenen Tageszeitung bekräftigt, welchen ich rein des Zufalls willen in einem öffentlichen Verkehrsmittel durch einen unsympathischen Herrn, der diese in seinen feisten Händen hielt, mitbekommen hatte. In jenem nämlich wurde die Behauptung geäußert, dass sich bei

der Detonation der in einer Schusswaffe enthaltenen Sprengladung feine Partikel des Schießpulvers derart tief in die Rillen des Fingerabdruckes hineingraben, dass diese noch Monate danach dort nachweisbar sind. Dies erregte einen tiefen Ekel in meinem so empfindlichen Herzen, zudem ist es doch der Gipfel aller Schandtaten auf dieser Erde, jemanden mit vollem Bewusstsein kurzerhand einen furchtbaren Garaus machen zu wollen. Zumindest sollte es doch für einen wohlhabenden und kultivierten Menschen undenkbar sein, selbst Gewalt zu praktizieren, wo diese doch mit einer ordentlichen Portion Schmutz und unnötiger Risikobereitschaft verbunden ist!

Dieses Mal hieß ich es aus diesem Grunde nicht für gut, dass ein weiteres Mal die Macht des limbischen Systems Kontrolle über mich nahm und mich, mein kritisches Bewusstsein umgehend, ein paar weißer Stoffhandschuhe aus meiner äußeren Jacketttasche ziehen und diese über meine Hände streifen ließ, und schließlich einen heftigen Impuls des Zusammenziehens all meiner Muskeln bewirkte, welcher mich aus der halb liegenden Position von der hockenden in einen flachen Sprung brachte, und dieser führte geradewegs auf jene schändliche Schusswaffe zu.

Ein polnischsprachiger Ruf, meiner Vermutung nach aus dem Munde des Anführers, gellte über den gesamten leeren Platz, wo er an den Häuserwänden mehrere Male widerhallte, als ich unsanft bäuchlings auf das harte Kopfsteinpflaster stürzte.

Ich frage mich nun, ob Raubtiere beim Sprung auf ihr Opfer ebensolche Schmerzen verspüren wie ich es tat.

Meine Rechte hielt bereits die Schusswaffe überdeckt. Während ich in dem Begriff war, beziehungsweise mein selbstständiges gewordenes limbisches System, wie ich mich vor dem werten Leser zu rechtfertigen verpflichtet fühle, jene schmutzige Schusswaffe mit der Hand in festem Griff zu umschließen, unternahm bereits der mir am nächsten stehende Kopfgeldjäger den ersten Versuch, mich von meiner offensichtlichen Absicht abzuhalten, indem er mir mit unermesslicher Wucht auf meinen unglücklichen rechten Ellbogen trat. Dabei ließ das

Profil seines Stiefels auf der dunkelgrauen, empfindlichen Schurwolle meines Jacketts ein unappetitliches braunes Farbmuster zurück.
Mein Arm verkrampfte sich, voll des siedenden Schmerzes, welcher ebenso meinen gesamten Arm bis zur Schulter hinauf kroch, wo er ein höchst unangenehmes, prickelndes Empfinden verursachte. Der ruppige Gesetzlose hatte also einen empfindlichen Nerv getroffen. Ein schmerzvoller Schrei entfuhr meinem Munde, doch meine Ohren nahmen diesen lediglich nebensächlich zur Kenntnis, wo doch die naturale Kraft meines Gehirns Macht über mich genommen und alle meine Sinne auf die Ergreifung jener Schusswaffe ausgerichtet hatte.
Schließlich gelang es meiner Rechten, trotz des tauben und gelähmten Gefühles, diese vollends zu umschließen, und ich zog meinen Arm dicht an den Oberkörper, um zu bezwecken, dass es keinem der grobmotorischen Attentäter vergönnt sein sollte, mir diese kurzerhand aus der Hand zu schlagen oder anderweitig zu entwenden.
Ich wälzte mich herum, stützte meine Ellbogen, den Schmerzen zum Trotz, auf den Boden und blickte auf, schwer atmend und voller Gram im Herzen.
So lag ich also auf dem kalten, harten Kopfsteinpflasterboden, mit einem zum Zwecke des Tötens erhobenen Gegenstand in der Hand.
Urplötzlich hasteten sämtliche, einst in einer Kreisformation angeordneten Kriminelle zu ihrem Anführer, um dort ihrerseits ihre Schusswaffen aus den Innentaschen der Jacketts oder aus ihren Gürteln zu ziehen. Kniend wie stehend bildeten sie, auf meinen Leib zielend, eine schussbereite Formation, ein Bollwerk, das mich zermalmen wollte.
Nun, es trat, ein weiteres Mal an diesem von einer gütigen Macht verlassenen Tage, eine bedrohliche Stille ein, in welcher mir die Gelegenheit geboten war, die unangenehme, liegende Position aufzugeben und mich stattdessen ächzend aufzurappeln, um meinen Widersachern auf Augenhöhe gegenüberzustehen.
Da erhob, somit den schauerlichen Bann der ehrfürchtigen Stille durchbrechend, der Anführer der tugendlosen Bande aus Gesetzeslosen seine unangenehm metallisch reibende Stimme, indem er rief:

„Beeindruckend! Sie sind tapferer als die meisten unserer Gegner! Jetzt aber haben Sie ein Problem: Wir sind zwölf gegen einen. Und Sie haben sicher nicht so oft auf Leute geschossen wie wir. Sie können doch nicht einmal einen von uns erledigen, während wir Sie in aller Ruhe durchsieben!"

Sämtliche Mitglieder der Bande aus schändlichen Kopfgeldjägern hatten ihre Pistolen und kleinen Gewehre direkt auf mein Gesicht oder noch fröhlich pulsierendes Herz gerichtet, während ich die meine noch unentschlossen auf den Boden gerichtet hielt.

Schließlich, bar des wahren Wissens über die Handhabung jener Apparatur, in der Hoffnung, die Schusswaffe sei entsichert, tatsächlich mit Munition bestückt und man mache dies so, ergriff ich mit meiner Rechten den Schlitten und zog ihn so weit, wie es möglich war, zurück. Dann ließ ich ihn wieder zurückschnappen. Diese Geste sollte meine Entschlossenheit und Kampfesbereitschaft demonstrieren.

Werter Leser, es mag Sie vermutlich nicht überraschen, wenn ich Ihnen gestehe, dass ich es wahrhaftig zu keiner Zeit meines Lebens gewagt hätte, eine Schusswaffe lediglich nur auf die Füße eines menschlichen Wesens zu richten oder gar den Abzug zu betätigen. Eine erschütternde Erfahrung in meiner Jugend, als ich im Wald meines Vaters bei einer fröhlichen Jagd, an der ich nach zahlreichem kindlichen Betteln teilhaben durfte, ein Reh derart getroffen hatte, dass es voll des Leides, schwer verwundet, und dennoch flink wie ein Wiesel, entkommen war, und wir es am Tage darauf in einer vor Schmerz verrenkten Stellung tot an einem Baumstumpf auffanden, hatte zu Genüge mein Vergnügen an Schusswaffen gesättigt.

Ich versuchte mir also lediglich den Schild der Furcht zu Nutze zu machen, als ich mit fester Stimme zu meinen ärgsten Widersachern sprach: „Ich bedaure es zutiefst, wenn mich meine Vorstellungen von Ihrer Zielsicherheit und der Ihrer kleinen Gruppe zu täuschen vermögen, wo Sie diese doch nur unzufriedenstellend über dem Ufertunnel der Weichsel unter Beweis gestellt haben. Ebenfalls sollten Sie sich der Tatsache bewusst sein, dass ich, selbst von zahlreichen Projektilen durchbohrt und in dem Begriff des Sterbens, noch die Macht habe, mindestens einen Schuss aus meiner Waffe abzugeben, der möglicherweise Sie oder ein unglückliches Mitglied Ihrer Kopfgeldjägerbande zugrunde zu richten vermag. Ich gehe vermutlich recht in der Annahme, dass es ein erheblicher Fehler von Ihnen war, mich mit einer Schusswaffe zu Fall bringen zu wollen."

Darauf wandten sich die Köpfe der Bandenmitglieder zu ihrem Vorgesetzten, wobei sie die Schusswaffen leicht absenkten. Dieser war sich, obgleich er mir weiterhin starr in meine Augen blickte, sicherlich der vorwurfsvollen Gesichtszügen seiner Untergebenen bewusst, senkte jedoch seine persönliche, mit einem langen Lauf versehene Waffe lediglich hinunter auf meinen unglücklichen Brustkorb, welcher, in stetiger Erwartung auf das Eindringen eines Projektils, unangenehm zu prickeln begann.

„Ich bin jedoch bereit, mich als ein gütiger Mensch zu erweisen", sprach ich, mich nun tatsächlich fähig wie ein begnadeter römischer Redner fühlend, da ich eines Hoffnungsschimmers in dem Nebel der Sorgen ansichtig wurde. Denn es war in der Tat für sämtliche Bandenmitglieder nicht wünschenswert, derjenige zu sein, der in meinem Todeskampf letztlich mit hinab ins scheußliche Verderben gerissen wurde, während die übrigen, sich noch des irdischen Daseins erfreuenden, an der ausgesetzten Belohnung meines Leibes laben konnten. Genau aus diesem Umstand suchte ich nun Nutzen zu ziehen, indem ich wagte, besorgt um die Aussicht auf Erfolg oder das endgültige Ende, unter Anwendung all meiner erlernten rhetorischen Künste, einen neuen, gerechten und von mir einzuhalten beabsichtigten Handel anzubieten: „Nun, o meine hoch geehrten Herren, sollten sich die geneigtesten von Ihnen der Tatsache bewusst sein, dass Ihre wie meine Situation nicht als unproblematisch zu bezeichnen ist. Viele von Ihnen werden sich an dem Preis meines Leibes erquicken, ja, doch eben nicht alle. Auch von zahlreichen Wunden übersät wird mein entschlossener Geist erst dann in das Reich des Todes hinabsteigen, sowie er weiß, dass er mindestens einen seiner Mörder dorthin mit gerissen hat, damit er doch den erwünschten Frieden findet. Jeder von Ihnen kann sich die Wahrscheinlichkeit ausrechnen, mit der ihn dieses Los treffen könnte. Es mag aber auch sein, dass ich mein Opfer schon auserkoren habe und darauf brenne, ihm einen schmerzvollen Tod zuzufügen. Werden vielleicht Sie derjenige sein?“, fragte ich und blickte direkt in eines der namenlosen Gesichter. Als hätte ich die Person bereits mit meinem Blick verwundet, wankte sie leicht zurück, ihre Augen weiteten angsterfüllt. Ich tat abwägend, um mich dann an einen anderen Herrn zu wenden. „Oder vielleicht Sie? Oder Sie?“, sagte ich zu noch einem weiteren. „Ja, es ist, so“, rief ich aus, „einer, zwei oder drei, wer weiß schon, wie viele ich mit mir zerren werde, doch was macht das denn auch für einen Unterschied, wenn gerade Sie es sind, an den kein Anteil ausgezahlt werden muss, zur Freude derjenigen, für die sich der unverdiente Lohn erhöht? Liegt der Unterschied an der Zahl der Familien, die den frühzeitigen Verlust eines geschätzten Mitgliedes beweinen müssen? Sind Sie sich vielleicht nicht der Verantwortung bewusst, die Ihr alleiniges Leben mit sich trägt? Nein? Dann stellt sich mir die Frage, weshalb Sie den Beruf des Kriminellen ausgewählt haben, mit welchem Sie sich, enttäuscht und verlassen von den geregelten Institutionen, erhofft haben, Ihr Überleben zu sichern. Soll damit jetzt Schluss sein, heute, an diesem Tage, zu dieser Stunde? Aber nicht doch, sage ich, ein solch tragisches Ende muss ja nicht vonnöten sein! Ich bin aus diesem Grunde zu dem Entschluss gekommen, in einen neuen, ehrlichen und nicht annullierungsfähigen Handel mit Ihnen zu treten, um aus jener gefährlichen Situation zu beiderlei Seiten einen Vorteil zu erzielen. Hiermit“, und dies rief ich deutlich und mit einer zu dem wichtigsten Punkt gelangenden Redners erhobenen Stimme, „erkläre ich mich dazu bereit, jedem von Ihnen eine Summe von tausend Zloty auszuhändigen, sofern Sie auf meine Bedingung eingehen werden, die da wäre, dass Sie mich bis an mein gesamtes Lebensende, und sollte meine Existenz nur bis zum nächsten Tage oder noch weitere neunundvierzig Jahre lang überdauern, in vollendetem Frieden seien lassen!“

Zu den letzten Worten, welche meine in der Tat anstrengende und epische Rede beschlossen, hatte ich meinen rechten Arm, freilich noch des Schmerzes voll, nach dem Vorbild des großartigen Politikers und Redners Cato des Älteren in die Höhe gereckt und ließ ihn nun langsam, in einer Geste, die meine Gegenüber dazu auffordern sollte, über meine klaren Forderungen zu diskutieren, allmählich sinken. In der Linken hielt ich noch die schändliche Schusswaffe.
Und tatsächlich formten sich nun meine unentschlossenen Widersacher erneut zu einem engen Kreise, jedoch befand sich in ihrer Mitte anstatt meiner Person ein reger Austausch von Standpunkten der einzelnen, das Gesetz verachtenden Mitglieder der niederen Gruppe.
Ich wandte mich währenddessen demonstrativ ab und begutachtete die prächtigen Häuserwände des freien Platzes vor dem Hotel, in welchem ich die folgende Nacht lebendigen Leibes zu nächtigen beabsichtigte. Dabei entwickelte sich gewissermaßen ein bescheidener Stolz in meiner Seele auf mein Meisterwerk rhetorischer Sprachkunst, die zwar von einfacher Sprache war, den Kriminellen zuliebe, aber dennoch nicht deswegen an ihrer Ausdruckskraft eingebüßt hatte.
Wenn sich mein liebliches Tagebuch als würdig erweist, ihm meine vollendete Wahrheit anzuvertrauen, so muss ich ihm gestehen, dass ich keineswegs besorgt um den Ausgang der entscheidenden Diskussion bangte. Vielmehr erschien er mir als ein unumgängliches Bollwerk, welches bei seiner Überwindung sowohl positive als auch negative Aspekte aufweisen könnte.
Schließlich war die kleine Unterredung beendet, sodass sich der geschlossene Kreis der Kopfgeldjäger mehr zu einem halbmondförmigen Halbkreis um mich formte, und da überkam meine Glieder doch noch eine angespannte Haltung des sehnsüchtigen Erwartens, ähnlich wie damals, als ich noch um die Einhaltung von Übereinkünften mit forschungsorientierten Firmen gebangt hatte. Lediglich dieses eine Mal sollte eine unumstößliche Entscheidung nicht den Erfolg meines Konzerns beeinflussen, sondern vielmehr die Dauer meines kläglichen Lebens.

In der Mitte des soeben geformten Halbkreises aus schäbigen Gesellen stand nun der Anführer, jene Person mit dem hellgraufarbenen Jackett und dem schwarzen Pullover, und stieß schlicht ein einzelnes Wort, vielmehr nur eine einzige Zahl aus: „Tausenddreihundert!“
Nun, werter Leser, freilich mag ich vieles als Antwort auf meinen vorgeschlagenen Handel erwartet haben, etwa einen einfachen Schuss, der zwischen meinen Rippen brennt, oder auch ein plausibles „Einverstanden“, nicht jedoch eine einfache, dahingeworfene Zahl!
Dies nahm ich mir zum gerechtfertigten Anlass, mich ein weiteres Mal nach der Entscheidung der Kopfgeldjäger zu erkundigen.
„Entschuldigen Sie bitte vielmals, dass ich den Anschein erwecke, ich sei ein wenig schwer von Begriff“, so begann ich, „doch habe ich die Absicht, sofern Sie mir dies erlauben möchten, mich zum erneuten Male Ihrer Antwort kundig zu tun. Was für eine Bedeutung erweckt denn diese eine schlichte Zahl?“
„Sie sind wirklich etwas begriffsstutzig, mein lieber Herr Lunkenheimer“, sagte der Anführer mit einem hämisch triumphierenden Lachen. „Es ist doch klar, dass ich mit tausenddreihundert den Lösegeldbetrag meine. Tausenddreihundert, nicht nur tausend, kapiert?“
Ich gönnte dem Kriminellen, eines Besseren kundig, seinen Triumph, dass ich aufgrund seiner mangelnden Konkretisierung des Verstehens nicht fähig war und deshalb in seinen Augen als dumm galt.
So war ich versucht, auf seine benimmlose Frechheit eine freundliche Antwort folgen zu lassen: „Entschuldigen Sie bitte vielmals meine schändliche Torheit, wo ich doch jetzt im Bilde Ihrer entgegenkommenden Forderung bin. Ohne den Anschein einer Provokation erwecken zu wollen, mein geschätzter Freund, würde ich Sie gerne doch auf die kränkende Wirkung Ihres unfreundliches Verhaltens aufmerksam machen, da mich dieses aufrichtig beleidigt und verletzt hat. Nun denn, ich bin, dieses Faktors zum Trotz, damit einverstanden und werde auf Ihre Forderung unverzüglich und ohne Widersprüche eingehen. Sofern es Ihnen beliebt, werde ich Ihnen diesen Betrag unverzüglich bar aushändigen.“

KAPITEL VIII

Zu meiner facettenreichen Verfolgungsjagd in Warschau bleibt nun wenig Weiteres zu berichten. Ich bezahlte lediglich den Geldbetrag in geforderter Höhe, wobei ich vermutlich zurecht vermute, dass seriösere Kriminelle, ähnlich dem höflichen wie kaltblütigen Jack, auf ein solch geringes Angebot an Geld lediglich verärgert mit einem wohlgezielten Projektil geantwortet hätten. Zudem händigte ich dem Anführer der Bande aus Gesetzlosen ebenfalls, voll des Vertrauens in die Einhaltung unseres erneuten Handels, seine mich zu Fall gebracht habende Schusswaffe aus. Ich schwor mir rasch, den Abfalleimer meines Hotelzimmers vorerst mit meinen entehrten weißen Handschuhen zu beglücken und mir folgend meine Hände ausgiebig zu reinigen, wo ich doch Mitleid empfand mit ihnen, dass sie ein Werkzeug des Tötens zu halten gezwungen worden waren.

Die Mitglieder der Gruppe der damaligen Kriminellen streckten mir ihre gefühlstauben Hände wie Bettler, welche Almosen erflehen, entgegen, und ich schämte mich, mit einer solchen Gesellschaftsschicht verkehren zu müssen.

Nachdem alle, wahrhaft alle ohne einen einzigen Verlust, ihren Betrag erhalten hatten, schritt ich, hastiger Gangart, denn freilich bestand noch immer die Möglichkeit, dass andere kriminelle Gruppierungen urplötzlich eine Hatz auf mich beginnen wollten, zurück zu meinem Hotel.

Indes beabsichtigte ich, da mir ebenfalls Warschau, ebenso wie Braunschweig, als eine von kriminellem Gesindel unsichere Stadt galt, sehr zu meinem aufrichtigsten Bedauern aufgrund des kulturellen Wertes der Stadt, diese unverzüglich zu verlassen, um ein viel weiter entferntes Ziel anzustreben in der Hoffnung, dort doch noch meinen Lebensabend friedlich gestalten zu können.

Oder, ich wagte kaum, einen Gedanken an diese Hoffnung zu verlieren, bestand womöglich zu irgendeinem Zeitpunkt die Gelegenheit zu einer Rückkehr nach Elmshorn, dem Sitz von LWGP?

Nun, vorerst freilich ging ich zurück in meine gemütliche und schützende Suite, um dort meine bedauerlicherweise durch die unverhoffte Verfolgungsjagd beschädigte Kleidung gegen eine frische und saubere einzutauschen.
Mein rechter Arm schmerzte noch ungemein von dem grobmotorischen Tritt des Kriminellen, und die Stauchung sollte mich noch einige Tage meines Lebens begleiten.
Ich erfrischte mich und kleidete mich danach leger, da ich mich ja nach meiner Alptraum erweckenden Exkursion nicht sonderlich genötigt fühlte, auf eine nur teilweise erfolgreiche Verfolgungsjagd eine womöglich weniger glorreiche folgen zu lassen, will meinen, erneut frei durch die düsteren Straßenzeilen Warschaus zu spazieren. Demzufolge wählte ich ein schlichtes, in den Farben rot, schwarz und weiß dünn gestreiftes Hemd und nahm als Sakko ein bequemes, hellbeigefarbenes mit einer Doppelreihe an Knöpfen und hierzu gleichfarbige Hosen mit Umschlägen. Das Motiv der hierzu ausgewählten Krawatte war dem Wellenmuster, welches ein ins Wasser gestürzter Stein hinterlässt, nachempfunden, jedoch anstelle von blau in den Farben violett, hellgrün und purpurrot gehalten und kontrastierte so mit dem Einstecktuch, welches Regentropfen in den Farben schwarz, dunkelgrau und tiefblau abbildete.
Schon, kaum fertig angekleidet, lechzte mein immerwährend wacher Geist, meinen nächsten Zielort in Erfahrung zu bringen. Doch meine ermüdeten Glieder wehrten sich hartnäckig dagegen, wo sie sich doch mit den groben der Kopfgeldjäger unverhofft gemessen hatten, sodass ich mich folglich kraftlos auf das zum Schlaf einladende Bette stürzte und mich für die folgenden zwei und die Hälfte einer Stunde der vollendeten, eines Komas gleichen Ruhe hingab.
Schließlich erwachte ich, zwar mit einem ein wenig vernebelten Gemüt, doch dem zum Trotz deutlich mit einem mit mehr Kräften versehen Körper als noch vorhin, nach meiner ach, welch düsteren Verfolgungsjagd knappen Ausganges.

Ich erhaschte einen Blick auf meine treue, goldene Taschenuhr und stellte verwirrt fest, dass die Zeit lediglich das Viertel einer Stunde vor fünfzehn Uhr war.
Nun, ich hatte, wie der geneigte Leser sicherlich noch in seinem Gedächtnis abrufbar hat, lediglich für zwei Nächte jene Suite gebucht. Aus diesem Grunde erscheint es freilich nahe liegend, dass ich noch an dem folgenden Tage einen Zielort anreisen sollte, und diesen begehrte ich nun ausfindig zu machen.
So aktivierte ich den in meinem Quartier im Arbeitszimmer stehenden Rechner und suchte, sowie dieser einsatzbereit hierzu war, das Internet auf.
Dort beschaffte ich mir vorerst eine Karte, auf welcher die größten und wichtigsten Flughäfen des Erdenrundes vermerkt waren, zu dem Zwecke, mir einen groben Überblick über die möglichen Optionen meiner Wahl verschaffen zu können.
Unter anderem fielen in diese die üblichen, bekannten, großen Städte, und zwar, um dem geschätzten Tagebuch einige Beispiele nennen zu dürfen: Es handelte sich, freilich lediglich unter noch zahlreichen weiteren Zielen, um Peking, Hongkong, Bangkok, New York, San Francisco, Dubai, Moskau, Mumbai, Rio de Janeiro, Buenos Aires oder Johannesburg.
Doch, welch unbeschreibliche Schmach für meine Seele, gelang es meinem überforderten Geiste nicht, sich von diesen allen eine, ob wahllos oder wohl überlegt, auszuwählen.
Zuerst zog ich die amerikanische Stadt New York in Erwägung. Doch bereits nach wenigen, kurzen, logischen Schlussfolgerungen erwies diese sich als ungeeignet aufgrund der Tatsache, dass von jenen Millionen Einwohnern sicherlich mindestens ein kriminell Geneigter bereits Kenntnis von meiner Flucht erlangt hatte und ich in einer solchen Stadt der äußerst schnellen und modernen Kommunikation vermutlich nicht für einen allzu langen Zeitpunkt unerkannt bleiben würde.

Aus diesem Grunde schloss ich ebenfalls die berühmte Hafenstadt San Francisco aus, die mit ihrem Silicon Valley der Inbegriff des technischen Fortschritts ist.
Hongkong fiel aus meinen Überlegungen, da die Luft dieser Stadt bekanntermaßen eine sehr hohe Belastung von Krankheit erregenden Feinstäuben aufweist und diese deswegen freilich nicht für einen längeren Zeitraum anhaltenden Aufenthalt geeignet sein würde. Johannesburg, Dubai und Mumbai wiederum waren den klimatischen Bedingungen der Passatwinde unterworfen. Ihre trockene und staubige Wüstenluft war wohl weniger für meine empfindsame Gesundheit zu empfehlen.
Schließlich sah ich mich in jener wahrhaft verflixten Lage, dass mir keine Stadt als die geeignete erschien.
Ein ohnmächtiger Zorn bemächtigter sich meiner Sinne und ließ mir kaum die Gelegenheit, einen einzelnen klaren Gedankengang zu führen, doch war es mir, sehr zu meinem Glücke, immerhin vergönnt gewesen, den Rechner zu deaktivieren, ohne diesen durch einen unbewussten Fehler durch eine Unachtsamkeit meinerseits zu beschädigen, aus unbeherrschter Wut über mein klägliches Versagen.
Dies geschehen, warf ich mich förmlich, voll der hilflosen Wut, entrüstet auf das Bett, und wäre ich ein weniger zurückhaltender Mensch gewesen, so hätte ich sicherlich den primitiven Gedanken gefasst, die gesamte Inneneinrichtung jenes unschuldigen Zimmers vorsätzlich zu zerstören.
Stattdessen überkam mich ein anderer, freilich in eine nicht weniger miserable Richtung tendierender Wunsch, und zwar jener, ich solle mir eine Flasche Rotweins zukommen lassen, um mein aufgebrachtes Gehirn zu beruhigen.
An welch einem Tiefstand war ich doch damals angelangt, noch heute steigt mir die Zornesröte ins Gesicht, wenn ich an die damalige Zeit zurückdenke, in der ich den sündhaften Verlockungen des Alkohols erlegen war! Wie bei einer Finanzkrise die Aktien einen Wertesturz erleben, so erlebte mein Moralindex in meiner persönlichen Krise

einen rasanten Werteverfall, als ich zum Hörer des Telefonapparates griff und mir einen Rotwein zukommen ließ.
Das musische Areal meines Gehirns wusste sich immerhin mit dem gewichtigen Argument zu verteidigen, dass ohne diesen die Möglichkeit bestehe, dass ich der zahlreichen Anstrengungen wegen womöglich einen furchtbaren Zusammenbruch der Nerven zu erleiden hätte, ein sehr klägliches Argument allerdings, gebe ich zu.
So manch ein leidenschaftlicher Weintrinker, ich erlaube mir hierbei die kleine Anmerkung, dass mein guter Freund und Manager Victor Julius Harzstein ein solcher war, hatte einst in meinem Beisein verlauten lassen, dass jene edle Flüssigkeit unter anderen, bedeutenden Faktoren sehr zur persönlichen Beruhigung der Seele und des Körpers beitragen kann, und dies war in der Tat mein gnädigster Wille an diesem so verfluchten Tage.
Mir wurde die Flasche mit einem Weinglas schnell von einem Pagen geliefert, und ich leerte unter einem gewissen Unbehagen ein zur Hälfte gefülltes Weinglas. Darauf überkam mich eine gewisse Gleichgültigkeit, welche ich mir jedoch weniger von jenem Getränk erhofft hatte. Jedoch hatte mein Gehirn eine Widerstandskraft vor übermäßigem Alkoholgenusse und ich stellte den Konsum unverzüglich ein und legte mich, nach einer anderen Aktivität umsehend, erneut zu Bette.
Der neue Wunsch erschien mir vertretbarer als der nach einer alkoholhaltigen Flüssigkeit, und dieser war, mein in Braunschweig käuflich erworbenes Buch mit dem Titel „Feuerland“ weiterzulesen, denn die Geschichten des begnadeten, chilenischen Autors Francisco Coloane hatten die zufrieden stellende Wirkung, mich von den stetigen Sorgen meines Lebens als Flüchtling abzubringen und mich in die Unweiten des harmonischen und rauen Lebens auf das glanzvolle Feuerland entführen zu können.
Geistesblitze haben zuweilen eigenartige Erscheinungsformen.
Der meine machte sich zuerst als ein elektrisches Flimmern vor den Augen bemerkbar, ein kaltes, halluzinierendes Leuchten, das wohl Triumph und Erlösung demonstrieren sollte. Dieses Flimmern nahm

nun auch Besitz von meinen Händen und meinem Gesicht, in der Form eines beinahe epileptisch anmutenden Kribbelns im Muskelgewebe. Ich meinte fast, triumphale Siegesmusik in meinen Ohren erklingen zu hören, welche zuweilen das glückliche Ende einer Oper eindrucksvoll bekräftigt.

Zuerst nahm ich all jene Symptome als eine unangenehme Begleiterscheinung eines Nervenkollapses wahr, bis sich nun der Kern jenes Blitzes, die Erkenntnis, auftat.

Man vergleiche mit den Blitzen eines Gewitters: Ihr Einschlag in den Baum ist von einem grellen Lichtblitz begleitet, der die Augen blendet und die Pupillen schlagartig verengen lässt. Sekunden braucht nun das verwirrte Auge, bis es sich an die nun wieder einsetzende Dunkelheit gewöhnt hat und die Folgen des Blitzes aufnehmen kann, eine entzwei gespaltene, schwarze Baumruine.

Der Einschlag des Geistesblitzes in mein Hirn, ausgesandt von einer gütigen, fernen Macht, hatte mir also mit lautem Getöse eine geniale Idee eingepflanzt, welche ich nun unverzüglich in die Tat umsetzen wollte, nachdem sie langsam vor meinem inneren Auge sichtbar wurde, eine wunderbare Lösung in meiner verzwickten Situation.

Hastig ergriff ich, mit einem einzigen, mächtigen Satz ins Arbeitszimmer stürzend, den Hörer des Telefonapparates und unterbreitete Folgendes der Rezeptionistin: „Ist es realisierbar, mir für den morgigen Tage einen Flug zur chilenischen Stadt Punta Arenas zu buchen? Ich benötige lediglich einen Sitzplatz, sofern möglich, Erster Klasse. Und wenn Sie noch in Punta Arenas eine Suite in einem gehobenen Hotel für mich reservieren würden, ich denke, für gute zwei Wochen, vierzehn Tage? Bitte beachten Sie den Zeitkorridor zwischen sechs Uhr am Morgen und zehn Uhr, der mir als Abflugszeit wünschenswert ist."

Es folgten bange Sekunden der Stille am anderen Ende der Telefonleitung, in welchen ich lediglich meinen schnellen und aufgeregten Atem vernahm, der durch die Hörmuschel unheimlich um ein Vielfaches

verstärkt wurde, und das leise Geklapper der Tastatur, als die Rezeptionistin für mich eine Flugverbindung recherchierte.
Schließlich ergriff nun die Dame der Rezeption das Wort, und meine innere Spannung auf das folgende schien fast meinen unschuldigen Körper bersten lassen zu wollen.
„Herr Dr. Lunkenheimer", begann sie, ungeachtet meiner unglaublichen Nervosität, ruhig und sachlich, „folgende Abflugdaten liegen in Ihrem gewünschten Zeitraum vor."
Mein Herz frohlockte bereits nach jenem Satz und meine Spannung entwich wie die Luft eines mit einer Nadel angestochenen Luftballons, wenngleich die genaueren Angaben erst folgend genannt werden sollten: „Eine Direktverbindung von Warschau nach Punta Arenas gibt es nicht. Um 9.30 Uhr können sie aber mit G***, Business Class, von Warschau nach Frankfurt fliegen, Sie kommen dann um 10.25 Uhr in Frankfurt an und können um..."
„Halten Sie bitte ein!", unterbrach ich die Rezeptionistin, bedauerlicherweise in einem unfreundlicheren Tonfall, als ich erhofft hatte. „Bitte haben Sie die Güte und warten, bis ich mir einen Notizzettel beschafft habe!"
Ich legte hastig den Hörer beiseite und eilte geschwind durch die Räume der Suite, in der Hoffnung, irgendwo einen Notizblock ausfindig machen zu können. Meine Suche endete damit, dass ich direkt neben dem Telefonapparat einen Stapel an Zetteln vorfand, reinweißes Papier mit dem Wasserzeichen der S***-Hotels in der Mitte. „Verzeihen Sie bitte die Verzögerung", sagte ich, als ich den Hörer wieder ergriffen hatte. „Nun, bitte fahren Sie doch mit Ihren Ausführungen fort!"
Ungerührt begann also die Rezeptionistin wieder: „Die geeignetste Flugverbindung vom Chopin-Flughafen Warschau nach Punta Arenas in Ihrem gewünschten Zeitfenster hat zwei Zwischenstationen, und zwar eine in Frankfurt und eine in Rio de Janeiro. Ein Flieger von G*** mit noch freien Plätzen in der Business Class geht morgen um 9.30 Uhr von Warschau ab und landet um 10.25 in Frankfurt am

Main. Mit L*** können Sie dann um 12.38 Uhr weiter nach Rio de Janeiro fliegen und kommen dort um 20.50 Uhr Ortszeit an. Plätze in der Ersten Klasse sind noch frei, außerdem haben Sie in Frankfurt das Privileg, in der L*** First Class Lounge auf Ihren Weiterflug zu warten. Um 22.14 Uhr können Sie schließlich mit T*** von Rio de Janeiro abfliegen und landen so um 02.55 Uhr Ortszeit in Punta Arenas, ebenfalls in der Ersten Klasse. Sind Sie mit dieser Route einverstanden oder wollen Sie noch alternative Routen hören? Sie können auch an einem Zwischenziel eine Nacht verbringen, um sich von der Zeitverschiebung zu erholen."

„Nein, nein, vielen Dank, ich denke, das wird nicht nötig sein", sagte ich hastig und freute mich wie ein kleines Kind auf die bevorstehende Reise. „Ich nehme Ihre vorgeschlagene Verbindung gern in Anspruch."

„Für alle Flüge haben Sie die freie Wahl: Fenster oder Gang?", fragte die Rezeptionistin weiter.

„Freilich doch am Fenster möchte ich die Flüge verbringen!", stieß ich aus und konnte kaum den hyperaktiven Drang nach Bewegung bezähmen, den die Vorfreude mit sich führte, die Vorfreude auf ein sicheres Entkommen vor meinen Feinden und auf eine Reise in eine Region der Erde, welche ich noch nie zuvor gesehen hatte.

„Gerne", antwortete die Dame und fuhr fort: „Ein Hotel in Punta Arenas, das Sie ansprechen könnte, heißt ‚La casa de Gonzales', es hat nach Landeskategorie fünf Sterne Superior, besticht durch seinen Blick auf den Hafen, den traditionellen Luxus und den aufmerksamen Service. Es wurde in der Villa eines ehemaligen Walfängers errichtet und wird von deutschen Einwanderern geführt. Ist Ihnen dieses genehm?"

Ich bejahte dies, während ich meinen Blutdruck stetig zu sinken verspürte, die euphorische Nervosität ließ mir zur Freude spürbar nach. Das innere Feuer hatte lichterloh gebrannt, doch wie bei einem trockenen Weidenstrauch rasch an Nahrung verloren.

Nun nannte sie mir noch genauere Angaben zum Flug wie die Terminals zur Ankunft und zum Abflug und die Reisebedingungen der einzelnen Airlines. Die Flugtickets abholen sollte ich am nächsten Morgen, sowie ich das Hotel verlassen würde, an der Rezeption. Abschließend bat ich die dienstbeflissene Rezeptionistin, mir ein Taxi für halb sieben Uhr am Morgen zu bestellen und trug ebenfalls Sorge, dass mein treuer R*** R***, hoffentlich dann im Zustand der alten Frische, über den Seewege nach Punta Arenas verschifft wird, was jedoch auch bedeutete, dass ich diesen auf dem europäischen Kontinente nimmer mehr erblicken sollte. Folgend beendete ich reichlich beglückt das in der Tat erfreuliche Telefonat.
Doch musste ich darauf die Tatsache beherzigen, dass jeder Fall des Glückes eine nicht außer Acht zu lassende Kehrseite hat, und die meine bestand in der peinlichen Aktivität, dass ich das Weinglas im Siegesrausch randvoll mit Rotwein füllte und mit den Worten „Auf ein glückliches Ende der tragischen Zeit des Verfolgtwerdens, und auf eine erfolgreiche Zukunft!" mit wenigen Schlucken leerte.
Kaum war dies geschehen, so bereute ich auch schon meine lächerliche Euphorie, denn mein Kopf schmerzte aufgrund des Alkohols ungeheuerlich und mein Sehfeld ward verschwommen. Nie, nie wieder, schwor ich mir, sollte ich wieder zum verfluchten Alkohol greifen, zu dieser faulen Frucht, dieser billigen Droge!
Vorerst bot sich mir nun keine Alternative, als erneut die Stätte der Ruhe aufzusuchen, um dort einen derart langen Zeitraum zu verweilen, bis mein unglückseliges Gehirn wieder fähig sein würde, mehrere, klare Gedankengänge in kurzer Abfolge zu führen.
Nun, gleich, wenn ich zu behaupten vermag, jene Zeilen in einem nüchternen Zustand zu verfassen, ward mir soeben bewusst, dass ich, welch ein Tor ich doch bin, den unverzeihlichen Fehler begangen habe, den werten Leser in Unkenntnis über die genaueren Vorzüge der glanzvollen Stadt Punta Arenas gelassen zu haben, dem Ort, den ich so zufällig als Stätte des Exils auserkoren hatte!

Doch, mir zur ausgesprochenen Freude, eröffnet sich hier und jetzt, hic et nunc, wie man es in der lateinischen Sprache so schön zutreffend zu formulieren pflegt, die Gelegenheit, dies abzuändern, um mich mit dem sicherlich zornig erregten Leser wieder versöhnen zu können. Ich bitte vielmals um Verzeihung, doch wirkt, zu meiner persönlichen Rechtfertigung, noch die Begeisterung, welche ich nach dem Geistesblitz, bewirkt durch das literarische Meisterwerk Coloanes, empfunden hatte, in meinem empfindsamen Herzen nach, sodass ich aufgrund dieses offensichtlich unter einem beträchtlichen Aufmerksamkeitsdefizit leide.

Nun, um den Beginn meiner kurzen Schilderung einzuleiten, handelt es sich bei Punta Arenas um die südlichste Stadt des südamerikanischen Festlandes. Sie liegt im schmalen Küstenstaat Chile. Ich entnahm aus den Angaben des mir zu der Information zur Rate gezogenen Atlas, dass die Zahl ihrer Einwohner bei ungefähr 116.000 liegt. Östlich von ihr erstreckt sich nach groben fünf Kilometern Wasserfläche, welche den Namen Magellanstraße trägt, dem traurigen, gescheiterten Weltumsegler zu Ehren, der in der Region einen hohen Symbolwert innehat, der nördliche Zipfel der Insel Feuerland. Dort liegt, sofern es mir erlaubt ist, eine vorerst als überflüssig erscheinende Information zu nennen, die kleine Stadt Porvenir, zu Deutsch bedeutet der Name schlicht und ergreifend „Zukunft".

Nach dem von mir konsultierten Lexikon bewohnen diese Stadt neben den spanischen Chilenen besonders deutsche und kroatische Einwanderer, zumeist Händler, die sich dort niedergelassen hatten. Der Reichtum der Stadt resultierte aus dem der dort ansässigen Händler. Diese litten sehr unter der Errichtung des Panamakanals, da dieser die äußerst gefährliche Seeroute um das berüchtigte Kap Hoorn überflüssig machte. Mittlerweile ist Punta Arenas im Begriff, sich allmählich von den massiven Gewinneinbrüchen zu erholen, die der Bau des Panamakanals mit sich brachte und lebt überwiegend von den Touristen, die das milde Klima, die einzigartige Landschaft und das Bergsteigen, das

dort durch die herrlichen Ausläufer der Anden möglich ist, zu schätzen wissen.
Erwähnenswert ist vielleicht noch zudem, dass mir die Stadt Punta Arenas aufgrund ihrer abgelegenen Lage, am südlichsten Ende des südamerikanischen Festlandes, einen guten Schutz bieten würde vor den geifernden Klauen der von RORUS zu meiner Ergreifung beauftragten Kriminellen, da eine Rückverfolgung von der polnischen Stadt Warschau zu jenem Orte meiner Ansicht nach schier unmöglich sein dürfte.
Nach einigen Stunden strikter Bettruhe, welche ich mir aufgrund meines übermäßigen Weingenusses aufgezwungen hatte, war ich schließlich imstande, mein Tagebuch mit einigen weiteren Zeilen zu füllen. Darauf bestellte ich mir erneut das gleiche Mahl wie jenes des gestrigen Abends. Anstelle des Weißweins jedoch wählte ich als Getränk einen frisch gepressten Orangensaft. Ich ließ mir das Mahl wieder auf mein Hotelzimmer bringen, doch nicht etwa, da ich mich zu träge fühlte, eines der Restaurants des Hotels aufzusuchen, nein, im Gegenteil musste ich meinen Drang nach Bewegung unter erheblichem Aufwand unterdrücken, sondern aus dem Grunde, dass ich die Gesellschaft fremder Personen insgeheim zu fürchten begann.
Die restliche Zeit, welche ich nun in meinem Quartier verbrachte, scheint mir wie durch eine beschlagene Glasscheibe in Erinnerung zu bleiben, es geschah jedoch auch wenig, was in irgendeiner Art und Weise von Belang ist. Nachdem ich mein Abendmahl, schließlich maß die Zeit bereits einundzwanzig Uhr, lustlos und unter weniger Genuss als am Vortag beendet hatte, verstaute ich einen Großteil meiner wenigen, mitgeführten Habseligkeiten in dem mattschwarzen Koffer und suchte daraufhin zügig das Bett zum Zwecke der Nachtruhe auf.
Dort philosophierte ich, bevor mich der Schlaf mit seiner gewaltigen Macht übermannte, über die Eigenarten meiner unglücklichen, verfolgten Existenz. Nun, ich gelangte schließlich zum Schluss, dass mir die Verfolgungsjagden an sich, welche ich bereits, welch ein Glück,

erfolgreich absolviert hatte, weniger Angst bereitet hatten als die Furcht vor ihnen und vor einem möglich erscheinenden Versagen.
Wo ich mich jetzt, freilich zu meinem tiefsten Unwohlsein, im Zielfernrohr eines Scharfschützen wähnte, hatte es mir beispielsweise unter dem wirklichen Beschuss mit tödlichen Projektilen am Ufer der Weichsel kaum Furcht bereitet, eines von ihnen in meinen Leib gebohrt zu bekommen, obgleich ich deren verheerende Auswirkungen an einem unschuldigen Subjekt zu Aug bekommen hatte.
Ach, der unglückliche Lastkraftwagenfahrer! Ständig fühle ich mich genötigt, über ihn so manche Gedanken zu verlieren, doch war es mir bis jetzt nicht möglich, Informationen über seine Verfassung erlangen zu können. Vergessen allerdings sollte ich ihn sowie seinen Anblick, mit einem vor unglaublichen Schmerz verzerrten Gesicht liegend auf dem unebenen Kiesboden des Ufers der Weichsel, nimmer in meinem Leben. Meine persönlichen Vorwürfe zu seinem Unglück jedoch hatte ich aufgegeben, da ich in meinen Augen nicht für die mangelnde Treffsicherheit der schäbigen Gesetzesbrecher zur Verantwortung gezogen werden konnte.
Die Hauben meines Mahles hatte ich nun direkt nach der Vollendung dieses in den Kleiderschrank gestellt, was meine Furcht vor Attentätern, Kopfgeldjägern oder Soldaten einer düsteren Macht ein wenig linderte, meine Neigung zur Verrücktheit hingegen nicht. Ich fürchtete mich neben jenen Vorstellungen auch davor, dass sich mein Verfolgungswahn in naher Zukunft noch steigern könnte und ich in Bälde zu einem armen Irren verkomme, der sein Leben ohne Schlaf und fern der Öffentlichkeit führen muss, um seinen kranken Geist zu besänftigen.
Schließlich überwältigte mich aber doch der Schlaf, und sehr zu meinem Erstaunen verbrachte ich jene Nacht entbehrend auch nur eines einzigen Traumes, der derart relevant gewesen wäre, dass er in meinem Gedächtnis blieb.
Meine Tugend frohlockte und führte mir ein frisches Maß an Energie zu, als ich am nächsten Tage das Ziffernblatt meiner lieblichen, gol-

denen Taschenuhr bereits um ungefähr zehn Minuten vor sechs Uhr zu sehen bekam. Doch musste ich nun Sorge dafür tragen, bereits in einer halben Stunde vor den mächtigen Pforten des Hotels S*** WARSCHAU zu stehen, weshalb ich das morgendliche Erfrischen und meine Überlegungen zur Kleidungswahl erheblich verkürzte. Dies jedoch trug nicht sonderlich zu einem weiteren, unnötigen Gefühl der drohenden Tugendentbehrtheit bei, da es doch wohl allgemein bekannt ist, dass sich die Gäste von öffentlichen Verkehrsmitteln nach deren Nutzung schmutzig und schäbig fühlen und ich somit wenig Wert auf mein in Bälde sowieso übermüdet und erschöpft dreinblickendes Äußeres geben muss. Schließlich würde meine Reise grob geschätzt von Warschau bis nach Punta Arenas ganze vierundzwanzig Stunden in Anspruch nehmen!

Womöglich war meine Entscheidung zu einem Flug ohne einen Zwischenhalt von zwei Nächten in Rio de Janeiro doch etwas zu voreilig getroffen, denn welche Menschen überstehen schon leicht einen Tag und eine Nacht im wachen Zustand?

Nun denn, aber glücklicherweise bieten die Sitze der Ersten Klasse ja einen angenehmen Komfort, dank welchem mir vielleicht ein Halbschlaf vergönnt sein würde. Ich kann mich allerdings nicht zu jenem Schlag von Menschen zählen, die in jeder Situation, sei es auf der Zellenpritsche eines Gefängnisses oder im Bus in einer Großstadt, schnell den Schlaf finden, nein, das Gegenteil ist der Fall. Somit konnte ich also während meines Fluges mit wenig Erholung rechnen und musste meine Ruhe in Punta Arenas dem Hotel La casa de Gonzales anvertrauen.

Als Kleidung wählte ich unbedacht anstatt eines vollständigen Anzuges versehentlich eine schrille Kombination aus einem schiefergrauen Hemd, einer tiefblauen Weste und einem blütenweißem Jackett. Hierzu ließ ich mir eine in der Hansestadt Hamburg käuflich erworbene, orangefarbene Krawatte mit wunderschönen, aufgenähten Säulenornamenten stehen, mehr oder minder geschmackvoll zu einem hellblauen Einstecktuch mit zahlreichen geometrischen Mustern in allen markanten Farben passend. Sehr zu meinem Bedauern wagte ich es nämlich in meinem mit Risiken befleckten Flüchtlingsleben nicht mehr, eine um Klassen schönere Schleife anzuziehen. Eine solche sauber zu binden hätte sowieso viel zu viel Zeit in Anspruch genommen. Sie angesichts der sich rapide ausweitenden Verschwörung gegen mich zu tragen, wäre gegenüber mir selbst sowieso grob fahrlässig gewesen.

Nun, nachdem ich mir also jene Kleidung übergeworfen hatte, trug ich die wenigen, noch in der Suite verstreut liegenden Gegenstände meiner schmalen, mitgeführten Habe zusammen und sortierte sie, Acht gebend auf ein möglichst geringes Volumen innerhalb des Koffers, in diesen hinein.

Als ich im Begriff war, die Tür zu meiner Suite zum Zwecke des Verlassens zu öffnen, begann ich mich meiner auffälligen Kleidung wegen zu schämen und verbarg diese schnell unter einem langen, schwarzen Mantel. Mein Haupt bedeckte ich mit einem hellgraufarbenen Camber und fühlte mich darauf zumindest ein wenig unaufdringlicher im Aussehen als mit dem preisgegebenen Missgriff von Kombination.

Nun verließ ich mein vorübergehendes Heim in der Absicht, es nimmer wieder aufzusuchen, doch obgleich mir dies beständig eine Stimme zuflüsterte, sowie ich im Begriff war, meine Suite von außen zu verriegeln, erwies sich mein sonst sensibles Herz merkwürdigerweise als vereist, kaltblütig und der Trauer nicht fähig.

Wie ich es an dem gestrigen Tage, und bei dem ersten Gedanken an diesen verzog sich seltsamerweise mein Mundwinkel zu einem vergnügten Lächeln, gehandhabt hatte, wählte ich den gleichen Tisch, um dort die ausgesprochene Freude eines üppigen Frühstücks zu genießen. Indes betraute ich einen Pagen mit der Beaufsichtigung meines mattschwarzen Reisekoffers.

Aufgrund der frühen Uhrzeit befand ich mich, sehr zu meinem Unwohlsein, beinahe vollkommen allein in dem riesigen Frühstückssaal.

Als Speise entschied ich mich für ein mit einem Schokoladenkern versehenes Croissant und ein Brötchen mit Aprikosengeleeaufstrich. Zudem beglückte ich mich mit einem köstlichen Glase frisch gepressten Orangensaftes und stürzte, zu dem Zwecke des Wachbleibens, zwei meiner Ansicht nach viel zu große Quäntchen Espresso angewidert hinunter. Schließlich hatte ich einen langen, und, da ich das Fliegen insgeheim verabscheue, unbequemen Tag zu überstehen. Hinzuzurechnen freilich bleiben auch eine Nacht und die Zeitverschiebung.

Nun, als ich mein zwar üppiges, so doch aber nur unter Zwang verzehrtes Frühstück beendet hatte, die Zeit maß indes exakt eine halbe Stunde nach sechs Uhr, nahm ich dem Pagen mit einem Trinkgeld wieder meinen Koffer ab und strebte hastig zur Rezeption, wo ich die drei Flugtickets und den Abholschein für mein Kraftfahrzeug entgegennahm und den Preis für die beiden Nächte beglich. Das Hotel La casa de Gonzales war schon über mein baldiges Kommen instruiert worden und hatte ebenso Kenntnis von dem Eintreffen meines Wagens. Sie sollten mich bei der Einschiffung meines Automobils rechtzeitig darüber informieren.

Dies geschehen, schritt ich zu dem Taxi, welches bereits mit laufendem Motor vor den mächtigen Pforten des Hotels gehalten hatte, und wies den unfreundlich brummenden Taxifahrer mit einigen, knappen Worten in englischer Sprache an, mich zum Flughafen Warschau zu fahren.

Der Wagen verließ nun den dicht besiedelten Distrikt der Hauptstadt Polens und fuhr zehn Kilometer zu einer kleinen Siedlung namens Okęcie, denn näher an dieser als an Warschau liegt der Chopin-Flughafen Warschau, benannt nach dem berühmten, virtuosen Komponisten Frédéric François Chopin, von welchem ich meinen Flug nach Frankfurt anzutreten wünschte.

Der Flughafen, den ich nun erreichte, erwähnenswert ist, dass ich überaus glücklich war, mich von der unangenehmen Gesellschaft des mir unheimlich erscheinenden Taxifahrers lossagen zu können, erwies sich als in der Tat äußerst modern und gepflegt, mit ästhetischer wie

zweckmäßiger Konstruktion, die auf hellgrauen Stahlträgern steht. Zwar waren die Bereiche A und B im Terminal A aufgrund von Bauarbeiten geschlossen, mein Flug sollte aber auch vom Bereich C starten.
Die riesige Eingangshalle des Flughafengebäudes war lediglich mäßig mit zu reisen wünschenden Personen gefüllt. So konnte ich mich ohne unfreundliches Drängeln und der Furcht vor Taschendieben an einigen Menschengruppen vorbei schlängeln, schritt eine Treppe hoch zum Check-in und gelangte dort zu der Sicherheitsschleuse, die zum Duty Free-Bereich führt. Dort musste ich vor um ein höfliches Auftreten bemühten Airport-Angestellten mein Flugticket und meinen Personalausweis vorzeigen, doch ihre freundliche Fassade begann unverzüglich zu dem Zeitpunkt zu bröckeln, als ich mich neben meines Koffers zudem meines Jacketts zu entledigen hatte und sie mich, einen warnenden Signalton bei der Durchschreitung des Sicherheitsschranke hörend, mit ihren Metalldetektoren auf angeblich vorhandene Waffen überprüften.
Um es ehrlich zu formulieren, wie ich dies hasse, dass die zwischenmenschliche, freundliche Beziehung in diesen traurigen Zeiten heute durch fehlendes Vertrauen zueinander dadurch überschattet wird, dass man in jedem unschuldigen Reisenden einen potentiellen Terroristen ausmacht!
Der Zorn in dieser Ohnmacht ließ mich den Angestellten nur mit äußerstem Widerwillen begegnen, wodurch diese, provokant und mit einiger, unverhohlener Belustigung, ihre Pflicht bewusst in die Länge zogen.
Doch schließlich entließen sie mich doch noch, da sie freilich nicht imstande waren, an meinem Leibe in irgendeiner Art und Weise gefährlich erscheinende Gegenstände auszumachen, mit einer Ausnahme, wohl bemerkt: meiner goldenen Krawattennadel mit dem Nadelkopf in der Form des Circus Maximus. Ich spürte förmlich, wie sie sich hinter meinem Rücken, das Lachen nur unter erheblichen An-

strengungen verkneifend, gegenseitig ungehobelt gegen die Schulter stießen.
Nun stand ich also im Duty Free-Bereich des Warschauer Chopin-Flughafens und mir blieben noch, denn die Zeit maß exakt sieben Uhr und vier Minuten, ungefähr zwei Stunden, bis die Gangway zu meiner Flugmaschine geöffnet werden sollte.
Das Gate lag sehr nahe an meinem ausgewählten, bequemen Sitzplatz, von welchem mir durch eine gigantische Glasfassade zu zwei Seiten ein malerischer Blick auf das Treiben des Rollfeldes vergönnt war. Der Platz nämlich befand sich in einer Ecke des Gebäudes und bot zu zwei Seiten ein herrliches Panorama auf den Flughafen und die polnische Landschaft.
Die Geschäfte der Shopping Mall würdigte ich keines Blickes, da ich mich nicht in der Stimmung fühlte, mich mit einem spontanen Souvenir zu beglücken, sondern vielmehr in jener, melancholisch in die Ferne zu blicken und meine Gedanken schweifen zu lassen.
Ich war beinahe mutterseelenallein in dem Flughafengebäude. Nur wenige weitere Reisende saßen sonst auf den Stühlen der langen Sitzzeilen, und diese waren nicht mehr als stumme Geister, mit vom Schein ihrer Mobiltelefone unheimlich erleuchteten Gesichtern oder hinter einer Zeitschrift verborgen.
Zwar war in der Tat mein gnädigster Wille, das Treiben für die folgende Zeit des Wartens bis zur Eröffnung der Gangway zu meinem Transportmittel nach Frankfurt ruhig und teilnahmslos zu beobachten, doch zerstörten meine vorhin im Hotel unter gutem Gewissen konsumierten zwei Tassen Espresso diese Absicht, denn diese bewirkten in meinem gesamten Körper ein äußerst unangenehmes Verlangen nach Bewegung, welchem ich selbst unter Anwendung all meiner Widerstandskraft und meiner gestählten Selbstdisziplin nicht standzuhalten fähig war.
Der Bewegungsdrang zwang mich dazu, mich von dem bequemen und günstigen Sitzplatz, einem für Flughäfen üblichen Stuhl aus nachgiebigem, weichem Kunststoff in den langen, leeren Sitzzeilen zur Men-

schenabfertigung, zu erheben. Ich ergriff den Koffer, welcher zu meinem Glücke noch als Handgepäck galt und den ich daher mit mir führen durfte. Dank meiner Kunst nämlich, durch sauberes Falten zahlreiche Textilstücke in einen kleinen Transportbehälter zu bündeln, hatte ich mir, in langjähriger Erfahrung, das lästige Kofferaufgeben und Wiederaufnehmen mit dem Risiko, dass dieser in den gewaltigen Organisationsmaschinerien der Fluggesellschaften und Flughäfen verloren geht, erspart. Ich musste ihn stets an meiner Seite tragen, man war in der heutigen Welt ja nimmer vor Diebesgesindel sicher und sollte auf seine bescheidene Habe Acht geben. Und so schlenderte ich mit dem Boardcase in der Linken vor der imposanten Glasfront auf und ab. Die Sonne tastete schon mit ihren feinen Strahlen die Erde ab und erfüllte den Horizont, im Aufgehen begriffen, mit ihrer Herrlichkeit. Ich genoss den Anblick auf das geschäftige Treiben des Rollfeldes, bis ich meine geblendeten Augen niederschlagen musste.

Ich verabscheue, wie ich ja sagte, den Zustand des Fliegens, sowie ich mich in einer zu diesem Zwecke erschaffenen Flugmaschine, eingeengt und vorübergehend gefangen, aufhalten muss. Doch betrachte ich Flugzeuge an sich als eine ungemein positive Errungenschaft des letzten Jahrhunderts zum Wohle der Menschheit und der internationalen Kommunikation, und es erfüllte mein Herz zugegebener Maßen mit Ehrfurcht, als ich eine riesige Flugmaschine nahe meinem Aufenthaltsort mit einem mächtigen Getöse behände in die Luft gleiten und entschwinden sah. Lediglich ein durchdringender Geruch nach Kerosin verriet schließlich die einstige Anwesenheit jener Erschaffung, die schnell als ein Glitzern im morgenrötlichen Himmel verschwand.

Nach einiger Zeit, ich schätzte sie grob auf die Hälfte einer Stunde, wusste meine vom langen Stehen erschöpfte Beinmuskulatur das gewaltige Verlangen nach Bewegung des Espressos zu übertrumpfen und ich machte auf dem Absatz kehrt, zu meinem ehemaligen Sitzplatz zurückstrebend.

Es war ein Bestandteil meiner Existenz, dass ich wie üblich das Unglück hatte, dass sich bereits eine andere Person auf diesem eingefunden hatte und ich mich so nach einem anderen Sitzplatz umsehen musste. Aber zum Glück bot sich mir noch eine reichliche Auswahl an freien Plätzen, und ich fand einen nicht minder nutzungswürdigen, der allerdings freilich nicht mehr den Vorteil eines Panoramas zu zwei Seiten hin innehatte. Anbei, dieses kleine Detail hat nur Erwähnung gefunden, da es den traurigen Zustand meiner Seele sehr zutreffend unterstreicht.

Nun, aber es war mir trotzdem, wenn zwar mit kleinen Mängeln behaftet, so doch immerhin teilweise erlaubt, das reibungslos ablaufende Treiben des Warschauer Flughafens zu genießen, und aus diesem Grunde verging die Wartezeit auf meine Flugmaschine, in die erhoffte Sicherheit, trotz der verbleibenden Zeit von einer Stunde und vierzig Minuten, wie im Fluge.

Man mag kaum glauben, dass allein das Beobachten des Flughafens und des Sonnenaufgangs genügte, um meine Langweile zu bekämpfen.

Schließlich schob sich ein riesiges Bollwerk geschmeidig an der Wand des Terminals entlang und hielt direkt vor den Sitzplätzen von mir und einigen anderen Personen, die mit der Zeit gekommen waren, doch insgesamt war ihre Anzahl nur spärlich, geringer als die meiner Erwartungen.

Zeitgleich dazu wurde der Flug auch über einen Lautsprecher angekündigt.

Ich wohnte dem herrlichen Schauspiel bei, wie sich von Seiten des Flughafengebäudes ein mannshohes Rechteck in die Länge ziehend dem Bollwerk, will meinen, der Flugmaschine von G***, einem im Vergleich zu anderen Flugmaschinen recht kleinem Ding des Typs A***, entgegenreckte, und schließlich berührten sich die beiden, und der Eingang zur Gangway wurde von einem Angestellten des Flughafens geöffnet.

Gleich Geiern, die sich auf ihr Aas stürzen, schwärmten die Flugreisenden zu diesem Eingang. Es war unter meiner Würde, es ihnen gleichzutun und mich ebenfalls in dieses Gedrängel hineinzuzwängen, das der guten Sitte des Schlangebildens entbehrte. Vielmehr beabsichtigte ich, auf den Zeitpunkt zu warten, in welchem sich der Bereich derart geleert hatte, dass ich ohne Angst vor engen Körperkontakten die Flugmaschine besteigen konnte.

In jener Zeit studierte ich interessiert die Anzeigetafel über der Gangway, welche in den Sprachen polnisch und englisch die Uhrzeit, 9.11 Uhr, also noch neunzehn Minuten bis zum Abflug, und den Zielort des an dieser Stelle angeschlossenen Fliegers preisgab, der Flug war mit irgendeiner unbedeutende Nummer versehen, die ich mir erspare, hier wiederzugeben, was interessiert diese denn auch?

Nun, nachdem sich der Eingangsbereich der Gangway schließlich geleert hatte, strebte ich diesem zu und hielt, wie vorhergesehen, mein Flugticket über den neumodischen Laserscanner.

Der Angestellte am Schalter, ein kleiner, glatzköpfiger Herr, sagte in einer gezwungenen Freundlichkeit und zeitgleich einem lockeren Tonfall, als er die Richtigkeit meines Tickets erkannte: „Yep, allright, have a nice flight!“

„Thank you very much, I am sure I will“, antwortete ich ausdruckslos, meine Erwiderung war nämlich nur von formeller Art. Ich hatte diese Antwort schon vor langer Zeit in meinem Gehirn wie auf einer Festplatte abgespeichert und gab ihren Inhalt einfach erneut wieder, wie ich es in zahlreichen anderen Situationen zuvor bereits getan hatte, als eine universelle und zu jeder Situation passende Reaktion. Ich gehe vermutlich auch recht in der Annahme, dass der Kommentar des Herrn am Schalter von gleicher Natur war.

Nun denn, ich schritt darauf zu dem Bereich, welcher der Business Class vorbehalten war, eine Erste Klasse beherbergte der kleine Flieger bedauerlicherweise nicht. Da sich die ungeduldigen Passagiere bereits auf ihren vorhergesehenen Sitzplätzen eingefunden hatten, wurde mir der Marsch durch den engen Gang der Flugmaschine wesentlich erleichtert.

Ich suchte nicht lange meine persönliche Sitzreihe, sie war die Reihe 7 und befand sich recht weit vorne gelegen innerhalb der Flugmaschine, mit einem Fensterplatz, lediglich einige, von an mitgebrachten Laptops beschäftigten Geschäftsleuten besetzte Sitzplätze entfernt, nahe der Tür zum Cockpit. Zu meiner Freude blieb der Gangplatz neben dem meinen unangerührt.

Ich verstaute schnell meinen treuen Reisebegleiter, den mattschwarzen Koffer und meinen Mantel, in einem Fach über meinem Aufenthaltsplatz, dann setzte ich mich auf den gut gepolsterten, aber schmalen Sitzplatz, dessen Lehne ich unverzüglich in eine leichte Ruhelage brachte, schnallte mich an und trug Sorge für den Start des Flugzeuges, wo ich doch unerwartete Ereignisse, besonders jene innerhalb einer Flugmaschine, verabscheue und auf mögliche, urplötzliche Erschütterungen und Ruckbewegungen dieser vorbereitet sein wollte. Der Hut, der hellgraue Camber, fand seinen Platz auf einer kleinen Ablagebank vor dem Fenster.

Erfreulicherweise bot sich mir durch das kleine, mit abgerundeten Ecken versehene Fenster ein akzeptabler Ausblick auf das Treiben des Flughafens, in das mein Flieger nunmehr eintauchen sollte.

Die Flugmaschine verharrte mittlerweile in ihrer Startposition auf dem Rollfeld und wartete offensichtlich auf die Starterlaubnis des Towers. Indes instruierte uns eine Stewardess über die nötigen Sicherheitsmaßnahmen für den Fall eines Absturzes oder anderweitigen Unfalles. Obgleich mir die Teilnahme an einem Passagierflug, wie ich einige Zeilen zuvor erwähnt habe, nicht allzu sehr lag, so war ich doch bereits des Öfteren in meinem Leben gezwungen gewesen, dies doch zu unternehmen. Schließlich war ich ja, wohl bemerkt, der stolze Besitzer eines international operierenden Konzerns und hatte schon einige Reisen für Geschäftsverhandlungen, Vorträge, Besichtigungen und Dinge ähnlicher Art antreten müssen. Nun, damit möchte ich nur sagen, dass die Instruktion der pflichtbewussten Stewardess eine ein wenig ermattende Wirkung auf mein von den stressreichen, letzten Tagen gereiztes Gemüt verübte. Zudem sorgte die übliche, schlechte Luft innerhalb der Flugmaschine für einen furchtbaren Reiz des Gähnens, welchen zu unterdrücken mich eine erhebliche Anstrengung kostete.

Der Pilot hielt nun eine kurze Begrüßungsrede und versprach uns Passagieren eine pünktliche Ankunft und eine sanfte Landung, „butterweich“, wie er sagte.
Der Zeitpunkt ließ nicht auf sich warten, in welchem die Flugmaschine zum Start ansetzte und mich die Beschleunigung, neben einer ebenfalls durch die große Nervosität meiner hervorgerufenen Elendigkeit, fest in den weichen und widerstandslosen Sitz drückte, nein, fast darf ich es in Erwägung ziehen, an dieser Stelle das zutreffendere Verb „presste“ zu verwenden.
Lediglich anhand meiner nach hinten gekippten Sitzlage, welche durch das gemächliche Anheben der Flugmaschine zudem verstärkt wurde, bemerkte ich, dass die Maschine bereits abgehoben hatte und ich somit auch endgültig Warschau, ach, die herrliche Hauptstadt Polens, welche mir bedauerlicherweise dennoch lediglich Ärgernisse zugefügt hatte, für immer verlassen hatte.

KAPITEL IX

Aller Anfang ist schwer, so heißt es doch im Volksmund.
Dieser Spruch erfreut sich allergrößter Korrektheit, wie ich bei meinem Flug nach Frankfurt erfahren musste. Denn zurückblickend war der erste der drei Flüge innerhalb der vierundzwanzig Stunden meiner Reise von Warschau nach Punta Arenas trotz seiner kurzen Dauer von lediglich fünfundfünfzig Minuten mit gewaltigem Abstand der elendigste, und ich versuchte beständig, meinem angstvollen Geist frischen Mut aus der trockenen Luft innerhalb der Flugkabine zuzufächern.
Schließlich zerbrach aber nach fünfundzwanzig Minuten eine Stewardess das Eis des Elends, als sie mir eine Schokoladentafel reichte und mich fragte: „Schönen guten Morgen, darf es für Sie eine Zeitung sein?“ Sie trug auf einem Arm einige mir bekannte Tageszeitungen. In der Schnelligkeit des Augenblicks gelang es mir aber nicht, meine favorisierte ausfindig zu machen.
„Die F*** hätte ich gerne“, antwortete ich gedankenverloren.
„Oh, die haben wir heute leider nicht dabei“, sagte die Stewardess mit einem entschuldigenden Lächeln, obwohl die Entschuldigung eigentlich mir oblag, der ich nicht eingehend die zur Verfügung stehende Auswahl studiert hatte. Wie lächerlich ich mir da doch vorkam mit meinem blütenweißen Jackett und meiner tiefblauen Weste! „Wenn Sie nicht über die F*** verfügen, dann tut es die S*** auch, reichen Sie mir doch bitte diese“, sagte ich ausdruckslos, ohne auch nur einen Muskel meines Gesichtes zu bewegen, um mich nicht weiter dem Spott preiszugeben.
Die Stewardess lächelte und war schon im Begriff, eine Zeitung aus dem Stapel zu ziehen, als sie innehielt.
„Unser Pilot liest immer die F*** “, sagte sie überlegend.
„Ich bitte Sie, so machen Sie sich doch keine Umstände!“, rief ich ihr nach, als sie schon zur Tür zum Cockpit hechtete.

Pfui Schande, dachte ich, was hatte ich nun angerichtet! Welch ein peinlicher Zwischenfall musste sich nun noch in mein armseliges Leben schieben? Ich ärgerte mich hauptsächlich, da ich ohne meinen Willen bereits des Öfteren derartige Situationen heraufbeschworen hatte und sie doch immer wieder mit Unannehmlichkeiten verbunden waren, so dem Gefühl, dass andere Personen sich aufgrund eines einfachen Missverständnisses unnötige Umstände machen und der Zwischenfall dadurch nur noch dramatisiert wird.

„Hier ist die gewünschte Zeitung", sagte die Stewardess schließlich und reichte mir einen mit einer braunen Flüssigkeit durchtränkten Stapel Papier. „Ich hoffe, Sie stört nicht, dass dem Piloten sein Kaffee darüber ausgelaufen ist."

Ich nahm mit etwas Unbehagen die Tageszeitung entgegen und erwiderte gezwungen: „Nein, nein, ganz und gar nicht. Vielen Dank!"

Die Stewardess lächelte mich an, als würde sie sagen wollen: „Wie schön, dass schon wieder einer zufrieden ist", und wandte sich dem nächsten Passagier zu.

Hastig riss ich nun die Zeitung auf, übersprang die mir vorerst uninteressanten ersten Seiten und blätterte ungelenk zu dem Teil meines Verlangens, der Börsenseite, wo ich auf dem braunen Papier eine unangenehme Überraschung entzifferte:

Die Aktien der LWGP AG waren vom Vortag um 3,72 Prozent auf 62,66 Euro gesunken, was seit dem dreißigsten Dezember des Vorjahres nur noch ein Plus von sieben Prozent machte, traurig, wo doch die Werte in den Tagen vor meiner Flucht seit Jahresbeginn noch eine Steigerung von zwanzig Prozent erlebt hatten! Offenbar waren meine Aktien in den letzten Tagen meiner Flucht einem rapiden Werteverfall unterworfen, was leider zu gut in das Bild von meinem Verschwinden und der Übernahme von ALPHA & OMEGA passte.

Tatsächlich fand ich im Zeitungsabschnitt zu Finanzen einen kleinen Artikel über LWGP mit dem Titel „Starke Gewinneinbrüche nach schwarzen Tagen":

Ansehen und Vermögen von LWGP haben sich seit der Übernahme von ALPHA & OMEGA geschmälert. Die Kritik, Rohstofferschließung hätte nichts mit Wissenschaft zu tun, beschert nicht gerade neue, seriöse Investoren, die LWGP jetzt nötig hätte, und mit ein paar Fachbüchern und Dokumentationen bekommt das Unternehmen die horrenden Kosten des Projekts, das bis jetzt kaum Gewinne abgeworfen hat, nicht wieder rein. Versuche, den 2 km dicken Eispanzer an unterschiedlichen Stellen wie im Königin-Maud-Land oder am Winston-Massiv zu durchdringen, haben sich als unerwartet aufwändig erwiesen. Die vorgesehenen Maschinen sind durch die Kälte untauglich geworden. Der Projektleiter George Brooks, dem massives Missmanagement vorgeworfen wird, habe mit 750 Millionen Euro weitaus zu niedrig kalkuliert. Ob es sich dabei um einen Fehler oder um bewusste Manipulation gehandelt hat, muss noch untersucht werden. Die Ausgaben des Lunkenheimer Science Funds beziffern sich mittlerweile auf 1,2 Milliarde Euro.
Die rapiden Geldverluste des Fonds haben dazu geführt, dass sowohl der Lunkenheimer Science Fund als auch die Aktien von LWGP in den letzten Tagen einen Werteverlust von jeweils sechs bzw. dreizehn Prozent erlebt haben, nach den Analysten von M*** und U*** Tendenz sinkend. Sicherheitsbewussten Anlegern empfehlen sie, die Aktien zu verkaufen.
Und gerade zu diesem Zeitpunkt verschwindet der Vorstandsvorsitzende und Gründer Dr. Valerius Lunkenheimer aus noch ungeklärten Gründen bei einer Nacht-und-Nebel-Aktion. Vollkommen überrascht muss der Manager Victor Harzstein die Vertretung übernehmen und sieht sich mit einem unerwartet breiten und mit Komplikationen versehenen Aufgabenfeld konfrontiert, bei dem jede Entscheidung gravierende Konsequenzen tragen kann. Vorerst sieht er vor, trotz der massiven Gewinneinbrüche durch ALPHA & OMEGA weiterhin an dem Projekt festzuhalten, wie er am Vortag bei einer Pressekonferenz mitteilte.

Mit einem geräuschvollen Rascheln schlug ich die Zeitung zu. Nicht, dass meine ereignisreichen letzten Tage mit wilden Verfolgungsjagden und einsamen Abendmahlen schon genug für meine empfindsame Seele wären, nein, jetzt musste sie auch noch mit ansehen, wie ihr Lebenswerk, nur einige Wimpernschläge in der Zeit des Universums unbeaufsichtigt, wie ein riesiges Bauwerk, welchem man probehalber das tragende Gerüst genommen hat, zu schwanken und bröckeln begann!

Ich bin in dem Falle das tragende Gerüst meines Konzerns, und er braucht mich, schrien mich die glockenhellen Engelsstimmen der Vernunft an. Er braucht wieder das tragende Gerüst, bevor er wankend und stöhnend in sich zusammenbricht und auch das Gerüst somit überflüssig wird!

Doch waren mir die Hände mit scharfen Fesseln, die tief in mein Fleisch schnitten, gebunden. Ich saß in einer Flugmaschine auf dem Weg nach Frankfurt, dem Zentrum des deutschen Finanzmarktes, und sollte von dort über Rio de Janeiro nach Punta Arenas fliegen, an das ganz andere Ende der Welt, um dort feige wie eine Maus auf der Flucht vor der Katze in einen Unterschlupf zu kriechen.

Hinzu würde ein öffentliches Auftreten wieder die lästige Plage der Kopfgeldjäger heraufbeschwören, die RORUS mit den mir zustehenden Lorbeeren bereichern sollten.

Was tun, fragte ich mich. Laut der Pressemitteilung droht ALPHA & OMEGA mit der Forschung in der Antarktis als Deckmantel zur Rohstofferschließung die finanziellen Mittel meines Fonds zu verschlingen, bildlich gesprochen abzusaugen. Ausbleibende, beziehungsweise marginale Gewinne erzeugen so in dem Geldreservoir des Lunkenheimer Science Fund ein verheerendes Vakuum, das am Ende meinen gesamten Konzern zerstören könnte!

Diese Darstellung der Zukunft ist keineswegs überzeichnet oder unpässlich, sie ist lediglich das dräuende Szenario, wenn in den Maschinerien von LWGP kein bedeutender Hebel umgelegt wird. Traurigerweise gebührt lediglich mir die Ehre, jenen Hebel umzulegen, und

wenn es mir fern liegt, jedwede Vorwürfe gegen meinen geschätzten Manager Victor Harzstein zu richten, so darf ich wohl äußern, dass die Dynamik meines Konzerns allein mit meiner Hand ihren von Idealen und Visionen gepflasterten Weg einzuschlagen vermag, seiner Mühen zum Trotz. Ich bin mir sicher, dass ich wider seine Strategie gehandelt hätte und unverzüglich nach den ersten aussichtslosen Komplikationen die Subventionierung von ALPHA & OMEGA gestoppt und die Rechte dazu jemand anderem verkauft hätte, und sei es dem Konzern RORUS, der von meinem größten Freund zu meinem ärgsten Feind gewandelt worden ist, so wie ich bitter feststellen musste.
Ich verbrachte den gesamten, kurzen Flug nach Frankfurt mit jener Frage im Geiste, die einer guten Antwort entbehrte.
Eine denkbare Option wäre etwa, Kontakt zu dem Vorstand von LWGP aufzunehmen und diesen von meinen Ansichten und Empfehlungen in Kenntnis zu setzen oder gar selbst das Ruder wieder in die Hand zu nehmen. Hierfür allerdings müsste ich gegen den Sog des Strudels anschwimmen, der mich in mein Exil schwemmte. Die Attentäter würden mich, sowie ich die Öffentlichkeit des europäischen Raumes aufsuchen würde, nur erneut in die Flucht schlagen oder gar in das Verderben und den Tod lenken.
Nun, die andere Möglichkeit wäre, das Projekt von ALPHA & OMEGA an RORUS abzutreten und ganz natürlich die Geschäfte wieder aufzunehmen, doch jener Versuch, einen Kompromiss mit RORUS zu schließen, hatte sich ja als ein vergebliches Bemühen erwiesen, wo ich doch bei der Übernahme von ALPHA & OMEGA bereits mehrmals einen solchen Vorschlag ohne jedwede Resonanz geäußert hatte.
Die Agilität von RORUS, gebe ich zu, erfüllt mich ungemein mit Verwunderung. Einst haben sich deren Führungskräfte, genauso wie die meinen und ich selbst, bemüht, das Projekt von ALPHA & OMEGA, die Erschließung der antarktischen Rohstoffe, zu subventionieren, um die Rechte zu deren Gewinnung zu erhalten. Schließlich fiel der Zuschlag zu dieser Subventionierung an LWGP, da er einen größeren Geldbetrag bereitzustellen imstande war als RORUS. Doch weshalb

überhaupt mussten wir uns überhaupt als Konkurrenten gegenüberstehen? Wir hätten uns doch die Rechte zur Subventionierung brüderlich teilen können, und eine ebensolche Symbiose sähe dem Vorstandsvorsitzenden von RORUS, Andrej Sorokin, auch ähnlich! Doch weshalb hatten sie einfach meine derartigen Angebote, die ich in schriftlicher Form über den Postweg und den digitalen geäußert hatte, ignoriert und mich stattdessen mittels Kopfgeldjägern dazu zwingen wollen, ihnen ALPHA & OMEGA zu hundert Prozent zu überlassen?
Dies verbessert die Wirtschaftslage von RORUS sowie die meines Konzerns keineswegs. RORUS verfügt über keinerlei relevante Rohstoffquellen und LWGP kann die auftretenden Kosten alleine nicht mehr tragen. Was für eine perverse Strategie hier verfolgt wird oder gar, welch irrer Kopf hinter jener steckt, vermag ich nicht zu sagen, doch bürge ich für meinen Geschäftspartner Andrej Sorokin, dass nicht er für jene Katastrophe verantwortlich sein kann.
Wenn Sie irgendwelche genialen Ideen haben, mein guter Leser, die zur Deeskalation der verzwickten Lage beitragen, so melden Sie sich doch bitte unverzüglich zu Wort, meine Fantasie auf jeden Fall ist ausgedörrt und mir blieb damals vorläufig keine Alternative, als den Gedanken des Exils wieder aufzugreifen. Zu welch einem Preis, muss ich doch mitnichten betonen!
Ein Gewitter zog in meinem Leben auf, es blieb vorerst nur bei den düsteren Wolken, aber die konnten sich jederzeit entladen, und dies würde dann meine Apokalypse sein, mein eigener, kleiner Weltuntergang.
Mit jenen düsteren Gedanken war ich beschäftigt, als das Flugzeug zum Landeanflug nach Frankfurt ansetzte. Der Pilot, die gute Seele, der mir seine Zeitung zur Verfügung gestellt hatte, die Ursache all meines Elends, hielt sein Wort, die Landung war tatsächlich, wie er es prophezeit hatte, „butterweich“.
Verstört hastete ich, ganz gegen meine Art inmitten der Menschenmasse, zum Ausgang des Flugzeugs, schritt, nicht auf mein Umfeld achtend, über die Gangway in den Terminal 3 des Frankfurter Flugha-

fens, sodass ich mehrmals mit anderen, nicht minder unbedachten Personen kollidierte, als ich auscheckte und im Begriff war, bei der L*** First Class Lounge im Terminal 2 wieder einzuchecken.
Das grau-schwarzfarbene Gestänge unter der Decke des Flughafengebäudes lastete wie eine schwere Wolke auf mir und verstärkte nur mein Szenario einer baldigen Apokalypse. Hinzu kamen der Lärm, die Geschäftigkeit und das kontrollierte Chaos, die in ihrer Kakophonie nicht sonderlich zu meinem Wohlbefinden beitrugen.
Schließlich hatte ich den Eingang zur Lounge erreicht und zeigte dem Angestellten dort, im schwarzen Anzug gewandet, meinen Personalausweis und mein Flugticket, das ich dafür umständlich aus meinem Portemonnaie zog.
Dieser vollzog nun die gleiche Prozedur an mir wie die Warschauer, war aber um ein schnelles und diskretes Abwickeln der Kontrolle bemüht und wünschte mir zudem sowohl einen angenehmen Aufenthalt in der Lounge als auch einen guten Flug.
Nun betrat ich also den ersten Raum der Lounge, eine nur schwach erleuchtete Bar, und schämte mich einmal mehr für meinen unverzeihlichen Missgriff eines weißen Jacketts, kombiniert mit einer orangefarbenen Krawatte, denn die Einrichtung bestand überwiegend aus dunklen Materialien, angesichts derer ich mich so auffällig wie der Vollmond am klaren Nachthimmel fühlte.
Die Zeitung hatte ich in eine Innentasche meines schwarzen Mantels gesteckt, der lässig über meinem rechten Arm hing. Ich versuchte, diese Lässigkeit auf meine gesamte Körperhaltung zu übertragen.
Einige Meter vor mir befand sich die Bar, deren Tresen auf der Unterseite in kaltem Weiß erleuchtet war. Vor dieser hatten sich fünf Geschäftsleute auf den nach moderner Stilrichtung gebogenen, lehnenlosen Hockern eingefunden. Alle diese Herren waren von breiter und muskulöser Statur, nur einer, der in der Mitte, der war ein wenig schlanker, strahlte dafür aber etwas mehr Autorität aus. Er hatte, welch Frevel, sein sportliches, anthrazitfarbenes Jackett ausgezogen und es locker über seine linke Schulter gelegt. Dank einer höheren

Macht war sein Gesicht von mir abgewandt und ich konnte nur seinen Hinterkopf, einen hellblonden Haarschopf, sehen. Weshalb, das muss ich Ihnen in Kürze unterbreiten. Die Gestalt jedenfalls hatte gerade einen Scherz zum Besten gegeben und die umliegenden Personen lachten laut und hemmungslos auf.

Vor der Bar, links des schiefergrau gefliesten Bodens auf einem hellbeigefarbenen Teppich, stand eine Couch aus dunkelbraunem Leder. Auf diesem saß bereits eine Dame, welche ich auf das gleiche Alter wie das meine schätzte. Sie trug einen tiefblauen Blazer, eine schwarze Hose und hatte um ihren Hals einen blassroten Schal drapiert und war damit beschäftigt, eine Reisebroschüre, meines Wissens handelte diese von der brasilianischen Riesenstadt Rio de Janeiro, ausgiebig zu studieren. Wer weiß, vielleicht saß sie am Ende noch in demselben Flieger wie dem meinen, wo doch auch ich vorerst nach Rio de Janeiro zu fliegen hatte?

Da mich eine innere Stimme vor den Geschäftsleuten warnte, wünschte ich, mich neben diese Dame zu setzen und auf dem bequemen Sofa die Wartezeit von eineinhalb Stunden zu verbringen.

Ich lupfte also artig meinen graufarbenen Camber und richtete meine Frage an diese: „Guten Morgen, gnädige Frau. Haben Sie Einwände dagegen auszurichten, wenn ich mich auf diese Couch setze?“

Die Dame blickte von ihrer Broschüre auf und antwortete: „Überhaupt nicht. Setzen Sie sich nur!“, und ich tat es, behielt aber eine angebrachte Distanz von einem Meter und einem halben bei, als ich mich ganz an das andere Ende setzte und meinen Koffer an die Außenseite der Couch lehnte. Meinen Mantel legte ich über die Lehne meines Sitzplatzes und platzierte den Hut auf dem flachen, schwarzen Tisch vor der Couch.

Der Barkeeper warf mir einen fragenden Blick zu, auf den ich „Einen Schwarzen Tee, bitte, guter Mann“ erwiderte.

Ich zwang mich zur Ruhe, als ich auf den Tee wartete, und da ich wusste, dass Schokolade ungemein zum Wohlbefinden beiträgt, zück-

te ich die auf dem letzten Flug erhaltene Tafel und probierte eine kleine Ecke.
Schokolade zähle ich eigentlich zu den Lebensmitteln, deren Konsum ich mir strikt verboten habe, da sie wie Alkohol zu den lasterhaften Genüssen zählt. Ich hatte mir allerdings auch gestern einen Wein erlaubt, weshalb sollte ich dann nicht auch noch mein Maß an Sünden ausschöpfen, indem ich ein Stück Schokolade probierte?
Diese schmeckte jedenfalls weitaus besser als Wein, weshalb ich sie auch vollständig verzehrte, es handelte sich aber auch nur um eine Tafel von zwanzig Gramm und nicht mehr.
Schließlich servierte ein Kellner, ein freundlicher, junger Herr mit blutroter Krawatte, den gewünschten Schwarzen Tee und ich verbrannte mir die Zunge am ersten Schluck, denn er war sehr heiß.
So wartete ich einige Minuten, um den Tee abkühlen zu lassen, und lauschte indes den Ausführungen des Geschäftsmanns, der erneut zu einem Scherz ansetzte: „Da sagte der Vorstandsvorsitzende zu mir: ‚Sie sind ein dreckiger Aasgeier, jawohl!‘, und ich erwiderte: ‚Das werde ich Ihnen aber nicht mehr durchgehen lassen, wenn ich erst einmal die Anteile habe und in Ihrem Aufsichtsrat sitze!“
Die anderen vier Herren lachten laut auf, und ich hätte es vermutlich auch getan, wenn mich nicht gerade etwas an dem Scherz stutzig gemacht hätte.
Nein, überlegte ich, als sich mir auf einmal und aus mir unerklärlichen Gründen alle Nackenhaare sträubten. An dem Scherz an sich mochte es nicht liegen, er griff zwar einen traurigen Aspekt der Wirtschaft, den kahl fressenden, biblischen Heuschrecken gleichen Kapitalismus auf, der sich von fruchtbaren Feldern nimmt und wertlosen Boden zurücklässt und den man oftmals in der Handlungsweise von Hedgefonds vorfindet. Doch gerade deshalb war der Scherz für Geschäftsleute der weniger gehobenen Klasse typisch, denn er sollte die Kenntnisse der Person in diesem Wirtschaftssektor beiläufig zum Ausdruck bringen.

An der Erzählweise mochte es auch nicht liegen, sie verriet einen guten Scherze-Erzähler, mit einer deutlichen Stimme, einer Spannung erweckenden Geschwindigkeit und einem geheimnisvollen Unterton, der auf die Pointe hindeutete.
Die Stimme aber, ja, womöglich war an dieser etwas eigenartig? Sie hatte einen typisch männlichen Klang, bei dem ein wenig Schärfe, Forschheit und Autorität mitschwang, eine gute Ergänzung zu der aufrechten Haltung und den zielsicheren Bewegungen der Gestalt. Nun, zusätzlich fiel mir noch der leichte, britische Akzent auf, doch dieser mag dem markanten Geschäftsmann nicht verboten sein, nicht wahr? Vielleicht mochte aber dieser die Ursache meines Unbehagens sein, denn ich hatte doch in den letzten Tagen eine Person kennen gelernt, die neben dem kräftigen, aber nicht übergroßen, wohlgeformten Körperbau und dem schelmischen, doch trotzdem markanten Gesicht mit den ausgeprägten Wangenknochen und den eisblauen Augen durch ihren feinen, britischen Akzent bestochen hatte. Sie war ein schlechter Freund, ein strahlender Raubritter, wie ich sagte, gewesen.
Vorsichtig nahm ich mit einer leicht vor Nervosität zitternden Hand einen Schluck des mittlerweile etwas abgekühlten Tees und warf unauffällig einen Blick hinter mich, zur Bar, wo die fünf Geschäftsleute saßen.
Die Gestalt meines Unwohlseins hatte ihren Kopf stolz zur Seite gereckt und genoss wie ein kleines Kind den Erfolg ihres Scherzes, sodass ich sie hervorragend im Seitenprofil betrachten konnte.
Ich verschluckte mich an meinem Tee und hustete erbärmlich, als die bittere Flüssigkeit in meine Luftröhre drang und mir vermittelte, ich würde ersticken. Im furchtbaren Hustenkrampf wandte ich schnell meinen Kopf wieder ab und nutzte den Ärmel meines Mantels als Schalldämpfer, um nicht die werten Herren und vor allem die gute Dame mit meinem Leid zu belästigen. Der schwarze Tee ließ mich meine Lunge taub empfinden und drückte mein Zwerchfell unangenehm zusammen, sodass ich große Schmerzen empfand. Als ich wieder keuchend den ersten Atemzug tun konnte, vermittelte ich dem

Kellner mit einem Handzeichen, noch in einer vor Missempfinden verkrümmten Haltung, dass ich einen Wunsch auf den Lippen hatte, und tat, als dieser gekommen war, mit heiserer Stimme mein Anliegen kund: „So beschaffen Sie mir doch bitte ein Glas stillen Wassers!"
Dieser eilte, meinen Wunsch zu erfüllen, und ich versuchte mich zu besinnen.
Es besteht wohl kein Zweifel, dass der Anblick des lustigen Geschäftsmanns die Ursache meines Übels war, das mich fast erstickt hatte. Was sonst hätte mir denn auch widerfahren können, wenn ich rein des Zufalls willen in der L*** First Class Lounge in Frankfurt das Gesicht des unheimlichen Jack erblicke, oder, Vidego von Tegel-Hirtenberg, wie er bei der Fahrzeugkontrolle genannt worden war? Ein fleischlicher Felix Krull war dieser eigentümliche, mysteriöse Jack, denn wie dieser vermag er sich in jeder Kleidung und jeder Umgebung zu bewegen, als sei er in jene hineingeboren, sei es das kriminelle Umfeld oder ebendiese Lounge und ein dezenter Anzug oder ein nachlässiges Erscheinungsbild. Und wie fügt er sich hervorragend, charismatisch und faszinierend in die Gesellschaft ein, die in Unwissenheit darüber lebt, dass er sie für seine Interessen missbraucht und für sich beansprucht!
Plausible Fragen drängten sich nun freilich auf: Ob er ein elender Kopfgeldjäger ist; oder zu welcher Berufsgruppe soll ich ihn nun zählen? Was suchte er unter den Geschäftsleuten und weshalb hielt er sich in Frankfurt auf? Welch einen Grund hatte sein Aufenthalt und worüber war gescherzt worden?
Neben all diesen Fragen blieb aber doch meine Angst im Vordergrund, er könnte mich seinerseits entdecken und diese hübsche Lounge als einen Ort der Kriminalität zweckentfremden.
Als der Kellner das Glas Wasser serviert hatte, verbarg ich mein Haupt unter dem hellgrauen Camber, da war mir ein empfindlicher Stilbruch lieber als die vermeidbare Gefahr, identifiziert zu werden, und trank mit wenigen Zügen das Wasser aus, das seinen gewünschten

Zweck erfüllte und meine Lunge und mein Zwerchfell wieder ein wenig beruhigte.
„Wieder besser?“, fragte mich die Dame besorgt, während sie ihre Reisebroschüre zuschlug.
„Oh, ja, vielen Dank“, antwortete ich heiser und räusperte mich verschämt.
„Es tut mir aufrichtig leid. Ich hoffe, ich habe Sie nicht mit meiner Befindlichkeit belästigt“, fuhr ich mit einer etwas klareren Stimme fort und hob wieder meine Tasse mit schwarzem Tee an.
„Oh nein, das haben Sie überhaupt nicht, kein Grund zur Sorge“, meinte sie, mir sehr zur Beruhigung und griff wieder zu ihrer Reisebroschüre.
Ich beabsichtigte angesichts der Gefahr, von Jack erkannt und am Ende noch von ihm dingfest gemacht zu werden, so schnell als möglich meinen Schwarzen Tee zu leeren und die Lounge unauffällig zu verlassen. In dieser nämlich war ich recht handlungsunfähig, zur Bar konnte ich nicht gehen, denn dort saß mein ärgster Feind, weiß der Kuckuck, was er dort zu suchen hatte, wenn ich es so formulieren darf, und ich hatte wenige anderweitige Beschäftigungen zu vollführen, außer vielleicht, die schmucke Einrichtung zu betrachten und mit dem Ärmel meines Mantels herumzuspielen, keine wünschenswerte Option.
Ach, was für Absichten, Ziele und Ideale verbergen sich hinter der Präsenz dieser britischen Gestalt? Kaum verbringe ich einen Tag, ohne mir über ebenjene Frage den Kopf zu zerbrechen. War er Kopfgeldjäger, Attentäter oder in einer Weise doch ein ehrbarer Geschäftsmann, was nur, was? Es ist, als würde man einer irrationalen Zahl hinterher jagen, die Kolonnen von Ziffern, die man zu Gesicht bekommt, sind nicht einmal ein Hundertstel oder gar ein Tausendstel der unendlichen Gesamtheit, und doch bekomme ich von Jack nur die ersten zehn seiner Abermillionen Informationen enthaltenden Wahrheit zu Gesicht.

Ich zog meine Lieblingszeitung aus der Innentasche meines Mantels und schlug sie weit auf, sodass selbst eine dicht an mir vorübergehende Person nicht mein Gesicht sehen konnte, während ich die Überschriften überflog und nach irgendwelchen für mich relevanten Nachrichten schaute, aber keine neuen fand. Ein Teil der Zeitung war aufgrund des darübergelaufenen Kaffees auch nicht lesbar.
Hastig, aber freilich mit einem gesunden Maß an Vorsicht, trank ich den Tee aus, stellte die leere Tasse mit einem unbeabsichtigt lauten Scheppern auf die Untertasse, zog mir den Mantel über und ergriff den Koffer.
Mit einem freundlichen Nicken zur um mein Wohl besorgten Dame verließ ich schnell und leise, aber mit einer außerordentlichen Hast die Lounge, um mich nur einige zehn Meter weiter auf einen wesentlich unbequemeren Wartestuhl vor dem Zugang zur noch verschlossenen Gangway zu setzten.
Ich hatte lediglich einen Zeitraum von dreiunddreißig Minuten in jener bequemen Lounge verbracht und musste nun bis zur Öffnung der Gangway noch eine Stunde warten, die ich mithilfe der F*** auch mehr oder minder gut überbrückte.
Nach fünfzig Minuten traf tatsächlich, wie ich vermutet hatte, die Dame, neben welcher ich in der Lounge gesessen hatte, ein, und setzte sich einige Plätze von dem meinen entfernt hin.
„Geht es auch nach Rio?“, fragte sie mich nach einer Weile stummen Nebeneinandersitzens offen und unverbindlich, es war eine übliche Frage, um den Wunsch einer kurzen Konversation kundzutun.
Ich bemerkte erst einige Sekunden versetzt, dass ich angesprochen war und wandte ruckartig meinen Kopf in die Richtung, aus der ich ihre Stimme vernommen hatte.
„Wie bitte?“, fragte ich und fuhr direkt danach schon fort: „Ja, ich fliege jetzt, offenbar gleich Ihnen, nach Rio de Janeiro. Allerdings ist diese wunderschöne Stadt lediglich ein Zwischenziel. Mein eigentliches Ziel nämlich ist die chilenische Stadt Punta Arenas. Welcher gute Wind weht Sie denn in die berühmte Stadt Brasiliens?“

„Ich habe dort eine Stelle erhalten“, antwortete die Dame, mit einer vor einer fremden Person, welche ich für sie darstellte, angebrachten Vorsicht. „Und was machen Sie in Punta Arenas?“, fuhr sie unbekümmert fort.
Diese unangenehme Frage hatte ich selbst zu verantworten, wo ich doch eine solche gestellt hatte und mit einer gleichartigen Erwiderung zu rechnen hatte. Mein guter Leser, ich sage Ihnen, dass mir ein solcher Fauxpas zu besseren Zeiten nimmer passiert wäre, der Verfall meiner Person war augenscheinlich nach dem Alkoholgenusse und der Schokolade in ein weiteres Stadium getreten. Nun aber war jene unangenehme Frage halt gestellt und ich begnügte mich mit einer nicht allzu erlogenen Antwort: „Ich mache dort Urlaub“, sagte ich schlicht, aber mein Verlangen, etwas darauf zu ergänzen, war zu groß. „Wissen Sie, Chile im Allgemeinen ist für Entdeckerfreunde ein absolut empfehlenswerter Geheimtipp“, sprach ich also unbekümmert weiter, um die Konversation aufrecht zu erhalten. „Die Naturlandschaft sucht ihresgleichen, man wundert sich regelrecht, wie ein derart schmales Land eine so breite Palette an unterschiedlichen Vegetationen aufweisen kann. Da sind zum einen die gewaltigen Anden mit ihren schneebedeckten, zackigen Bergkuppen, zum anderen die raue Küstenregion, wo sich florierende Handelsstädte gebildet haben, das vielschichtige Patagonien, und eine besondere Aufmerksamkeit schenke man dem Feuerland mit seiner fast jütländischen Vegetation und im Süden dem berüchtigten Kap Hoorn.“
Ich muss hier unbedingt erwähnen, dass meine Ausführung lediglich auf minimalen Kenntnissen beruhte und ich mir meine Angaben, konkret gesagt, nur aus dem Stehgreif zusammengereimt hatte.
Daher brachte mich die folgende Frage der gnädigen Frau ein wenig aus meinem rasch entwickelten Konzept: „Sie scheinen sich ja auszukennen. Waren Sie schon öfters in Chile?“
„Äh, nun ja“, brachte ich stammelnd hervor. „Nein, offen gesprochen war ich noch nie dort. Allerdings wussten schon zahlreiche Bildbände und Reiseführer mein Herz für jenen Landstrich zu erobern, sodass

mein Wunsch, diesen mit meiner Anwesenheit zu beehren, ins Unermessliche stieg.“ Ein Glück nur, dass dies in der Tat der Wahrheit entsprach. „Kennen Sie sich denn besser in Rio de Janeiro aus?“, fragte ich weiter.

„Mir geht es genauso wie Ihnen“, antwortete die Dame. „Ich weiß aus einer Reisebroschüre und ein paar Lexikoneinträgen nur das Übliche, strenge Teilung zwischen arm und reich, Drogenbanden kontrollieren die Favelas, es gibt formelle und informelle Sektoren, Wahrzeichen ist der Zuckerhut und die Christusstatue, war einmal Brasiliens Hauptstadt, und so weiter. Das sind aber nur Angaben, die mich neugierig auf das machen, was mich tatsächlich erwartet.“

Gerade, als ich zu einer weiteren Ausführung ansetzten wollte, wurde unser Flug aufgerufen und die Gangway ausgefahren. So war unser interessantes, aber kurzes Gespräch schnell unterbrochen. Wir erhoben uns zeitgleich, nickten abschließend einander zu und stellten uns an den noch verschlossenen Eingang für Passagiere Erster Klasse.

Während einer Konversation fällt es meinem langsam arbeitenden Geist immer recht schwer, sich einen Eindruck von dem Gegenüber zu verschaffen. Einerseits ist dies positiv aufzufassen, da ich so einer unsympathischen Person nicht versehentlich meine Abneigung vermitteln kann, andererseits muss ich mir aus diesem Grunde danach die Zeit nehmen, um mir ein Bild von dem Gesprächspartner zu machen. Dies jedenfalls tat ich, als ich schräg links hinter der Dame, mit welcher ich zuvor ein kurzes Gespräch geführt hatte, vor dem mit einem elastischen Band verschlossenen Eingang zur Gangway stand und mir überlegte, welche Art von Mensch ich mit ihr assoziieren sollte.

Ihr Verhalten war tadellos, die Körperhaltung und Motorik selbstbewusst und zielgerichtet, der Umgang freundlich, aber distanziert, und ihre Mimik war kontrolliert und vermittelte einerseits die nötige Offenheit für eine angenehme Konversation. Andererseits verriet sie aber auch, dass sie nicht naiv oder dumm war, sondern sehr wohl mögliche, billige Hintergehungsversuche vonseiten des Gesprächspartners wahr-

nehmen und darauf angemessen reagieren konnte, wenn dies der Fall sein sollte, was bedauerlicherweise heutzutage allzu oft geschieht.
Das Gesicht von ihr hatte eine schmale Form mit ausdrucksvollen Zügen, hohen Wangenknochen und einer spitzen Nase, die eine gewisse Strenge vermittelte. Die Wangen waren nach innen gekehrt und machten das bleiche Gesicht durch die feine Formbildung gewissermaßen adlig. Blaue, scharfsinnige Augen und eine Haarfarbe zwischen hellbraun und dunkelblond ergänzten den Eindruck einer intelligenten Persönlichkeit höherer Herkunft.
Nun, weitere Schlüsse erlaubte ich mir vorerst nicht zu ziehen, da ich jene Gestalt erst kürzlich getroffen hatte und nicht zu übereilten Urteilen neige.
Schließlich wurde die Gangway geöffnet und die Dame und nach Vorzeigen von Flugticket und Personalausweis auch ich traten in die Flugmaschine, wenn ich mich recht entsinne eine A***. Als Reisender Erster Klasse konnte ich es, beim Eintreten bevorzugt behandelt, genießen, die Flugmaschine zuerst fast ganz für mich alleine zu haben, als ich durch die leeren Gänge schritt und meinen Sitzplatz, weit vorn im Flugzeugkörper, suchte. Ich fand ihn an der linken Fensterzeile und nahm, beinahe still erfreut, zur Kenntnis, dass die soeben mit mir ins Gespräch gekommene Dame rechts von mir saß, durch einen schmalen Gang getrennt. Die Sitze der Ersten Klasse waren kleine Kabinen mit großzügigen Fußräumen, einer Ablagefläche, einem Fernsehschirm und einem bequemen Sitz.
Ich verstaute meinen mattschwarzfarbenen Koffer in dem dafür vorhergesehenen Fach und setzte mich, nachdem ich mich angeschnallt hatte, entspannt aufatmend auf den breiten Sitzplatz.
„So sieht man sich wieder“, sprach mich die Dame amüsiert lächelnd an.
„In der Tat“, meinte ich, ebenso verwundert über den heimlichen Wink des Schicksals. „Wir waren in der gleichen Lounge, sitzen in dem gleichen Flieger und beide in der Ersten Klasse. Man könnte meinen, dass es hier nicht mit rechten Dingen zugeht, nicht wahr?“

„Sie haben Recht“, sagte sie lachend und wandte sich dann ab, um sich auf den Start vorzubereiten.
Nach der Sicherheitseinweisung und einigen Grußworten des Piloten hob die Maschine wie geplant ab, und dieses Mal setzte mir die schnelle Beschleunigung und der Steigflug nicht so zu wie bei meinem Flug von Warschau nach Frankfurt. Ich sah dem grauen Terminalgebäude des Frankfurter Flughafens nach, bis es sich meiner Betrachtungsperspektive entzog.

KAPITEL X

Angesichts der letzten, schweren Tage, den gar furchtbaren Ereignissen in Braunschweig, Warschau und der L*** First Class Lounge sowie dem Verfall meines einst strahlenden Konzerns, dessen Untergang ich ohnmächtig mitverfolgen musste, ist es wundernswert, mit welch stillem Vergnügen ich den Antritt des Fluges nach Rio de Janeiro verbrachte. Ein trügerisches Freiheitsgefühl bemächtigte sich meiner Sinne, erfüllte meine Seele mit frischem Mut und festigte mein Selbstwertgefühl.

Trotz der Kenntnis, dass jenes Empfinden lediglich wie an der Börse eine technische Gegenreaktion zu einer Krise ist, ließ ich jene weiche Wolke über mich ergehen, da ich sehr wohl wusste, dass mir ansonsten, wenn ich weiterhin mein Leben in Lethargie und Depression fristen würde, mein Untergang bevorstehen würde.

Nun, jene Freiheit und Leichtigkeit hat meinem Gedächtnis die Begebenheiten des langen und durchaus ereignisreichen Fluges von Frankfurt nach Rio de Janeiro tief eingemeißelt, und diese fanden ihren Anfang mit dem Erreichen der Flugmaschine auf die Reiseflughöhe, nach der groben Hälfte einer Stunde.

Obgleich ich mir eigentlich in der Stadt Warschau, ach, was waren es damals noch für verfluchte und gleichsam glanzvolle Zeiten, geschworen hatte, das Buch mit dem Titel „Feuerland“ nicht vor dem Eintreffen auf demselben zur Hand zu nehmen, brachte ich eine effektive Gegenwehr gegen den Drang, die drohende Langweile mit diesem zu bekämpfen, nicht zustande, wo mein Optimismus doch ja nicht kleinliche Ursachen als Grund einer neuen Krise verwenden wollte.

So hatte ich mich, welch ein Glück es doch war, dass sich die Flugmaschine ruhig in der Luft hinfort bewegte, aus meinem bequemen Sitzplatze zu erheben, das Fach oberhalb dieses zu öffnen, gleichsam das sicherlich zentnerschwere, mattschwarze Boardcase, welches in jener Situation in der Tat sehr provisorisch auf meiner Leid geplagten, rechten Schulter lastete, und schließlich das gewünschte Schriftstück aus

diesem hervorzuzerren, was mich, wohl bemerkt, aufgrund der gegebenen Umstände einen erheblichen Aufwand kostete in Verbindung zu jener nicht außer Acht zu lassenden Tatsache, dass ich dieses eingezwängt zwischen mehreren, undurchlässigen Kleidungsschichten aus Hemden, Jacketts, Mänteln sowie Schleifen, Einstecktüchern und Krawatten erahnen musste. Fast meinte ich, es doch noch, denn mein weises Gemüt spielte bereits mit dem Wunsch, meine erfolglosen Versuche einzustellen, dumpf unter einem sorgfältig gefalteten Stapel an weißen Hemden verspürt zu haben, als meine Absichten urplötzlich durch jenen Einfluss gestört wurden, dem ich bereits in der Lounge und in der Wartehalle unterworfen war: „Darf ich Ihnen vielleicht helfen?“, fragte die mir bereits bekannte Dame freundlich und zaghaft, bewusst so das Image einer Lady beseitigend, was jedoch der Tatsache keinen Abbruch tat, dass mich, durch diese Ansprache zu einem Zeitpunkt der äußersten Konzentration verursacht, ein ungeheurer Schrecken durchzuckte, welcher bewirkte, dass mir der armselige Koffer von der Schulter abrutschte und, ganz in meiner hilflosen Ohnmacht, wuchtig in die Tiefe stürzte.
Unwillkürlich durchfuhr meinen Körper ein unangenehmer Schauer der Verzweiflung, meine Extremitäten fühlten sich siedend heiß an, während sich meines Gesichtes eine starre Kälte bemächtigte.
Hinter mir vernahm ich ein gar Furchtbares verkündendes Rumpeln und Poltern. Zudem wurde ich durchaus und ganz und gar der schrecklichen Tatsache gewahr, dass der Koffer unvermeidbar auf die unglücksselige Dame gestürzt sein musste, wo diese doch in der betroffenen Zone ihren Sitzplatz bezogen hatte!
„Oh nein!“, rief ich verstört aus. „Welch eine grausame Prüfung hat mir nun eine höhere Macht auferlegt, dass mir unschuldigem Geschöpf solch ein schreckliches Missgeschick geschehen muss!“ Dass ich derzeit ein schneeweißes Jackett trug, verschlimmerte nur mein Leid, und die trügerische Illusion des Hochgefühls zerplatzte wie eine Seifenblase.

Ich war nicht imstande, den Augenblick, in welchem ich mich zu der Stelle des Unglückes hinzuwenden gezwungen war, weiter in eine unendliche Leere hinauszuzögern, wo dies doch lediglich einen Aufschub zu einem unvermeidlich zu überquerenden Bollwerk darstellte. Vielmehr wandte sich mein Oberkörper in einem hastigen Impuls ganz von selbst zu der Unglücksstelle, mein Geist gefasst auf jeden in Erwägung zu ziehenden, und, wohl bemerkt, auch unmöglich erscheinenden Anblick, wo ich doch nicht von der Wirkung eines herabstürzenden, zentnerschweren Handgepäcks Kenntnis hatte, und sei es die Dame mit einem zertrümmerten Genick oder mit einer Blut spritzenden Platzwunde an ihrem unschuldigen Kopfe.
Vorerst verwehrte mir mein treuer, doch ungehorsamer, breiter Koffer den Anblick auf mein verursachtes Unheil, denn dieser schien oberhalb des Geschehens teilnahmslos in der Luft zu schweben, was freilich nicht sonderlich zu meiner persönlichen Beruhigung beitrug. Erschien an dieser Stelle womöglich die These angebracht, ich würde unter einer abstrakten Halluzination leiden?
Nun, jetzt ist es mir glücklicherweise erlaubt, den werten Leser über die ein wenig günstiger erscheinende Wahrheit in Kenntnis zu setzen. Die bedauernswerte Vermutung von mir, ich würde unter Trugbildern zu leiden haben, ließ sich zu meinem größten Glücke ab dem Zeitpunkt als fehlerhaft erklären, in welchem ich unterhalb des mattschwarzen Koffers einige feingliedrige, mit spitzen Nägeln versehene Finger entdeckte, denn all dem objektivem Anschein nach schienen diese den Koffer in der Luft zu halten, wohl bemerkt ein erstaunlicher Anblick, wo ich doch vorerst mit fürchterlichen Wunden als Folge meiner Torheit gerechnet hatte!
Verehrtes Tagebuch, es steht nun außer Frage, dass ich den genauen Ablauf meines spontanen Unglückes in Erfahrung zu bringen wünschte. Aus diesem Grunde wagte ich, meinen Koffer in die eigenen Hände zu nehmen, freilich zaudernd, da mir der Anblick hinter dem trügerisch erscheinenden Frieden nicht erspart bleiben sollte.

Nun, wider all meinen Erwartungen saß, unverändert und freundlich sowie belustigt drein strahlend, die holde Dame, welche ich vorerst des Todes gewähnt hatte, und sagte mit einem leicht amüsierten, schelmischen Grinsen: „Hier, ich glaube, dieser Koffer gehört Ihnen. Wissen Sie, ich will Ihnen nicht verheimlichen, dass mir so etwas auch mal passiert ist, allerdings mit weniger glimpflichem Ausgang. Falls Bedarf danach besteht, helfe ich Ihnen auch gerne, ihn auch wieder in das Fach zurück zu verstauen. Vorausgesetzt natürlich, Sie haben sich das aus dem Koffer geholt, was sie wollten."

Ach, welch einen massiven Einfluss hatte in meiner jetzigen Situation eine höhere Macht ausgeübt! Die bereits tot Gewähnte hatte offensichtlich kurzerhand meinen zentnerschweren Koffer mit ihren bloßen, empfindlichen Händen vor dem Aufschlag auf ihren Körper aufzuhalten gewusst! Welche eine heroische Seele enthielt doch nur dies zarte Weibsgebilde!

In der Tat machte mich dies Staunen, sodass ich lediglich stotternd imstande war, ihr eine plausible Antwort zu geben.

„Oh, nun, ahem, meine gnädige Frau, es ist mir nun, jawohl, scheinbar keine Alternative geboten, als Ihnen meinen höchsten Dank sowie gleichwohl meinen größten Respekt und freilich meine aufrichtigsten Entschuldigungen zu Ihrer wahrhaftigen Heldentat auszusprechen, stimme ich in diesem Punkte mit Ihnen überein?", so sprach ich abgehackt und äußerst peinlich berührt über mein Missgeschick, welches gleichermaßen weniger erfreuliche Konsequenzen hätte nach sich ziehen können, wenn die werte Dame nicht ihren unbezwingbaren Reflexen den freien Lauf gelassen hätte.

„Ganz und gar, der Herr", sagte diese sachlich und nüchtern als Antwort auf meine im Grunde mehr aus Verlegenheit und um Zeit zu gewinnen gestellte Frage, und lächelte mich erneut an. Und dieses Mal meinte ich, in ihrem Grinsen einen Anflug von Spott zu erahnen. Offensichtlich wollte sie mich mit der Anrede „der Herr" auf die Lächerlichkeit meiner Anrede „gnädige Frau" hinweisen, und ich fühlte mich in meinem Stolze verletzt.

„Gestatten Sie, mein Name ist übrigens Professor Doktor Victoria Katharina von Reschelmann aus Stuttgart, ich arbeite als Historikerin in einer Uni, und mit wem habe ich die Ehre?“, fuhr sie höflich und unverbindlich fort, sich erneut der altmodischen Floskeln bedienend, um mich benommenen Menschen, dem noch die Glieder von dem Schrecken des kürzlich geschehenen Unfalls zitterten, vollends zu erschlagen. Die unerwartete, wenn zwar nicht aufdringliche, so doch aber in der Tat sehr direkte Aufforderung sowie ihre dreiste und arrogante Unhöflichkeit, ihre akademischen Titel zu erwähnen, machte mein langsames Gehirn vorerst stutzig, wo ich der unglücklichen Dame doch soeben beinahe mit meinem mattschwarzen Koffer den Garaus gemacht hatte. Doch schließlich sah ich mich fähig, ihr, trotz meines blutenden Stolzes, die einzige plausible Antwort auf ihre Frage zu geben, während ich mich zurück auf meinen Platz setzte und meinen Koffer vor mich in den großzügigen Fußraum stellte. „Gestatten Sie bitte ebenfalls, ich bin Valerius Lunkenheimer, in der Stadt Bad Lauterberg am Harz geboren und lebe nun nahe dem Sitz meines Unternehmens in der Stadt Elmshorn nördlich von Hamburg. Ich sage Ihnen aber gleich, dass ein Vagabund an meiner Pendlernatur Freude hätte und ich stets dort anzutreffen bin, wo die Belange meines Unternehmens die höchste Priorität genießen. Ich bin von Beruf, gewissermaßen ähnlich Ihrer Berufung, Historiker und Geschichtswissenschaftler und habe in meiner Profession einen Konzern aufgebaut. Bitte erlauben Sie mir, Sie ein weiteres Mal demütigst um Verzeihung zu bitten!“

Wie der geneigte Leser sicherlich erkannt haben mag, habe ich es lediglich vorsichtig angedeutet, dass ich der Besitzer des angesehenen Konzerns LWGP bin, ich habe versucht, dies des Lügens bar zu vertuschen, doch Sie durften sich ja überzeugen, dass mir dies mehr schlecht als recht gelungen ist. Ich habe damit aber keineswegs das Recht von Frau Professor von Reschelmann auf ehrliche Antworten schändlich verletzt, sondern vielmehr den bedeutenden Teil der Wahrheit ausgelassen, was ich als verzeihlich betrachte, wo ich doch nicht

ungewollt eine kleine Spur auszusäen wünschte, welche die grausamen Lakaien von RORUS finden und diese zu meinem Nachteil verwenden könnten.
Indes reichten wir uns über den unsere beiden Sitzplätze voneinander trennenden Zwischengang höflich die Hände, wobei ich mich leicht erhob, da dies freilich beim Händereichen so üblich ist, was sehr in meinen alternden Gelenken schmerzte, und war in der Tat erstaunt über den starken Druck, welchen Frau Professor Dr. von Reschelmann mit ihrer zart gebauten Hand auf meine schmerzende Rechte verübte.
„Machen Sie sich da mal keinen Kopf, Herr Lunkenheimer", so wehrte Frau Professor von Reschelmann jedoch meine soeben formulierten, aufrichtigen Entschuldigungen kurzerhand ab. „Seien Sie versichert, so etwas kann jedem einmal passieren, aber dafür braucht man sich doch nicht sofort tausendmal zu entschuldigen, ich muss Sie doch sehr bitten! Es ist übrigens schön, Bekanntschaft mit einem Gleichgesinnten zu machen!"
Mich wunderte in der Tat die forsche Art der Frau Professor von Reschelmann, doch versuchte ich, der ich mich der Ruhe bedürftig fühlte und nicht der lebhaften und ein wenig unangenehmen Konversation, rasch in der Rolle des Biedermannes, Leid tragend, doch mit standhafter Miene, aufzutreten. Ich stand immerhin tief in der Schuld der erstmals in der L*** First Class Lounge begegneten Dame und wollte mich dessen bewusst und würdig erweisen. „Die Freude ist ganz meinerseits, Frau Professor von Reschelmann. Erlauben Sie, ich hatte lediglich die Absicht, meinem Koffer ein Schriftstück zu entnehmen. Ich bedanke mich herzlich bei Ihnen, seien Sie doch bitte versichert, ich habe Ihre Hilfe und Zeit bereits genug in Anspruch genommen und wünsche nun nicht, Sie weiterhin belästigen zu müssen!" Mit diesen Worten griff ich beherzt in meinen mattschwarzen Koffer, und ganz zu meinem größten Erstaunen bekam ich unverzüglich das gewünschte Buch zu fassen. Nun zog ich dieses hastig aus meinem Reisebegleiter heraus und legte es auf das Ablagefach meines Sitzplatzes, dann verschloss ich mein unseliges Gepäckstück und lud es, mit einer Ges-

te, welche Frau Professor von Reschelmann unmissverständlich signalisieren sollte, dass ich als Kavalier ihre selbstlose Hilfe keineswegs mehr vonnöten hatte, zurück in das verschließbare Tragefach oberhalb meines Sitzplatzes.

Dies geschehen, ließ ich mich erschöpft, den Blickkontakt mit der holden Dame, vor welcher ich mich aufgrund des Unglückes ein klein wenig fürchtete, meidend, auf den nachgiebigen Sitzplatz fallen und schlug das Buch mit dem Titel „Feuerland“ auf, um weiter darin zu lesen. Bedauerlicherweise erwies sich die Atmosphäre, welche innerhalb jener Flugmaschine herrschte sowie die stetigen Erinnerungsfetzen meines vermeidbaren, peinlichen Unheiles, welches immer noch mein Blut schneller durch die Adern pulsieren ließ, als denkbar ungeeignet für entspanntes Lesen, doch zwang ich meine Konzentration, ganz in dem Sinne meines buddhistischen Ratgebers, auf das Hier und Jetzt, will meinen, auf die sich vor mir offenbarenden Buchstaben, sodass es mir zumindest teilweise vergönnt war, in die wilden Unweiten des rauen Feuerlandes entsteigen zu dürfen.

Doch dieses eine Mal war ich es höchstselbst, welcher mit der mir nächst sitzenden Dame das Gespräch suchte. Ich hatte es lediglich aus den Augenwinkeln für wahr gehalten, und mein Gehirn täuschte sich in meinen eigenen Werken nimmer. „Entschuldigen Sie bitte meine direkte Frage, Frau Professor von Reschelmann, gehe ich etwa recht in der Annahme, dass Sie in der Tat das Magazin ‚Kurier der Kulturgeschichte‘ in den Händen halten?“

„Was fragten Sie, Herr Lunkenheimer? Ach so, ja, ich lese tatsächlich gerade den ‚Kurier der Kulturgeschichte‘“, antwortete diese, von jener Zeitschrift aufblickend. „Warum fragen Sie? Stört es Sie etwa, dass er eigentlich für Jugendliche gedacht ist?“

„Verzeihen Sie bitte vielmals, doch in dieser Annahme liegen Sie bedauerlicherweise keineswegs richtig. Vielmehr erscheint es mir an dieser Stelle nämlich erwähnenswert, dass Sie den Geschäftsführer des herausgebenden Verlages dieser Zeitschrift vor sich haben!“

Ein eitles Lächeln verzog unwillkürlich meine Mundwinkel, worauf die holde Dame ebenfalls mit einem antwortete. Gewahr wurde ich meiner unverzeihlichen Torheit, dass ich leichtfertig meine untergetauchte Identität in gleißendem Licht preisgegeben hatte, glücklicherweise nicht, denn dies hätte für mein schwaches Herz sicher einen tödlichen Infarkt bedeutet.

„Oh, das freut mich aber, Sie endlich mal persönlich kennenzulernen!", rief Frau Professor von Reschelmann erfreut aus. „Irgendwie kamen Sie mir ja doch mit Ihrem Namen und besonders Ihrem berüchtigten Verhalten bekannt vor, ich wusste nur nicht konkret, woher genau. Was führt Sie denn eigentlich nach Punta Arenas, wo doch sicherlich in Deutschland einige Pflichten auf Sie warten? Neben Ihrer Zeitschrift ist in Ihrem Unternehmen ja gerade ein Projekt in Arbeit, was ziemlich viel Staub aufgewirbelt hat, ich weiß, ich weiß."

Es war nun geschehen, meine Identität war offengelegt. Mir selbst, meiner tausendfach verfluchten Eitelkeit, war es anzulasten, dass meine Flucht nicht länger unbeachtet von der Außenwelt abgelaufen war, und eine heillose Panik hätte sich meiner bemächtigen können, erstaunlicherweise tat sie es aber nicht. Ich nahm hingegen zur Kenntnis, dass die gute Dame nach meiner Einschätzung nicht den erschreckenden Artikel der F*** gelesen hatte und so nicht über mein Verschwinden und dem Darniedergehen meines Konzerns unterrichtet war.

Die gestellte Frage, weshalb ich mich nicht in Deutschland aufhalten würde, bestätigte dies. Zudem aber erschien sie mir in der Tat als zu aufdringlich, obgleich Frau Professor von Reschelmann mit dieser keinen Etikettenbruch begangen hatte. Die Schwierigkeit lag vielmehr in meiner problematischen Lage, von der aber mein Gegenüber freilich, wie soeben verlautet, keine Kenntnis hatte.

Ich war also gezwungen, über die Risiken meiner Antworten hinwegzusehen und erlaubte es mir zumindest, meine Antwort lediglich in einem wagen Status ruhen zu lassen.

„Werte Frau Professor von Reschelmann...“, so begann ich, als mich die Dame urplötzlich in der ihr eigenen Manier spontan unterbrach: „Ich muss Sie doch sehr bitten, mein lieber Herr Lunkenheimer! Ich kenne meinen Namen doch selber! Ein einfaches ‚Frau Reschelmann‘ genügt mir vollkommen!“
Um dies zu unterlegen, zückte sie aus ihrem Geldbeutel, welchen sie aus ihrer braunledernen Handtasche, die auf dem Ablagetisch ruhte, gezogen hatte, wie eine Waffe, was mich zuerst freilich im Anbetracht des vergangenen Tages wie ein erschrecktes Kaninchen zusammenfahren ließ, ihre Visitenkarte, strich mit einem herbeigezauberten Kugelschreiber kokett ihre Adelsbezeichnung einer Freifrau sowie ihre akademischen Titel weg und reichte sie mir.
Gehorsam den Etikettenregeln las ich diese interessiert und war gezwungen, es ihr gleich zu tun und entnahm so auch meinem Geldbeutel eine für private Zwecke vorhergesehene Visitenkarte, strich allerdings meinen einen schnöden Titel nicht weg.
Darauf blickte mich jene Dame, die ich nun Frau Reschelmann nennen sollte, neugierig an, als erwarte sie etwas, und ich erinnerte mich vage an die Frage, die sie vor dem Visitenkartentausch gestellt hatte.
„Ahem, verzeihen Sie bitte vielmals, Frau Reschelmann“, sagte ich, peinlich berührt. „Mir ist leider, sehr zu meinem tiefsten Bedauern, Ihre ungemein interessante und gerechtfertigte Frage kurzerhand entsprungen. Erscheint es Ihnen womöglich als vertretbar, sich ein weiteres Mal dazu herabzulassen, diese verlauten zu lassen?“
„Ich fragte Sie, was Sie nach Punta Arenas führt, obwohl Sie doch sicherlich so Ihre Pflichten in Deutschland haben“, wiederholte Frau Reschelmann ihre Frage ruhig und sachlich. Sie schien die Antwort wahrhaftig zu interessieren, wie ich an ihrem mühsam gebändigten Eifer erkennen konnte.
Der einfühlsame Leser findet nun sicherlich Verständnis für meinen kecken Wunsch, das Gespräch auf dem schnellsten Wege beenden zu wollen, bevor mir noch allzu gefährliche Details zur Verschwörung gegen mich über die Lippen kommen würden, die diese Frage als

Antwort verlangte. Jedoch war dies, unter der Einhaltung meiner eigenen Etikette, welche ich selbst in jener Situation als unantastbar betrachtete, in unendliche Ferne gerückt, weiter als alles andere in diesem Universum, mit der Ausnahme vielleicht einer positiven Lösung der Schwierigkeiten meines Konzerns und meines Lebens als Verfolgter.

„Nun denn“, sagte ich, mich allmählich fassend, nach einem kurzen Räuspern und überlegte ruhig, wie ich jene Frage korrekt, aber ohne kritische Details beantworten konnte. „Sie sind doch gleichsam gewahr der Tatsache, dass ich eine solche Frage ebenfalls an Sie zu richten interessiert wäre, nicht wahr? Jedoch...“

„Ich fliege nach Rio, um in der Uni dort einige Vorträge für die Studenten von Alter Geschichte zu halten, denn die haben zu wenige Professoren in diesem Themenbereich. Gerade, wo sich Rio international geben will, brauchen sie halt Leute wie mich, schließlich ist das ja am ganz anderen Ende der Welt, wo sollen da Geschichtsprofessoren herkommen? Denen ist mein Kommen so wichtig, dass sie mir Flüge Erster Klasse gebucht haben und mir ein Appartement in einem Condomimo zur Verfügung stellen. Und weil ich gerne etwas von der Welt sehen wollte, habe ich sofort ja gesagt.“ Mit jenen schlichten Worten hatte Frau Professor Dr. Victoria Katharina von Reschelmann all ihre Karten auf den Tisch gelegt und mich auf diese perfide Methode dazu gezwungen, es auch zu tun. Sie ergänzte nichts an ihren Ausführungen und blickte mich nur scharf mit ihrem adligen Gesicht und ihren stechend blauen Augen an; dies tat sein Übriges und ich zerknickte wie ein Grashalm unter dem Schuh eines Wanderers.

„Ich wünsche, es so kurz wie nur irgendwie vertretbar formulieren zu können“, sagte ich schwach. „Nun, handelt es sich bei Ihrer Ausgabe des Kuriers der Kulturgeschichte um die aktuellste?“, fragte ich, auf den ersten Blick für einen Unwissenden vollkommen zusammenhangslos.

„Ja, das tut es, ich habe sie gerade erst gekauft, bevor ich zu Ihnen in die Wartehalle gestoßen bin, an einem Kiosk“, antwortete Frau Re-

schelmann rasch und sachlich. Freilich verwirrte sie jene anfangs zusammenhangslos erscheinende Frage, das entging mir nicht, doch war sie derart intelligent, mein, wie ich hoffe, ebenso perfides Frage-Antwort-Spiel mitzumachen, da sie wusste, dass nur jener verschlungene Weg zu dem Ziel, der Antwort auf ihre eigentliche Frage, führte.
„Nun, und haben Sie sich von dieser bereits die zwei letzten Seiten zu Gemüte geführt?“, lautete also meine nächste, ebenfalls vorerst ein wenig deplatzierte Frage.
„Nein, ich habe die Zeitschrift gerade erst angefangen zu lesen, bis Sie mich unterbrochen haben“, antwortete die Dame, nun doch etwas ungehalten, da ihr der Weg zur erhofften Antwort offensichtlich zu lang war. Ich ertrug ihren harten Blick nicht länger und übermittelte ihr dann doch sofort die erwünschten Worte. „Bedauernswerterweise steht auf jenen ausführlich beschrieben, dass wir die Zeitschrift mit der jetzigen Ausgabe aus dem Sortiment meines Verlages entfernen müssen, da zum einen die Geschichte der Antike mit diesem zu Ende und zum anderen ein bedeutender Autor der Zeitschrift von dannen gegangen ist, womit ich gemeint wäre“, sagte ich in einem triumphierenden Tonfall.
Mit dem Folgenden hatte ich nicht gerechnet, Frau Reschelmann lachte doch tatsächlich laut auf und stieß, noch immer im Anfall des Amüsements, folgende Worte aus: „Lunkenheimer, man könnte sagen, Antwort am Thema vorbei, durchgefallen. Ich bin doch nicht so blöd und übersehe, dass Sie sich um die erwünschte Antwort drücken wollen. Da sind Sie aber leider an die Falsche geraten!“
Ob dieses Schlagabtausches lief ich puterrot an. Das Schlimmste war, dass die Aussage der Frau Reschelmann mit allergrößter Korrektheit versehen war und sie meine Absicht, mit der Thematisierung der Aufgabe meiner Zeitschrift von meiner persönlichen Misslage abzulenken, schlicht und ergreifend durchschaut hatte.
Waren jetzt all meine Waffen geschlagen, hatte Frau Professor Dr. Victoria Katharina von Reschelmann ihr Ziel etwa erreicht und konnte

jetzt meine ehrliche Antwort erfahren? Mein guter Leser, nach all meinen gescheiterten Bemühungen fürchte ich fast, dass dem so ist.
Die jetzige Situation war in der Tat bei Weitem unangenehmer als jegliche Begebenheiten mit jener intelligenten und eigenwilligen Dame zuvor, obgleich mir auch diese recht schmerzlich erschienen waren, wo mir Frau Reschelmann doch trotz ihres korrekten Auftretens so manche Dinge entlockt hatte, die ich eigentlich nicht zu verlauten beabsichtigt hatte, dies allein hatte schon meinen konservativen Stolz erheblich geschmälert. Gleichzeitig wurde mir bewusst, dass Frau Reschelmann sich nun sicherlich nicht mit einer kurzen Antwort zufrieden geben würde, um die ich mich zuvor mehr oder minder erfolgreich gedrückt hatte. Doch sollte ich ihr wirklich meine dramatische, surrealistische Lage ehrlich schildern?
Freilich erschien, wie soeben bereits erwähnt, meine wirkliche Lage in erzählter Form möglicherweise wie die Worte eines Irren. Da schien doch die Frage gerechtfertigt, ob es mir spontan wohl gelingen würde, eine realistischer erscheinende Lüge zu erfinden, ist dem nicht so?
Einerseits musste ich dabei meinen persönliche Sicherheit berücksichtigen, andererseits verlangte die holde Dame nach einer plausiblen Antwort, welche ihr vorzuenthalten wiederum meine Sicherheit gefährden würde, wo sie doch mit einem beinahe Furcht einflößenden Durchsetzungsvermögen begabt war.
Schnell wog ich das Für und Wider ab, schließlich traf ich dann meine endgültige Entscheidung.
Kurzum, ich schilderte ihr in kurzen Worten meine problematische Situation, ließ jedoch die Auftragsgeber der auf meine Person gehetzten Kopfgeldjäger ungenannt und vermochte zu behaupten, ich hätte von denen keine Kenntnis und erwähnte ebenso nicht meinen Aufenthalt in Braunschweig oder gar meine, dank einer höheren Macht glimpflich ausgegangenen Verfolgungsjagden. Trotzdem bewahrte ich eine gewisse, unumgängliche Ehrlichkeit.
Wenn sich der werte Leser nun fragt, ob nun alles berichtet ist, welches ich zu nennen fähig bin, so wünsche ich nun, ihn mit einer klei-

nen Kostprobe meiner mir nun erbärmlich erscheinenden Erklärung zu beehren: „Werte Frau Reschelmann, seit der Zuschlag zur Unterstützung des Projektes von ALPHA & OMEGA, die Antarktis zu erschließen, an meinen Fonds gefallen ist und nicht an den russischen Rohstoffkonzern RORUS, ward ich von zwei gar furchtbaren Briefen, unfrankiert und unbekannten Absenders, bedroht, von denen mich der eine zum Rückzug meiner Initiative für das Projekt aufforderte und der andere sogar mit Milzbrand infiziert war. Es folgten weitere Drohbriefe, gewaltsame Übergriffe auf meine Angestellten und ein Einbruch in mein Domizil in Bad Neustadt, die Fassade des Verlagsgebäudes wurde mit wasserunlöslicher Farbe verunreinigt. In diesem Maße verunsichert, schien mir angebracht, die Flucht zu ergreifen, noch ehe mich meine Häscher ergreifen und mich unter Schmerzen dazu zwingen könnten, Verlangtes zu tun, zu dem ich mich in meinem Stolz ansonsten nie überwinden werde. Eine finstere Macht wollte mir offenbar aufgrund meiner jüngst erworbenen Macht über die Zukunft unserer Welt Böses zufügen und versuchte, mich mit dem Leid meiner Angestellten unter Druck zu setzten. Ob dem Handeln jener Täter ehrenwerte oder verabscheuungswürdige Motive zugrunde liegen, entzieht sich meiner Kenntnis, und auch die Briefe gaben nebst einigen mir zuvor unbekannten Tötungspraktiken keinen Aufschluss darüber. So also trat ich die Weltreise an, der Sie gerade beiwohnen. Seien Sie sich aber bewusst, dass mein Verlag trotz alldem die jüngsten Ergebnisse der Wissenschaft publiziert und mein Konzern noch immer von meinen fähigen Managern geführt wird.“

Angesichts der eigenwilligen Strategie meines Managers Victor Harzstein, der mich kurzerhand als Vorstandsvorsitzender ersetzt hatte und entgegen meiner Handlungsweise den Kapitalvernichter ALPHA & OMEGA weiterhin in den Armen von LWGP wiegt, schmerzte mich diese aus der Not geborene Bewertung ungemein; und dennoch hatte ich sie leichtfertig über meine Lippen gleiten lassen. War dies psychologisch zu erklären? Suchte mein Geist mir selbst Vertrauen zu Herrn Harzstein zuzufächern und ihm ein zwar meinen Ansichten zuweilen

entgegen stehendes, doch dem zum Trotz überlegtes Handeln zuzusprechen? Es mag sein, doch vielleicht galt es auch schlicht und ergreifend, den Ruf meines Konzerns vor den wachsamen Augen der Frau Reschelmann zu verteidigen.
„Nun“, so fuhr ich nach einer kurzen Pause fort, „ich habe bis zu dem heutigen Tage die polnische Hauptstadt Warschau besichtigt und kurzerhand beschlossen, meinen Entdeckungsradius mit einer Reise nach Punta Arenas zu erweitern.“
Sehr geehrter Leser meines Tagebuches, vor Ihnen gebe ich zu, dass es damals fürchterlich in meinem Herzen schmerzte, mit jedem ausgesprochenen Wort ein gutes Stück meiner integren Persönlichkeit preiszugeben. Und ich las deutlich in den aufmerksamen, tiefblaufarbenen Augen meines eigenwilligen Gegenübers, dass es jene Unaufrichtigkeit spürte und nimmer vergessen sollte und sie fest seinem Gedächtnis eingebrannt hatte. Ich muss mich immerzu vor mir selbst rechtfertigen, dass meine Ausführung erzwungen unehrlicher Art waren und ich als unglücklicher Tropf wenig gegen die unbesiegbare Macht der Frau Reschelmann, die augenscheinlich in der Lage war, die Tiefen meiner selbst auszuloten, ausrichten konnte. Wenigstens wage ich zu behaupten, trotz alldem mit Bravour meine Rolle als wohlerzogener Biedermann der alten Schule erfüllt zu haben.
„Was haben Sie alles durchgemacht in den letzten Tagen, Herr Lunkenheimer, alle Achtung!“, sagte Frau Reschelmann nun, als ich mit meiner Erzählung geendet hatte, und jetzt meinte ich, in ihrer Stimmlage eine gewisse Anerkennung auszumachen. „Mein Gott, ich hatte ja überhaupt keine Kenntnis von den unheilvollen Auswirkungen, die Ihnen der Geldtransfer eingebracht hat, an dem liegt es doch, oder?“
„Ich bin gewillt, Ihnen in diesem Punkte voll und ganz zuzustimmen“, sagte ich sachlich, das an ihren Satz gefügte „Oder?“ nicht beachtend. „Denn ich rühme mich, Sorge dafür getragen zu haben, dass die internen Angelegenheiten meines Konzerns und meine privaten Schwierigkeiten keinesfalls die Gemüter der Öffentlichkeit bewegen sollten.“

„Und Sie haben keine Polizei eingeschaltet, als Sie den ersten Drohbrief erhalten haben?“, fragte Frau Reschelmann verwundert.
Die Frage schien berechtigt, doch sie schlug mir wie eine Provokation ins Gesicht. Waren denn nicht etwa meine Klagen in dem Polizeipräsidium unnütz verhallt?
„Nun“, meinte ich, versuchend, Ruhe und Sachlichkeit zu wahren und ein plastisches Bild meiner damaligen Situation aufzustellen. „Einst habe ich, sowie ich den ersten Brief erhalten habe, der mich recht unverblümt zur Einstellung des Geldtransfers zu ALPHA & OMEGA aufforderte, einen mir besonders ergebenen Angestellten mit einem solchen Auftrag betraut, doch er wurde vor der Ankunft im Präsidium aufgehalten und unfreundlich zur Rückkehr aufgefordert. Als ich höchstselbst bei der Polizei den Fall vortrug, antworteten die Polizisten, sie werden freilich die Ermittlungen aufnehmen, doch ehe ich ihnen keine handfesten Beweise für die Täterschaft von RORUS vorlegen könne, werden sie niemanden verdächtigen und können mir keinen Schutz vor diesen Übergriffen gewähren. Sagen Sie mir nun, Frau Reschelmann, habe ich den Rechtsweg gänzlich und vollkommen ausgeschöpft oder gibt es da etwa noch eine weitere Möglichkeit, die zwar existiert, aber die mir nicht in den Sinn gekommen ist?“
„Na ja“, sagte Frau Reschelmann und überlegte eine kurze Weile. „Im Grunde genommen haben Sie Recht. Ich weiß ja nicht, wie ich mich in einer solchen Situation verhalten hätte. Ich kann verstehen, dass es da nicht leicht ist, eine Entscheidung zu treffen. Aber irgendwie ist es schon komisch, dass Sie jetzt auf einmal neben mir sitzen, wenn man bedenkt, wo sie einige Tage zuvor waren.“
Ich nickte resigniert. Was war ich denn auch ohne mein strahlendes Lebenswerk LWGP?
„Haben Sie denn Spitzel auf die Absender und Angreifer angesetzt oder Leute, zum Beispiel Bettler, gefragt, ob die irgendjemanden gesehen und erkannt haben? Die hätten Ihnen für ein paar Euros bestimmt gerne geholfen. Dann hätten Sie womöglich Beweise, hätten die Täter überführt und wären alle Sorgen los gewesen.“

Einen Moment war ich sprachlos. Verbarg sich hinter jenem gut gemeinten Ratschlag womöglich ein Zweifel an der Sinnhaftigkeit der Flucht, welche ich aus der reinen Not heraus ergriffen hatte und die meine Existenz von der höchsten Höhe in die tiefste Tiefe befördert hatte?

„Ich bitte um Verzeihung, nun zu solch deftigen Worten greifen zu müssen", sprach ich darauf leise, aber voll von berechtigtem Zorn erregter Stimme, die sich nicht mehr von meinem Taktgefühl bändigen ließ. Denn bei allem nötigen Respekt, welchen ich jener fremden Dame entgegenzubringen gewillt bin, erschienen mir Spekulationen dieser Art bei Weitem zu konstruiert und mehr aus dem Sichtkorridor eines Idealisten erfunden, als in der Anwendung effektiv zu sein. Als sei es ausgemacht, dass diese beiden Schritte, welche ich aus gutem Anlass heraus unterlassen hatte, all dies unnötig gemacht hätten, was ich nun mit stummem Leiden und lautem Seelengeschrei ertrug!

„Ich wage hiermit zu behaupten, dass Sie, so traurig dies auch ist, nicht imstande sind, sich die bittere Realität meiner damaligen Situation zu vergegenwärtigen. Erwarten Sie von mir, dass ich all meine Not einem Spitzel anvertraue, nachdem bereits die Polizei mir tatkräftige Unterstützung untersagt hat? Stehen jenen Spitzeln etwa mit der Ausnahme ihrer dubiosen Beziehungen in die anarchische Unterwelt unserer Gesellschaft schlagkräftigere Mittel zur Verfügung als dem Rechtsstaat? Und des Weiteren hatte ich nie die Absicht, mich der zweifelhaften Ehrlichkeit eines Bettlers anzuvertrauen. Die Lügen von Aussagen, die ein solcher gegen bares Geld dahergeplaudert hätte, hätten mich wegen Verleumdung und Betrug und nicht die eigentlich Schuldigen aus der Höhle von RORUS vor Gericht gestellt. Dann wäre ich in der Weltöffentlichkeit die überhebliche, siegestrunkene Heuschrecke und nicht der ehrenhafte Held der Menschheit. Zudem habe ich keinen Anlass, mich vor Ihnen in meinen Handlungen rechtfertigen zu müssen, können Sie diese in der Geborgenheit Ihrer Existenz doch nur schwer nachvollziehen! Bitte zeigen Sie mir für dies Ihr vollstes Verständnis."

Ach, welch befreiende Wirkung erzielten doch jene unfreundlichen Worte! Meine Rache zu dem erzwungenen Geständnis vorhin war erbracht und ich weidete mich an ihren Folgen, zumindest für einige kostbare Sekunden.
Denn nun zog sich die Stirn der Frau Reschelmann zornig in Falten, ich schien sie offensichtlich mit meinen klaren und einfach formulierten Worten, welche ich nun bereits, nach einem äußerst kurzen Triumphempfinden, zutiefst bereute, stark beleidigt zu haben.
„Es sei Ihnen ja gegönnt, so zu handeln, wie Sie wollen", räumte sie eingeschnappt ein. „Dass alle Bettler Lügner sind, müssen Sie mir erst einmal beweisen. Aber wahrscheinlich haben Sie überhaupt noch nie mit so jemandem gesprochen. Zumindest die Reschelmanns konnten früher auf die Unterstützung des Dritten Standes zählen. Na ja, aber wenn man Sie sich so anhört, kann man irgendwie nachvollziehen, warum Sie das nicht können!"
Oh weh, dieser Kommentar verfehlte seine erwünschte Wirkung nicht, ich litt schwer wie das von mir angeschossene Reh, und ohnmächtig musste ich mit ansehen, wie die fiese Frau Reschelmann die gesamte Lebensweise des Geschlechtes der Lunkenheimer in Frage stellte und meinen konservativen Familienstolz zutiefst verletzte. Wahrhaftig wusste sie, welche Hebel sie in Bewegung setzten musste, um ihre Gegenüber zum Leiden zu bringen, welch böses, böses Talent!
Freilich hätte ich sie nun über die Schauermärchen meiner Großeltern über jenes Gesindel aufklären können, denen ich in früher Kindeszeit vor dem zu Bette gehen gelauscht hatte und die mir so manch eine schlaflose Nacht beschert hatten. Diese hätten Frau Reschelmann womöglich ein etwas differenzierteres Bild von dem moralischen und ethischen Anstand jener niederen Schicht ermöglicht und so die darauf basierende Gewichtigkeit meiner Argumentation erhöht.
Doch ach weh, ich empfand in meinem Herzen nicht die mir bekannte, die mir sonst zueigene Kampfeslust, meine Gegenüber von der Richtigkeit meiner Ansichten mit der geballten Wucht meiner verbalen und suggestiven Fähigkeiten zu überzeugen, sondern vielmehr das peinli-

che, schwache Verlangen nach Sanftmut und Harmonie. Welch einem rasanten Zerfall war ich selbst doch ausgesetzt! Welch Scham, dies an dieser Stelle zugeben zu müssen, anstatt den Leser mit einem packenden Wortgefecht zu beglücken, an dessen Ende ein anderer stolzer Triumphator die Siegesfahne schwingt! Nein, stattdessen sagte ich folgendes, was mich mit Gram erfüllt: „Oh, ich muss Sie doch sehr bitten, nehmen Sie doch, ich flehe Sie inständig an, meine in männlicher Unüberlegtheit hastig hinformulierten Worte weniger ernst, als Sie es beabsichtigt haben zu tun. Ich bereue sie in der Tat zutiefst und erflehe mir von Ihnen eine Änderung meiner peinlichen wie verzwickten Lage!“, so bat ich reumütig, verwundet und besiegt nach einem aufrechten Kampf.

Auch wenn die Wogen unseres Disputes nun geglättet waren, meiner zornig erregten Stimmung taten meine mildernden Worte vor jener eigenwilligen Person keinen Abbruch, diese sollte noch lange verborgen in meiner nachtragenden Seele gären.

Frau Reschelmann blickte mich triumphierend an, sich ihrer Rolle als Siegerin bewusst, und wandte sich demonstrativ ab, aber immerhin zu meiner Zeitschrift.

KAPITEL XI

Werter Leser, es ist in der Tat so, dass ich Ihnen das nun auf diesen kurzen Wortwechsel folgende Gespräch mit der, wie ich zugeben muss, gebildeten und intelligenten, jedoch aber durchaus zuweilen auch eigenwilligen und kompromisslos nach ihren Absichten strebenden, meine konservativen Einstellungen ein wenig verletzenden und an meinen durch die ungesunde Anspannung aus stetiger, immenser Furcht vor gewaltbereitem Mob erschütterten Nerven nagenden Frau Professor Dr. Victoria Katharina von Reschelmann vollständig schildern kann. Aus Gründen der Langwierigkeit und mangelnden allgemeinen Interesses sehe ich es als gerechtfertigt an, Ihnen dieses vorzuenthalten.

Der Inhalt desselben kreiste um ihren persönlichen Zweck der Reise, welchen sie freilich bereits genannt hatte und mir nun lediglich ausführlicher schilderte, sprang dann zu ihrem Zielort sowie meinem Zwischenziel, der gigantischen brasilianischen Stadt Rio de Janeiro, und schließlich zu unserem gemeinsamen Interessengebiet, und zwar den neuesten Erkenntnissen aus der antiken und der modernen Welt, welche sich nur dank meiner Finanzierung verwirklichen ließen. Dies jedoch erwähnte ich in dem langen Gespräch, um nicht als ein Egozentriker zu gelten, nicht mehr allzu oft. So ließ ich die gnädige Dame häufig zu Wort kommen, und sie berichtete mit einem gewissen Stolz, wie die Universität in Stuttgart eine Empfehlung an die in Rio de Janeiro gesendet hatte, die ihr jene günstige Stelle verschafft hatte.

Ach, wie ich sie doch um jenen Umstand beneidete! Zudem konnte ich sie mir durchaus aufgrund ihrer schmerzlich direkten und zielgerichteten Verhaltensweise wunderbar als eine von den Studenten geschätzte Professorin vorstellen.

Denn mittlerweile wusste ich ihren eigentümlichen Charakter doch noch auf dem einen Wege zu schätzen, obgleich sie mein narzisstisch veranlagtes Gemüt vorerst mit ihrem kompromisslosen Befehl, meine

Karten offen vor ihr auszubreiten und besonders mit ihrer wohlplatzierten Beleidigung zutiefst angegriffen und verletzt hatte.
Unser gehaltvolles Gespräch wurde kurzzeitig durch das Eintreffen einer Stewardess unterbrochen, welche sich nach unserem Speisewunsch erkundigte.
Frau Reschelmann wünschte Kalbsmedaillons mit Kaviar als Beilage und Tomatensaft als Getränk. Ich begnügte mich lediglich mit einem guten Glase Tafelwassers, wo ich doch weniger Begierde nach Essen empfand, so doch aber mehr nach ein wenig Entspannung, da ich während des Fliegens aufgrund meiner Flugangst permanent unter einer den Appetit hemmenden, unangenehmen Anspannung litt und den unvermeidbar durch meine gestrige Torheit in meinen Adern kreisenden Alkohol so rasch als möglich zu verdünnen versuchte. Indes hatte mich meine weiche Wolke langsam wieder zurück auf dem Boden der Tatsachen abgesetzt, allerdings derart sanft, dass mir die Ankunft kaum aufgefallen war. Ich nahm meine Präsenz auf festem Boden erstmals wieder wahr, als meine Flugangst wieder einsetzte, doch sehr viel milder als bei meinem Flug nach Frankfurt.
Frau Reschelmann unterbrach artig unser Gespräch zum Speisen, wodurch mein langsamer Geist erst ihre offenen Worte verarbeiten konnte und ich mir auf Grundlage jener gewonnenen Informationen ein umfassendes Bild von ihr machte, was allerdings recht kongruent zu dem ersten war.
Darauf fanden wir, was mich freilich nicht allzu sehr schmerzte nach den von ihr zugefügten, noch immer blutenden Wunden, nicht die passenden Worte, um unser Gespräch weiter fortzuführen, und aus diesem Grunde verweilten wir nebeneinander in einer unangenehmen, ein klein wenig durch meine gute Literatur abgemilderten Stille.
Nun erfreute ich mich an der Vollendung des brillanten Schriftwerkes „Feuerland“, jedoch begleitet von einer dumpfen Furcht vor dem Eintreffen jener Prophezeiung einer Gestalt in diesem, welche hat verlauten lassen, dass dem Neuankömmling auf dem Feuerland immer im Moment des Verlassens dieses eine Unheil widerfahren sollte, welches

ihn an der Abreise hindere, wo ich doch freilich über den gnädigen Willen verfügte, mich auf diesem nur zeitweilig aufzuhalten!
Ich erlaubte mir, meine Furcht vor jenem Fluch bis zu dem Zeitpunkt, in welchem ich dieses karge Land betreten sollte, aufzuschieben, und suchte in meinem bequemen Sitzplatz ein wenig Entspannung.
Nun, an meiner statt schien wenigstens Frau Reschelmann über die Muße zu verfügen, in der unsrigen Flugmaschine eine tüchtige Mütze voll Schlaf zu finden.
Da mir bedauerlicherweise keine sinnvollere Aktivität eingegeben wurde, genoss ich, mehr des eigenen Zwanges als um des wahrhaftigen Genusses willen, wo ich freilich ebenso unter einer kleinen Prise der Höhenangst leide, die in der Tat beachtenswerte, keineswegs durch die weiße Macht der Wolken gehemmte Aussicht aus dem kleinen Fenster meines Sitzplatzes, vorerst auf unseren geliebten Heimatkontinent Europa, wobei es mich, wie zu jeder Zeit meiner unglücklichen Aufenthalte in Flugmaschinen, erneut ins Staunen versetzte, wie immens die Gattung Mensch das Bild unseres Leid tragenden Planeten beeinflusst, folgend auf die afrikanische, ausgedörrte Wüstenlandschaft, dann auf die schier endlosen Weiten des Atlantischen Ozeans.
Dies alles geschah über einen geschätzten Zeitraum von drei Stunden und der Hälfte einer, denn darauf erwachte die redselige Frau Reschelmann aus ihrem Schlaf und blickte mich ein wenig irritiert an.
Etwas verwirrt erwiderte ich standhaft ihren forschen Blick, während labilere Personen sicherlich unter ihren stechenden, eisblauen Augen wie ein umgestoßenes Glas zerbrochen wären.
„Ach ja, stimmt auch, Sie sind Herr Lunkenheimer, und ich habe Sie im Flughafen von Frankfurt kennen gelernt“, sprach die Dame ruhig, mehr zu sich selbst als zu mir, während sie ihre Augen weiterhin unerbittlich auf die meinen fixiert hielt, sodass es mir immer schwerer fiel, diesem standzuhalten.
Endlich wandte sie, mir zur unendlichen Erleichterung, ihren kalten, prüfenden Blick ab und ersetze ihn durch ein keckes Lächeln. „Haben

Sie eine angenehme Ruhe gehabt?", fragte sie freundlich, nun wieder Dame ihrer Erinnerungen.
„In der Tat ist dem so", erwiderte ich bissig, nicht so recht der Herr meines Mundwerkes, auf die erste Aussage meiner Fluggenossin, ihre letztere Frage außer Acht lassend. „Ich bin DOKTOR Valerius Lunkenheimer und..."
Urplötzlich setzte Frau Reschelmann wieder ihren unbarmherzigen Blick auf, nur erschien er mir jetzt mindestens um das Zehnfache verstärkt, sodass ich nicht nur verschämt meinen Blick abwenden musste, sondern gar noch der Worte, welche ich zu sprechen beabsichtigt hatte, nicht mehr mächtig war.
„Oh, ich bitte um Verzeihung für meine Unpässlichkeit, mein schwacher Geist war nicht der Herr meines Körpers, als mir jenes über die Lippen ging", brachte ich gepresst unter dem wie gleißend helles Sonnenlicht auf mein Sehwerk prallenden Blick der Frau Reschelmann hervor, während mein Selbstbewusstsein schneller danieder ging als ein sterbender Stern. Ich musste nur erneut erfahren, dass jene Dame in der Tat eine sehr strenge Person sein konnte und nur mit der Mimik ihres adligen Gesichtes ganze Existenzen zu zerstören vermochte.
„Ich fragte Sie, ob Sie angenehm geruht haben", wiederholte sie, die Ruhe in Person, aber ihren gar zerstörerischen Blick weiterhin beibehaltend, als würde sie mich meiner Seele berauben wollen.
„Welch eine Torheit meinerseits, erst jetzt den Sachverhalt Ihrer höchst interessanten Frage aufzunehmen!", rief ich, zu einem winzigen Teil um der bösartigen Ironie willen, mit dem Verhalten eines reuigen Sünders, der ich ihrer Ansicht nach offensichtlich war.
Schließlich ließ die gute Frau Reschelmann Gnade vor Recht ergehen und wandte ihren scheußlichen Blick ab, indes schmerzten meine Augen fürchterlich von diesem. Endlich gelang es mir, in einem beschwichtigenden Tonfalle fortfahren zu können, dennoch wieder einmal als der Unterlegene der kurzen Szene: „Es ehrt mich, dass Sie sich zu jener Frage herabgelassen haben. Ich bedanke mich vielmals dafür und weiß auf diese nur zu antworten, dass meine Ruhe bedauerlicher-

weise erheblich durch einige traurige Aspekte meines soeben vollendeten Buches beeinträchtigt wurde. Trotz dessen übte die Geschichte eine in der Tat beruhigende Wirkung auf meinen nervösen Geist aus, denn zuvor wurde sein unermüdliches Feuer erstickt durch den allerdings von einigen Löchern durchzogenen Teppich der Schicksalsergebenheit. Es bleibt mir noch, mit Verlaub, mich erkundigen zu dürfen, wie es um Ihre Ruhe bestellt ist!“

„Danke, mein Schlaf war gut“, antwortete Frau Reschelmann schlicht darauf, und mein Gemüt wurde der unbändigen Pein bemächtigt, als ich realisierte, dass die strenge Dame auf ihre soeben gestellte Frage im Grunde eine gleichsam kurze Antwort erwartet hätte.

Nun, aus diesem Grunde verabscheute ich rhetorische Fragen ähnlich jener üblichen von Frau Reschelmann, wo ich doch auf diese, einer ernst gemeinten Frage gleich, eine ehrliche sowie ausführliche Antwort zu geben wünsche!

Jedoch erfreute mich Frau Reschelmann durch ihre, meine Erwartungen glücklicherweise nicht bestätigende Reaktion, indem sie mir lediglich mit einer bewusst kurz gehaltenen Antwort ihrerseits ihre eigenen Vorstellungen einer solchen zu verstehen gab, anstatt mich wie bei der Ausübung ihres Berufes, so bin ich mir ganz sicher, auf ihre grausame Art belehren zu wollen.

Darauf bedacht, eine weitere, ähnliche Situation zu vermeiden, erhob ich mich rasch aus meinem Sitz, schließlich verspürte ich allmählich den deutlichen Drang meines gequälten Körpers nach etwas Bewegung, und schritt unter den verwunderten, doch von mir kaltherzig ignorierten Blicken Frau Reschelmanns mehrmals den Gang, welcher zwischen den einzelnen Sitzreihen verlief, auf und ab. Mein weißes Jackett nahm dabei die weiße Farbe der Decke auf und ich schämte mich nun weniger meines Missgriffes.

Dies geschehen, durchflutete meinen Körper eine wohltuende Wolke der frischen Lebensgeister, welche meinen anfänglichen Schmerz, bedingt durch die verkrümmte und gleichförmige Körperhaltung innerhalb des Sitzplatzes, rasch beendete. Mit einem beschwingten und

befreiten Gefühl suchte ich nun wiederum meinen Sitzplatz auf, da erschallte auf einmal eine Meldung des Piloten.
Dieser teilte uns unwürdigen Insassen mit, dass er in Kürze die vorerst eingehaltene Flughöhe zu verlassen beabsichtigte und wir in baldiger Zeit auf dem Rio de Janeiro-Antônio Carlos Jobim-Flughafen landen würden. Zudem forderte er uns freundlich zu der verpflichtenden Anweisung auf, uns mit den Sicherheitsgurten zu bedecken. Ich konnte da kaum fassen, dass ganze elf Stunden seit dem Start in Frankfurt vergangen waren, und nur schleichend trat die unvermeidliche Müdigkeit ein. Nach einer Zeitverschiebung von fünf Stunden war die Ortszeit 20.00 Uhr, auf der Südhalbkugel Herbst und es demzufolge schon recht dunkel. Als ich aus dem Fenster blickte, sah ich aber die hellen Lichter Rio de Janeiros vor uns, welche die Nacht mühsam verdrängten.
Sämtliche Insassen der Flugmaschine leisteten der Anweisung des Piloten nun unverzüglich Folge. Keine lange Zeitspanne brauchte nun zu folgen, bis sich in meinen Organen ein weiteres Mal eine ungeheure Angst vor dem Landeanflug einnistete, als Reaktion auf den deutlich zu verspürenden Sinkflug mit absackenden, unangenehmen Einlagen, der, wie ich doch sehr hoffte, vertrauenswürdigen Flugmaschine.
Ebenso realisierte mein tüchtiges Gehirn, dass Frau Reschelmann einige Worte an mich zu wenden beabsichtigte, jedoch, sehr zu meinem äußersten Bedauern, sah ich mich aufgrund meiner angeborenen, mich von dem Inneren meines Körpers hinaus verzehrenden Furcht nicht fähig, dieser bewusste Beachtung schenken zu können.
Schlimm war, dass die Lichter der Stadt die einzigen Anhaltspunkte zur Orientierung darstellten und sie nur mäßig zur Abschätzung von Entfernungen beitragen konnten. So verspürte ich lediglich einzelne nachgebende Etappen der Flugmaschine, konnte sie aber aufgrund der Orientierungslosigkeit nicht optisch nachvollziehen. Es fiel mir schwer, eine Einschätzung zu treffen, ob das Flugzeug schon über der Landebahn schwebte oder noch einige hundert Meter in der Luft flog.

Mein Körper verspürte aufgrund der von mir ungesehenen Bewegungen eine große Elendigkeit, welche nun zusätzlich durch die anhaltenden, wie Messerstiche auf mein sensibles Gemüt aufschlagenden Angriffe Frau Reschelmanns verstärkt wurde.
Einzig meine stählerne Selbstdisziplin wusste meinen gequälten Geist nicht durch einen erleichternden Aufschrei zu entehren, welcher mir bereits ungeduldig auf der Zunge gekitzelt hatte.
Derart war meine Verfassung während der Zeitspanne des Approaches meiner Flugmaschine nach Rio de Janeiro zu beschreiben, diese ließ mich sogar nicht die weiche Landung auf dem, ach, welch geliebten Erdboden bemerken. Für dies jedoch trug vielmehr der begeisterte Applaus der kundigen Passagiere Sorge.
Mein Geist empfindet jetzt, wo ich die damaligen Geschehnisse ein weiteres Mal ausgiebig betrachte, die nun folgende Situation als kaum in der bittren Realität geschehen, so flüchtig und unvollständig wirkt sie nun auf mich.
Nun, dass ich fähig war, die Flugmaschine zu verlassen, habe ich, sowie ich mich recht erinnere, voll und ganz Frau Reschelmann zu verdanken, denn diese ergriff, als unser Gefährt fest mit dem gewaltigen Gebäude des Flughafens verbunden war, energisch meinen rechten Arm und führte mich, einer fürsorglichen Mutter mit ihrem unkundigen Kinde gleich, aus der Maschine hinaus über die Gangway in einen der beiden hell erleuchteten, halbkreisförmigen Bauten des Rio de Janeiro-Antônio Carlos Jobim-Airports.
Dort wandte sie sich hastig, denn all dem objektiven Anscheine nach schien sie es recht eilig zu haben, an mich und sprach: „So, Herr Lunkenheimer, Sie können sich wohl glücklich schätzten, dass ich neben ihnen saß, ansonsten wären Sie sicherlich noch in diesem Flugzeug versauert. Wissen Sie, ich dachte fast, jemand hätte Sie hypnotisiert oder so, wie Sie mich einfach ignoriert haben, als ich Sie fragte, ob Ihnen der Flug gefiel. Nicht einmal der riesigen, hell angeleuchteten Jesusstatue haben Sie ein wenig Beachtung geschenkt!“

Allmählich waren meine Lebensgeister in dem Begriff, wieder Macht über meinen ermüdeten Körper zu übernehmen. So antwortete ich nun spontan: „Ich habe Kenntnis von jener Tatsache, dass Sie es verachten, sollte ich nun beabsichtigen, für diese Torheit um Verzeihung zu bitten."

„Ganz recht, Herr Lunkenheimer", sagte Frau Reschelmann bitter lächelnd.

„Nun denn", setzte ich zu der gewünschten Ausführung an. „Bedauernswerterweise sehe ich mich gezwungen, Sie über das Gegenteil informieren zu müssen, denn mein sensibler Geist verachtet Flüge generell, obgleich dieser durch Ihre Anwesenheit einen kleinen Lichtblick erhalten hat."

Dies sprach ich übrigens tatsächlich ernst meinend aus, denn obgleich Frau Reschelmann mit ihren geschickten Fragen meinen Geist angegriffen hatte wie Säure, empfand ich die Begegnung mit ihr als angenehm und lehrreich. Sie hatte mich auf eine kurze und schmerzvolle Art und Weise wieder in die Gesellschaft eingeführt, derer ich neben den Kopfgeldjägern ungewollt entflohen war.

„Ich habe den Flug mit Ihnen voll und ganz genossen", meinte Frau Reschelmann mit einem vor Glück strahlenden Lächeln. „Oh, ich bitte Sie, könnten Sie mir vielleicht ihre Adresse geben, damit wir über Briefe weiterhin in Kontakt bleiben können?"

Nun, werter Leser, dies erwies sich freilich aus zwei Gründen als in der Tat mit Schwierigkeiten versehen, und dies war ich ebenfalls im Begriff, Frau Reschelmann zu unterbreiten.

„Vorerst ist es mir doch erlaubt, Sie auf den Punkt hinweisen zu dürfen, dass es ein großes Vertrauen in Ihre Person, Frau Reschelmann, darstellt, dass ich gewillt bin, Ihnen meine Adresse mitzuteilen. Dieses besitze ich in Hülle und Fülle, seien Sie unbesorgt. Doch, welch Schmach, habe ich nicht die Absicht, mein trautes Heim in Elmshorn wieder in Kürze aufzusuchen, wo ich doch beabsichtige, mich vorübergehend in Chile niederzulassen! So schlage ich Ihnen vor, dass ich Ihnen, sowie Sie mir die Ihre Adresse, mit Verlaub, mitteilen, sobald ich eine feste Existenz in jenem Lande aufgebaut habe, eine Nachricht zukommen lasse."

„Einverstanden", ließ Frau Reschelmann hierauf entschlossen verlauten und reichte mir ihre feine, doch einen kräftigen Druck ausübende Hand als ein Zeichen des Zusammenschlusses.

„Ich gebe Ihnen gerne die Adresse meines Appartements hier in Rio. Sie müssen lediglich beachten, dass nach fünf Jahren mein Vertrag abgelaufen ist, und sollte dieser nicht verlängert werden, müssen wir wohl unseren Briefkontakt abbrechen, weil ich Ihnen, nun ja, meine Adresse in Deutschland noch nicht mitteilen möchte."

„Bei allem nötigen Respekt, aber was erlauben Sie sich, mir an dieser Stelle zu unterbreiten!", rief ich erbost, wobei mein Geist bedauerlicherweise meine Höflichkeit kurzerhand übertölpelte. „Halten Sie mich etwa für einen elenden Einbrecher?"

Frau Reschelmann lächelte mich nur auf ihre bittre Weise an, da musste ich schon zu einer Entschuldigung ansetzen. Dem siebten Sinn jener Dame, die Schwachstellen von Menschen zu erkennen und auszunutzen, war ich schlicht und ergreifend nicht gewachsen. „Oh je, verzeihen Sie mir dies bitte vielmals, Frau Reschelmann, jedoch..."

„Oh, nicht schon wieder", sagte diese. „Das sind für mich schon eindeutig zu viele Entschuldigungen an einem Tag!"

„Nun denn", fuhr ich, mein Gemüt wieder festigend, fort. „Dass Sie mir Ihre Adresse vorzuenthalten wünschen, erscheint mir ja als vertretbar, doch dass Sie mir dies auf einem solch direkten Wege zu unterbreiten versuchen, verletzt sehr wohl mein empfindliches Gemüt. Jawohl, ich fühle mich geradezu entehrt!"

„Aber nicht doch, Herr Lunkenheimer", warf meine Gegenüber ein. „Sie müssen doch darin keinen Affront gegen Ihre Person sehen, sondern lediglich... nun ja, sagen wir mein übertriebenes Sicherheitsbedürfnis."

„Wenn Sie es so darstellen wollen, dann haben Sie gut daran getan, mich zu beruhigen", sprach ich, gewillt, den Zwist mit dieser Dame jäh zu beenden, der mich ansonsten nur erneut besiegt und zugrunde

gerichtet hätte. „Doch ist es auch mir wohl gewährt, meinen der männlichen Impulsivität geschuldeten Zorn über Ihre unerwartete und unförmliche Ehrlichkeit auszusprechen, nicht wahr?“
„Jaja“, sagte Frau Reschelmann ungeduldig, wo sie doch immer noch in Eile war, und zog hastig aus der rechten Tasche ihres dunkelblaufarbenen Blazers einen kleinen Schreibblock, von welchem sie das oberste, linierte Blatt Papier abtrennte und auf dieses, wenn zwar hastig, so doch aber in einer sehr schwungvollen und sauberen Schriftform ihre Adresse kundtat.
„Ich spreche Ihnen meinen größten Dank aus, werte Dame, und so seien Sie versichert, freilich doch stellt es mir ein ausgesprochenes Vergnügen dar, Ihnen, sowie ich in der chilenischen Stadt Punta Arenas angelangt und dort in mein schmuckes Hotel eingekehrt bin, eine aus den Tiefen meines Herzens auf das unwürdige Papier verbannte Botschaft zukommen zu lassen.“
„Ist recht, Herr Lunkenheimer“, sprach Frau Reschelmann hastig und fügte rasch hinzu: „Es tut mir sehr leid, doch ein Taxi wartet um diese Uhrzeit auf mich, und Sie wissen ja, kommt man zu spät, dann fahren sie wieder einfach weg, also muss ich mich ein wenig beeilen, denn die Straßen von Rio sind ja immer so voll. Bis irgendwann dann einmal!“, rief sie mir mit einem, so weit, wie sie es zu tun vermochte, über ihre Schulter in meine Richtung gereckten Kopf, im Begriff, sich zum Gehen zu wenden, zu.
„Leben Sie wohl, Frau Professor von Reschelmann!“ ließ ich meinerseits verlauten und lupfte zu dem Zwecke einer würdigen Verabschiedung meinen graufarbenen Camber. Doch dies zu sehen war sie freilich nicht imstande, wo sie doch bereits mit einem hastigen Schritt, mir den Rücken zugekehrt, unseren Standort verlassen hatte.
Schnell verschwand sie zwischen den anderen Flugreisenden, und ich blieb allein und verlassen zurück, ein unglücklicher Mensch unter tausenden, beachtet von niemandem, denn selbst die Gesellschaft der Kopfgeldjäger blieb mir nun verwehrt.

In einer unendlichen Traurigkeit zog ich aus der Innentasche meines schwarzen Mantels das Flugticket hervor, begierig, das Gate meines weiterführenden Fluges in Erfahrung zu bringen.
Meinen mattschwarzen Koffer, erst jetzt bemerkte ich, dass Frau Reschelmann ebendiesen in ihrer Güte neben meiner Person ebenfalls aus der Flugmaschine geschafft hatte, gleichwohl dieser sie beinahe erschlagen hätte, umklammerte ich fest und nah an meinem Körper, wo Rio de Janeiro doch als eine gefährliche und überfüllte Stadt gilt und demzufolge ein hohes Risiko vor dem Verlust meiner wenigen Habseligkeiten bestand. Dann schritt ich entschlossen durch ein gigantisches Gewirr an Individuen verschiedenster Herkunft und gleichsam verschiedenster Ziele, hatte mehrmals Anrempelungen und, ganz meinem Geschmack zuwider, zu nahe Körperkontakte zu erdulden. Folgend erblickte ich schließlich auf einem großen Verweisschild die Nummer meines Gates und welch Ironie, war jenes Gate wesentlich von Menschen geleerter als die übrigen Bereiche des halbkreisförmigen Flughafengebäudes, was mir freilich gleich ein höheres Maß an Furcht vor einer Entführung zuführte.
Dennoch vermochte ich keinen gelegenen Sitzplatz ausfindig zu machen und suchte mir an dessen statt eine geborgen erscheinende Stelle nahe der mächtigen Glasfront vor dem gigantischen Rollfeld. Dort betrachtete ich, da ich schließlich bis zu dem Zeitpunkt des Abfluges meiner Flugmaschine nach Punta Arenas noch eine beachtliche Zeitspanne von einer Stunde und vierzehn Minuten zu überbrücken hatte, eingehend die, wie man es wohl heutzutage zutreffend auszusprechen vermag, hypermoderne Konstruktion des Flughafengebäudes mit ihrer zweckmäßigen und gleichsam ästhetischen, halbkreisförmigen Konstruktion mit den weißen Stahlträgern.
Ich warf auch einen Blick auf das Flugfeld, dessen Start- und Landebahnen durch gelbe Lichterketten gekennzeichnet waren und auf denen beständig weitere Flugmaschinen abhoben und landeten, die Nacht spielte offenbar keine allzu große Rolle in dem Treiben der Menschen hier.

Diese Zeit vollbrachte ich in der Lethargie eines Schicksalsergebenen, bis schließlich meine weiterführende Flugmaschine von T*** pünktlich um 21.54 Uhr Ortszeit das von mir besetzte Gate aufsuchte. Eine Gangway fuhr hinaus und ich betrat diese ebenso, wie ich es mit jenen anderen in Warschau und in Frankfurt getan hatte. Nachfolgend setzte ich mich einsam und verlassen auf meinen gebuchten Sitzplatz und das Flugzeug rollte um 22.14 Uhr zu einem neuen Ziel an.
Während sich die Flugmaschine in die Lüfte erhob, vermochte ich nun doch noch einen unbezahlbaren Blick auf die riesige wie berühmte Statue des Jesus Christus zu werfen.
Dies geschehen, bemächtigte sich meines Körpers eine vollendete Gleichgültigkeit, wo ich doch, mit der Ausnahme freilich meines mattschwarzen Koffers sowie dessen Inhalt, meine gesamte Habe und meine gesamte, heile, bekannte Welt verloren hatte und nun, vollkommen einsam und auf meine fragwürdigen, erlernten Künste des Überlebens gestellt, soeben im Begriff war, mir in einer noch nimmer aufgesuchten Fremde eine neue Existenz zu errichten.
Meine panische Flugangst zog sich allmählich zurück wie das Wasser während der eintretenden Ebbe. Stattdessen bemächtigten sich furchtbare Zweifel meiner gequälten Seele. Die massivste Selbstkritik galt zumeist meiner voreilig geschlossenen, fahrlässigen Entscheidung, die Stadt Punta Arenas zum Zwecke des Verbergens aufzusuchen, wo ich jene doch, obgleich sie sicherlich keine mir übel wollende Personen beherbergte, lediglich aus einem knappen Schriftstück entnommen hatte und mich keineswegs imstande fühlte, dort, entbehrend jeglicher tiefer greifender Informationen, über einen länger anhaltenden Zeitraum glücklich zu verweilen. Mein Exil hatte ich nur feige angetreten, um mich vor Kriminellen zu schützen, während mein Konzern im langsamen und schmerzhaften Todeskampf lag, ist das diesem gegenüber denn nicht zutiefst ungerecht?
Nun denn, auf ein weiteres Mal beherzigte ich die weisen Worte meines kostbaren buddhistischen Ratgebers, welcher, wie ich den werten Leser bereits in Kenntnis gesetzt habe, verlauten ließ, dass man sich

nicht über unveränderliche Dinge grämen solle, sondern an den erfreulichen laben. Doch diese Weisheit erschien mir im Anbetracht der gesamten Lage des Konzerns und meiner selbst als ungemein lächerlich.

Nun, sowie ich meinen erhofften Aufenthalt in der bekannten chilenischen Stadt Punta Arenas lediglich als einen Urlaub, zu dem ich mich in der letzten möglichen Minute entschlossen hatte, eine Last-Minute-Tour, wie man es unter der Verwendung der modernen und anglizistisch geprägten Sprache ausdrückt, betrachtete, erschien meine Lebenslage nicht nur besser akzeptabel als vielmehr in der Tat sogar erfreulich, doch das war vermutlich erneut eine mickrige Illusion meines schwachen Gemütes.

Ich richtete aber meinen Geist auf ein unbezähmbares Wetter aus, auf die unverwechselbare Atmosphäre einer wahrhaftigen Hafenstadt und auf harmonische Wanderungen durch die unberührte Natur, um meine Seele mit positiven Dingen zu füllen.

Außerdem war ich in Punta Arenas der verfluchten Forschergruppe ALPHA & OMEGA näher denn je und konnte ihr munteres Treiben dort mitverfolgen, wo sie ihre Schiffe doch von dort aus in die Antarktis schickte und dabei rücksichtslos das gute Geld aus meinem Fonds verschlang.

Welch zwiespältig Blatt meine Reise doch war!

Es steht für den geneigten Leser sicherlich außer Frage, dass die Reise von der brasilianischen Großstadt Rio de Janeiro nach Punta Arenas über einen wesentlich kürzer andauernden Zeitraum gespannt ist als jene von Frankfurt nach Rio de Janeiro, wo sich doch zwischen diesen beiden Orten der gewaltige Ozean Atlantik erstreckt, und da sich mein wirrer Geist auf einen Flug von gleich des ersten unglaublicher Dauer eingestellt hatte, erschien mir der jetzige Flug als ausgesprochen zeitunaufwändig.

Auch trug zu meinem geringen Zeitempfinden die herrliche Landschaft Südamerikas bei, welche ich an meinem Fensterplatz aufgrund nur weniger Wolken herrlich bestaunen konnte. Die Lichter der Städte

warfen ihren Schein einige Kilometer auf die umliegende Umgebung, die vollkommen im Dunkeln liegende Küste zum Atlantik wechselte nämlich schillernd zu gewaltigen Großstädten, um zwei Beispiele zu nennen, Montevideo und Buenos Aires, die wahrhaftig in der Nacht strahlenden Hauptstädte der Länder Uruguay und Argentinien, die zu der weitestgehend unberührten Natur der Regenwälder wechselten und sich, ein wenig näher meines Zieles, zu Steppen und der einzigartigen Landschaft von Patagonien wandelten, die wiederum größtenteils in der Dunkelheit lagen. Es war ein wahres Feuerwerk an neuen und wunderbaren Eindrücken.
Sogar zwei Minuten vor der gegebenen Landezeit, nämlich um 02.53 Uhr statt um 02.55 Uhr landete die Flugmaschine von T*** in Punta Arenas. Es war mir vergönnt, die Landung derselben voll und ganz durch die gesamten Unweiten meines geplagten Körpers zu verspüren, wo der raue Herbstwind, der in Punta Arenas leicht sturmartige Ausmaße annimmt, und die Fertigkeiten des Piloten eine Ignoranz dieser unmöglich machten. Ich vermochte allerdings nicht den Flughafen der Stadt Punta Arenas näher in den interessierten Augenschein zu nehmen, da sich doch die Dunkelheit in den Gefilden jener Breitengrade eingenistet hatte, und dies führte mit sich, dass lediglich das matt erleuchtete Innere des charakterlosen Flughafengebäudes meine Sehnerven reizte. Wohl bemerkt hatte ich den Flug nicht ungenutzt vollbracht, denn meine Lethargie, welche sich meiner in der Flugmaschine bemächtigt hatte, sorgte für eine darauf nun folgende Hochstimmung meines launischen Geistes, es mag auch eine Reaktion auf die guten vierundzwanzig schlaflosen Stunden sein, wo eine Folge der Übermüdung doch bekanntlich ein etwas übermütiges Verhalten ist.
Mir war wahrlich zum Singen zumute, doch freilich hinderten mich meine Manieren daran, als ich durch das bereits erwähnte Terminal schritt, auf den größten Ausgang dieses strebend, auscheckte, bis es mir schließlich, erstmalig in meinem Leben vergönnt war, die klare Luft des wahrhaftigen Südens einatmen zu dürfen.

Es wehte beständig ein massiver Westwind durch die verwinkelten, durch die nächtliche Zeit in ein geisterhaftes Dunkelblau gehüllten Gassen der Stadt, und die von dem Pazifischen Ozean mitgeführte Luft schmeckte salzig und belebend auf meiner Zunge.
Ich erblickte rechts meines Standortes vor dem Portal des Flughafengebäudes eine Kolonne gelb gefärbter Taxis, und zu dieser zu eilen war mein folgender, gnädiger Wille. Mich auf meinen im Grunde sicherlich schon lange erschöpften Vorrat an frischem Glück und das Einwirken einer höheren Macht verlassend, öffnete ich die rechte Hintertür des vordersten Taxis und versuchte mich erneut in dem Gebrauch der englischen Sprache: „Good night, my trusted friend, I am inconsolable that I must disturb you at such an hour, however..."
Hierbei schreckte der Taxifahrer, dessen schnaufenden Atem ich ursprünglich als die Folge einer schlimmen Erkältung angesehen hatte, urplötzlich mit einem gequälten Schrei lautstark auf und hob abwehrend seine Pranken von Händen schützend vor sein Gesicht, die Augenlider panisch zusammengepresst.
Nun bemerkte ich, dass jenes unglücksselige, aber auch in der Tat schreckhafte Wesen all dem objektiven Anscheine nach der Allmacht des Schlafes unterlegen war und ich ihn nun mit meiner spärlichen aus den Klauen der genannten gerissen hatte, jedoch offensichtlich sehr zu seinem Leidwesen. Zudem hatte er seinerseits mich aufgrund seiner unerwarteten Reaktion verschreckt. Wir beide waren genötigt, nach der erfreulichen Realisierung der Tatsache, dass uns kein Unglück widerfahren sollte, vorerst einige Sekunden des beruhigenden Ausatmens auszukosten.
Der Unterricht in dem Fach Biologie in meiner alten Gymnasialklasse, ach, wie fern erscheinen mir nun diese vergangenen Zeiten, hatte dafür Sorge getragen, dass ich mich nun fähig sehe, sämtliche Reaktionen des Körpers, welche durch jenes Geschehnis verursacht worden sind, sofortig aufzuzählen.
Nun, schließlich wagte ich einen erneuten Versuch, den Mitleid erregenden Fahrer jenes Taxis über meinen gnädigen Willen in Kenntnis

zu setzten: „It is very unpleasant for me to frighten you. I hope you can forgive me for that!"
„Oh, that's no problem", antwortete der Taxifahrer in einem fließenden Englisch. „This happens to everybody. Now, where are you supposed to go?"
„Do you know the hotel La casa de Gonzales?", erkundigte ich mich, wo doch dieses die freundliche Rezeptionistin des Hotels in Warschau für mich gebucht hatte.
„Yes, yes, it's a very nice hotel, for the rich and beautiful. There?", erkundigte sich der Taxifahrer freundlich, obgleich es sich anstatt um eine wahrhaftige Frage vielmehr um eine verlegene Übersprungshandlung zwischen seinem verletzenden Kommentar, denn als diesen interpretierte ich die Aussage, La casa de Gonzales sei ein Hotel für die Reichen und Schönen, und dem Beginn seiner Fahrt handelte, wie ich vermute.
Einige Zweifel überschatteten meine sofortige Einverständniserklärung zu der Fahrt zu dem Hotel der Reichen und der Schönen, wenn ich mir diesen zynischen Kommentar erlauben darf. Womöglich hatte ich mich noch mit dem Namen getäuscht und muss nun in einer schäbigen Absteige unterkommen, oder hatte im S*** WARSCHAU Hotel ein Missverständnis mit der von mir gewünschten Hotelkategorie? Ich setzte ein volles Vertrauen an die Ansprüche der Rezeptionistin, und freilich schien mir auch keine andere Alternative geboten, als, auf eine kleine Portion des Risikos gefasst, einzuwilligen, wo ich doch nicht elendig auf der Straße wie ein Obdachloser zu ruhen wünschte.
Dennoch hakte ich, ach, eine melodischere Formulierung erscheint mir an dieser Stelle gelegen, nach: „Is this really a decent hotel? I mean, the price does not play an overriding role for me..."
Ich Tor, ich einfältiger und unglücklicher Tor, was erlaubte ich mir denn, mir über die Lippen entschwinden zu lassen! Habe ich mit der Erklärung, dass der Übernachtungspreis der Unterkunft nur eine zweitrangige Rolle spielt, nicht eine hervorragende Vorlage für jene nach schnellem und unredlich verdientem Geld Lechzenden geboten?

Mein Körper wurde von einem unangenehmen Schauer der Furcht und der Erwartung auf ein drohendes Unglück bemächtigt.
Jedoch, oh mein geliebter Leser, jedoch unternahm der schreckhafte Taxifahrer nichts dergleichen, auch keine verräterische Geste, sondern sprach besonnen: „That is not a problem, we have many good hostels in Punta Arenas, but La casa de Gonzales is the very best."
„Dass Sie dies derart sicher verlauten ließen, erfreut in der Tat meine nach Glück dürstende Seele, mein Freund", so sprach ich zufrieden und erntete, vorerst ganz zu meinem äußersten Erstaunen, einen irritierten Blick, um den zu vollführen der arme Taxifahrer seinen Hals ungesund weit zu mir, der ich mich freilich auf der hinteren Sitzbank und dem rechten Platz aufhielt, drehen musste. Doch folgend ward ich mir meiner erneuten Torheit siedend heiß bewusst.
„Oh, what embarrassemend! I am so sorry!", sagte ich, angehaucht von der Pein scheußlicher Macht und dem schlechten Gewissen, dass ich meinem Chauffeur womöglich wegen meines unbedachten Kommentars eine Nackengelenksverdrehung zugefügt hatte.
Da bemerkte ich, dass Frau Professor Dr. von Reschelmann voll und ganz Recht hatte mit ihrer Aussage, ich würde mich zu oft entschuldigen. Wohl die größte Demütigung bei Unterhaltungen mit ihr war, so wurde mir gewahr, dass ihre Worte stets der Wahrheit entsprachen.
„I was only pleased with your encouraging words, so I forgot to use the two common language!", ergänzte ich zu meiner Entschuldigung.
„I just wanted to tell you that I am happy about the choice of my accommodation. Do you have the goodness to take me there?", so lautete meine folgende Frage, nun nach einem stammelnd hervorgebrachten Beginn meiner Rede etwas fester und selbstbewusster formuliert.
„Of course I have", rief der Taxifahrer, gleich eines des Sieges gewissen Glücksspielers und drehte zu dem Zwecke des Aktivierens des Kraftfahrzeuges schwungvoll den für solch ein Verfahren produzierten Zündschlüssel.

KAPITEL XII

Das folgende Quartal einer Stunde verbrachte ich also auf der bequem gepolsterten Rückbank des Taxis, während der fähige Fahrer sich geschickt zwischen einigen nächtlichen Schwärmern und anderweitigen Hindernissen vorbeizuwinden verstand.

Schließlich brachte er sein Kraftfahrzeug vor den hell erleuchteten Pforten eines Hotels zum Stillstand, dessen Name durch die unterschiedlichen Größen der Buchstaben den Körper eines Wals bildete, durch den das Geschoss einer Harpune gebohrt war. Das Geschoss, ein riesiger, metallener Speer, gespickt mit vielen hässlichen Widerhaken, schien zweifelsohne ein echtes zu sein, welches man in das abstrakte Gebilde des Motivs eingegliedert hatte und das beinahe warnend zu der Straße hin ragte. Wie hatte nicht die Rezeptionistin gesagt? Ein Hotel in der Villa eines ehemaligen Walfängers, von deutschen Einwanderern aufgekauft und zu einem Hotel umfunktioniert. In Anbetracht des Hotelwappens hoffte ich still, dass nicht das gesamte Hotel in einem derart aufdringlichen Stil gehalten war. Freilich konnte ich mir aber selbst schon die Antwort geben, und zwar, dass in meinem Unglück selbstverständlich die Einrichtung schnell bedrohlich wirken würde.

Meine Skepsis stieg angesichts eines solch ulkigen Gebildes, doch ich blieb äußerlich nüchtern und wandte mich an den Taxifahrer, um den Rechnungsbetrag zu begleichen.

Dieser nannte mir in der englischen Sprache den Preis für die Fahrt, er erlaubte mir als Zahlungsmittel die chilenische Währung, den Chilenischen Peso, oder wahlweise den amerikanischen Dollar, und da ich über jene Zahlungsmittel freilich nicht verfügte, wo ich doch, als ein unüberlegter Tourist, ein Last-Minute-Tourist, nur die mir bekannten Euro mitführte, verlangte er unverzüglich den doppelten, auf dem Taxameter angegebenen Preis in meiner Währung, welcher, wohl bemerkt, ebenso den der vorherigen Fahrt, wie mir unglücklicherweise zu spät bewusst wurde, neben der meinen beinhaltete.

Ich möchte dem werten Leser jenen unfreundlichen Dialog keineswegs vorenthalten und gebe ihn aus diesem Grunde in den folgenden Zeilen wieder:
„Thanks for using my cab, I get 21090 Pesos from you".
Mit jenen Worten begann der Taxifahrer dies ärgerliche Gespräch.
„I am inconsolable, Sir, that I have neither dollars nor Chilean pesos. At the moment, I can only pay the amount due to you with Euros. Is it possible to visit a bank or exchange office so that I can exchange the necessary amount into the currency you prefer?", erkundigte ich mich zuerst vorsichtig und blieb trotz meiner aufkeimenden, inneren Verzweiflung äußerlich nüchtern. Dollars in die Brieftasche einzustecken wäre wohl nicht eine unvorteilhafte Idee gewesen, doch wann immer mir dieser Einfall gekommen war, so habe ich ihn vergessen oder verdrängt. Diese gravierenden Konsequenzen waren lediglich ein unnötiges Produkt meiner Vergesslichkeit, was einen ohnmächtigen Zorn in meinem Herzen beschwor. Panisch machte mich der für eine Taxifahrt für mein europäisches Gemüt enorme Preis und ich rechnete mit einem Gegenwert von 500 Pesos zu einem Euro.
Meine damalige Kalkulation war für einen groben Überschlag von beachtenswerter Genauigkeit, ich möchte stolz erwähnen, dass ich mich über den tatsächlichen Wechselkurs informiert habe und mittlerweile weiß, dass ein Euro grob 700 Chilenischen Pesos entspricht.
Nun, doch damals hatte mir diese schlichte Zahl gefehlt und mir einen sehr großen Kummer beschert.
„You are a joker! It's night, and the banks are all closed", sagte der Taxifahrer schwermütig kichernd, mit einem Hauch von bitterer Ironie.
„Oh, well", ließ ich, wie dumm mir diese Frage nun erscheint, verlauten, „is the rate of exchange between Chilean pesos an Euros known to you?"
„I don't know the rate of exchange, but I know that I want my money!", brauste der Taxifahrer auf und seine Stimmung hatte schneller umgeschlagen, als die Liebe das Herz verlassen kann. „But when you

give me 1000 Euro, I'll forget the argument", schlug der Unehrenhafte vor, wohl doch den ungefähren Wechselkurs wissend, der elende Betrüger.

„Do you want to cheer me up with a bad joke or simply deceive me?", fragte ich aufbrausend und fühlte mich mehr denn je verloren und ausgeliefert in der Fremde, förmlich erschlagen von jenem exorbitanten Betrag.

„Do you know the difference between both of us?", stellte der Fahrer seinerseits, meiner Frage ungeachtet, mit einem ausgesprochen gehässigen Tonfall eine eigene Frage. „I know where the police station is, you not. And I know what I will say the police officer so that he will arrest you, you not! So pay or you'll have a big, big problem!"

Nun, betrachtet man meine traurige Situation auf dem einen Wege, erschien es selbstverständlich als ein Fehler meinerseits, nicht zuvor meinen Vorrat an barem Geld gegen die Pesos, beziehungsweise die Dollars, eingetauscht zu haben. Doch aus einer anderen Perspektive ist der geldhungrige Taxifahrer mit seiner absolut übermäßigen Forderung ein Straftäter der schändlichsten Art. Es mochte eine Lüge sein, dass er das Unrecht vor der Polizei als Gerechtigkeit darstellen kann, doch es blieb ein gewisses Risiko, welches ich nimmer eingehen wollte, denn es wäre die furchtbarste, die grausamste, ja die niederschmetterndste Krönung meiner gegenwärtigen, leidvollen Lage gewesen, auch nur für eine Nacht in einem düsteren Verliese zu hausen, an einem scheußlichen Ort, wo das Wasser aus den Ritzen der Decke tropft, wo Ratten umherhuschen und Unrat und nichts als Unrat verbreiten, wo die algigen, feuchten Wände den Sichtkorridor begrenzen und realistische Perspektiven für die neue Weltensicht schaffen, der man fortan unterworfen ist, wo die Luftfeuchtigkeit den Atem krank rasseln und die Dunkelheit die Haut wie ein altes Blatt Papier vergilben lässt.

Nein, nein, dies wollte ich vermeiden wie die Maus eine Katze, ich wollte mich nicht ins Ungewisse stürzen und einen Streit offenen Ausganges beginnen, ich wollte mich nimmer einer unnötigen Gefahr

entblößen wie ein Börsianer, der zum gegebenen Zeitpunkt noch in die Aktien von RORUS investieren würde, und entschied mich für den demütigenden, aber sicheren Weg. Mir gelang es noch, den Betrag auf fünfhundert Euro herunterzuverhandeln, und händigte dem Taxifahrer also diese ihm nicht zustehende Summe aus, jedoch ohne auch nur einen einzigen Cent Trinkgeld. Dabei sollte es mir Genugtuung verschaffen, dass es mir, offensichtlich ganz im Gegensatz zu meinem unmoralischen Chauffeur, nicht der finanziellen Mittel mangelte, so mag der arme Tropf nur mit seinem bisschen Mammon zufrieden sein, er wird niemals auf meine Vermögensebene kommen und niemals die Luft meiner Höhe kosten können!
Freilich vermag ich nicht zu behaupten, dass wir in einem ehrlichen Frieden voneinander schieden.
Als das Taxi mit einem unmelodischen Aufröhren des Motors hinfortgebraust war, begrüßte mich ein Page des Hotels und geleitete mich in das Foyer.
Hierfür hatte ich unter dem Harpunengeschoss hindurch zu schreiten, und eine Furcht ergriff mich, dieses könne sich wohl von der Befestigung lösen und auf meinen zarten Leib herabstürzen. Doch sehr zu meinem Wohlgefühl geschah nichts dergleichen, sodass ich wohlbehalten das Foyer betreten durfte.
Es war hell erleuchtet, weiträumig und wirkte anheimelnd und komfortabel, jedoch mit der Ausnahme von dem Pagen, einer Dame an der Rezeption und mir vollkommen leer, was mich einerseits ein wenig irritierte, andererseits aber auch kein Wunder zu einer solch späten Zeit von exakt o3.27 Uhr in tiefer Nacht war. Der großzügige Raum war auf einem altehrwürdigen, jedoch professionell restaurierten Tonnengewölbe gestützt, und dies verschaffte mir als ein Verehrer von antiken Ruinen ein wenig frischen Mut. So schritt ich zielstrebig, mich beinahe eines militärischen Schrittes bedienend, über den weiten, wie ein Schachbrett schwarz und weiß im Wechsel gefliesten, marmornen Boden auf die hinter der in einer versteckten Ecke des großen Raumes gelegenen Theke in der Rezeption sitzende Dame zu.

Ihr Blick war zuvor auf den Monitor ihres Rechners gebannt, doch blickte sie schnell dienstbeflissen zu meiner Person auf, als sie meines Eintreffens gewahr ward.
„Good, ahem, well... night, my lady, I am Valerius Lunkenheimer, I have booked a suite in your nice hotel“, so sprach ich die Rezeptionistin direkt, und - sehr zu meinem seelischen Schmerz - entbehrend der üblichen, höflichen Floskeln an und wunderte mich über den eigenartigen Klang des zutreffenden Tageszeitengrußes „good night“.
Die Dame tippte etwas in den Rechner ein, schien mich auf ihrer Reservierungsliste wieder zu erkennen, blickte auf und sprach: „Welcome to our hotel, Mr. Dr. Lunkenheimer, we are pleased to welcome you in La casa de Gonzales and we wish you a pleasant time. You will get our largest suite with a wonderful scenery to the street of Magellan.“
„Thank you, my lady, I wish you the same. So I mean the pleasant time and less the suite because this suite I have now claimed for me“, antwortete ich holprig und versuchte indes, mich eines gewissen Humors zu bedienen, und ich gehe vermutlich recht in der Annahme, dass mir dies misslang. Nachdem sich die Empfangsdame ein gequältes Auflachen abgerungen hatte, nahm ich einen silbern glänzenden Schlüssel entgegen, welcher als Anhänger die Miniatur einer Harpune trug, auf deren Schaft meine Zimmernummer eingraviert war. Es handelte sich in der Tat um eine äußerst extravagante Idee, doch brachte sie mich trotz der grausamen Ironie ein wenig zum Schmunzeln, wo sich mein Geist doch seit dem Anblick des verwundeten Lastkraftwagenfahrers vor den Anblicken von exzessiver Gewalt und deren Folgen abgestumpft hatte.
„Thanks, my lady“, sagte ich, äußerlich ungerührt. „I hope I am right in the assumption that I can exchange my Euros in pesos here, can I?“
Ich hatte einst in einer älteren Ausgabe des Knigge gelesen, dass man mit einer solchen, höflich eingekleideten Frage einen bestimmten Wunsch formulieren kann. Zudem stellt sich im Falle einer Verneinung derselben nicht man selbst, sondern vielmehr das unglückliche

Gegenüber bloß. Aus diesem Grunde erschien mir diese Variante eines Wunschausdruckes in der Tat als sehr gelegen und ich erwartete voll stiller Vorfreude die jedoch sehr ernüchternd und prompt gegebene Antwort: „Of course, Mr. Dr. Lunkenheimer, we exchange Euro in Pesos, even with a quite good rate of exchange“.
„Well“, fuhr ich fort, innerlich schmerzlich aufgewühlt aufgrund meines ausbleibenden Triumphes. „It sounds great. Now I would like to exchange two thousand Euros in Pesos, of course, when there are no circumstances“.
Nachdem mein Wunsch zu meiner größten Zufriedenheit diskret ausgeführt worden war und ich meinen Geldbeutel mit 1 324 000 Chilenischen Pesos aufgefüllt hatte, stieg ich, dem Pagen folgend, die an der Rezeption angrenzende, in dem gleichen Stil wie der Boden des Foyers in einem Schachbrettmuster gewandete Treppe hinauf. Dann schritten wir in den daran grenzenden, mit einem dunkelblauen Teppich ausgelegten Gang, welchem einige Szenen des Walfängergewerbes aufgestickt waren, dessen Motive und an den Wänden aufgemalte Fresken näher anzuschauen mir freilich durch die der nächtlichen Zeit geschuldete Dunkelheit erschwert wurde, und gelangten schließlich zur Tür der Suite.
Ganz an dem Ende des Ganges befand sich diese, und der Page schloss mir behände die Tür auf, was mich angesichts der Schwärze im Gang äußerst wunderte. Er überreichte mir den Schlüssel, den ich trotz der Dunkelheit sofort aufgrund seines metallischen Klimperns lokalisieren und ergreifen konnte, dann wies der Page mich mit einer einladenden Geste zum Eintreten in meine vorübergehende Bleibe an.
Diese betrat ich nun erwartungsfroh. Vorerst betätigte ich den schwach elektrisierend glimmenden Lichtschalter und betrachtete eingehend die Einrichtung.
Ja, ach, welch Vielfalt wies diese doch auf. Eine helle und freundliche, von kleinen Körben mit frischen Blumen verzierte Tapete schillerte in der Kombination mit dem groben, aus dunklem Mahagoniholz bestehenden Mobiliar. Zudem lagen auf einem kleinen Tischchen ein Blatt

Briefpapier und ein Umschlag. Einen beachtlichen Stapel an weiterem Briefpapier und Umschlägen entdeckte ich folgend in einer Schublade des Schreibtisches. Das Ruhebett stand in der hinteren Ecke des angrenzenden Raumes und war breit wie kurz.
Mein Optimismus vermochte sofort zu behaupten, dass ich in dieser Ortschaft für die Dauer meines Aufenthaltes Behaglichkeit empfinden würde, und dieser Einstellung leistete mein Geist unverzüglich Folge, in dem er vorerst, wie ich es in den vorherigen Hotels bereits ebenfalls vollführt hatte, dem Raum einen Hauch meiner Persönlichkeit schenkte, will meinen, meine spärlichen Besitztümer sinnhaft den Gegebenheiten der Räume anpasste. Es erquickte mich ungemein, dass zumindest meine Suite nicht mit Bildern oder Gegenständen aus dem Walfanggewerbe versehen worden war. Die aufdringliche und makabre Seite des von deutschen Einwanderern geführten Hotels hatte ich offensichtlich mit dem Schließen der Tür aus meinem Sichtkorridor verbannt.
Nachdem alle meine bescheidenen Habseligkeiten in den Zimmern meiner Suite einen Platz gefunden hatten, lechzte mein Körper, obgleich er lediglich wenige Minuten zuvor geschwind wie ein Besen durch die Räume geeilt war, urplötzlich nach einer wohlverdienten Ruhe. Mein Körper hatte wohl sein letztes Holz verfeuert und die Glut meiner Wachsamkeit drohte jeden Augenblick zu verlöschen.
Man richte aber bitte ein Kompliment an den Ofen meines Lebens, der mich immerhin hatte mehr als vierundzwanzig Stunden aufbleiben lassen!
Ich gab freilich unverzüglich dem plausiblen Ruhebedürfnis nach und legte mich nach den rasch vollführten, nötigen Vorkehrungen danieder auf das nachgebende Daunenbett.
Wenn ich aber damit gerechnet hatte, dass mich der Schlaf sofortig ereilen würde, so hatte ich mich getäuscht. Zu lebendig waren die Eindrücke meines langen Tages. Meinem buddhistischen Ratgeber nach soll man die Erlebnisse des Tages langsam und ruhig in chrono-

logischer Reihenfolge erinnern und diese solchermaßen noch einmal durchleben, dem leistete ich auch Folge.

Nun, mein werter Leser, halten Sie es etwa fürwahr, dass ich mich am Morgen jenes durch die Zeitverschiebung etwas aus der Form geratenen Tages noch in der polnischen Hauptstadt Warschau aufgehalten hatte? Halten Sie es fürwahr, dass ich vor einigen Stunden noch eine mit Kaffe überlaufene Zeitung in den Händen gehalten hatte, die mit einem zynischen Unterton den Todeskampf meines Konzerns unterbreitet hatte, dass ich meinen Erzfeind Jack, unter Geschäftsleuten sitzend und schlechte Witze reißend, in der L*** First Class Lounge erblickt und mit einer gewissen Frau Professor Dr. Victoria Katharina von Reschelmann Bekanntschaft geschlossen hatte, die mich mit einigen wenigen Worten zu demoralisieren verstand? Halten Sie es fürwahr, dass ich nun, ach, welch bittere Ironie, von allen Lebewesen dieses unermesslichen Erdenrundes unbeachtet, mein klägliches Dasein in der chilenischen Stadt Punta Arenas fristen musste?

Nein, so vermag ich zu behaupten, keineswegs konnte ich dies glauben, und ich wage zu behaupten, dass Sie ebenso wenig zu dem imstande sind. Es überstieg meine Fähigkeiten, dem allem Glauben zu schenken, und dem, dass ich einst ein hoch angesehener Besitzer eines weltweit operierenden Konzerns war, und nun nicht mehr als ein schäbiger Flüchtling, der in einer ihm vollkommen unbekannten Gegend Zuflucht suchte, während mein Konzern zu einer Ruine verkommt.

Fast vermochte ich damals in Tränen auszubrechen unter der Last all jener traurigen Tatsachen, wenn ich dazu nicht zu erschöpft gewesen wäre. Doch da wurde ich, zu meinem außergewöhnlichen Glücke, von der verführerischen Allmacht des Schlafes überwältigt, der im Traum meinen Geist aufrief, sich an meiner unverhofften Reise nach Südamerika zu laben.

Noch ehe ich mich versehen hatte, so erwachte ich bereits wieder nach einem langen, schweren Schlaf unter den massiven Angriffen der stechenden Sonnenstrahlen, wo ich es doch aufgrund meiner urplötzlichen Müdigkeit an dem vorherigen Tage vergessen hatte, die Fensterläden zu schließen, erfrischte mich in dem mit wunderschönen Mosaiken geschmückten Bade, welches beschönigte Szenen aus dem Walfang präsentierte, und kleidete mich leger in einen dunkelbeigefarbenen, mit einer Doppelreihe an Knöpfen versehenen Sakko, wählte ein blutrotes, mit unleserlichen Schriftzügen verziertes Einstecktuch und eine dunkelblaue Schleife, da ich mich ja, so wagte ich zumindest zu behaupten, nicht unkenntlich zu machen brauchte vor den wissbegierigen Augen der grausamen Lakaien einer mir finster gesonnenen Macht. Stilgemäß kleidete ich mich zu dieser Kombination mit einer schwarzen Hose mit Umschlägen.

Erwartungsfroh schritt ich nun aus meiner anheimelnden Suite hinaus, noch meinen frisch rasierten Backenbart ordentlich zurechtstreichend, die mit den wie Schachbrettfeldern angeordneten Kacheln versehene Treppe hinab über den Boden des Foyers in den mit einer schwungvollen Schreibschrift ausgeschilderten Frühstückssaal. Bestürzt stellte ich fest, dass die Ortszeit 12.23 maß und die Zeitverschiebung mein Zeitempfinden etwas verwirrt hatte. Zumindest stand aber statt eines Frühstücksbuffets ein Mittagsbuffet bereit, an welchem ich mich sättigte.

Das Buffet war reichhaltig wie in den durchschnittlichen Hotels der gehobenen Klasse. Doch sorgte ich mich um die Qualität der Nahrung, was ich allerdings bis jetzt in jedem der mir bekannten Hotels und Gaststätten getan hatte, wünschte diese aber, mich eines reinen Gewissens bedienend, unverzüglich zu ergründen, wo ich doch sonst in des Hungers dreckigem Hemde zu sterben hatte in jenem Lande.

Es wurden einige mir unbekannte Speisen angeboten, offensichtlich kostbare Meeresfrüchte, von welchen ich trotz ihres delikaten Aussehens in meinem mangelnden Wissen eine gewisse Distanz hielt, doch verfügte das Buffet, wohl als Brunch konzipiert, über die mir bekannten Brötchen und über mehrere beliebige Aufstriche, von welchen ich Aprikosengelee und Schmelzkäse auswählte.

Hinzu beschaffte ich mir als Getränk einen der Milch als Verdünnungsmittel entbehrenden, schwarzen Kaffee und ein Glas Orangensaft, der allerdings lediglich aus Orangensaftkonzentrat gewonnen war.

Nachdem ich, sehr zu meiner inneren Zufriedenheit, das erquickende Mittagsmahl, welches ich als Frühstück umfunktioniert hatte, vollständig verzehrt hatte, suchte ich erneut mein vorübergehendes Quartier auf und war versucht, noch ehe ich gar die Stadt Punta Arenas besichtigte, mein Frau Reschelmann gegebenes Versprechen einzulösen. Zu diesem Zwecke benötigte ich lediglich meinen Füllfederhalter, da meine Suite bereits über reichlich viel Briefpapier und Umschläge, freilich mit aufgedrucktem Namen und der Anschrift des Hotels, verfügte. Sogar ein schwaches Wasserzeichen schimmerte auf dem Briefpapier, als ich dieses gen Sonne reckte. Es zeigte eine Harpune, welche in dem Leibe eines unglücklichen, daniedergestreckten Wales steckte. Dies war wohl das phantasievolle Wahrzeichen des etwas schaurig gestalteten Hotels.

Es ist mir doch sehr wohl erlaubt, den Brief anbei wiedergeben zu dürfen, wo ich doch dem lieben und geschätzten Leser keineswegs ausschlaggebende Dinge meiner unverhofften Reise vorzuenthalten wünsche.

Er lautet, wie folgt:

*Punta Arenas, 14. Mai 20***

Sehr geehrte Frau Professor Dr. von Reschelmann,

es stellt mir ein außergewöhnlich großes Vergnügen dar, Ihnen die Mitteilung kundtun zu dürfen, dass ich noch an diesem Tag in der Stadt Punta Arenas eingetroffen und nun von dem Verlangen beseelt bin, das Ihnen unter gutem Gewissen gegebene Versprechen zu erfüllen.

Bedauerlicherweise bin ich gezwungen, Sie darüber in Kenntnis setzen zu müssen, dass sich mir noch nicht die Gelegenheit geboten hat,

die Stadt Punta Arenas näher in Augenschein zu nehmen, wo mich doch ein anderer Zwang davon abgehalten hat, nämlich der des Schlafes. Und so muss ich aus diesem Grunde, des nötigen Materiales entbehrend, meinen Brief dementsprechend weniger voluminös halten.
Es erquickt meine traurige Seele, dass Sie ihr Beachtung schenken, denn mein Gemüt droht danieder zu gehen unter dem einbrechenden Herbst, wie es in eben diesem die welken Blätter zu vollführen pflegen, wo mein Gehirn doch, freilich auf der anderen Hälfte unseres geliebten, aber dennoch grausamen Erdenrundes, nach dem hereinziehenden Sommer gelechzt hat und unter der Last meiner unverhofften Lage leidet.
Nun, doch beabsichtige ich keineswegs, Sie als Objekt zur Ausschüttung meiner persönlichen Sorgen zu missbrauchen, sondern bin vielmehr begierig, mich nach der Ihren Situation zu erkundigen.
Fragen über Ihre Lehraktivität in der Universität der Stadt Rio de Janeiro und über das interessante Stadtbild jener berühmten Metropole schießen mir förmlich durch den Kopf, gleichsam über Ihr mir kostbares Wohlergehen. Gefällt Ihnen Ihr Appartement in Rio de Janeiro? Entspricht die Stadt in etwa Ihren Vorstellungen? Hat die Stelle an der Universität einen guten Anfang genommen?
Dies mögen nur einige Fragen sein, auf welche ich mir Ihre Antwort erhoffe.
Verzeihen Sie mir bitte vielmals, sowie ich Sie zu nötigen bitte, auf meinen Brief recht schnell eine sehnlich von mir erwartete Antwort folgen zu lassen, denn ich halte mich voraussichtlich lediglich für die auf den auf das oben genannte Datum folgenden dreizehn Tage in dieser Stadt auf, wo ich doch die Absicht hege, künftig auf das glanzvolle Feuerland überzusiedeln.
Nun, meine holde Dame, ich lechzte förmlich nach Ihrer Antwort, denn diese wird meine Seele mit neuem und frischen Mut erfüllen, welcher mir neuen Antrieb verschafft zu einer glücklichen Fortführung meiner zerstörten Existenz, welche ich nun gezwungen bin, erneut mühsam aus den mir dargebotenen Trümmern wiederzuerrichten.

Mit dem Ausdruck meines ausgesprochenen Respekts,

Ihr Valerius Lunkenheimer

Dies danieder geschrieben auf das feste, qualitativ akzeptable Briefpapier, faltete ich das Schriftstück sauber, schrieb die von Frau Reschelmann erhaltene Adresse auf einen Umschlag, legte das Papier in diesen hinein, versiegelte den mit vor Eifer und Nervosität zittriger Hand verfassten Brief, meine Adresse stand ja schon auf dem Umschlag, und war begierig, diesen mit, wie ich hoffte, verfügbaren Briefmarken zu versehen und ihn schließlich einem Briefkasten zuzuführen.
Ich war schon im Begriff, mich zu erheben, als mir eine weitere Person in den Sinn kam, der ich mit Liebe einen Brief zukommen lassen wollte, der ich bereits in Braunschweig einen solchen zuzusenden begierig war. Nicht etwa dem Frevler Victor Harzstein, dem ich einzig eine fristlose Kündigung schicken würde, was aber verständlicherweise den Rahmen des Möglichen gesprengt hätte, ich vermute allerdings auch, dass ihn meine Briefe nie erreichen würden; nein sondern vielmehr meinem guten Intimus Alexander Dmitrischenko, von dem ich lange nichts mehr gehört oder gar gesehen hatte. So ließ ich mich zurück in den Stuhl fallen, einem dunkelbraunen mit einer Lederverkleidung, zückte ein neues Briefpapier hervor und überließ meine Linke einem wahrhaftigen Erguss an Wörtern, als hätte ich in meinem Herzen einen Staudamm gesprengt und es flössen all meine Sorgen und Leiden ab.

Punta Arenas, 14. Mai 20**

Alexander Dmitrischenko, mein teuerster Freund,

was an erwähnt werden Müssendem soll ich Ihnen an dieser Stelle zukommen lassen? Ließe ich es bei einigen kurzen, schnöden Wor-

ten, so hielten Sie diese keineswegs für in einer Lage der höchsten Not verfasste, sondern vielmehr für den Ausdruck eines Anfalls geistigen Wahnsinns. Wenn ich Ihnen aber in aller Ausführlichkeit meine Leiden schildern würde, so könnte das Briefpapier des Hotels, noch ehe ich mich versehen habe, einen erheblichen Mangel aufweisen und meine Finger wären wund. Siddhartha Gautama fand seinerzeit den goldenen Mittelweg, den zu praktizieren bekanntlich das Kernstück des Buddhismus ist.

Nun betrachte ich es als meine Pflicht, denselben im Verlauf des Briefes aufzugreifen, von den sündhaften Extremen Abstand zu nehmen und Ihnen die wesentlichen Punkte in schlichten, edlen Worten zu unterbreiten.

Lange Zeit über haben wir voneinander nicht gehört und nicht gesehen, mein teuerster Freund, doch freilich habe ich Kenntnis davon, dass Ihrem scharfsinnigen Adlerauge nicht mein Konflikt mit RORUS entgangen ist. Andrej Sorokin, langjährig einer meiner bereicherndsten, diskretesten, treuesten, besten Geschäftspartner, der dem Lunkenheimer Science Fund zahlreiche gewinnbringende Investitionen in Russland beschert und den ich bei der Entwicklung von monströsen Abbaubaggern für seinen Tagebau von Eisenerz in der Region Swerdlowsk im Uralgebirge unterstützt hatte, kappte direkt nach der Übernahme von ALPHA & OMEGA durch LWGP unseren goldenen Draht, indem er mir drohte, mich zu erschießen, sofern ich nicht den Einfluss auf ebenjene Forschungsgruppe an ihn abtrete. Offenbar schien die Übernahme, die ich RORUS vereitelt hatte, von existenzieller Wichtigkeit für das Unternehmen zu sein.

Es war nicht seine Feder, der diese unschönen Worte entflossen waren. Er hätte sie nicht über sein schwaches Herz gebracht. Es waren vielmehr die eines gewissenlosen Jemands, den Sorokin aus Verzweiflung zu dieser Tat getrieben hatte, bin ich mir sicher, wenn Sorokin überhaupt verantwortlich für diese Missetat ist, was ich nach wie vor hartnäckig anzweifeln möchte. Eben jener hatte aber offensichtlich mein Angebot an freundschaftlicher finanzieller Abhilfe in der Not

ignoriert, und nur mit einer weiteren Drohung geantwortet, die jeglichen Anstands entbehrte, gefolgt von obszönen Anschlägen auf mein Heim und einige meiner Angestellte.
Womöglich ist ja die problematische Geschäftslage von RORUS auf unsere gemeinsam entwickelten Abbaubagger zurückzuführen, die zehntausende Tonnen Gestein täglich umwälzen und dabei die kostbaren Rohstoffe herausfiltern können, sodass der Raubbau an unseren Ressourcen noch rasanter abläuft. Doch auch hier trägt RORUS die Schuld, im nachhaltigen Wirtschaften nicht realistisch genug vorausgedacht zu haben. Der Status quo, die drohende Insolvenz, ist die Konsequenz jener Unfähigkeit.
Nun denn, vermutlich hatte der Brief, den ich zuvor gutherzig gesendet hatte, Sorokin nicht erreicht, denn ich bin mir sicher, dass er in seiner weisen Vernunft sofort darauf eingegangen wäre. Ich schlug nämlich vor, RORUS bei einer noch zu verhandelnden prozentualen Beteiligung an der Finanzierung des Projektes zu dem exklusiven Partner von ALPHA & OMEGA zu ernennen, der das alleinige Recht genießt, die erschlossenen Rohstoffe transportieren, verarbeiten und gegebenenfalls verkaufen zu dürfen. In meinen Augen erscheint dieses Angebot von ungemein kooperativer und symbiotischer Natur, doch es lässt mich stets rätseln, weshalb eine solche Option im Bietstreit nie in die Diskussion gebracht wurde. Stets galt es, alle anderen Konkurrenten auszustechen, um letztendlich als alleiniger Sieger dieses Kampfes gekürt zu werden und ALPHA & OMEGA wie eine Trophäe in den Händen zu halten. Diese rivalisierende Begegnung von Unternehmen und Institutionen ähnlicher Interessen ist der modernen Wirtschaft untypisch, man hätte sich auch auf eine gemeinsame Unterstützung von ALPHA & OMEGA einigen können. Was der Geschäftsführer von ALPHA & OMEGA, George Brooks, mit diesem Vorgehen bezwecken wollte, wäre der Gegenstand des nächsten ausstehenden Meetings gewesen, zu dem ich nicht erscheinen konnte.
Sei´s drum, der ruchlose Jemand in der teuflischen Maschinerie von RORUS jedenfalls ließ, mein vorausgegangenes Angebot ignorierend,

unverzüglich auf seine Worte Taten folgen, die mich nicht nur aus meinem Konzern schmetterten, sondern auch aus meinem Heimatland, aus meinem Kontinent und aus meiner gesamten Existenz.
Da ich weiß, dass meine Briefe Sie stets aus vertrauensvoller Quelle erreichen, gestehe ich Ihnen die Ehrlichkeit zu, dass ich mich derzeit in Punta Arenas aufhalte, in dem Hotel, aus welchem ich das Briefpapier beziehe. Wie sicher dieser Standort ist, kann ich noch nicht beurteilen. Angesichts meiner überhasteten Aufbrüche aus einigen anderen Städten neige ich aber nicht dazu, hier leichfertig auf meine körperliche und seelische Unversehrtheit zu zählen.
Andererseits, jener zweifellos reizvolle Landstrich birgt durchaus seine Vorteile, und sicherlich lässt sich das Leben anderswo weniger behütet verbringen. Die Planung der nahen Zukunft habe ich aufgegeben, da ich die Einsicht erlangt habe, dass das zwangsvolle Beharren auf Hoffnungen, die mit einer äußerst geringen Wahrscheinlichkeit erfüllt werden, keineswegs von Vorteil ist, wenn es gilt, schnell und flexibel auf Gefahren zu reagieren.
Doch nun genug von dem armseligen Standpunkt meiner Wenigkeit, ich möchte jetzt Sie am Zuge wissen und mich danach erkundigen, welchen Aktivitäten Sie frönen. Seit unserem letzten gemeinsamen Treffen in München vor nun fast einem Jahr, wo wir Ihren Geburtstag gefeiert haben, haben Sie keine Silbe, sei sie schriftlich oder verbal zum Ausdruck gebracht, verlauten lassen, und ich lege Ihnen ans Herz, schnell wieder von sich hören zu lassen, noch bevor mich Ängste vor Ihrem Ableben, die mich, wie Sie wissen, schon des Öfteren überfallen haben, ergreifen können.
Belasse ich es doch bei diesen Sätzen, ich habe zu Genüge geschildert, was zu schildern von Belang ist, und werde nach dem nächsten beendenden Satzzeichen eine Zeit der Neugier und der Sorgen verbringen, bis ich ein Schriftstück mit Ihrer geschwungenen Handschrift in den Händen weiß.

Ihr treuer Freund Valerius Lunkenheimer

Meine Unterschrift unter jenes Dokument zu setzten stellte ein schwieriges Unterfangen dar, da mich die schwere Rührung, die mich überkam, als ich von den Gedanken unserer letzten Zusammenkunft im Hotel M*** O*** in München, als meine Welt noch heil war, überwältigt wurde, wie einen schwachen, kleinen Fisch im Strudel mitriss und meine Hand vor freudiger Euphorie zittrig und kraftlos werden ließ.

Es dürstete mich nach Bewegung und frischer Luft, und da ich meine beiden Briefe einem Briefkasten zuführen wollte und dafür Briefmarken benötigte, konnte ich dies gerechtfertigte Verlangen gut mit der Nützlichkeit vereinen.

Ich warf mir meinen schwarzen Mantel über, bedeckte meinen Hals mit einem anthrazitfarbenen, seidenen Schal, zog einen Manhattan auf meinen Kopf und hängte mir, da das Wetter nach meinen Einschätzungen nicht lange den trockenen Zustand beibehalten würde, einen blau und dunkelgrün karierten Regenschirm über den linken Arm.

Derart gerüstet, verließ ich mit den Briefen für Frau Reschelmann und für Alexander Dmitrischenko in der inneren Manteltasche meine Unterkunft, beabsichtigend, auf ein dem glücklichen Zufall geschuldeten Schicksalswink zu warten, welcher meine irrende Nase zu einem Geschäft führte, das Briefmarken verkauft, und folgend zu einem vorübergehenden Aufbewahrungsbehälter für diese, freilich zu diesem Zwecke nun frankierten, damit sie ihr Ziel erreichen konnten.

Gleichsam war es mir dadurch vergönnt, die herrliche Hafenstadt Punta Arenas näher in meinen interessierten Augenschein zu nehmen, welcher, nunmehr ausgedürstet, nach erquickenden Bildern zu suchen verlangte.

Ich habe bereits formuliert, wie meine übliche Strategie zu einer erfolgreichen Erkundung eines mir unbekannten Terrains vonstatten zu gehen pflegt. Ich hatte diese etwa in Warschau angewandt, und selbige Taktik wandte ich nun auch an jenem Ort an, und entfernte mich in

wachsenden Bögen jedes Mal ein gutes weiteres Stück von meiner Zufluchtsstätte, dem Hotel La casa de Gonzales.
Ich bekam einzelne, jedoch äußerst ignorante Passanten zu Gesicht, einer, eine modern gekleidete Gestalt von nicht übergroßer Statur, wandte sogar demonstrativ sein Gesicht ab, doch auch die all dem objektiven Anscheine nach in der südlichen, chilenischen Stadt üblichen Bauwerke, die eine gewisse Ähnlichkeit mit denen in Grönland hatten. Es erstaunte mich nämlich, dass zahlreiche Bauwerke wie jene auf dieser riesigen Insel Dänemarks in bunten Farben bemalt waren, zumeist in gelb, blau und rot. In eben dieser Farbigkeit erstrahlten auch harmonisch die Giebeldächer, was freilich einen starken Kontrast bildete zu dem in den Gassen unsichtbaren, jedoch an gewissen Lichtungen am fernen Horizont sichtbaren Gebirgszug der gigantischen Anden und dem glanzvollen, über die Magellanstraße als ein verschwommener Streifen erkennbaren Feuerland. Und ach, mein Herz quälte mich und drohte mich zu zerreißen bei jenem beinahe surrealistisch anmutenden Anblick, und die Sehnsucht wurde in mir geweckt, dass ich dort einen geborgenen Unterschlupf suchen und letztlich für immer finden sollte.
Unter einem erheblichen Aufwand entriss ich mich der Sättigung meiner Blicke, da ich eigentlich ja die werte Absicht hatte, für meine Briefe schmucke Briefmarken zu suchen zu dem Zwecke, diese frankiert unverzüglich Frau Reschelmann und Alexander Dmitrischenko zukommen zu lassen.
Unter einem beachtlichen Aufwand des Suchens, wo ich doch schließlich die Gefahr vor dem Verlaufen in jener mir ach so fremden Stadt vorbeugen wollte, fand ich einige Briefmarken in einem Geschäft, welches Andenken jeglicher Art verkaufte, unter anderem kleine Statuetten sowie Postkarten, Salzstreuer, schmucke Schlüsselanhänger, Kühlschrankmagnete, Zeitschriften und kleine Broschüren gab es dort zu entdecken, eben ein klassisches Souvenirgeschäft.
Mit der englischen Sprache, derer der hilfsbereite Geschäftsbesitzer zu meinem Glücke gebrochen mächtig war, beschaffte ich mir ein herrli-

ches Sortiment an zahlreichen unterschiedlichen Briefmarken, welche die bunten Häuser der Stadt Punta Arenas und den romantischen Ausblick zu dem glanzvollen, östlich gelegenen Feuerland und zu dem mächtigen Gebirgszug der in dem Süden Südamerikas auslaufenden Anden präsentierten.
Ich wählte kurzerhand die mir am wenigsten zusagenden Briefmarken aus jenem Sortiment, auf jenen waren lediglich einige einfache Kieselsteine, welche auf einem großen und spitzen Felsen drapiert worden waren, abgebildet, und befestigte sie vorschriftsgemäß an dem rechten, oberen Bereich der Briefumschläge.
Dies geschehen, führte ich diese, derart ausgewiesen, einem kastenförmigen Behälter zu, welcher eine gewisse Ähnlichkeit mit den in meinem Heimatlande üblichen Briefkästen hatte und empfand darauf eine urplötzliche Befreiung von einer mir unbekannten Bürde, die ich spontan den Briefen für Frau Reschelmann und meinen Freund zuordnete.
Dies geschehen, beehrte ich die nächsten Stunden meines Tages, welchen ich in einer schonenden Art und Weise verbringen wollte, um mich an die Zeitumstellung zu gewöhnen, mit einem ziellosen Stadtrundgang durch Punta Arenas. Am weniger geschäftigen Hafen bummelte ich entlang, durch enge und breite Gassen, suchte und fand einige Ausstellungen und Museen, denen ich in der künftigen Zeit einen Besuch abstatten wollte, stand vor einem der Wahrzeichen der Stadt, einer Statue von Magellan auf der Plaza de Armas und ließ mich von den zahlreichen neuen Eindrücken berieseln. Gegen 18.30 Uhr setzte ein feiner und durchdringender Regen ein und der Wind frischte auf, ein Sturm schien nahe. Schnell kehrte ich um, schritt mit hallendem Schritt durch die mittlerweile düsteren Straßen und gelangte schließlich zu meinem schützenden Hotel.
Eine Abendkost war angebracht, und diese wollte ich nun, nach meinen einsamen Tagen fern der anderen Menschen, in Gesellschaft verbringen, erfrischte mich und kleidete mich mit dem dunklen Anzug,

einer dunkelgrünfarbenen Schleife und einem weißen Leineneinstecktuch.
Im Restaurant, dem ehemaligen Wohnzimmer des Hauses, verzehrte ich unter geselligen Touristen, mit denen ich einige angenehme Gespräche führte, eine „Fischplatte", auf welcher ein großes Sortiment an unterschiedlichen Fischen kunstvoll drapiert war, es handelte sich übrigens um eine Empfehlung des dienstbeflissenen Oberkellners. Als Beilage erhielt ich einen frischen Salat sowie auf einem Spieß spiralförmig angeordnete Ofenkartoffeln. Zudem habe ich, ach, welch unverzeihliche Schande, zuzugeben, dass ich auch über ein Glas von dem landesüblichen Rotwein nicht erhaben war, meine Neugierde war schlicht und ergreifend zu groß.
Die Atmosphäre jenes Restaurants ließ mich empfinden, als würde ich ein Festmahl verzehren, was es sicherlich auch war, schließlich handelte es sich bei dem Restaurant wie bei dem Hotel um ein gehobenes. Auch die netten Touristen, so der deutsche Rechtsanwalt und leidenschaftliche Bergsteiger Friedrich Nurtmann, der einige Anekdoten von seinen vorherigen Reisen witzig und wortgewandt zum besten gab, sorgten für meine Rückkehr in die warmen Gefilde der Geselligkeit.
Der Speisesaal sowie das gesamte Hotel befanden sich in der Villa des berühmten und unter Walen sicherlich auch berüchtigten Walfängerkapitäns Pedro Gonzales. Weitere Informationen konnte ich dem Flugblatt des Hotels entnehmen, welches im Foyer auslag.
Dass es sich um das Heim eines einstigen Walfängers handelte, wurde durch den schlichten Parkettboden im Restaurant und die abblätternden Fresken auf den steinernen Wänden, heute durch eine massive Glaswand geschützt, bewiesen, welche brutale Szenen aus dem Gewerbe des Walfanges präsentierten. Ich stellte mir während des Essens vor, ich sei ein geladener Gast am captains table des Pedro Gonzales und würde eines seiner kultivierten und auf Stil bedachten Feste miterleben, die er aus Anlass eines erfolgreich überwundenen Jahres abhielt.

KAPITEL XIII

Nun, o mein gütiger Leser, ich habe doch hoffentlich Recht mit meiner Vermutung, dass Sie es folgend als in der Tat ermüdend ansehen, wenn ich die nun folgenden vierzehn Tage und Nächte, welche meinen persönlichen Zwängen gemäß äußerst gleichförmig abliefen, gleich meinen eindrucksreichen vorherigen Erlebnissen vollständig wiedergeben würde, nicht wahr?

In jenem Augenblick, in dem ich mich an diese Zeit zurück erinnere, verschwimmen mir Personen, von welchen ich nicht fähig zu behaupten bin, ob ich sie erstmalig in meinem Leben gesehen oder ob ich sie bereits in meinem Leben vor meinem Eintreffen in Punta Arenas getroffen habe. Nun, jedoch habe ich mich vor dem strengen Leser zu verteidigen, dass mein Tagebuch lediglich einen Spiegel meines aufgewühlten Inneren darstellt, das jene Zeit lediglich in einer, sowie mir es so auszudrücken gewährt ist, dumpfen Verfassung wahrnahm. Doch ebenso blieb ich glücklicherweise des unehrenhaften, mir bös gesonnenen Gesindels unbeachtet. Mit den Touristen pflegte ich eine freundliche Urlaubsbekanntschaft, aber lediglich eine solche, die niemals über eine längere Dauer als die der Ferienzeit währen sollte.

Die Einwohner waren sehr touristenfreundlich und beantworteten mir gerne meine vielen interessierten Fragen über Patagonien, die Geschichte jener Stadt am letzten Ende des südamerikanischen Festlandes und vor allem über den Seefahrer Magellan, welchem in Punta Arenas eine ganz besondere Bedeutung als Entdecker, Held und Koloniegründer beigemessen wird.

Ich studierte die Stadt Punta Arenas sowie die gesamte, interessante und raue Umgebung eingehend, denn jene ist in der Tat sehr als ein Reiseziel zu empfehlen. Mir wurden jedoch ausgedehntere Erkundungsexpeditionen in der letzten Woche meines Aufenthaltes leider durch einen einsetzenden, immerwährenden, leichten wie durchdringenden Regen erschwert.

Frau Reschelmann, ach, die treue Seele, ließ auf meine freundliche Mitteilung unverzüglich die Ihre folgen, die auch wiedergebenswert ist:

*Rio de Janeiro, 18.5.20***

Lieber Herr Lunkenheimer!

Ich kann Ihnen gar nicht sagen, wie sehr ich mich über Ihren schnellen Brief gefreut habe, der zwar ziemlich inhaltslos, aber trotzdem sehr erfreulich anzuhören war! Danke auch der Nachfrage, mir geht es gut und die Stellung an der Universität von Rio ist sehr schön, es gibt eine moderne Einrichtung, die sowohl hübsch als auch zweckmäßig ist.
Auch mein Apartment in einem Condomimo direkt neben der Universität ist wunderschön, ich habe anstatt eines Balkons einen kleinen Garten, obwohl ich mich im siebten Stock befinde. Tatsächlich nämlich handelt es sich bei dem Garten eigentlich um eine Wanne aus Stahl, in die von den Angestellten aus den Favelas fruchtbare Erde gekippt worden ist. Hier blühen wunderschön einige Dahlien, für Sie habe ich auch ein Vergissmeinnicht angepflanzt, und immer, wenn ich in meinen kleinen Garten trete und das hübsche Pflänzchen erblicke, muss ich an Sie denken. Ich werde von allen Personen aus meiner Umgebung, von Kollegen wie von Studenten, mit ausgesprochenem Respekt behandelt, aber sie tun auch gut daran, mir einen hohen Stellenwert beizumessen, nicht wahr?
Dass Rio außerhalb des Condomimos eine gefährliche Stadt ist, musste ich übrigens am eigenen Leibe erfahren, oder besser, mein Handy. Ich muss Sie doch gar nicht fragen, wie es Ihnen so in Punta Arenas geht, denn Sie haben mir ja schon unter der Lüge, mich nicht mit Ihrem Kummer nerven zu wollen, Ihren gesamten hypochondrischen Herzschmerz unterbreitet.

Übrigens fand ich das Briefpapier sehr hübsch. Sollte ich mal zufällig nach Punta Arenas reisen, weiß ich schon, wo ich unterkommen möchte.
Nun, ich habe keine Ahnung, was ich hierauf ergänzen soll, also belasse ich es auch bei diesen paar Sätzchen, denn sonst laufe ich ja noch Gefahr, dass Sie diesen Brief nicht vor Ihrer Abreise zu sehen bekommen.

Schreiben Sie mir mal wieder!

Viele Grüße,

Ihre Victoria Reschelmann!!!

PS: Genießen Sie verdammt noch mal Ihren Aufenthalt in Punta Arenas, anstatt über mir schleierhafte Gründe zu wehklagen!

Dies gelesen, überzog ein feines Schmunzeln meine durch mein tragisches Geschick verhärteten Gesichtszüge, wo sich doch Frau Reschelmann eines sehr alltäglichen Vokabulars bedient hatte und offen zuzugeben gewillt war, dass ihr die nötigen Informationen für eine Fortführung ihres Briefes fehlten. Der gesamte Brief war eine heimliche Provokation, die Anrede „Lieber Herr Lunkenheimer“ sowie wie der unhöfliche Beginn mit „Ich“. Ich verzieh es ihr aber, da sie für mich ein Vergissmeinnicht gepflanzt hatte und ich mit nichts anderem hätte rechnen sollen.
Einige Tage darauf, - oh, mit welch einem Urteil habe ich denn zu rechnen vor dem höchsten Gericht, da mein leistungsunfähiges Gehirn sich nicht imstande sieht, das genaue Datum zu vermerken -, meinte eines Morgens auf dem Weg zu dem Frühstücksbuffet, welches ich unbefangen anzustreben beabsichtigte, die freundliche Dame an der Rezeption, es sei in dem Hafen eine gewisse Lieferung für einen Herrn Dr. Valerius Lunkenheimer eingetroffen.

Sie nannte mir selbstverständlich zudem einige konkretere Angaben zu dem Anlegeplatz des Schiffes. Dies hatte zur Folge, dass ich darauf, freilich erst nach einem in Ungeduld verzehrten Frühstück, eilends mit einem Taxi den Hafen ansteuerte und dort aus einem bereits ausgeladenen Container mein prächtiges, treues Kraftfahrzeug hinaus und zum Hotel fahren durfte. Und es glänzte tatsächlich, dank der fähigen Mechaniker, wieder in seiner alten Frische! Ach, wie sehnlich hatte ich dieses doch unbewusst vermisst, es stellt nun nämlich eine weitere, mir nahe Habseligkeit in der Fremde dar.
Ebenso ist mein Besuch in dem Rathaus der chilenischen Stadt Punta Arenas von herausragender Bedeutung, in welchem ich die Gründung eines Wohnsitzes in jenem Lande erbat, und dieser Bitte wurde auch, entbehrend eines großen Zauderns, ich verweile in dem Glauben, gar mit ein wenig Freude, stattgegeben. Womöglich erwarteten die Chilenen ja in mir einen neuen deutschen Einwanderer, womit sie in der Tat nicht allzu falsch liegen mochten.
Indes verschickte ich einen weiteren Brief an meine geschätzte Fluggefährtin Frau Reschelmann:

*Punta Arenas, 21. Mai 20***

Sehr geehrte Frau Professor Dr. von Reschelmann,

es erfüllt mich nur erneut mit einer brennenden Wärme, Sie, meine werte Freundin, so erlaube ich mir, Sie anbei nennen zu dürfen, da es sich schließlich um eine unumstößliche Tatsache handelt, mit einer weiteren Nachricht beehren zu dürfen, wo Sie doch für mich das einzige Bindeglied zur Außenwelt darstellen, an welcher teilzuhaben mir bedauerlicherweise aus gewissen Gründen untersagt ist. Ich vermag jedoch zu schildern, dass es sich gar vorzüglich in der chilenischen Stadt Punta Arenas leben lässt. Der erfrischende Westwind trägt den Keim des blühenden Lebens in sich und die Atmosphäre ist gleichsam herrlich, jedoch unter der ausschlaggebenden Bedingung, dass man vor der Betrachtung meiner furchtbaren Einsamkeit die Augen

schließt. Die Absicht, meine zerrüttete Existenz auf dem glanzvollen Feuerland wieder errichten zu wollen, erscheint mir in meiner hilflosen Situation als weiter hinweg in die Ferne gerückt als der mit der größten Distanz zu uns gelegene Stern unseres immerwährenden Himmels.
Doch darf ich Ihnen keineswegs verleugnen, dass ich dieser abgelegenen Ortschaft bedarf, wo ich mich doch der Tatsache sicher fühle, dass ich von gewissen, nicht der Absicht nach Wohl gesonnenen Individuen verfolgt werde.
Nun, nach der Schilderung meiner Situation hege ich freilich die Absicht, mich nach der Ihren zu erkundigen, doch erscheint mir dies nicht als vertretbar, da selbst der am weitesten entfernte Stern, wenn zwar mit einer in der Tat äußerst geringen Wahrscheinlichkeit, auf die Erde zu stürzen fähig ist und Ihr wohlmeinender Brief möglicherweise an der von mir verlassenen Ortschaft einzutreffen droht wie eine Perle, welche in ein schmutziges Gehege von Säuen gestürzt ist.
Seien Sie jedoch bitte versichert, dass ich Sie, sowie ich angeschwemmt bin an den neuen Gestaden, über mein Geschick instruieren werde und mich ebenso begierig danach sehne, mich nach dem Ihren zu erkundigen.

Mit freundlichen Grüßen,

Ihr Valerius Lunkenheimer

Auf dem gleichen Wege, freilich den Kauf von Briefmarken auslassend, versandte ich jenen Brief und überlegte mir erste Schritte, um auf das glanzvolle Feuerland umsiedeln zu können.
Vorerst nahm ich an einer Tagesreise für Touristen teil. Es handelte sich um ein Pauschalangebot des Fährbetreibers A*** B***, das von Punta Arenas über die Magellanstraße zu einer chilenischen Stadt des Feuerlandes, einem Pueblo, das den schlichten Namen Porvenir trägt, führte. Sie lag Punta Arenas im Osten auf dem Feuerland direkt ge-

genüber, und die Überfahrt beanspruchte nicht mehr als vierzig Minuten.

Porvenir ist in der Tat eine wunderbare, wenn auch eines einzigartigen Charakters ferne Stadt, sie ist beträchtlich ruhiger als die Stadt Punta Arenas, ja, sie wirkt geradezu ausgestorben, da sie mindestens um den zehnten Teil kleiner ist, verfügt aber dennoch über einen Flughafen und eine nicht beklagenswerte Infrastruktur, so einen etwas abseits gelegenen Hafen, eine Militärgarnison und, wie der altehrwürdige Touristenführer nicht ohne einen gewissen Stolz verkündete, ein modernes Hochsicherheitsgefängnis. Man hat die gesamte Stadt in bereits zehn Minuten durchschritten. Zahlreiche Grundstücke am Rande der Stadt, besonders die südlich des ruhigen Hafens gelegenen, standen zum Verkauf frei, was ich mir als eine wichtige Information im Hirne bewahrte.

Obgleich Punta Arenas und Porvenir sehr verschieden sind, schließlich steht Punta Arenas auf dem Festland, während sich Porvenir auf einer Insel befindet und so dem Gast nicht einen insularen Charme verwehrt, und man in Punta Arenas im Norden die gewaltigen Ausläufer der Anden erblicken kann, während sich das Augenmerk in Porvenir mehr südlich, auf den mächtigen Monte Darwin, richtet, strahlen sie doch beide denselben Glanz von gewiss mit ihrem Los zufriedenen, fast südländischen Städten aus. Zudem befinden sich beide an der Magellanstraße und gehören zu einem der wohlhabendsten und schönsten Länder Südamerikas, weshalb man nicht davon ausgehen darf, dass ich die beiden wie unersättliche Konkurrenten betrachtete, sondern vielmehr als zwei besondere Sehenswürdigkeiten, deren Potential ich des Interesses halber vergleiche. Ebenso vertreten sind in Porvenir die bunten Häuser, die mir auch von Punta Arenas bekannt waren, neu hingegen einige bescheidene Denkmäler, die man, sprechen wir in wahren Worten, weniger als herkömmliche Sehenswürdigkeiten bezeichnen kann, etwa den Parque Yugoslavo, in dessen Mitte ein altes Gestell auf zwei Rädern steht, dessen ehemalige Funktion mir unbekannt ist.

Der Touristenführer hatte seinen Rundgang mit der Gruppe Reisender, der auch mein Hotelgenosse Friedrich Nurtmann sowie ich angehörten, nach dem Dreiviertel einer Stunde beendet, sodass wir beide in den nächsten drei Stunden voll der Muse die umliegende Umgebung, die im Gegensatz zu den übrigen Teilen des Feuerlands recht flach ist, auskundschaften konnten. So tranken wir in einem Café an der Promenade des Bahía Chilota-Hafens eine warme Tasse Tee, beobachteten, wie auf dem Capitán Fuentes Martínez Airport eine kleine Propellermaschine zum zweimal täglichen Regelflug nach Punta Arenas abhob, genossen den Ausblick über das an diesem Tage nicht durch die Unbilden des Wetters aufgewühlte Wasser der Magellanstraße und besuchten das städtische Museum, das uns über die Umstände der Stadtgründung, den Goldrausch im Jahre 1894, der insbesondere kroatische Einwanderer angelockt hatte, aufklärte, wie wir im Übrigen bereits durch den Touristenführer erfahren hatten.
Verzeihen Sie mir doch bitte, oh verehrter Leser, dass ich mich nicht genötigt fühle, zu jenem Ausflug noch weitere Informationen zu nennen, doch hat mein Gedächtnis auch nicht allzu bedeutende weitere Gedanken zu diesem bewahrt, und lassen Sie mich freimütig gestehen, dass auch herzlich wenig weitere zu diesem Ort vorhanden sind, wenn wir von den zahlreichen Dorflegenden absehen.
Jener Tag, den ich in dieser bescheidenen Ortschaft mit Friedrich Nurtmann verbrachte, war neben der Besichtigung eines Museums, dessen zwei Besitzer alte Handelsgaleonen wirklichkeitsnah nachgebaut und zur Besichtigung freigegeben hatten, einer der glücklichsten meines Aufenthaltes in der Stadt Punta Arenas, zusammen vielleicht mit dem Tag, an dem ich doch tatsächlich einen Brief ins Zimmer geschickt bekam, welcher die Handschrift meines lieben Freundes Alexander Dmitrischenko trug!

*Petropawlowsk-Kamtschatskij, 24.05.20***

Valerius Lunkenheimer, mein Guter,

es wurde Zeit, dass wir endlich wieder voneinander hören, da stimme ich Ihnen zu. Ich missbilligte zuerst, dass Sie seit München kein Lebenszeichen von sich gegeben haben, aber verstehe nun die Umstände. Dennoch sollten Sie wissen, dass ich dieselben Vorwürfe, die Sie an mich gerichtet haben, auch an Sie richten kann.

Geschäftliche Umstände hielten mich davon ab, für Sie früher die Feder zu ergreifen.

Was Ihre Angebote an Sorokin anbelangt, haben Sie mit Ihrer Vermutung richtig gelegen, er hat sie nie erhalten. An welcher Stelle der Übermittlungskette Ihre Briefe und E-Mails verloren gegangen sind bzw. unter Vorsatz entfernt wurden, lässt sich nur schwer nachverfolgen.

In der Spitze von RORUS ist es übrigens in den letzten Wochen zu massiven Veränderungen gekommen. Es hat sich herausgestellt, dass Sorokin unter einer Herzmuskelentzündung leidet und für die nächsten zwei Monate ausfallen wird. Sein Vertreter für diese Zeit ist der Sekretär Jefrem Fomin. Er hat als erstes ein paar Vorstandsmitglieder des Kontrollgremiums und (z.B. Nikanor Baranow; Wladimir Titow; Agrippina Iljin) entlassen und dafür einige rangniedrigere Mitarbeiter seiner Wahl (z.B. Agafon Below; Jan Popow) befördert.

Ich glaube, dass er es ist, der für Ihre Schwierigkeiten verantwortlich ist.

Ich weiß nicht, wie gut Sie über den Zustand Ihres Unternehmens informiert sind, er ist nicht allzu gut. ALPHA & OMEGA hat sich mit dem Kostenvoranschlag von 750 Mio. € vollkommen verschätzt und steht kurz davor zu scheitern. Ihr Manager Victor Harzstein möchte die Rohstofferschließung aber um jeden Preis aufrecht erhalten, da er nach wie vor auf verspätete Gewinne hofft, und pumpt so immer mehr Geld in dieses Projekt.

Die Taktik von Fomin ist es also, Sie so lange von LWGP fernzuhalten, bis Ihr Konzern unter der Führung Harzsteins mit einem milliardenschweren Minus zwangsläufig aussteigen muss und er die Rohstoffe ohne Ausgaben zur Erschließung abbauen kann, und nicht etwa, dass die Kopfgeldjäger Sie zu ihm ausliefern müssen. Das war sein Plan, bis er von dem wirtschaftlichen Niedergang von LWGP erfuhr. Er änderte radikal seine Strategie und wollte Sie nicht mehr nach Jekaterinburg ausliefern lassen, sondern gerade von Europa fernhalten.
Fomin ist nicht willens, auf Ihre Kompromissvorschläge einzugehen. Ob er Ihre Vorschläge absichtlich ignoriert hat, oder auch er wie Sorokin nichts von ihnen mitbekommen hat, lässt sich ebenfalls schlecht nachverfolgen.
Übrigens liegen Sie falsch, wenn Sie davon ausgehen, dass alle der Drohungen und Übergriffe, von denen Sie berichteten, zwingend allein von RORUS ausgehen. Nach mir vorliegenden Informationen können die dekorative Puppe in Ihrem Wohnzimmer und die Ermahnungen an Sie, das Projekt fallen zu lassen, die sich nicht direkt auf Ihre Beziehung zu RORUS beziehen, auch von einem ganz anderen Dritten ausgehen, nämlich einer Gruppe von mehr oder weniger radikalen Naturschützern, die Ihr Vorhaben wegen der ökologischen Risiken für die Antarktis verhindern wollen. Eine inoffizielle Organisation, der sich solche Aktionen zutrauen lassen, nennt sich „NO!“ (das einfallsreiche Akronym für „Nature Only“). Auch wenn mir dafür keine seriösen Beweise vorliegen, halte ich es für möglich, dass ebenjene Organisation die Kommunikationsbahn zwischen RORUS und LWGP blockiert hat, aus Angst, ein Deal beider Unternehmen könne den Schaden für die Umwelt durch noch mehr Möglichkeiten und Mittel maximieren. Die Anhänger hoffen, dass ein Scheitern des Projektes die antarktische Natur auch wegen des abschreckenden Eindrucks auf andere Unternehmen langfristig entlastet.
Aber das alles lässt sich aufgrund der flexiblen und diffusen Strukturen solcher Gruppierungen nur erschwert nachvollziehen.

Nun hängt es von Andrej Sorokin ab, ob die derzeitige Misere ein positives Ende findet.
Es bleibt zu hoffen, dass seine Genesung schnell vorangeht und er die alten Umstände wieder zurückführen kann. Es wäre wünschenswert, dass dies geschieht, noch bevor sowohl RORUS als auch LWGP einen irreparablen Schaden davongetragen haben.
Außerdem wünsche ich Ihnen, dass das Exil erträglich für Sie ist.

In dem Sinne wünsche ich Ihnen alles Gute für die Zukunft.

Ihr stets treuer Freund Alexander Dmitrischenko

Wahrhaft eine Flut an Informationen, der Brief meines Freundes, nicht wahr?
Nun, noch bevor ich auf den bedeutenden Sachverhalt des Briefes eingehe, ich verkrafte ihn noch immer kaum, möchte ich vorerst Grundlegendes über meinen Freund Alexander Dmitrischenko preisgeben, ich meine alles wesentliche, von dem ich über diesen verschlossenen und zuweilen eigentümlichen Charakter Kenntnis habe, was, wie ich zugeben muss, nicht allzu umfangreich ist. Ich denke, dies trägt zum Wohle des Lesers ungemein zum Verständnis bei.
Vorerst, Freunde sind wir geworden, seit wir in dem „Club der privaten Geschäftsleute", den man mit den Buchstaben CPG abkürzt, ein anregendes Gespräch über die Geschäftsbeziehungen Deutschlands zu Russland geführt haben.
Der Club übrigens ist eine ausgezeichnete Idee des berenteten deutschen Bankiers Leonhard Voigt und eines seiner Geschäftskollegen, die Geschäftsbeziehungen internationaler Unternehmen nicht nur durch Aktienkurse, Umsatzzahlen, Marketing und positive Prognose knüpfen wollen, sondern auch durch Mittel, die heutzutage bedauerlicherweise durch die Technisierung etwas aus der Mode gekommen sind. Dabei handelt es sich unter anderem um angenehme Konversation, gemeinsame Unternehmungen wie Museumsbesuche, Reisen,

Feiern, so etwa anlässlich von Weihnachten und zur Sommersonnenwende, hitzige Diskussionen zu aktuellen Themen des Weltmarktes und besonders die halbjährlichen Empfänge, die für jedes Mitglied profitable Geschäfte versprechen. Anders nämlich als in den bekannten Londoner Clubs ist es den Clubmitgliedern von CPG nicht untersagt, innerhalb der Mauern des Ortes der Zusammenkunft Handel zu betreiben, was diese gerne schamlos ausnutzen und ebenjenen mit schweren Papieren verlassen. Dies ist ja auch das eigentliche Ziel des Clubs, hinter den Portalen der Handelssäle Geschäfte abzuwickeln, die nicht minder gewinnträchtig sind, doch gleichzeitig dazu die zwischenmenschlichen Beziehungen fördern.
Freilich gründet ein erfolgreicher Bankier einen solchen Club nicht uneigennützig und aus Liebe zu den Führungskräften seiner Konzerne, und ich möchte in diesem Sinne nicht auf den zu entrichtenden Mitgliedsbeitrag eingehen. Doch ist dieser meiner Ansicht nach ein lohnender Wermutstropfen, den ich darbringen muss, um Geschäfte abzuschließen, welche ich nie außerhalb dieses Zirkels hätte abwickeln können. Zudem entspricht das Ziel des Clubs durchaus dem meinen, die verschütteten Ideale des Biedermeier wieder zum Leben zu erwecken. Ja, wir Clubmitglieder stellen eine spezielle, verschworene Gemeinschaft dar, die durch vereidigte Bürgschaften getragen wird. Betrug und Vertragsbruch führen zu einem sofortigen Ausschluss aus diesem illustren Kreis.
Außerdem erlaubte es nur das Einwirken dieser Gesellschaft, in Kontakt zu meinem jetzigen Intimus Alexander Dmitrischenko zu kommen, um wieder auf ihn zurückzukommen. Als ich mich damals mit ihm unterhalten hatte, übte er noch den Beruf eines Vorstandsvorsitzenden aus. Er leitete ein Unternehmen, das sich auf den Transport von sensiblen Rüstungsgütern spezialisiert hatte. Wenn ich dies zu der damaligen Zeit gewusst hätte, so wäre unser anregendes Gespräch nie zu Stande gekommen und unsere Freundschaft hätte sich nie entwickelt, betone ich.

Dieses kreiste ohne die Absicht, bestimmte geschäftliche Ziele zu verfolgen, um die Handelsbeziehungen Russlands mit Deutschland. Ich persönlich ziehe russische Geschäftspartner denen aus den meisten anderen Ländern vor, und dies nicht nur aus dem Grund, dass Russland derzeit ein rasantes Entwicklungsprogramm verfolgt und ich gut mit russischen Geschäftsleuten kooperieren kann. Auch üben die ehrwürdige Dynastie der Zaren und das Adelsgeschlecht der Romanows eine gewisse Faszination auf mich aus. Man denke an die von reichlich Kultur gesegnete Stadt Sankt Petersburg und ihre Sammlungen der Eremitage und das Schloss Peterhof, oder etwa an die Zarin Katharina II., die Tochter des deutschen Fürsten Christian August von Anhalt-Zerbst. Wohl berühmt ist ihre unglückliche Ehe mit dem Thronfolger Peter III., die zu seinem Sturz und ihrem Aufstieg führte. Ihre politischen Leistungen wie die Ausweitung der Sozialordnung und ihre militärischen Erfolge in den beiden Türkenkriegen machten sie rasch zu einer mächtigen und angesehenen Herrscherin. Herausragend war auch ihre Kolonisationspolitik. Sie ließ ab 1764 deutsche Bauern an der Wolga ansiedeln und lud auch deutsche Ärzte ein, in Russland ihr Können zu praktizieren.
Die Vorfahren meines Freundes Dmitrischenko gehören zu einer jener Ärztefamilien, die auf dieses Angebot eingingen und eine Praxis in Sankt Petersburg gründeten. Gleichwohl im Laufe der Zeit auch russisches Blut in die Familie floss, man erkennt dies etwa an dem Zunamen Alexanders und an seinen stechend grauen Augen, behielt sie stets ihre deutschen Traditionen bei und pflegte sich im Familienkreis der deutschen Sprache zu bedienen.
Anstatt in die von seinen Vorvätern gezeichneten Fußstapfen zu treten und selber den Beruf eines Arztes auszuüben, kostete mein lieber Alexander Dmitrischenko als Jungspund die Vielfalt des Lebens aus. Die Semester seines Studiums richtete er nach seinen spontanen Interessen aus. Ebenso leichtfertig entschied er über seinen Wohnort, seinen Beruf und sein Eigentum. Mir ist aus einigen Quellen, nun, ich weiß nicht, bis zu welchem Grade ich ihnen Vertrauen schenken darf, zu

Ohren gekommen, dass er zuweilen unstet, ja, beinahe fluchtartig von Hotel zu Hotel, von Land zu Land pendelt, mal geschäftig in einem Geschäftsviertel von London auftaucht, oder gar, als sei er ins Exil verbannt worden, fern der menschlichen Kultur in den Untiefen Russlands in der Taiga lebt. Ebenso verhält es sich in seinem Berufsleben. Was hatte er nicht schon alles für Berufe ausgeübt, mein Freund Alexander Dmitrischenko! Es heißt, er hätte mal ein Weinkontor in Bremerhaven geführt, sei ein Börsenmakler in Moskau gewesen und habe eine angesehene Kunstgalerie in Oslo geleitet. Ob wir nun noch von seinem Eigentum sprechen wollen? Es soll zwischen dem Bettelstab bis zu einigen Inseln in der Karibik schwanken, heißt es.
Soll ich etwa Rechenschaft ablegen dafür, dass ich für eine solch untransparente und unstete Person Sympathien hege? Es heißt, mein Freund sei zwar eine konventionssichere Person, kundig der Etikette und des formvollendeten Umgangs, doch verlasse ihn stets sein Gesprächspartner mit dem Gefühl, sich fehlerhaft und lächerlich verhalten zu haben, als sei er in gewisser Weise manipuliert worden oder hätte unbewusst zu viel von sich preisgegeben. Dies beispielsweise kann ich nicht nachvollziehen, da unsere Zusammenkünfte immer ungezwungener und freundschaftlicher und doch sehr diskreter Natur waren und es eine ungemeine Bereicherung für mich darstellte, seine Ratschläge und seine Informationen zu Gehör zu bekommen.
Ja, seine Informationen erst! Der Leser mag an seinem Brief erkannt haben, über welch umfangreiche und schwer beziehbare Daten er verfügt, die er mir gerne zuteil werden lässt. Sorgen Sie sich nicht, wann immer ich ihren Korrektheitsgehalt überprüfen konnte, so fand ich nicht die kleinsten Mängel, weder Ausschmückungen noch Beschönigungen noch leise Fehler oder Dinge, die man falsch verstehen konnte. Sie waren immerzu neutral, karg und uninterpretiert. Diese Informationen sind mir stets von herausragendem Nutzen gewesen, als ich noch munter Subventionierungen betrieben hatte und Auskunft über die Seriosität meiner Geschäftspartner benötigte, wie auch jetzt, da ich nun die Umstände meiner Flucht vollends verstanden zu haben meine.

Böse Zungen behaupten, Alexander Dmitrischenko sei ein heimliches Mitglied des russischen Geheimdienstes KGB und gewinne so die umfangreichen Daten, was allerdings nicht erklärt, weshalb er mir mit diesen so freimütig zur Seite steht. Andererseits, seine rast- und ziellose Lebensweise scheint mit jenem Argument zumindest erklärt. Zudem wusste er mit seiner Wortgewandtheit stets meine neugierigen, staunenden Fragen über seine nicht versiegende Quelle geschickt zu umgehen, sodass ich trotz unserer nun beinahe zehn Jahre währenden Freundschaft in jenem Punkte im Dunkeln tappe.
Meiner Ansicht aber braucht es keine Antwort auf die Frage, eine Ausgeburt der menschlichen Neugier, um welch einen Menschen es sich bei Alexander Dmitrischenko handelt. Genügt es unserem Verstand denn nicht, all jenes über ihn zu wissen und all das von ihm zu erfassen, was preiszugeben er in unserem Angesicht willig ist? Freilich überkommt, gebe ich zu, auch mich zuweilen dieses unbändige Verlangen nach der höchsten Wahrheit, die ich wohl nie erfahren werde.
Treibt es denn nicht auch Professor Aronnax in dem Roman *20 000 Meilen unter den Meeren*, dem berühmtesten Werk Jules Vernes, die Geschichte Kapitän Nemos zu ergründen, eine Hoffnung, die nie zu erfüllen ihm möglich war? Zuweilen ziehe ich aus diesem Roman gerne gewisse Parallelen zu meinem Verhältnis zu Alexander Dmitrischenko. Ist es vielleicht gerade diese Faszination an dem Unbekannten und Geheimnisvollen, die mich mit jenem zusammenschweißt?
Sicherlich mag es zumindest teilweise damit begründet sein. Ansonsten aber regt eine Person, die absichtlich ein Mysterium um sich zelebriert, nur Abscheu in meinem Herzen hervor, während die Aura des Geheimnisvollen, verbunden mit den vielen guten Eigenschaften meines Dmitrischenkos zu sowohl Ehrfurcht als auch Wissbegier von meiner Seite führt, die jede unserer Zusammenkünfte abwechslungsreich und bereichernd gestaltet hatte.
Alexander Dmitrischenko hat ein Alter von fünfundvierzig Jahren, das weiß ich, denn seinen letzten Geburtstag hatten wir vor etwas weniger

als einem vollständigen Jahr am zweiten Mai in München gefeiert. Dem Alter zum Trotz scheint sein Körper, und dies denke ich seit unserer ersten Begegnung vor zehn Jahren, in seiner Blüte, seine Gesichtszüge etwa sind ausgeprägt und wohlgeformt und seine Statur, hochgewachsen, von ungemein kräftiger Gestalt. Das feine Gesicht der Ärztefamilie hatte im Laufe der langen Zeit in Russland an Schärfe zugenommen, was an den klimatischen Bedingungen und der Lebensweise liegen mochte. Ebenso hatte der slawische Anteil seiner Vorfahren Akzente hinterlassen. Markant hatten sich die Wangenknochen, die schmale Nase und das kräftige Kinn herausgebildet. Unerbittliche, stahlgraue Augen und das dunkle, kurz geschnittene Haar ergänzen das tadellose Aussehen.
Seine breiten Schultern tragen stets Jacketts, mit Vorliebe anthrazitfarbene und olivgrüne; und die stilvolle Kombination ausgesuchter Accessoires der aktuellen Herrenmode kumuliert zusammen mit seiner Statur immerzu in einem himmlischen Erscheinungsbild.
Nun, genug davon, bevor mich meine Sehnsucht nach dem guten Freund und den alten, gelobten Zeiten noch zerfrisst, es gilt bedeutenden Dingen auf den Grund zu gehen.
Jeder Satz, ja jedes Wort seines Briefes hatte mir die reine Essenz des Wissens zugetragen, die all dem auf den Grund zu gehen vermochte, was ich selber nur geahnt.
Die Information, eine Naturschutzorganisation wolle meinem Werken auf unlauterem Wege Einhalt gebieten, mit verachtenswerten Taten, derer ich ungerechtfertigterweise RORUS bezichtigt habe, stimmte mich ungemein traurig. Zweifellos gab es ökologische Bedenken bei der Konzeption des Projektes, doch sowohl ALPHA & OMEGA als auch LWGP hatten tragfähige Maßnahmen ausgearbeitet, die eine Belastung der Antarktiswelt minimierten. Dazu gezählt werden konnten etwa die Sicherheitsmaßnahmen beim Lagern von Schmierstoffen für die Maschinen oder der Einsatz neuartiger Sondierungsmethoden, die Probegrabungen zum Überprüfen bestimmter Rohstoffvorkommen weitestgehend überflüssig machten. Des weiteren beziehen die Mann-

schaftsquartiere ihren Strombedarf aus durch Wind und Sonne gespeiste Generatoren, eine intensive Planungs- und Vorbereitungsphase unterwarf jeden in der Antarktis auszuführenden Schritt einer Notwendigkeit. Von offizieller Seite gab es letztlich keine Kritik, sondern allein Lob für die außerordentliche Effizienz, mit der die Arbeiten in der Antarktis angegangen werden sollten, sodass ich das Vorgehen jener dubiosen Organisation, die sich „NO!“ nennt, in keiner Weise logisch begründen kann. Dennoch erregt es in mir Unbehagen, wenn mir in den Sinn kommt, dass jene Gruppierung eine nicht zu unterschätzende Mitverantwortung trägt an den verzweifelten Umständen, aus denen heraus ich die Flucht aus den Gefilden meiner Heimat ergriff. Mehr noch: Sollte sie tatsächlich den Nachrichtenaustausch zwischen LWGP und RORUS blockiert haben, hat ihr Eingreifen erst das Möglichwerden einer von mir so ersehnten Kooperation mit RORUS vereitelt! RORUS lastet mir zu Unrecht an, ich hätte meinen guten, alten Geschäftspartner so schmählich fallengelassen, und ich hatte mir ihr Schweigen auf meine Angebote als trotzige, irrationale Reaktion auf die Kürung von LWGP als Zukunftsmotor der Erde erklärt; und beides ist letztlich falsch, wir beide sind Opfer der Willkür von lebensunfähigen Idealisten!
Ich hadere, ob es legitim ist, diesen zusätzlichen Mitspieler in diesem komplexen Konflikt als die Antwort auf all die vermeidbaren Missstände zu küren, durch die ich ein Exilant und RORUS und LWGP die nächsten Kunden eines Insolvenzverwalters geworden sind, zu abstrakt mag diese Spekulation meines vertrauenswürdigen Freundes klingen.
Lediglich eines konnte ich dieser Sache abgewinnen, was in positiver Weise zu interpretieren ist; es bestätigte sich somit nur erneut, dass ich mit meiner Einschätzung Recht behalten hatte: In der Tat trägt mein guter Geschäftspartner Andrej Sorokin keine Mitschuld an dem unsäglichen Verbrechen, welches mir angetan, außer vielleicht, dass er den skrupellosen Sekretär Jefrem Fomin zu seinem Vertreter ernannt hatte. Dieser nämlich ist die tragende Kraft von alldem, was die nahe Zu-

kunft von LWGP, RORUS sowie nicht zuletzt meiner armseligen Wenigkeit nachhaltig geprägt hat; nach dem, was mir Herr Dmitrischenko ausführlich und plausibel unterbreitet hatte.

Die Zusammenhänge scheinen plausibel, doch möchte ich sie nun in wenigen Worten aufführen, um mein persönliches Verständnis zu überprüfen.

Der zugrunde liegende Zustand ist folgender: LWGP subventioniert durch den Lunkenheimer Science Fund wissenschaftliche Projekte, veröffentlicht die Ergebnisse durch den Verlag Fachliteratur Lunkenheimer und den Fernsehsender LWGP TV und erhält zusätzlich Anteile des erwirtschafteten Gewinnes, der auf der praktischen Nutzung der Ergebnisse beruht.

Etwa hatte ich zusammen mit Andrej Sorokin Abbaubagger für den Tagebau von Eisenerz in der Provinz Swerdlowsk im Ural entwickelt, gigantische Apparaturen, die täglich 395 000 Tonnen Gestein abbauen und dabei das begehrte Eisenerz herausfiltern können. Die vereinbarten 13,03 Prozent des Nettogewinnes verschafften meinem Konzern die größten Gewinne, die er je in seiner Geschichte zu erlangen fähig war. Zeitweise sprang der Wert der Aktien von LWGP täglich um sage und schreibe siebzehn Prozent an.

Parallel dazu erlebte ebenso der Rohstofflieferant RORUS einen Höhenflug, nach einer harten und anstrengenden Zeit der Entwicklung und nicht des Wirtschaftens konnte Eisenerz erstmals in völlig neuen Dimensionen gewonnen werden. Dies schlug sich ebenfalls in den Preisen für Roheisen nieder, die RORUS daraufhin drastisch zu senken vermochte und so zu einem konkurrenzlos günstigen Anbieter dieses unentbehrlichen Rohstoffs aufstieg.

Nun erfuhr aber der Höhenflug des Konzerns eine rasche Kehrtwende, als der Tagebau in Swerdlowsk schließlich erschöpft war. Die spezialisierten Bagger fanden keine neue Verwendung, andere Rohstoffe erwiesen sich als weniger lukrativ, zudem litt RORUS nun wieder unter der globalen Konkurrenz.

Mit einer Schlagseite dümpelte der Konzern über einige Monate durch den Strom der Wirtschaft.
Was hätte ich tun können? Freilich war es mir von Herzen ein Anliegen, dem Geschäftspartner Hilfe zukommen zu lassen, der mir zum Aufstieg verholfen hatte. Doch erkannte ich sehr wohl, dass dieser sich in einem Nebenarm des gewaltigen Stromes verirrt hatte und geradewegs auf einen mächtigen Wasserfall zusteuerte. Ob der Sog jenes bereits zu mächtig für den angeschlagenen Konzern war, war ich nicht zu beurteilen imstande. Ich nahm in dieser Zeit lediglich die Rolle eines fassungslosen Zuschauers ein, der, am Ufer stehend, mit an den Wangen zusammengeschlagenen Händen entsetzt das Schauspiel verfolgt und ziellos zwischen den Optionen schwankte, um Hilfe zu rufen oder fest auf ein Wunder zu hoffen.
Dieser Zustand fand keine konkrete Lösung, als auf einmal an der anderen Uferseite ALPHA & OMEGA erschien. Als welch eine Erscheinung soll ich ihn in meinem bildhaften Symbol auftreten lassen? Etwa als einen Retter, der ein helfendes Tau in der Hand hält, oder etwa als eine vermeintliche Engelsgestalt, die zu allem fähig ist, sofern man ihr Tribut zollt?
Letzteres, denke ich, da ALPHA & OMEGA RORUS letztendlich das Tau versagt hat, um stattdessen dem stummen Beobachter Privilegien zu erteilen. Ich, der Beobachter, gehe unter Aufwand eines großen Opfers, meiner Habe, dem Großteil des Vermögens vom Lunkenheimer Science Fund, auf die Verlockungen der Engelsgestalt ein, und stürze auf einmal in die Fluten, weil mich die frustrierten Matrosen des verlorenen Schiffes mit ihren Kanonen bombardiert haben. Augenscheinlich haben sie durch lautes Sirenengeheul aus dem Nebel über dem Abgrund meinen Vorschlag überhört, sie in den Handel zu ihrem Vorteil mit einzubeziehen.
Ich erfahre, schreiend und panisch im flüssigen Element zappelnd, dass die vermeintliche Engelsgestalt in Wirklichkeit ein bösartigerer Höllendämon ist, der mich belogen hat und dem es nie ein Anliegen war, dem Schiff oder mir zu helfen. Der Dämon hat sich nun Zugang

zu meinem gesamten Besitz, der Lunkenheimer Science Fund ist damit gemeint, verschafft, und verschlingt ihn für seine irren, von Versagen gezeichneten Vorhaben, während mich die Matrosen, die erkennen, dass der in den Fluten Treibende sich noch des Lebens erfreut, unter Beschuss nehmen, um Rache an meinem Fehlverhalten, sie im Stich gelassen zu haben, zu üben. Ein mir untergeordneter Diener, Victor Harzstein, schließt mit dem Dämon einen Pakt, da er törichterweise annimmt, meinem Werk und meiner Habe damit Gutes zu tun, gleichwohl er die Lage so nur verschlimmert, beträchtlich. Es wäre ihm ein Leichtes gewesen, dem Dämon seine Nahrung, die auf meinem Schweiß beruht, schlichtweg zu entziehen, doch er vertraut auf dessen Lug und Trug und unterwirft sich freimütig seinen ruchlosen Absichten. Der Kapitän des RORUS getauften Schiffes, Andrej Sorokin, ist schon lange zuvor von dem ersten Offizier Jefrem Fomin auf eine einsame Insel ausgesetzt worden und kann keinen Einfluss auf seine sinnlose Rache üben. Ich finde einen kleinen Felsen vor dem reißenden Wasserfall, will meinen, Punta Arenas, und ziehe mich mit letzter Kraft auf seine aus dem Wasser ragende Spitze, wo mich auch vorübergehend Deckung vor den Kanonenkugeln erwartet.

Der Dämon hat sein Werk aber noch nicht beendet. Er bietet den Verlorenen seine Rettung an, sofern sie nicht untergehen, bevor er mein Eigentum verschlungen und damit sein wahnsinniges Vorhaben, mit dem er mich zuvor gelockt hatte, beendet hat.

Das Resultat ist der jetzige Zustand: Ich richte mich auf dem Felsen auf ein Exil ein und beobachte ohnmächtig, wie der Dämon mein Eigentum vernichtet. Den gleichen Vorgang verfolgt der erste Offizier ebenso, doch er mit einem Lächeln, welches zu einem Teil von der bösartigen Freude an dem Untergang meiner Existenz, den ich machtlos mitverfolge, gezeichnet ist, doch zum anderen Teil auch von der hysterischen Sorge, bevor ich mittellos bin, in die Tiefe gestürzt zu sein. Ihm bleibt nicht viel, außer abzuwarten und darauf zu achten, dass ich nicht den Versuch unternehme, zum Ufer zurückzuschwimmen und dort dem frevelhaften Treiben des Dämons einen Riegel vorzuschieben. Er weiß, dass ich dies nicht zu unternehmen fähig bin, solange seine Kanonen noch schussbereit sind, denn ich kann nicht die Deckung, meinen Felsen, verlassen, ohne Gefahr zu laufen, von den Kugeln zerschmettert zu werden.

Soll auch mein Freund Alexander Dmitrischenko eine bescheidene Rolle in diesem Schauspiel einnehmen? Er könnte eine reine Möwe darstellen, die sowohl den Dämon als auch das Schiff aus der Vogelperspektive beobachtet und mich über seine Beobachtungen in Kenntnis setzt.

Teilt mein Leser nun die Ansicht, dass es wenig an dem Sachverhalt zu ergänzen gibt, tut er das?

Denn ich bin erfüllt von der großen Sorge, Sie durch einen in der Tat urplötzlichen Szenenwechsel zu verärgern und zu irritieren, wo ich einen solchen nämlich nun beabsichtige, da sich zwischen jenem Geschehnis und dem nun folgenden Ereignis keine ausschlaggebenden Handlungsabläufe ereignet haben. Auf den so bedeutenden Brief meines Freundes ließ ich übrigens keine Worte des Dankes oder allgemein der Antwort folgen, da ich wusste, dass Alexander Dmitrischenko kein Freund leerer Worte war.

Nun, einige Kilometer abseits von Porvenir, südlich des zur Stadt gehörigen, Bahía Chilota genannten Hafens, erwarb ich ein zum Verkauf brachliegendes Grundstück käuflich zu einem akzeptablen Preis und entwarf darauf mit einem angesehenen chilenischen Architekten, welcher den Namen Julio Puntas trägt, einen Plan für meine vorübergehende Residenz in Chile. Dieser sagte mir in der Tat sehr zu, so dass der Entwurf auf Papier in Stein ausgeführt zu werden drängte.

So erhob sich, innerhalb eines von mir grob geschätzten Zeitraumes von nur wenigen Monaten, in welchem ich meine Nachtruhe in einer anheimelnden und sehr familiären Pension in der Stadt Porvenir verbrachte, eine großzügige Villa auf meinem herrlichen Grundstück, welche zudem mit einer in der Tat unnachahmlichen Aussicht über das nicht immer ruhige Gewässer der Magellanstraße links des mit

Efeuranken verzierten Einganges und zu der rechten Seite zu einer mächtigen Erhebung des Herzens des Feuerlandes gesegnet war.
Ja, denn ich erlaubte mir ein größeres Bauwerk für mein, wie ich dennoch inständig hoffe, lediglich zeitlich begrenztes Dasein auf dem Feuerlande, da ich meine traurige Existenz keineswegs in einem kleinen, wenn auch goldenen Käfig beenden wollte.
Ohne die törichte Absicht zu haben, vor Ihnen, mein kostbarer Leser, mit diesem prahlen zu wollen, so würde ich doch gerne mein herrliches Bauwerk schildern, solch einen Stolz empfinde ich für dieses:
Es wurde zentral auf meinem Grundstück errichtet, welches übrigens die Größe von vier Hektar innehat und hinter dem lediglich ein steiniger Strand mit einer geschätzten Länge von zwanzig Metern hinter dem Ende meines Eigentums zu den eisigen Gefilden der Magellanstraße führt, und es ist grob in drei Teilbereiche zu unterteilen:
Bei dem einen handelt es sich um den Eingang, ein prächtiges Portal mit einer schweren, schwarzen, schmiedeisernen Pforte, welche zum Zwecke der Stabilität mit regelmäßig angeordneten Stahlkreuzen beschlagen ist. Von diesem führt der Eingang, der über eine Garderobe sowie eine flache, umfangreich verzierte, dunkelbraun gehaltene Kommode verfügt, zu dem Hauptflur des Hauses, den ich übrigens in demselben Stil wie das Foyer von dem Hotel in Punta Arenas fliesen ließ, will meinen, mit einem Schachbrettmuster aus schwarzem und weißem Marmor. Von ihm zweigen sämtliche Gänge zu den zahlreichen Zimmern der unteren und oberen Geschosse ab.
Den zweiten Bereich stellt nun die vordere Fassade meines lieblichen Hauses dar, in dessen Mitte der vergleichsweise kleine, soeben bereits beschriebene Eingangsbereich errichtet worden war. Ich habe sie, um mich in jenem rauen Landstrich auch an ein wenig Kultur erfreuen zu können, gleich einem Schlosse der ehrenwerten Epoche des Barock verzieren lassen, will meinen, mit einigen Wasserspeiern in Form Lyra spielender Engel und einigen Blattrankenmustern. Ich hatte sie überwiegend mit einem dünnen Überzug aus weißem Marmor verkleiden lassen, doch freilich stechen daraus die Engel, in Schwarz gehalten,

kontrastreich hervor. Hinter jener breiten Fassade verbergen sich mehrere allgemein zu verwendende Räume, einen davon habe ich, der Tatsache zum Trotz, dass ich eines treuen Spielkameraden entbehre, zu einem Spielzimmer formen lassen. Von diesem erlaubte eine Panoramascheibe einen herrlichen Ausblick auf den Monte Darwin im Zentrum der Insel. In dem weiß und mit bekannten Kartenspielmotiven bedruckt tapezierten Spielsalon stehen dort unter anderem ein Billard, diverse Sortimente an Spielkarten, die altbewährten Gesellschaftsspiele Halma, Schach, Malefiz, Monopoly, Dame, Mühle sowie zahlreiche weitere Glücksspiele und Würfelspiele, ein Roulette und ein Backgammon zur Verwendung bereit. Was gäbe ich doch dafür, einen treuen Spielkameraden zu finden, der mich mit unterhaltsamen und frohen Partien beglückte!

Ich war jedoch, wohl bemerkt, durchaus bei gewissen Spielen wie Billard und Roulette durchaus fähig, Partien alleine zu spielen, obgleich dies freilich ein äußerst vermindertes Vergnügen an dem Spiele darstellt.

Da ich nun in meiner tragischen Einsamkeit vollständig der Besitzesfreude des vorzüglichen Weines erlegen war, hatte ich zudem einen umfangreichen Weinkeller anlegen lassen, in welchem die edelsten patagonischen Tropfen ruhten, die sich mit der Auswahl jedes angesehenen Restaurants messen konnten.

Doch ich bitte Sie inständig, mein werter Leser, verurteilen Sie mich aus diesem Grunde nicht zu einem schäbigen Alkoholiker, wo ich Ihnen ehrlich und sogar unter der Anwendung eines hohen Schwures versichern kann, dass ich von der Reichhaltigkeit der Weine keineswegs fröhlich Gebrauch machte, da ich es nicht über mein schwaches Herz brachte, auch nur eine einzige Weinflasche zu entkorken oder gar ein Glas zu füllen, wo ich mich doch sowohl vor dem Alkohol als auch vor dem Verlust meiner vollständigen Sammlung fürchtete und mich lediglich an der mir gebotenen Auswahl, einem konsumgierigen Kind gleich, erfreute! Vielmehr die Schokolade setzte mir nämlich zu, da ich immerzu ein Verlangen nach dieser empfand und dem auch gerne stattgab, besonders nach der weißen. Hatte ich mir mit jener doch einen kleinen Funken Glückseligkeit erkauft!

Nun, noch zahlreiche weitere Räume waren in jener Frontseite meines Hauses untergebracht. Hinzuzuzählen bleiben, um noch einige Beispiele zu nennen, die mit einer modernen Möblierung ausgestattete Küche, obgleich mir das Kochen nimmer eine außergewöhnliche Freude bereitet hatte und ich gleichsam nicht über das hierzu nötige Talent verfüge, selber Festmahle zu bereiten und so zumeist auswärts speise, zudem noch ein zum Zwecke der Entspannung gedachten Ruheraum mit schweren dunklen Möbeln und einem Grammophon, auf dem ich, der Melancholie ergeben, die wehmütigsten Symphonien auflegte; oder der Speisesaal mit einer Durchreiche zur Küche sowie mehrere, sehr zu meinem äußersten Bedauern ungenutzte, lieblich hergerichtete Gästezimmer.

Freilich hat meine bescheidene Villa zudem noch den dritten größeren Bereich, welcher es gleichsam verdient, anbei genannt zu werden, es handelt sich um meine Privatgemächer.

Diese bilden, doch nicht durch schlichte, gerade Wände begrenzt, sondern als eine Komposition aus Kuppeln, Wintergärten, Erkern, Dachgärten und Türmchen, den größten und von mir am meisten genutzten Bereich der Residenz. Alle diese behaglichen Räumlichkeiten strahlen einen besonderen Reiz aus, den ich wohl über eine lange Zeit genießen darf. In den Wintergärten fühle ich mich umschlossen von der äußeren, unbezähmbaren Natur des glanzvollen Feuerlandes, doch trotzdem warm und geborgen, in den schnuckeligen Erkern lässt es sich hervorragend lesen und sinnieren. Dort empfinde ich selbst, wenn der Sturm an den Fassaden meines Heimes tost und rüttelt, eine melancholische Ruhe; und auf den Dachgärten, von denen ich, wohl bemerkt lediglich unter der Bedingung einer akzeptablen Wetterlage, über die gesamte Magellanstraße hinüber bis zu der Stadt Punta Arenas blicken kann, atme ich die klare und schneidende Seeluft des Südens ein. Einige einsame, turmähnliche Bauten gewähren mir einen herrlichen Blick ringsherum auf das Panorama der oftmals stürmi-

schen See und des zerklüfteten Landes, und, nun, werter Leser, ich fürchte, ich könnte meine Aufzählung ewig schwärmerisch fortführen.
In jenem dritten Gebäudeteil hatte ich neben meinem kleinen, in beruhigenden Farben gehaltenen Schlafzimmer, welches mich während des Aufwachens zu Beginn des Tages mit einer herrlichen Aussicht auf die Magellanstraße erquickt, auch ein in schwarzem Marmor glänzendes Bad und einen reich bestückten, begehbaren Kleiderschrank sowie eine über eine umfangreiche Auswahl an von mir käuflich erworbenen Büchern verfügende Bibliothek in einem großen, mit einer vertäfelten Kuppel bedachten Raum einrichten lassen.
Sie beinhaltet sowohl deutschsprachige als auch chilenische Bücher. Ich wählte aus beiden Sprachen nur die schönsten Meisterwerke, neben den deutschen, wohlbekannten Klassikern noch einige Werke Coloanes und noch mindestens zweihundert weitere, bei welchen mir der geschäftstüchtige Buchhändler versicherte, sie seien unentbehrlich für eine vollständige Sammlung an chilenischer Literatur. Ich willigte bei all jenen empfohlenen Schriftstücken zum Kaufe ein, denn ich beabsichtigte, mich in der spanischen Sprache zu lehren. Möbliert in beruhigenden Mahagoniholz, labte ich mich also in meiner feinen Bibliothek an allen Büchern, und obgleich ich niemals an einem Grundkurs für die spanische Sprache, welche Magellan bei seiner Weltreise mit im Gepäck und an den neu entdeckten Küsten, so auch in Chile ausgeladen hatte, teilgenommen hatte, erschien sie mir doch nach jeder, von mir interessiert verschlungenen Buchseite plausibler und verständlicher.
Neben jener wunderbaren Bibliothek verfügt der dritte Teil meiner Residenz auch über ein in dem größten, kreisrunden Erker errichtetes Arbeitszimmer, in welchem ich auch in jenem Augenblicke sitze und mein Tagebuch um einige kostbare Zeilen ergänze.
Meine Privatgemächer, in welch einer Form sie auch gehalten sein mögen, sind in einem lockeren Halbkreis um einen kleinen Innengarten errichtet, in dem ein schmucker Springbrunnen beruhigend und beständig dahinplätschert und um welchen ich mehrere Sitzgelegen-

heiten habe aufstellen lassen, um mich an jener Harmonie erfreuen zu können.
Jener Garten ist meines Wissens der einzige freiliegende Bereich des Feuerlandes, der entbehrend des stetigen, von dem Pazifischen Ozean herrührenden Westwindes daliegt und selbst in den zahlreichen stürmischen Zeiten des Unbezwingbaren einen kleinen Funken Harmonie spendet.
Ja, denn es regnet und stürmt beständig auf meinem Zufluchtsort Feuerland, Böen eisigen Windes peitschen gegen das leidende Gesicht des Ungeschützten.
Freilich gilt es, jene Gesetze der rücksichtslosen Natur bedingungslos zu akzeptieren: Die des Feuerlandes sind sein verlassener und ungeschützter Standort, gelegen zwischen zwei gewaltigen Ozeanen und demzufolge ihren verspielten Launen preisgegeben. Dennoch wagte so manch ein Bewohner der Stadt Porvenir zu äußern, seine Heimat, das unbezwingbare Feuerland, sei das Heim eines bösartigen Dämons, und mein zu Ansätzen des Wahnsinns neigender Geist schenkte dem unverzüglich Glauben, obgleich er in dem Schulunterricht seiner Kindheit über die wissenschaftlichen Erkenntnisse und somit die offensichtliche Wahrheit belehrt worden war.
Ich habe beinahe die gesamten Fußböden meiner Villa, mit Ausnahme vielleicht des Spielsalons, den ich mit einem hellbraunfarbenen Parkettboden versehen ließ, mit warmfarbenen Perserteppichen auslegen lassen, welche, selbst wenn der unbändige Wind den Regen gegen die Glasfassaden peitscht, für eine melancholische Ruhe und Entspannung sorgen. Die Wände ließ ich zum einen mit schlichten Bildern versehen, zum anderen mit einigen, freilich sich nicht mit denen meines vergessenen Verlagsgebäudes zu messen fähigen Statuen und Büsten der populärsten römischer Kaiser. Die untere Hälfte der Wände der Gänge ist je nach Etage mit Zedern- oder Eichenholz verkleidet, die jeweils obere Hälfte trägt eine mit Blumenranken bedruckte Tapete. Die Decke ist mit Stuck verziert und je nach Muster auch teilweise

vergoldet; in regelmäßigen Abständen hängen Kristallleuchter hinab und blinken und glitzern in allen Farben des Regenbogens.
Der Stil des österreichischen Hotels I*** hat bei mir Einzug gefunden, aber die Intensität jener schmucken Kunstrichtung ist nicht derart vertreten wie in meinem Heim in Elmshorn, was ich freilich sehr vermisse.
Es bleibt noch zu erwähnen, dass mein Gebäude geschützt von allmählich wachsenden Tannen umgeben ist. Sie wurden zu dem Zwecke gepflanzt, es zu vermeiden, dieses allzu starken Windböen auszusetzen, da diese bereits so manch ein weniger solides Haus zerfetzt und fortgeweht hatten. Der herrlichen Aussicht tut dies glücklicherweise kaum einen Abbruch, da sich die Räume, welche ich am häufigsten nutze, in der oberen Etage befinden.
Links von dem Eingangsbereich, auf der Höhe des Vorratskellers, liegt die Garage, die mein treues britisches Automobil vor den Unbilden des Wetters schützt. Ein schräg hinaufführender Weg leitet den Wagen in einer schwungvollen Kurve von dort direkt vor das Eingangsportal.
Ein breiter, mit Marmorfragmenten ausgelegter Weg, welcher von einem wunderhübschen, französischen Garten gesäumt ist, führt von dem Tor, dem einzig möglichen Zugang zu meinem Grundstück, zu dem Haus. Das gesamte Grundstück ließ ich von einer niedrigen Mauer, auf der ein schmiedeiserner, hoher Zaun steht, umgrenzen.
Das Anwesen lasse ich von einigen vertrauenswürdigen Reinigungskräften und Gärtnern hegen und pflegen, die zu einem akzeptablen Lohn all die Arbeit erledigen, welche nun einmal in einem größeren Haushalt anfallen und für die ich mich, um sie selbst zu vollführen, zu schwach und überfordert fühle.
Ich habe zwar keine Kenntnis von Ihrem Eindruck von meiner Residenz, oh geschätzter Leser, doch möchte Ihnen kundtun, für welch ein Prachtstück ich es halte, obgleich ich keine Traditionen mit diesem verbinde, da die gesamte Einrichtung, mit der Ausnahme selbstverständlich des von mir in Ehren bewahrten Inhaltes meines matt-

schwarzen Koffers, erst kürzlich von mir käuflich erworben wurde und ich mit ihnen keine besonderen Erinnerungen hegte.
Dies hatte bedauerlicherweise zur Folge, dass all dies nur künstlich auf mich wirkte, ich empfand nimmer in diesem ein vollendetes Wohlsein.
Gleichsam drohte mich die gar furchtbare Einsamkeit unter dem Absatz ihres gigantischen Stiefels ungesehen zu zermalmen wie eine kleine Ameise unter dem Fuß eines unwissenden Menschen. Ich fürchtete mich vor dem Verlust der geselligen Seite meines Gemütes, der nun kaum mehr von mir verwendeten deutschen Muttersprache und meiner erlesenen Manieren, wo ich diese doch unter weniger zivilisierten Mitbürgern kaum entfalten konnte, und vor dem Verlust meiner gesamten, von mir innig geliebten Persönlichkeit.
Nun, unter den schmerzhaftesten Höllenqualen war ich in der Lage, den ersten Monat des menschlichen Geschlechtes entbehrend zu leben, doch in jener hierauf folgenden unglückseligen Zeit wurde ich von einigen gar furchtbaren Phänomenen übermannt.
Erstmals war ich einem solchen unterworfen, als ich eines Abends beabsichtigte, nach einigen Stunden des behaglichen Lesens unter dem hoch lodernden Kaminfeuer in meiner Bibliothek, als es dunkelte, mein Schlafzimmer aufzusuchen.
Da trat ich in einen düsteren, unbeleuchteten Gang. Gegenüber der aus meinem Raum herausführenden Tür prangte die trügende, hübsche Maske des wahnsinnigen römischen Kaisers Caligula, als ich meinte, links meines Standortes eine metallisch heiser anmutende Stimme zu vernehmen, welche mir bereits von dem unerzogenen Rocker der deutschen Stadt Braunschweig bekannt war: „Meinst du etwa, wir hätten dich nicht erkannt, VALERIUS?“
Obgleich ich meinem verängstigten Gemüt einzureden versucht war, es handele sich lediglich um eine freche Eingebung meines grausamen Gehirns, wo diese Rocker doch nimmer über die Mittel verfügten, um meinen sicheren Aufenthaltsort zu lokalisieren, da erschallte dies derart realistisch und hallte an den kalten Wänden meines Heimes wider,

dass mich eine siedende Panik überkam und ich mich wahrhaftig einer Gefahr ausgesetzt fühlte.
Vorerst erlaubte ich mir jedoch, jenen Lauten meine Achtung kurzerhand zu untersagen, als erneut eine gar schreckliche Stimme erschallte, nun aus der Richtung entgegengesetzt der ursprünglichen: „Du hättest niemals so frei herumlaufen sollen, das hast du dir nur selbst zuzuschreiben, dass ich dich doch noch gefunden habe!"
Nun untersagten mir meine Beine die Fortführung ihres Bewegungsablaufes, welcher mich eigentlich zu meinem Schlafzimmer hätte führen sollen.
Mir kam schleichend zu Bewusstsein, dass ich möglicherweise wohl doch nicht allein in meiner Villa war. Ich blickte angestrengt in die Richtung, aus der ich den letzten Ruf zu vernehmen vermeinte, doch ich sah nichts außer schwarz. Allmählich gewöhnten sich meine Augen an die Dunkelheit und ich erkannte, dass das Mondlicht schwach durch das Fenster am Ende des Ganges schien. Die Schatten der vom Wind geknechteten Tannen tanzten munter auf dem Boden, sodass ich meinte, da husche wer ganz leise, ganz schnell durch den Gang.
„Sehen Sie doch ein, dass Sie keine Chance gegen uns haben, und machen Sie uns die Arbeit nicht unnötig schwer", erschallte es wieder aus eben der Richtung.
„Bei all meinem Respekt, den vor Ihnen hervorzubringen ich imstande bin", begann ich vorsichtig, und meiner Verzweiflung zum Trotz empfanden meine Stimmbänder es als eine Wohltat, wieder derart verwendet zu werden. „Sollten Sie in der Tat existieren, und sollten Sie fähig gewesen sein, sich Zugang zu meinem Hause verschafft zu haben, so würde ich Sie freundlichst dazu aufzufordern, sich meiner präsent zu zeigen", so sprach ich, und meine Stimme schien sich beinahe mit der Formulierung meines Wunsches zu überschlagen.
Oh weh, dass sich mir freilich darauf keineswegs jemand ansichtig zeigte, war nur ein größerer Schmerz für meine Seele und ich begann mich vor mir selbst zu fürchten, sollten mich die Stimmen meiner entfernten Feinde zu quälen versuchen.

Aus der anderen Seite kam hämisches Gelächter und ich wandte mich verschreckt dorthin um. Der Gang war in jener Richtung stockschwarz, so schwarz, dass in meinen Augen bunte Farbflecken umherpurzelten. Da meinte ich, hinter mir Schritte zu vernehmen, die langsam, doch mit verstörender Regelmäßigkeit ertönten, gedämpft durch den schweren, langen Perserteppich. Gerade, als ich mich erneut umwenden wollte, war es, als schlage mir jemand ins Gesicht.
„SCHNAUZE, SCHNÖSEL!“, schallte es lautstark.
Jener Schrei ward dicht an meinem rechten Ohr ausgerufen, derart nahe und mit einer solchen Intensität, dass mich der Schalldruck zurückwarf. Ich meinte fast, ich würde einen alkoholischen Atem riechen und es würde sich mir eine eiserne Hand um die Arme legen, da sank ich, da mein Hirn mit jenen paradoxen Eindrücken überfordert war, in eine lange währende Ohnmacht.
Ich spürte noch, wie meine Beine ihren Dienst versagten, ich vorerst theatralisch wie ein sterbender Schauspieler auf die Knie fiel und folgend zu einer Seite, ob der rechten oder der linken, bin ich mir nicht mehr sicher, und dann erst vollends zusammenbrach.
Als ich erwachte, war tiefste Nacht in jenen Gefilden der Längengeraden ansässig und meine gesamte Umgebung war in ein unergründliches Schwarz gehüllt.
Ich lag am selben Ort, an dem ich in Ohnmacht gesunken war, denn ich spürte unter mir den weichen Perserteppich, welcher meinen unvermittelten Sturz mit seiner Nachgiebigkeit gütig aufgefangen hatte. Mit einem gewissen Stolz, dass ich meines nicht mehr ganz jungen Alters zum Trotz, jenen Sturz in die Unweiten der Ohnmacht entbehrend einer einzigen Verletzung überstanden hatte, erhob ich mich vorsichtig.
Kein Lichtschein wies mir den Weg zum Ziel. So musste ich mich ganz auf mein spärliches Orientierungsvermögen verlassen, als ich sachte mein Schlafzimmer anstrebte, beziehungsweise dies zu finden wünschte.

In welche Richtung war ich nur gefallen? Lief ich soeben gegen die mit Holz vertäfelte Wand des Ganges, in einen mir wenig bekannten Raum oder die gesamte Länge des Ganges entlang?
Mein werter Leser, mit einer sicheren Überzeugung darf ich Ihnen doch unterbreiten, dass Sie sicherlich nimmer eine solch bestialische Orientierungslosigkeit verspürt haben wie ich in jenem Augenblick, dass Sie sich nimmer in den Unweiten eines vollkommen leeren Raumes wiedergefunden haben, welcher über keine Wände verfügt und dessen Länge in die Gefilde der Unendlichkeit reicht.
Doch dies grausame Gefühl überkam mich damals, und jeder Schritt, welchen ich entbehrend einer beruhigenden Berührung mit einer Wand oder einem Türrahmen vollführt hatte, führte dem Feuer meiner Panik nur noch ein weiteres Stück Holz zu.
Schließlich meinte ich doch, den marmornen Kopf des wahnsinnigen Caligula an meinen Fingerspitzen zu fühlen. Mich übermannte ein hastiger Schrecken, denn es ist nimmer ein angenehmes Gefühl, ein kaltes, totes Gesicht in seinen Händen zu spüren, doch er wurde schnell gelindert, als ich wusste, dass der Zugang zu der Bibliothek lediglich drei Schritte von meinem jetzigen Standpunkt entfernt lag.
Diesen strebte ich nun vorsichtig an und fand sofort, doch keineswegs auch nur eine einzelne Sekunde zu früh, den errettenden Lichtschalter und betätigte ihn.
Licht flutete das Zimmer und blendete mich, doch es ließ mich kein Unwohlsein verspüren.
Die gähnende, unheimliche Leere und Schwärze des Ganges wusste ich mit dem schlichten Schließen der massiven Eichenholtür zu vertreiben.
Nun beruhigte ich vorerst für einige Minuten meine aufgebrachten Nerven und gewährte mir darauf einen Blick auf meine goldene Taschenuhr, welche ich aus der Innentasche meines pechschwarzen Jacketts zog.
Ich hatte es mir nämlich, seit ich mein feuerländisches Haus bezogen hatte, erlaubt, wie es zu besseren Zeiten meines Lebens der Fall gewe-

sen war, mich mit meinen üblichen Kleidungsstücken, will meinen, einem vollständigen, maßgeschneiderten Anzug, jedoch einer tiefschwarzen Schleife und einem schmucklosen, weißen Leineneinstecktuch zu kleiden, da ich nicht über die nötige Portion Mut verfüge, mich in bunten Schmuckstücken zu gewanden.
Wider den eigentlichen Vorgaben der unverrückbaren Etikette hatte ich die Farbe meiner Kleidung der Stimmung meines Gemütes angepasst, und da ich nicht verleugnen kann, dass ich mich kurz vor meinem tragischen Ende wähnte, war auch die Kleidung gleich jener, die für eine Beerdigung vorhergesehen ist, dies bedeutet tiefschwarz.
Die Zeit maß exakt dreizehn Minuten nach drei Uhr, nach subjektiver Anschauung freilich in den Untiefen der Nacht.
Ob ich lediglich für einige Stunden in jene höchst abscheuliche Ohnmacht gesunken war oder womöglich für ganze Tage, vermochte ich nicht zu sagen. Meine bleierne Müdigkeit hemmte mein Urteilsvermögen für jene Situation. Da ich nicht den Mut hatte, erneut den Gang voller Mörder und Bestien zu meinem Schlafzimmer aufzusuchen, wo doch imaginäres Gesindel lauerte, verbrachte ich das Ende jener verfluchten Nacht auf einem der zahlreichen, mit braunem Leder überzogenen Sofas der Bibliothek.
Dies war mein erster, scheußlicher wie unvermeidbarer Kontakt mit den Keimen des in mir wachsenden Wahnsinns.
Vorerst wagte ich, dies kaltblütig zu ignorieren, in der Hoffnung, es würde sich lediglich um eine sadistische, aber kurzweilige Laune meines unergründlichen Geistes handeln, doch als ich bei jedem vollführten Schritte über meinen weichen Perserteppich gleich meiner ersten Begebenheit in meinem Leben als Verfolgter gleich Dutzende weiterer Schritte hinter mir zu hören meinte, ich am Fußende meines Bettes die Umrisse von Kopfgeldjägern zu erblicken glaubte und schließlich in meinen Augenwinkeln zwar vollkommen geräuschlose, jedoch in einer unglaublichen Geschwindigkeit auf mich heranstürmende Attentäter erblickte, welche in jenem Augenblick, in dem ich mich panisch und mit schützend vor mein Gesicht gereckten Händen zu ihnen

wandte, urplötzlich, als würden sie nimmer existiert haben, mit der umliegenden Umgebung verschmolzen, ward mir wahrhaftig bewusst, dass womöglich noch die Gefahr bestand, ich würde ähnlich wie die erste Ehefrau des unglückseligen Mr. Rochester in dem berühmten Werk „Jane Eyre“ von Charlotte Brontë enden und wurde von dem Verlangen ergriffen, dem mit einer weiteren Person in meinem Hause Einhalt zu gebieten.
Zu meinem Glücke hatte ich Kenntnis von einer Adresse, über welche man sich einen Butler beschaffen konnte. Ich hatte nämlich von jener einst Gebrauch gemacht, als ich für den Komfort eines staatlichen Betriebskontrolleurs sorgen musste. Ja, ich war nämlich über derartige Dinge als Vorstandsvorsitzender eines internationalen Konzerns zu dem Zwecke des uneingeschränkten Fortlebens meiner Unternehmen gut informiert, und kontaktierte diese Butlervermittlung unverzüglich.
So wusste ich also bald einen Butler, sein Name lautet übrigens Thomas Schneider, in meinem bescheidenen Hause. Er hat wie ich in Deutschland gelebt und wurde in einer angesehenen, holländischen Schule im Butlerhandwerk ausgebildet und beherrscht, wie von mir gewünscht, da ich ihn keineswegs lediglich für Arbeiten wie das Kochen und Staubwischen in meinem Haushalt eingestellt hatte, sondern gleichsam zur Zerstörung des stählernen Bandes der Einsamkeit um mich, zudem Kartenspiele wie Canasta, Skat und Bridge mit Bravour, und so führt er mir ein frisches Maß an Kultur zu, dessen meine Seele auch schwer bedarf, um nicht wie eine abgeschnittene Blume allmählich zu verwelken und abzusterben.
Zudem sorgte er treu für das Fortbestehen meiner heiligen Tugenden, indem er auf meinen Wunsch einen detailreich strukturierten Wochenplan entwarf.
Die dadurch entstehende Ordnung erfrischte mich wahrhaftig. Besonders gefiel mir die Idee von Herrn Schneider, jeden neuen Tag mit einer anderen Frucht zu beginnen, am Montag zum Beispiel erhielt ich neben den üblichen Nahrungsmitteln zum Frühstück, einem Brötchen mit variierenden Aufstrich, einer Portion Joghurt und einem Schwar-

zen Kaffee, zwei Äpfel, am Dienstag zwei Pfirsiche, am Mittwoch zwei Mandarinen und am Donnerstag vier Pflaumen, und ich bemerkte, dass Früchte am Morgen, besonders nach einem Wochenplan kreativ geordnet, erquickend und labend sind wie Spinnen am Abend. Außerdem musste ich auch in geeigneter Weise meinen Schokoladengenuss mit gesunden Speisen kompensieren.

Besonders reizte mich, dass mir der gute Herr Schneider anlässlich meines fünfzigsten Geburtstages eine kreative Fruchttorte gebacken und meine Residenz mit vielen frischen Blumen geschmückt hatte, um mir ein erfreuliches Geburtstagsfest zu bereiten. Er war wahrhaftig eine gute Seele und übte seinen Beruf mit einer unglaublichen Hingabe aus.

Freilich war ein Butler nicht imstande, einen vollwertigen Clubkameraden zu ersetzen, was ich jedoch auch nimmer beabsichtigt hatte, wo er doch mein Diener und ich seine Herrschaft war, und so wurde das Band, in welchem ich mich gefesselt fühlte, nur ein wenig entzerrt, aber nicht vollends gelöst. Einzig wurde mir ein Kontakt mit der Außenwelt und der Kultur durch den regen Briefkontakt mit der reinen Seele Frau Reschelmann und ab und an auch durch meinen Freund Alexander Dmitrischenko ermöglicht.

Folgend gebe ich die letzten erhaltenen und geschriebenen Briefe wieder:

*Porvenir/Feuerland, 25. November 20***

Sehr geehrte Victoria Reschelmann,

es erquickt mich wiederum erneut, Sie mit einem weiteren Brief beehren zu dürfen, wo dies doch die einzige Aktivität in meinem traurigen Leben ist, in welcher ich einen tieferen Sinn entdecke.

Ich habe Ihnen ja bereits in den vorigen Briefen mitgeteilt, dass ich lediglich um eine wahrhaftige Haaresbreite durch die sich durchaus nicht als falsch erweisende Einstellung eines Butlers in meinem Hause dem Wahnsinn entgangen bin. Nur schließt uns kein Bund der

Freundschaft aneinander, denn er ist nur ein pflichtgetreuer Diener und tut auch sehr daran, dies zu bewahren. So gilt meine Herzenswärme in diesen Zeiten lediglich allein Ihnen und ich schätze mich glücklich, dass Sie diese so warm wie der Kern unserer unentbehrlichen Sonne erwidern.
Ich darf vor Ihnen doch äußern, dass ich dennoch die Hoffnung nicht aufgebe, dass sich mein gar grausames Los urplötzlich wendet und es mir in meiner bemessenen Lebenszeit noch gewährt ist, jenem zwar vielfältigen und glanzvollen, aber doch der Lebensgeister entbehrenden Ort des Feuerlandes den Rücken zuzukehren. Doch dies, so sehe ich betrübt ein, lässt sich nimmer zu einem kalkulierten, geplanten Zeitpunkt ermöglichen. Hier verspüre ich mich selbst nicht als verwurzelt, sondern vielmehr als einen unüberlegten Touristen, welcher seinen Urlaub in eine in dem Nachhinein zu bereuende Länge gestreckt hat und nun in dem Begriff ist, diesen Not gedrungen an seinem erwünschten Ziel zu verbringen.
Es bereitet mir gleichsam Schmerzen zu behaupten, es würde sich um einen Fehler gehandelt haben, jene Ortschaft spontan aufzusuchen, doch zu einem solch strengen Urteil fühle ich mich derzeit in meiner des Schicksals ergebenen Melancholie nicht fähig.
Nun, ich gehe doch freilich recht in der Vermutung, dass Ihre derzeitige Lage um ein Vielfaches erfreulicher ist als die meine und rede demzufolge zu Ihnen wie ein verletzter und von seinem Ast hinab gestürzter Vogel, welcher auf den stolzen Vogel in seinem prächtigen Nest hoch oben blickt.
Ich fühle mich nicht genötigt, Ihnen zu unterbreiten, dass Sie das Ihre Leben gefälligst auszukosten haben, denn eine solch des Lebens erfahrene und gleichsam dieses beglückende Dame hat einen solchen Rat sicherlich keineswegs vonnöten.

Somit verbleibe ich in einer unbeschreiblichen Sehnsucht und in den gewaltigen Fängen des Unglückes.

Mit wohlmeinenden Wünschen für die Zukunft,

Ihr Valerius Lunkenheimer

Welch eine treue Seele in der guten, wenngleich mir vollkommen charakterfremden Frau Reschelmann schlummerte, erwies sich nun durch ihre rasche Antwort.
Ebenso erreichte mich der zweite Brief meines Intimus Alexander Dmitrischenko, der mich erneut mit nüchternen Informationen versorgte. Sein Erhalten liegt nun schon einige Monate zurück, denn ich habe lange nicht zur Feder gegriffen aus Furcht, mich könnten meine eigenen Erinnerungen beim Niederschreiben überwältigen. Hier möchte ich ihn nun hinzufügen, der Vollständigkeit halber und weil er in dem Sinne wichtig ist, da er mir die Dramatik meiner Lage nur noch schlimmer vor Augen führt…

*Abu Dhabi, 07.06.20***

Valerius Lunkenheimer, mein lieber Freund,

es gilt Ihnen Dinge zu unterbreiten, die keinen Aufschub dulden.
Wie Sie wissen, hat Andrej Sorokin vor zwei Monaten eine virale Herzmuskelentzündung erlitten und ist für zwei Monate ausgefallen. Sein Vertreter für diese Zeit war der Sekretär Jefrem Fomin. Nach zwei Wochen akuter Behandlung und sieben Wochen Rehabilitation hat er Jefrem Fomin sofort wieder seines Postens enthoben und die Geschäfte selber aufgenommen. Er hatte den Rat der Ärzte, für mindestens noch drei Wochen daheim zu bleiben, nicht angenommen.
Sein Ziel war es, RORUS endlich von dem Interesse an ALPHA & OMEGA abzukehren und stattdessen nach neuen Rohstofffeldern am Ural zu suchen, diesmal mit Schwerpunkt auf Bergbau. Er erarbeitete ein groß angelegtes Forschungs- und Erschließungsprogramm. Auch der Lunkenheimer Science Fund sollte wieder mit von der Partie sein. Sorokin hatte mitbekommen, dass sich die Rohstofferschließung in der

Antarktis für LWGP als unrentabel erwiesen hatte. Anders als Fomin wollte er nicht abwarten, bis die Erschließung mit einer Pleite bzw. einem größeren Schaden für LWGP beendet ist und er dann dort Rohstoffe gewinnen kann, weil er vermutete, dass RORUS bis zu diesem Zeitpunkt schon Insolvenz anmelden muss. Er schlug daher vor, dass LWGP 35% des ALPHA & OMEGA zugedachten Geldes an RORUS umleiten soll. Dafür soll LWGP im Falle einer erfolgreichen Rohstoffsuche 35% des Nettogewinnes erhalten.
Seinen vollständigen Plan offenbarte er fünf Tage nach seinem Wiederantritt in einer Konferenz in Jekaterinburg, bei der auch Victor Harzstein vertreten war.
Harzstein hat ohne Angabe von Gründen abgelehnt. Daraufhin ist Sorokin noch während der Besprechung zusammengebrochen und musste in ein Krankenhaus eingeliefert werden.
Ein Rückfall, heißt es, zurückzuführen auf zu hohe Belastung bei noch nicht ganz wiederhergestellter Gesundheit. Das Resultat ist eine lebenslängliche Herzinsuffizienz. Sorokin kann selbst mithilfe von Medikamenten noch keine Treppen steigen. Seine Psyche ist derart labil, dass er bei der bloßen Erwähnung von LWGP Atemnot bekommt. Eigentlich hatte er als neue Vorstandsvorsitzende Agrippina Iljin ausgewählt, konnte seinen Willen aber nicht durchsetzten. So bleibt Jefrem Fomin weiterhin Vorstandsvorsitzender, jetzt aber als hauptamtlicher und nicht nur in Vertretung. Er führt seine Taktik weiter, die laufenden Kosten von RORUS durch Personalabbau und Verkauf einiger Ihrer Bagger so gering wie möglich zu halten, bis es so weit ist, dass er in der Antarktis mit der Rohstoffgewinnung beginnen kann.
Können Sie die Entscheidung von Victor Harzstein, das Angebot „35-35" abzulehnen, nachvollziehen?
Es tut mir leid, keine erfreulicheren Nachrichten für Sie zu haben.

Mit besten Wünschen,

Ihr treuester Alexander Dmitrischenko

Tränen der Wut waren das erste Resultat jenes Briefes. Es lag allein an meinem dreifach verfluchten Manager Victor Harzstein, dass sowohl RORUS als auch LWGP und Andrej Sorokin einen schweren, unverzeihlichen Schlag erlitten hatten!
Was hatte dieser Elende nur bezwecken wollen, nicht auf dieses geniale Angebot einzugehen, ja, was nur, was? Dies ergibt nicht nur aus meiner persönlichen Sicht, sondern allgemein aus der eines wirtschaftlich agierenden Menschen herzlich wenig Sinn, wo doch der Ural weltweit bekannt für die gewaltigen Rohstoffvorkommen ist! Was hätten die Gewinne aus dem Schoß dieser schier unerschöpflichen Quelle nur für Ausmaße erreicht! Sie würden bis in neunstellige Bereiche vordringen, wenn nicht gar in zehnstellige! Geradezu sieht man doch schon vor dem inneren Auge lange Züge mit frisch gewonnenem Gold, Kupfer, Stein- und Braunkohle, Eisen und Bauxit vorbeigleiten. Wie konnte Victor Harzstein diesem verlockenden Angebot nur widerstehen?
Überhaupt, hat diese hässliche, zerstörerische Bestie nicht erkannt, wie kritisch mittlerweile der Zustand von dem Lunkenheimer Science Fund und LWGP geworden ist, seit ALPHA & OMEGA mittels Fehlkalkulationen und Ungeschick uns unserer Finanzen beraubt? Er ist es doch, der an der heißen Quelle sitzt, nicht ich!
Er hat die Gesundheit meines verlässlichen Geschäftspartners Andrej Sorokin endgültig zerstört und damit Jefrem Fomin zu seinem Aufstieg verholfen!
Dieser will freilich, um seinen Plan ungestört verfolgen zu können, alles daran setzen, mich geschäftsunfähig zu machen und mundtot. Er ist es, der mich an dieses verfluchte Feuerland fesselt und dafür die abscheulichsten Mittel der Menschheit ausnutzt: die Macht der Furcht, die Praktizierung von Gewalt und die Kunst des Schmerzes, die zusammen das Triumvirat der Hölle bilden.
Was hat Victor Harzstein nur angerichtet, es verschlägt mir den Atem, lässt mein Herz stocken und beraubt mich des Schlafes, ich kann es

kaum wahrhaben! Ich hatte ihn doch aufgrund seines Verhandlungsgeschickes und umsichtigen Wirtschaftens in den Vorstand meines Konzerns aufgenommen, und nie, nie hatte er mich jemals zuvor enttäuscht! Nun aber hatte er alles zerstört, was zu zerstören war: das Vermögen des Lunkenheimer Science Fund, das Vertrauen der Anleger, die Beziehungen zu RORUS, die Gesundheit meines Geschäftspartners Andrej Sorokin, meine Hoffnung auf Rückkehr, ja, die Ideologie meines Konzerns!

Wie leide ich doch unter meiner Ohnmacht und unter dem, was aus mir geworden ist! Man hat einen machtlosen Exilanten aus mir geschaffen, der in ständiger Furcht vor Attentaten trost- und ziellos dahinvegetiert, der ein leeres Leben ohne Sinn und Zweck führt, fern des eigentlichen Ortes seiner Bestimmung.

Über einige Wochen hinweg drohte mich diese Erkenntnis zu zerreißen, aber niemand vermochte mein klägliches Schluchzen zu hören, niemand bedauerte die Fetzen des Briefes und niemand beachtete meine Verwünschungen von Victor Harzstein, Jefrem Fomin, George Brooks und der Welt.

Schließlich kam Ruhe über mein Gemüt, als ich den Zustand der Akzeptanz erlangte. Wie ein langjähriger Häftling schritt ich düster und ruhig, doch von einer heimlichen Spannung erfüllt, durch den stillen Weg meines perspektivenlosen Lebens, begleitet von dem Rasseln meiner Ketten, die mich nicht auch nur für eine Sekunde mein Los vergessen ließen.

Ob sich dies zu irgendeinem Zeitpunkt geändert hat?

Als der September anbrach, führte er den Frühling der Südhalbkugel mit sich und verschaffte mir die Energie, um mein Tagebuch fortzusetzen und einen Schritt zurück in die Gesellschaft zu wagen.

Mir sandte nämlich zu meinem ausgesprochenen Glücke ein Funken aus den Untiefen meines Gedächtnisses eine wahrhaft fabelhafte Idee, mit welcher es mir nun wieder erlaubt ist, ein kleines Loch in das massive Eis meiner unglaublichen Einsamkeit zu schlagen.

Der unglaubliche Einfall, den wohlhabenderen Touristen des glanzvollen Feuerlandes einige der von mir mit Liebe zur Vollständigkeit gesammelten, edlen Tropfen unter eingehender Beratung zu verkaufen, ist ein Segen, denn freilich bin ich nicht imstande, all diese verkorkten Kostbarkeiten in der mir noch bemessenen Lebenszeit gänzlich zu leeren, wo ich, gezwungener Maßen, doch seit dem Einzug in die Residenz zu einem Abstinenzler geworden und nur der Schokolade verfallen bin.

Ich verschaffe mittlerweile den besonders interessierten Besuchern meines Weinverkaufes einige Kostproben ihres gewünschten Tropfens, zu dem Zwecke, dass sie diesen während einer offenen und fröhlichen Partie Roulette oder Billard auskosten können.

Oh, werter Leser, ich mag Ihnen keineswegs unterstellen, dass Sie mich womöglich noch als einen blanken und unseriösen Wucherer ansehen, so teile ich Ihnen mit, dass ich hierbei nimmer auch nur um den geringsten Groschen gespielt habe. Sie dürfen sich gleichsam nicht das Bild einer schäbigen Spelunke vor Augen führen, in welcher Menschen der tiefsten Abgründe unserer Gesellschaft in einer verrauchten Atmosphäre alkoholhaltige Getränke konsumierten. Nein, vielmehr verzichtete ich gar auf ein Hinweisschild zu meinem Weinhandel, da ich mich nicht als eine billige, populärtouristische Attraktion anzusehen wünsche, sondern gelte nun vielmehr, wie man es heutzutage konkret und unter der Teilverwendung der englischen Sprache formuliert, als ein Insidertipp. Ich tue auch gut daran, es in jenem Rahmen zu belassen, denn ich verkaufe die Weine unversteuert.

Ich habe zudem keine einzige Veränderung an meinem neuen Anwesen vorgenommen, sondern führe lediglich die Gäste zu meiner Sammlung an Getränken, lasse sie unter meiner, sofern erwünschten, Beratung ihre Auswahl treffen und spiele gegebenenfalls nun mit ihnen eine Partie in meinen geliebten Spielsalon, wie es sich in einer guten Gesellschaft gehört, damit sie ihre Zusammenkunft mit mir in einer guten Erinnerung bewahren.

Dieses schlichte Mittel lässt mich in den Kontakt zu einigen angeseheneren Mitgliedern unserer Gesellschaft treten. So hatte ich zum Beispiel einen renommierten, seinen Urlaub genießenden Schönheitschirurgen bei mir zu Gast. Das trägt ungemein zu meinem Selbstwertgefühl bei, das unter der Last der Verfolgung allmählich zu schrumpfen beginnt.

Nun, oh mein geduldiger Leser, darf ich Ihnen die Antwort auf meinen Brief an Frau Reschelmann präsentieren, jener erstaunte mich aus Gründen, welche Sie sich nun selbst vor Ihre Augen führen können, unglaublich und machte mich gleichsam schaudern.

*Rio, 7. 10. 20***

Lieber Valerius!

Wissen Sie vielleicht, wie es mir ergangen ist, als ich Ihren Brief gelesen habe?
Nein, dass Sie mich nun schon zum X-ten Mal mit Ihrem „schweren Schicksal" nerven, bin ich ja schon gewohnt und habe dem deshalb auch keine weitere Beachtung geschenkt.
Doch an einer Stelle wurde Ihr Stil, der zwar blumig, aber doch meines Wissens immer konkret war, sehr ungenau. Sie redeten von Ihrer „Herzenswärme" zu mir. Ich habe ziemlich lange darüber gegrübelt, ob Sie mich lediglich als eine gute Freundin betrachten oder sich schon lange in mich verschossen haben.
Nun, zu einem Ergebnis gekommen bin ich dabei nicht, doch dass ich mich in Sie verliebt habe, ist schon eine sehr lange Tatsache. Sie mögen vielleicht ein bisschen altmodisch, arrogant und egoistisch sein, doch dafür ist es umso besser, dass Sie mich haben, die ich Sie von dem hohen Ross pflücken will.
Das wollte ich nur mal sagen. Ansonsten gibt es kaum etwas Neues hier in Rio, nur eine kleine Straßenschlacht zwischen verschiedenen Drogendealern hinter den Mauern des Condomimo.

Ich freue mich auf ein weiteres Stück Papier, was ich einst in Ihren Händen gewesen weiß!

Ihre Frau Reschelmann!!!

PS: Sehen Sie, jetzt haben Sie mich auch schon mit Ihrem dämlichen, geschwollenen Schreibstil verseucht!

Ein solch offenes Geständnis einer Liebe hatte ich nimmer in meinem Leben zu erhalten erhofft; doch anbei erscheint es erwähnenswert, dass ich aufgrund meines egozentrischen Charakters auch niemals eine solche empfunden – oder soll ich zugelassen sagen - hatte, geschweige denn, dass mir ein menschliches Individuum je seine Zuneigung gestanden hätte.
Aus diesem Grunde erstaunte es mich freilich umso mehr, dass eine Dame, welche ich lediglich einige Stunden in einer Flugmaschine zu Gesicht bekommen hatte, diese urplötzlich äußerte, und ich kann Ihnen, mein treuer Leser, auf wahrhaftig keinem Wege unterbreiten, welch ein furchtbares Gefühl sich meiner bemächtigte, als ich dies gelesen.
Was ist das überhaupt für ein Hauch des übermächtigen Empfindens, die Liebe, die ich doch mehr als eine Fessel oder eine Überdosis Dopamin betrachte anstelle eines unbeschreiblichen Glückes. Ist es die Neigung, stets an eine Person zu denken, darüber zu rätseln, was sie gerade tut und der Wunsch, dass es ihr gut geht? Oder das Gefühl, nicht alleine zu sein, obgleich man es offensichtlich ist? Oder ist es die Hoffnung, dass man sich wieder sieht, dass alles gut wird und dass in allem ein tieferer Sinn steckt? Ist das Liebe?
Ich weiß es nicht, ich kann es nicht sagen, nicht verstehen wollen.
Seit jeher besteht der Mittelpunkt meines Lebens aus meinem entzwei gespaltenen Geist, welcher selbst Heerscharen von fremden Personen aufwiegt, und meinen Errungenschaften, meinem wissenschaftlichen

wie wirtschaftlichen Erfolg und meinem Vermögen auf unserem gigantischen Erdenrund!
Wenn ich diesen verleugne, verliere ich nur einen weiteren Teil meiner selbst, und wer bin ich dann eigentlich, nach all diesen vielen, vielen Verlusten in meinem Leben?
Dies zum Grunde nehmend, habe ich auf jenen Brief noch keine Antwort folgen lassen, wo ich nicht der richtigen Worte mächtig bin, Victoria dies gemessen zu erläutern. Es ist nur erwähnenswert, dass ich ihre Zeilen erst vor einem schmalen Zeitraum von zwei Tagen erhalten habe.
Mein trauriges Gemüt fasste jedoch den Konflikt zwischen dem Wahrhaben dieser undefinierbaren Empfindung und dem Erhalt meiner Selbst auf meine stetig wachsende Liste der mir seit den letzten Monaten rücksichtslos aufgebürdeten Sorgen und Schwierigkeiten, und neben dem Bewusstsein der Bedeutungslosigkeit meiner Existenz lastet sie nun wie das Gewicht eines zweiten gesamten Universums auf meiner schwachen Brust.
Die drohende Präsenz von Jefrem Fomin, George Brooks und Victor Harzstein, den Urhebern meiner gewaltigen Misslichkeit, wird mir mit jedem Schiff unterbreitet, welches das Forschungsteam der Firma ALPHA & OMEGA von seinem Hauptstützpunkt in Punta Arenas in die Antarktis entsendet. Und diese Forschungsschiffe fahren beständig, meiner allzu nahen Anwesenheit freilich nicht gewahr, nur wenige Seemeilen an meiner Residenz vorbei zu diesem Ort des ewigen Eises.
Ohnmächtig verfolge ich auch die Börsenkurse und sehe LWGP und den Lunkenheimer Science Fund selten auf der Gewinnerseite, begleitet von zahlreichen Verkaufsempfehlungen und stetig heruntergesetzten Kurszielen, was hätte man denn auch anderes erwarten sollen? Wenn es in meiner Macht stünde, würde ich nur zu gern eines der Forschungsschiffe von ALPHA & OMEGA versenken, einem der bedeutenden Urheber der Missstände meines Konzerns und meiner selbst.

Jede aufkeimende Erinnerung an meine frühere Zeit droht meine unglücksselige Seele, wie ich es empfinde, in einer sehr langsamen und qualvollen Art und Weise gleich einem machtlosen Blatt Papier zu zerreißen, wenn mir nicht ein allerletzter, schwacher Schein des Lichtes Trost gespendet hätte.

Denn freilich gibt es noch Personen, auch wenn sie nicht wahrhaftig existieren, die sich meiner annehmen, an mich denken und Sorge dafür tragen, dass ich, obwohl am Rande des Abgrundes stehend, nimmer in das tiefe Schwarz herabstürze.

Sie, mein guter Leser, sind eine solche Person. Sie können zwar keinen rettenden Eingriff in mein Dasein vollführen, doch spendet es mir Trost, dass Sie mich bis zu dem jetzigen Satze in meinem Leid so treu begleitet haben.

Wer vielleicht mag mir denn noch beistehen, ja, wer nur, wer? Nicht, dass ich mich derart gefestigt fühle, um an eine göttliche Kraft zu glauben, doch sicher gibt es noch irgendeine Person, welche in diesem Augenblick auf mich schaut und mich vor dem vollendeten Untergang bewahrt.

Es mag meine Schöpferin sein, unsere aller Schöpferin, die stets und unermüdlich über die Geschicke des Universums und unserer kleinen Erde waltet. Die antiken Griechen haben sie mit dem klangvollen Namen Gaia versehen.

Freilich, diese ist oftmals unbarmherzig und grausam, doch wird sie es zulassen, dass ihr Meisterwerk zugrunde geht?

Was hat Victor Harzstein dazu bewegt, die erneute Subventionierung von RORUS zu brillanten Bedingungen abzulehnen, und welche Person verbirgt sich wirklich hinter dem strahlenden Raubritter Jack? Wird LWGP wirklich an ALPHA & OMEGA zugrunde gehen und der Vorstandsvorsitzende Jefrem Fomin RORUS daraufhin aus den Trümmern meines Werkes erneut zu seiner ehemaligen Größe verhelfen? Ist es rechtens, als Urheber aller Leiden und Konflikte, die sich mir seit nunmehr über einem Jahr aufbürden, aller Missverständnisse, Drohungen, Fehler und Schandtaten, die aus Reichtum Bettelstab und

aus guten Freunden erbitterte Feinde gemacht haben, eine unbekannte, unsichtbare Naturschutzorganisation mit dem Namen NO! zu deklarieren? Kann sie die Antwort auf all meine Fragen sein, von denen ich momentan allein mein verzweifeltes Echo vernehme?
Werde ich jemals Antworten auf die vielen, vielen, unbeantworteten Fragen finden, wenn unsere große Schöpferin dies gutheißt?
Es besteht dauernd die Gefahr vor hinterhältigen Angriffen der Attentäter, Kopfgeldjäger, niederen Kriminellen und dem weiteren, abscheulichen Gesindel, welche mir immerwährend, Raubkatzen gleich, auflauern. Aber haben sie alle überhaupt die Macht, mir auch nur ein Härchen zu krümmen, wenn die große Schöpferin über mich wacht und Acht auf mich gibt?
Ich sorge mich um weiteres Fortleben meiner aus schlichten Briefen bestehenden Beziehung zu der sowohl um mein Wohl besorgten als auch grausamen Frau Reschelmann. Werde ich eine richtige Entscheidung treffen, wenn unsere Schöpferin es für richtig befindet?
Welche Wahrheit verbirgt sich hinter meinem guten Freund Alexander Dmitrischenko, der trotz unserer langjährigen Bekanntschaft für mich nach wie vor ein Mysterium bleibt?
Ist es vielleicht ein ehrenhaftes Motiv, das die gute Schöpferin dazu verleitet hat, mir das Offensichtliche zu verschleiern?
Es mag in der Tat so sein, auch wenn zahlreiche Zweifel jene Thesen überschatten. Ich gebe zumindest die Hoffnung nicht auf, dass es wahrhaftig so ist.
Nun, aber selbst solche Grübeleien sind ganz schnell dahingeschieden, wenn die Mutter Natur Gaia erst einmal ihre vollen, unwiderstehlichen Reize entfaltet, welche hier auf dem Feuerland präsenter denn je sind.
Wenn der Vater, unsere gleichsam unentbehrliche Sonne, ihre Werke, die wohlgeformten Landschaften, unsere Berge, Täler, Meere und Flüsse, in den herrlichsten Farben schillern lässt, wenn mich die Unbilden des Wetters, Regenschauer, Sturm und das tosende Meer, verschreckt haben, und mich die große Schöpferin darauf mit einem Regenbogen, dem einzigen glaubhaften Zeichen der Hoffnung, zu be-

sänftigen weiß, und ich auf meinem Dachgarten stehe und dem Sonnenuntergang beiwohne, der sich blutrot auf dem Wasser der Magellanstraße widerspiegelt, dann sind all meine verlorenen Hoffnungen, Sorgen und unumgehbaren Schwierigkeiten, zumindest für jenen einen, kurzen wie kostbaren Augenblick... vergessen.

ENDE

Auch vom Autor:

Im Jahre 2119:
Der Verdeckte Ermittler Aulus wird beauftragt, den Mord an dem Staatsrichter Maximilian von Primus aufzuklären. Schnell wird ihm klar, dass er da keinen gewöhnlichen Fall vor sich hat. Um Antworten zu finden, bricht er zu den Klippen der Vergessenen auf, einem geheimnisvollen, sagenumwobenen Ort, Richtstätte für die schlimmsten Verbrecher der Erde.
Eine Expedition, die nicht nur sein eigenes Schicksal, sondern auch das der gesamten Menschheit für immer entscheiden soll…